D.C. ODESZA

SOEVER

DARK ROMANCE

say

SOEVER

PART VIER

MIX
Papier | Fördert gute Waldnutzung
FSC® C014496
FSC
www.fsc.org

IMPRESSUM

Erstauflage 2021
erschienen unter dem Titel „Soever say Soever"
von Yuna Drake alias D.C. Odesza
D.C. Odesza, Birkenallee 24, 36037 Fulda,
odesza.info@gmail.com

Umschlaggestaltung – My Bookcovers
Lektorat – KRC Lektorat
Korrektorat – SW Korrekturen
Buchsatz – Mo Kast
Druck und Bindung – GGP Media GmbH, Pößneck
Printed in Germany

Der Text wie auch das Cover wurden ohne Einsatz von künstlicher Intelligenz geschrieben, bearbeitet und hergestellt.

Über die Autorin

D.C. ODESZA ist das Pseudonym einer jungen, deutschen SPIEGEL- und BILD-Bestseller-Autorin. Ihre Geschichten zeichnen sich durch tiefe Gefühle, sinnliche Momente, tiefbewegenden Handlungen und einem Hauch an Spannung, Thriller-Elementen und Dunkelheit aus.

Folge mir auf Instagram
Finde mich auf TikTok
www.dcodesza.com

Hinweis

In meinen Romanen werde ich, bis auf wenige Passagen, auf Verhütungsmittel verzichten – was jedoch nicht heißen soll, dass sie im realen Leben nicht wichtig sind! Nur leider kommt es häufiger als gedacht vor, dass Leser einen fiktiven Roman mit der Realität verwechseln.

Vorwort

Dies ist bereits der letzte Band der Reihe, die anschließend ihren Abschluss findet. Oder doch nicht?

Auf den letzten Seiten werdet ihr vor die Wahl gestellt: Das Buch mit dem Happyend lächelnd ins Bücherregal schieben oder weiterlesen. Entscheide weise, denn du könntest deine Entscheidung womöglich bereuen.

Ich wünsche ein unvergessliches Lesevergnügen.

XOXO

Eure D.C. Odesza

Trigger WARNUNG

Entführung, Erpressung, Nötigung, Stalking, Einsatz von Betäubungsmitteln, Hypnose, Manipulation, psychische Folter, Drogenmissbrauch, Traumata, Suizid, Tod eines Angehörigen, Mordserie, grausame rituelle Ermordungen, starke Folter, Menschenhandel und Prostitution, sexueller Missbrauch, Medikamentenmissbrauch, Bondage und SM-Spiele, Dominanz und Unterwerfung, sexuelle Belästigung, Alkoholmissbrauch, Messerspiele, Gewalt, Vergewaltigung, Beleidigung und Erniedrigung, Waffenmissbrauch, Panikattacken

KAPITEL 1
MAGNUS

Einerseits spüre ich die reine sorglose Zufriedenheit in mir, da sich Moira an beinahe jedes Detail erinnern kann. Andererseits wird dieses losgelöste Gefühl eingedämmt, weil meine Tochter in Gefahr schwebt.

Zwar werden Rimas, Narusha und Sanny alles unternehmen, um sie zu beschützen. Aber was, wenn es nicht ausreicht? Was, wenn sie es allein nicht schaffen?

Die abtrünnigen Vanags, die Tjark nicht länger an der Leine hat, haben zweifellos Blut geleckt. Sie sind auf Rache aus und würden aus blindem Hass selbst ein Kind angreifen und unter Umständen sogar töten.

Am besten, ich schalte sie aus. Bisher gibt es keine Anzeichen, dass Tjark von diesem Angriff weiß. Sollte er davon wissen und nicht eingreifen, werde ich ihn ebenfalls zur Rechenschaft ziehen! Denn meine Tochter ist meine Welt! Sie ist das Einzige, was mich täglich an Moira erinnert hat. Sie ist alles, was mir von meinem ehemals vollkommenen Leben geblieben ist. Und ich werde sie mit allen Mitteln, die mir zur Verfügung stehen, beschützen. *Ji yra mano gyvenimas.*

Ich bin es leid, dass ich in letzter Zeit immer diesem hirnverbrannten Vanags-Haufen hinterherjagen muss. Ich will mit ihnen nichts zu schaffen haben, sondern meine Pläne ungestört verfolgen.

Meine Augen wandern zu Arūnas, der aufgrund der Tatsache, dass seine Leute sich nicht an unsere Vereinbarung halten, seltsam gefasst wirkt. Könnte möglicherweise auch daran liegen, dass immer noch Reste von den starken Beruhigungsmitteln durch seine Blutbahn rauschen.

Auf dem Rücksitz hebe ich den Ellenbogen zum Fensterrahmen, setze den Kopf auf dem Handrücken auf und studiere ihn genauer. Er sitzt wortkarg neben mir und schaut unaufhörlich aus dem Fenster, seit wir im verregneten Klaipéda gelandet sind.

Rational betrachtet, hat er Moira nie geschadet. Er hat sie immer gut behandelt und sie mit den Mitteln, die ihm zur Verfügung standen, beschützt. Ich würde zwar nicht behaupten, dass er auf sie besser aufpassen kann als ich, aber immerhin gibt er sein Bestes. Das kann man nicht jedem nachsagen. Außerdem zeichnet ihn seine Loyalität und Ehrlichkeit aus.

Bisher weiß er nicht, dass Tjark nicht hinter dem Angriff steckt, ansonsten würde er wieder zu ihm zurückgehen, aber wenn er sich jemandem verpflichtet, dann für immer.

Mich zermürbt nur ein Gedanke, der das Gesamtbild stört. Wenn er weiterhin bei den Vanags bleibt, ganz egal, welche Absichten er hegt, hätte ich nie ein ruhiges Gewissen. Er würde Moira in diese Organisation einführen. Und genau das will ich nicht. Aber will das Moira überhaupt?

Jetzt da sie weiß, dass die Vanags der Auslöser waren, weshalb wir mit dem Morden begonnen haben, wird sie sie wirklich als Verbündete anerkennen? Sie wird den Hass, den sie gegen diese kriminelle Bande hegt, sicher nie ganz abstellen können.

Und was, wenn Arūnas nicht mehr zu den Vanags zurückkehren würde? Nie mehr? Das würde den Verlauf der Handlung stark ändern. Es wäre die einzig richtige Entscheidung. Für ihn. Für Moira. Für mich.

Katara lenkt die Limousine durch die ruhige, beinahe ausgestorbene Hafenstadt. In weniger als fünf Minuten haben wir die Villa erreicht, und Gnade den Vanags Gott, wenn ich bloß noch die Überreste des Gebäudes vorfinde.

»Was wirst du tun, wenn du deinen Leuten gegenüberstehst?«, erkundige ich mich bei Arūnas und durchbreche die Stille. Katara wirft mir hinter ihrer schwarzen Maske einen interessierten Blick im Rückspiegel zu.

Arūnas dreht sich in seiner schwarzen geöffneten Lederjacke zu mir und schaut mich prüfend an. Seine Gesichtszüge sind wie in Stein gemeißelt, reglos, kalt und ausdruckslos. Etwas geht in ihm vor und ich will wissen, was.

»Ich werde es entscheiden, wenn ich weiß, wer wirklich vor Ort ist.«

Die Antwort gefällt mir nicht.

»Nun, dann wirst du hier warten.« Citrones, der auf dem Beifahrersitz hockt, hat mein unauffälliges Anstoßen gegen seinen Oberarm gemerkt und beugt sich zu uns nach hinten. Ich greife gleichzeitig nach Arūnas' rechter Hand und lege ihm Handschellen um, die ich über ihm am Griff befestige.

»Du hast doch nicht erwartet, dass ich dir verspreche, jeden kaltblütig für dich umzubringen?«, zischt er mir verärgert entgegen und stößt mit seinem Kopf gegen meine Stirn.

»Ich frage mich, warum du das nicht in Betracht gezogen hast, bevor du dich uns angeschlossen hast? Denn genau so lief es auch bei den Vanags ab. Arūnas, check die Lieferung. Arūnas, beseitige den Feind. Arūnas, ordere neue Waffen. Arūnas, besuche Bordelle und teile uns mit, welche Zuhälter unseren Geschäften in die Quere kommen. Du hast alles getan. Fragt sich bloß, warum? Für Tjark und Rysand? Für die Organisation? Für die Huren, die du eigentlich befreien wolltest, während es Tjark nur um das Ausschalten der Konkurrenten ging? Ich weiß es ehrlich gesagt nicht. Und solange ich es nicht weiß, wartest du brav auf deinem Platz.«

Überrumpelt von meinem Wissen, denn ja, ich weiß einiges über ihn – mehr als er glaubt –, zerrt er mit beiden Händen am Griff über dem Fenster und beugt sich mir mit einer entschlossenen Miene entgegen.

»Ich beweise es dir.«

»Nicht heute.« Das ist mir zu gefährlich. Schließlich geht es um das Leben meiner Tochter.

Katara biegt in die Wohnsiedlung, mäßigt das Tempo und schaut sich überall um.

»Bisher ist nichts Auffälliges zu sehen«, lässt sie mich wissen.

»Hoffen wir es«, knurre ich, wende mich von Arūnas ab und schließe meinen Mantel. Danach raune ich Citrones einen Befehl ins Ohr. Kaum dass der Wagen drei Häuser weiter stoppt, steigt Citrones mit seiner Maske auf dem Gesicht und in seinem noblen Anzug aus und bewegt sich auf Arūnas' Tür zu. Als sich dieser zu ihm dreht und ihn treten will, stülpe ich Arūnas einen Sack über den Kopf, den ich im Nacken zubinde.

Wir können nur ohne Masken erscheinen, um kein Aufsehen zu erregen.

»So war das nicht geplant. Wozu nimmst du mich mit, wenn du …« Ohne mir sein Gemecker anzuhören, steige ich in Mantel und Anzug aus dem Wagen und schaue mich auf dem Gehweg um.

Nachdem auch die andere Limousine hinter unserer geparkt hat, streife ich meine Handschuhe über und schlage den Mantelkragen höher. Iltronas, Troy und Schivokar werden sich Zugang zum Garten verschaffen. Ich laufe zwischen Citrones und Katara auf mein Haus zu, in dem kein Licht brennt. Es wurden beinahe alle Jalousien bis zur Hälfte heruntergefahren, nicht einmal im Kinderzimmer ist ein schwaches Licht zu erkennen. Malvine schläft nie komplett im Dunkeln, da sie immer ein Monster im Schrank oder unter dem Bett vermutet. Ohne ihr Nachtlicht würde sie die gesamte Nacht kein Auge zumachen. Zu Sanny wird sie nicht ins Bett gekrochen sein, somit ist etwas faul.

»Ich habe ein ungutes Gefühl«, lässt mich Citrones wissen, nachdem er seine Maske abgesetzt hat. Der dichte Eisregen prasselt unaufhörlich in sein kantiges aristokratisches Gesicht und sammelt sich in seinem grau melierten Haar. »Wir sollten die Behörden informieren und einen Einbruch melden. Das wird kein Aufsehen erregen«, schlägt er vor.

Zuerst einmal die Polizei informieren, wäre ein netter Schachzug. »Kümmere dich bitte darum«, antworte ich ihm. Er nickt, holt sein Handy aus seinem teuren Mohairmantel und lässt sich zurückfallen, um den Einbruch zu melden.

Alles, was ich will, ist, kein Aufsehen zu erregen und Malvine in Sicherheit zu wissen. Ich möchte ungern Waffen einsetzen oder jemanden vor den Augen meiner Tochter bedrohen.

»Sollten wir so lange vor der Tür warten?« Katara hakt sich in ihren engen Wetlookhosen, gefütterten Lammfellschuhen und mit rotem Parka bei mir unter und schaut mit einem erwartungsfreudigen Blick zu mir auf. Wie meistens trägt sie ihr langes dunkelrotes Haar zu einem Pferdeschwanz zusammengebunden und hat es sich nicht nehmen lassen, sich im Flieger zu stylen. In der Dunkelheit leuchten ihre Augen umrahmt von dem dunklen Lidschatten und einem markanten Lidstrich noch mordlustiger.

»Natürlich nicht. Aber tu mir den Gefallen und halte dich zurück. Ich will Malvine nicht traumatisieren.«

»Und was, wenn …«

»Denk nicht einmal daran«, antworte ich grimmig.

Am Tor angekommen, begrüßen mich nicht wie sonst Pluto und Saturn. Letztens haben die Vanags ihnen ein Betäubungsmittel verpasst, von dem sie sich einen Tag lang erholen mussten. Sie schlafen draußen und würden meine Ankunft sofort bemerken, um mich überschwänglich zu empfangen. Auch Katara entgeht nicht, dass die Dobermänner sich nicht zeigen.

An der Tür angekommen, fallen mir keine Einbruchsspuren auf. Ich hole meine Schlüssel hervor, um das Schloss aufzuschließen, als ich im selben Augenblick einen Schatten hinter der Jalousie im Hauswirtschaftsraum zurückzucken sehe.

»Runter«, warne ich Katara. Keine zwei Sekunden, nachdem ich die Warnung ausgesprochen habe, ertönt eine laute Salve eines Maschinengewehrs. *Sind die übergeschnappt!*

Ich ziehe Katara aus dem Sichtbereich des Schützen um die Hausecke und bleibe in Deckung. Gerade in dem Moment finde ich notdürftig unter einer Plane abgedeckt zwei Hundekörper. Bloß die Pfoten und ein Kopf sind zu sehen. Saturns Zunge hängt schlaff aus seinem geöffneten Maul, aus dem Blut rinnt. Der Anblick entfacht eine ungezügelte Wut in mir, sodass ich fest mit den Kiefern mahle. Wenn sie bereits meine Hunde getötet haben, werden sie auch nicht vor Malvine haltmachen.

Im hinteren Teil des Gartens entdecke ich zwischen den hochgewachsenen laubleeren Sträuchern meine Anhänger. Nicht bloß ich kann sie sehen. Denn gleich darauf werden mehrere Schüsse in ihre Richtung abgegeben. In der Nachbarschaft geht Licht an, Hunde kläffen und ein lautes irres Lachen dringt durch die Nacht.

»Wir haben das Gebäude besetzt, Magnus! Wenn du deine Leute nicht alle auf einmal verlieren willst, dann versuchst du besser gar nicht erst, in dein heimeliges Haus einzudringen, du räudiger Hund!«

Neben Katara kniend balle ich die Hände zu Fäusten, bevor ich die Augen schließe und überlege, wie wir ins Hausinnere gelangen. Natürlich wird in fünf Minuten die Polizei eintreffen. Aber mal ehrlich: Die werden machtlos vor dem Gebäude warten, bis die Irren ihre Geiseln lebend oder tot freigegeben haben.

Das Risiko nehme ich nicht in Kauf.

»Du sitzt ganz schön in der Klemme, Sektenanführer!«, höre ich unvermittelt über mir, bevor ich das Gesicht reflexartig hebe und einem dämlich grinsenden Typen mit schmalen Augen und dunklem raspelkurzem Haar entgegenblicke. Er richtet ein M16-Sturmgewehr auf mich. Ehe er abdrücken kann, reißt mich Katara von der Hausecke fort unter das Carport.

»Was willst du?«, brülle ich, und ich schwöre, wenn er noch einmal meinen Namen laut ausposaunt und die Aufmerksamkeit der Leute auf uns lenkt, dann …

Unter dem Carport richte ich mich neben den abgedeckten Hunden auf und schaue von einem der zwei gegenüberliegenden Nachbarhäuser zum anderen. Ich kann sie sehen. Die neugierigen Blicke, die angekippten Fenster, die Telefone in ihren Händen.

»Ich will dich tot sehen. Aber zuvor will ich, dass die ganze Welt weiß, wer du bist! Dass dein Gesicht in allen Medien herumgeht, du bespuckt, ausgelacht und ausgebuht wirst, Magnus!«

Ich habe genug gehört! Ich will unter der Überdachung des Carports hervortreten, als mich Katara am Arm zurückhält.

»Mach das nicht. Er hat keine Beweise«, flüstert sie mir zu. »Sie setzen nur ein Gerücht in die Welt.«

An jedem Gerücht gibt es ein Fünkchen Wahrheit.

»Sie werden es trotzdem prüfen«, antworte ich ihr. »Ich gehe ins Haus.«

»Nein.« Mit all ihrer Kraft hält sie mich auf. Ich reiße mich von ihr los, doch schnell wie ein Wiesel überholt sie mich und versperrt mir mit ausgebreiteten Armen den Weg. Mit einem finsteren, eindringlichen und zugleich ängstlichen Blick schüttelt sie ihren Kopf. »Nicht. Ich lasse dich dort nicht reingehen. Sie werden deiner Tochter etwas antun. Du solltest uns das übernehmen lassen und zurück zum Wagen gehen.« Citrones erscheint ebenfalls unter dem Carport und zieht an seiner Zigarette. *Dafür hat er gerade Nerven?*

»Unsere kleine Raubkatze hat recht. Geh besser zum Auto zurück.« Er nimmt gelassen zwei weitere Züge, bevor er die Kippe auf den Boden wirft und sie ausdrückt. Danach tritt er an mich heran und hält mir die Hand entgegen. »Schlüssel bitte.«

Weiter entfernt sehe ich Schivorkar, Iltronas und Troy, die in geduckter Haltung und in einem schnellen Sprint zum Carport rennen.

»Nein, ich gehe nicht«, antworte ich erbost.

»Du bist der, den sie heute zu Fall bringen wollen. Wir brauchen nicht darüber zu diskutieren, dass die Vereinigung weiterhin nach deinen Regeln geführt wird, aber es wäre doch nur halb so unterhaltsam ohne den Gründer. Händige mir die Schlüssel aus und vertraue uns. Deine Tochter sollte ihren Vater nicht auf dem Friedhof oder im Gefängnis besuchen.«

»Du würdest mich rausholen!«, antworte ich Citrones. Ich könnte mich rausholen, da ich jedes Schlupfloch eines Gesetzes in- und auswendig kenne.

»Mit viel Glück, ja. Dennoch würde dir für immer nachgesagt werden, Magnus zu sein. Geh zurück«, fordert er mich eindringlich auf.

»Mit wem fange ich nur als Erstes an? Drei Leben wurden damals von deiner Frau ausgelöscht, jetzt habe ich vier Personen hier. Wie wäre es mit dem Kind? Dann muss es nicht zusehen, wie die anderen vor ihm sterben.«

Plötzlich höre ich aus der ersten Etage Malvines Weinen und Narushas Schreie. »Lasst das Kind los!«

»Ich will nicht … Rusha … Rusha«, schreit Malvine. Ihre Stimme dringt bis in mein Herz. Während ich mich dazu entschließe, nicht tatenlos zuzuschauen, sondern lieber die Deckung aufgebe und mich vor der Nachbarschaft als Mörder entpuppen lasse, verfolge ich eine rennende Person, die mit Anlauf über das Gartentor springt, auf eines der Fenster im Erdgeschoss schießt und hindurchspringt.

»Was … zur Hölle?«, bringt Katara perplex hervor.

»Schivokar, bring ihn zurück. Jetzt ist die Chance.«

Mein verwirrter Blick wandert zu Citrones, der … »Du hast ihn freigelassen? Wie konntest du das tun!«

»Ich brauchte einen Trumpf. So wie du sonst immer einen hast. Dieses Mal fehlte er dir anscheinend.« Citrones schenkt mir diesen väterlichen Lehrmeisterblick, den er während seiner Versammlungen vor der Presse sehr gut beherrscht.

»Ich überlasse dem Verräter nicht das Schicksal meiner Tochter!«, antworte ich ihm. Im selben Moment höre ich Sirenen von Polizeiwagen und wie weitere Schüsse im Hausinneren fallen. Es sind die schnellen Abfolgen des Sturmgewehres. Arūnas besitzt einen Schalldämpfer, aus dem Grund habe ich vor wenigen Augenblicken bloß die in sich zusammenfallende Scheibe gehört.

»Wirst du. Verschwindet jetzt!«

Da Schivokar sich nicht traut, mich wie Katara ungefragt hinter sich her zu zerren wie ein Kleinkind, geht er voraus und schaut mich immer wieder bittend an, damit ich ihm folge.

»Sir, kommen Sie?«

Nur widerwillig folge ich Schivokar hinter der Doppelgarage entlang tiefer in den verschneiten Garten, als sich zur selben Zeit drei Polizeiwagen auf der Anwohnerstraße einfinden.

KAPITEL 2
ARŪNAS

»Bist du sicher, dass du das tun willst? Ich könnte euch in den Rücken fallen und heimtückisch erschießen«, lasse ich diesem Verschnitt aus einem Advokaten und Minister wissen, der mir leichtgläubig eine Pistole aushändigt.

Von sich selbst überzeugt grinst er schmallippig. »Das wäre möglich. Viel wahrscheinlicher ist, dass du unter Beweis stellst, was du auf dem Kasten hast. Du hast doch nicht vor, die Männer ungeschoren davonkommen zu lassen, die Moira so übel zugerichtet haben? Sie haben dich hintergangen und deine Autorität untergraben. Du besitzt Ehrgefühl und einen Gerechtigkeitssinn, Degutis, also lasse ich es drauf ankommen.«

Einen Moment grübelnd betrachte ich die neue Pistole mit dem angebrachten Schalldämpfer.

»Beeile dich besser, sonst wird dich die Polizei finden und inhaftieren. Du hast zehn Minuten.«

Mir gefällt sein Vorschlag nicht. Jedoch wäre jetzt die Chance, mich bei Algis, Alenas und den anderen dreien zu revanchieren und Magnus zu beweisen, dass ich kein ferngesteuerter Hampelmann bin.

»Einverstanden.« Ich prüfe das Magazin, setze es wieder ein und ziehe den Schlitten zurück, um anschließend meinen Lauf auf das Gesicht des Anzugträgers zu richten. »Sollte das ein Trick sein …«

»Du kennst mein Gesicht. Das ist mein Vertrauensvorschuss.«

Ein sehr großzügiger, wie ich finde. Denn sein Gesicht ist nicht gerade unbekannt in Litauen. Er ist ein Parlamentsabgeordneter. Citrones ist der Minister des Gesundheitswesens und war ein ehemaliger Strafverteidiger, der so manchem Kriminellen eine lebenslängliche Strafe ersparen konnte. Zwar hätte ich keinen Beweis, um seine Identität als Mörder zweifellos zu belegen, aber könnte ihn im Auge behalten, bis er einen Fehler begeht. Natürlich nur, wenn er mich übers Ohr haut.

»Zehn Minuten? Gib mir sieben.«

»Ziemlich selbstsicher. Überschätz dich nicht, Degutis.«

Sein von markanten Falten durchzogenes Gesicht verschiebt sich zu einem gewieften Lächeln, das mein Vater ebenfalls besitzt. Ich steige aus dem Auto aus, als er sich eine Zigarette anzündet und den Qualm im Regen ausstößt.

»Worauf wartest du?«, stößt er mitsamt einer Rauchwolke hervor.

Ohne weitere Anweisungen von ihm zu erwarten, sprinte ich zum Haus, aus dem ich Moira vor wenigen Wochen befreit habe. Mir sind noch jetzt alle Gegebenheiten bekannt. Schon von Weitem höre ich Algis' vor Überheblichkeit triefende Ansagen, die Magnus aus der Reserve locken sollen. Ja, im Sprücheklopfen war der Sack schon immer gut. Man gebe ihm ein großes Kaliber – oder in diesem Fall eines der neusten Maschinengewehre – und er fühlt sich wie ein Gott inklusive Schwanzverlängerung.

Das rechte Bein auf dem Fenstersims abgestellt, richtet er die Waffe auf das Carport, unter dem sich Magnus befinden muss, und spuckt weiterhin große Töne.

Aus dem Inneren des Hauses höre ich eine Frau zetern und ein Kind vor Angst weinen. Es muss Magnus' Tochter sein. So richtig habe ich das nicht hinterfragt. Aber sobald Kinder im Spiel sind, kann ich nicht wegschauen. Ich hätte auch eingegriffen, ohne diesem Citrones – oder besser bekannt als Ričardas Tamulis – das Versprechen zu geben.

Im Sprint schiebe ich die Pistole in meinen Hosenbund, nehme Anlauf und überwinde mit einem lockeren geübten Sprung das etwa ein Meter hohe Gartentor. Danach ziehe ich meine Waffe, schieße auf das untere linke Fenster und hebe die Arme schützend vor mein Gesicht. Bloß das verräterische Klirren der Fensterscheibe lässt Algis' Rede ins Stottern geraten. Er bringt bloß noch Gestammel über die Lippen.

»W-was … Wie? … Habt ihr? Was war das?«, fragt Kalmar erschrocken einige Räume weiter. »Wo kam es her?«

»Fragt nicht so blöd! Schaut selber nach!«, blafft Algis sie an.

Noch sieben Schuss – zähle ich in Gedanken. Es müssten sich drei oder vier Angreifer im Inneren aufhalten. Auch wenn ich es hasse, habe ich kein Problem damit, sie alle drei umzubringen. Dass Tjark sie nicht geschickt haben wird, ist offensichtlich. Er will lieber den Schein wahren und mit Magnus' Clan ein Friedenspfeifchen rauchen, als Leute auszusenden, die seine Familie bedrohen. Seine Familie …

Mit dem Rücken presse ich mich neben der Tür des Hauswirtschaftsraumes an die Wand. Schritte nähern sich, die etwas orientierungslos und unruhig wirken.

Ich seufze tonlos. Moira ist Magnus' Verlobte. So richtig will mir das nicht in meinen Kopf gehen. Wenn das Kind, das ich bisher kein einziges Mal sah, Magnus' Tochter ist, dann … könnte Moira seine …

Eine dunkle Gestalt tritt durch den Türbogen, läuft zwei Schritte an mir vorbei und kassiert eine Kugel in seine Schulter, die zweite in seinen Oberschenkel. Ehe Kalmar die anderen verständigen kann oder weiß, wer ihn angegriffen hat, sackt er auf die Knie. Keuchend dreht er das Gesicht zu mir, während ich in dem Moment mit dem Fuß Schwung hole und ihn mit der Breitseite meines Schuhes an der Schläfe treffe.

»Mit dir beschäftige ich mich später!«, raune ich ihm zu, als er schlaff zusammensinkt, aber sich gerade so mit den Händen nach vorn abfangen kann.

»Ar…« Ich greife in sein Haar, trete ihm ins Rückgrat und befördere seinen Kopf mit Schwung auf die Fliesen.

Wieder ertönt der panischer Schrei eines Kindes, das höllische Ängste ausstehen muss. Moiras Tochter. Auch wenn ich den Gedanken für unerträglich halte, dass Moira ein Kind mit diesem Serienmörder hat, kann ich ihn nicht länger leugnen. Es ergäbe Sinn. Es ergäbe alles Sinn.

Ohne Zeit zu vergeuden, kassiere ich Kalmars M16 ein und verlasse in der linken Hand die Magnum haltend und in der rechten das Maschinengewehr den Hauswirtschaftsraum.

Über mir höre ich Schritte. Das Schreien des Kindes geht in ein Wimmern über, gefolgt von den Wutschreien einer Frau, die Alenas oder Algis wohl auf die Nerven geht.

»Miese Schweine! Ihr könnt nicht vor dem Kin…«

Ehe sie zu Ende sprechen kann, verstummt sie mitten im Satz. Immer zwei Stufen auf einmal nehmend steige ich die Treppe hoch, um die Räume einzeln abzusuchen.

Doch recht schnell finde ich die Zwillinge, die sich flüsternd über ihre nächsten Schritte beratschlagen.

»Kalmar!«, plärrt Alenas nach ihm wie das Kind nach seiner Mutter. »Wo zur Hölle steckst du! Kalmar!«

Wachsam presse ich mich neben der leicht geöffneten Tür gegen die Wand und wage einen knappen Blick in das verdunkelte Schlafzimmer. Die Zwillinge befinden sich in der Mitte des Raumes, während in einer Fensterecke ein Mädchen neben einer zusammengesackten Frau sitzt und mit aufgerissenen Augen zu den Männern schaut. Sie hält sich unaufhörlich die Ohren zu, wahrscheinlich weil sie die Schüsse zu sehr erschrecken. Von Weitem höre ich die Sirenen von Polizeiwagen. Mir bleibt nicht mehr viel Zeit.

»Das wird zu knapp. Wir sollten sie umlegen oder mitnehmen«, schlägt Algis vor.

»Wir gehen.«

Welch schlaue Entscheidung. Verlasst den Raum, dann muss die Kleine nicht sehen, wenn ich euch die Augen aus dem Schädel trete, sobald ich euch erledigt habe.

Und genau der Plan geht auf. Beide verlassen überstürzt das Schlafzimmer, eilen an mir vorbei, sodass ich hinter ihnen die Tür ins Schloss werfe.

Von dem Geräusch aufgeschreckt, drehen sie sich zu mir um und starren jeweils einer Mündung meiner Waffen entgegen.

»Ihr kommt hier nicht mehr lebend raus.«

»Arūnas … Gut, dass du da bist.« Alenas tritt an mich heran, als wäre ich zur Unterstützung gekommen.

Algis hingegen befindet sich vor der Treppe und wirkt ganz und gar nicht erleichtert, mich zu sehen.

Obwohl ich sie hätte längst erschießen sollen, breitet sich in mir dieser quälende Druck zwischen dem Rippenbogen aus. Ich spüre den Puls in meiner Kehle pochen und die Frage in meinem Kopf auftauchen, den Rest nicht einfach die Polizei erledigen zu lassen. *Nein, sie würden bloß im Knast einsitzen. Jeder Verräter muss beseitigt werden.*

Moiras Mutter war keine Ausnahme, wieso also sollte ich beide ungeschoren davonkommen lassen? Auf keinen Fall!

Verbissen mahle ich mit den Kiefern, während diese innere Blockade weiterhin von mir Besitz ergreift. *Warum zögerst du!*

»Komm, Alenas!«, ruft ihm Algis zu.

»Nein!« Ich schließe die Augen, bevor ich abdrücke und Alenas mitten ins Herz treffe, und das mit bloß einem Schuss. Bevor Algis wütend aufschreien und seinem Bruder dabei zusehen kann, wie er mit entgleistem Gesichtsausdruck nach hinten umkippt, gehe ich auf Algis zu und ziele mit der Magnum auf seinen Kopf. Im selben Augenblick richtet er seine M16 auf mich, drückt den Abzug, und mehrere Patronen werden gen Boden abgegeben. Rechtzeitig weiche ich aus, doch dummerweise stolpere ich über etwas wie einen Teppich und kann mich nicht mehr abfangen. Hart schlägt mein Hinterkopf auf dem Fliesenboden auf und ich starre ein paar Sekunden benommen zur Decke der Galerie.

Diese Scheißtabletten. Sie beeinträchtigen weiterhin meine Reaktionen und rufen dieses dumpfe unangenehme Pochen in meinem Brustkorb hervor. Einen Moment glaube ich, an dem widerlichen Pochen zu ersticken, als würde es mir meine Luftröhre von innen abschnüren.

Steh auf! – ermahne ich mich. *Beweg dich, bevor die Bullen hier sind und dich wie eine auf dem Rücken angespülte Schildkröte finden.*

Mit zusammengekniffenen Augen atme ich hektisch gegen diesen immensen Druck unter meinem Brustbein an. Danach schlage ich die Augen auf und schaue einem mit dunklen Locken umrahmten Gesicht entgegen.

»Sind sie … tot?« *Meint sie mich oder die Männer?*

Mehr als den Kopf träge von links nach rechts drehen und ein gezwungenes Lächeln über die Lippen bringen, kann ich nicht.

»Schlafen bloß.«

Reiß dich zusammen! Susikaupk!

Mit aller Kraft stemme ich mich auf den Ellenbogen auf und hole tief Luft, auch wenn die Luft nur zur Hälfte meine Lungenflügel durchflutet, und richte mich auf. Das Mädchen weicht erschrocken zurück.

»Wir sollten gehen. Dein Vater ist hier und wartet auf dich.«

»Kęstas ist …«

Ich nicke und reiche ihr meine Hand. Sie zögert und schüttelt den Kopf, bevor sie meine Waffen näher betrachtet. Schnell hänge ich mir das Sturmgewehr um und verstecke die Pistole im Hosenbund.

Danach schnappe ich mir die Kleine, bevor sie auf die grandiose Idee kommt, vor mir zu fliehen.

Sie kreischt auf und zappelt wie eine Spinne, die man an einem Bein festhält.

Im Schlafzimmer gehe ich zur halb bewusstlos geschlagenen Frau und finde einen Raum weiter einen Mann und die kleine Nervensäge von Krankenpflegerin gefesselt und geknebelt vor. Beide wurden im Badezimmer am Handtuchtrockner mit Handschellen fixiert.

Als ich bei der blonden Frau ankomme, die ich beim letzten Mal in diesem Haus flüchtig gesehen habe, hebt sie das Gesicht.

»Geht raus hier. Bring sie zu Kęstas. Das Haus …«

»Polizei! Keine Bewegung!«, hallen die Rufe durch das Erdgeschoss, nachdem die Tür eingetreten wurde. Das Mädchen gibt einen schockierten Seufzer von sich.

»Malvine, geh mit ihm.« Die blonde Frau schaut mit geweiteten Augen zu ihr auf.

»Aber ich will bei dir bleiben.«

Ohne länger auf die Proteste des Kindes zu achten oder ihr die Möglichkeit zu geben, von meinem Arm zu klettern, folge ich dem Nicken der Frau. »Balkon … Los!«

Warum zur Hölle hilft sie mir und will mich nicht in Handschellen abgeführt als Mörder der Zwillinge sehen?

Ich folge ihrer Anweisung, hebe das Mädchen fester an meinen Körper und suche den Balkon auf. Wie schon das letzte Mal befindet sich knapp vier Meter unter uns das große Trampolin, das wir unter den Balkon gestellt haben. Ich überwinde mit Malvine das Metallgeländer und presse ihr den Mund zu, als sie aufquietschen will.

»Das hat deine Mama auch gemacht. Halt die Luft an und schließ die Augen.« Sie macht das Gegenteil, reißt die Augen weit auf und holt hektisch Luft. Hoffentlich bekommt sie keinen Schock. *Wer wäre schuld? Ich natürlich, nicht die herumballernden Zwillinge.*

Mit einem Satz lasse ich mich rücklings in das Trampolin fallen und halte dabei das Kind schützend an meinen Oberkörper gepresst. Während des Falls kitzeln ihre Haare in meinem Gesicht und ich atme ihr süßes Shampoo ein. Etwas so Unschuldiges, Zerbrechliches habe ich noch nie in den Händen gehalten. Bisher gab es keinen Augenblick, in dem ich einem Kind so nah war. Selbst bei Rysands Sohn habe ich mich geweigert, ihn auf dem Arm zu halten, während sich wirklich jeder darum gerissen hat, das Baby nehmen zu dürfen.

Ich mag Kinder, aber muss sie nicht sofort anfassen, knuddeln oder umarmen. Als ich damals mit Riana in Berlin den Schwangerschaftstest durchgeführt habe, habe ich mich sehr für sie gefreut. Ein winziger Teil hatte sich gewünscht, dass ich der Vater des Kindes sein könnte. Doch das traf nicht ein. Kein einziges Mal habe ich einen Gedanken daran verschwendet, selbst Kinder haben zu wollen.

Sicher … später irgendwann. Doch wann ist irgendwann? Und wenn irgendwann eintrifft, ist dann auch die Frau da, die es ebenfalls möchte?

Woran denke ich verdammt …!

In meinen Händen versteift sich das Mädchen nicht länger, sondern beginnt nach einem Wimmern, das in ein Quietschen übergeht, zu kichern. Sie kichert tatsächlich, als wir auf dem Trampolin auf und ab wippen.

Ehe das Netz ausgeschwungen ist, tritt eine dunkle Person an das Trampolin heran und nimmt mir das Kind aus den Armen.

»Darüber reden wir später, Degutis!«, erkenne ich Magnus' Stimme. »Trotzdem danke. Wir sollten gehen.«

»Kęstas«, ruft das Mädchen vom Adrenalin aufgedreht. »Das hat Spaß gemacht. Das sollten wir –«.

»Nicht jetzt, Malvine. Wir müssen gehen. Flüstere nur noch. Kannst du das?« Im Haus werden mit Taschenlampen die Räume abgesucht, während ich Magnus durch den dichter bewachsenen Teil des Gartens folge.

Malvine … So heißt seine Tochter. Es muss das Kind sein, von dem Henriette gesprochen hat. Immer wieder dreht sich Malvine an Magnus' Hand zu mir um und prüft mich in ihrem dunkelblau gestreiften Pyjama mit ihren Blicken. Wir stapfen durch den gefrorenen Schnee auf ein Tor zu, das bisher nicht von den Polizisten entdeckt wurde. Vom Rest der Truppe ist nichts zu sehen.

Malvine kommt mit ihren Plüschhausschuhen Kęstas' großen Schritten kaum hinterher. »Kannst du mich tragen? Meine Schuhe sind ganz nass.«

Magnus checkt erst jetzt, dass sie bloß mit Hausschuhen unterwegs ist, bevor er sie an sich hochhebt und auf die Schultern setzt. Sie hält sich an seinem dunklen Haar fest, was für mich, als ich an seine Seite trete, ein eher bizarres Bild abgibt. Der meistgesuchte Serienmörder Litauens, der die Hauptstadt in Angst und Schrecken versetzt, der wie ein Phantom auftaucht, Frauen entführt und wenige Tage später ermordet unter Brücken zurücklässt, trägt neben mir seine Tochter auf den Schultern spazieren, als wäre nichts passiert.

Wie vereinbart er beide Seiten? Wie gelingt es ihm, kein bisschen Reue oder Schuldgefühl aufzubringen?

Im Gegensatz zu mir scheint Magnus nicht von den Ermordeten im Schlaf heimgesucht zu werden. In Gedanken vertieft und von den Beruhigungstabletten immer noch leicht benommen, warte ich neben der Limousine, während Magnus seine Tochter im Wagen anschnallt. Keiner der anderen Anhänger ist zu sehen.

Als er fertig ist und die Autotür schließt, tritt er an mich mit einem undurchdringlichen Blick heran.

»Du warst gar nicht übel.«

»Ein *ausgezeichnet* würde mir besser gefallen«, antworte ich ihm verschlagen lächelnd, wobei ich nicht hoffe, dass seine Tochter ihm von meinem kurzzeitigen Aussetzer im Haus erzählt. Davon muss keiner etwas wissen.

»Du warst gut und hast dir einen Teil meines Vertrauens verdient. Du scheinst doch nicht so unschlüssig gewesen zu sein, wie ich dachte. Aber glaube nicht, dass du ab jetzt zum Akis gehörst. Wir fahren nach Vilnius zurück.« Neben sich legt er die Hand auf das Autodach, um anzudeuten, dass seine Tochter dringend ins Bett gehört. »Malvine hat genug erlebt.«

Mir war von Anfang an klar, dass es nicht leicht sein würde, Magnus' Vertrauen zu gewinnen. Ich kann ihm gerne weitere Male beweisen, was ich draufhabe. Sooft er will, während er in seiner Deckung bloß zusieht und abwartet.

Aber ganz ehrlich, gegen ein paar Stunden Schlaf habe ich nichts einzuwenden. Mein Blick richtet sich auf die Polizeiwagen, deren blaue Leuchtkegel die Fassaden der halben Nachbarschaft beleuchten.

»Was ist mit den Leuten in dem Haus?«, erkundige ich mich, als Magnus auf dem Fahrersitz einsteigt. »Wo sind die anderen?«

»Das muss nicht deine Sorge sein. Steig ein.«

KAPITEL 3
ARŪNAS

Die gesamte Fahrt kann ich trotz der einschläfernden Tabletten keine fünfzehn Minuten entspannt die Augen schließen und Schlaf finden. Immer wieder wache ich auf, schaue mich um und nicke erneut ein. Magnus' Tochter döst, den Kopf an die Scheibe gelehnt und mit leicht geöffneten Lippen, auf der Rückbank. Hin und wieder kippt sie mit dem Oberkörper zur Seite.

Da er sein Kind bei sich hat, gehe ich nicht davon aus, dass er es sich anders überlegt und mich doch loswerden will. Er könnte es schnell und sauber erledigen. Von der Autobahn abfahren, in eine Waldschneise abbiegen, mir mit einer Pistole, die er unter seiner Jacke versteckt hält, befehlen auszusteigen und im Wald erschießen. Den Rest würde der Schnee erledigen. Im Frühjahr oder Sommer wäre von meinen Überresten höchstens das Skelett übrig, über das Wanderer oder Pilzsammler in dieser Einöde stolpern.

»Ich habe mich intensiv mit dir beschäftigt, Degutis.«

»Kannst du mir nicht einen anderen Namen verpassen? Menelaos oder King Arthur, vielleicht? Denn wenn du dich mit mir beschäftigt hast, solltest du wissen, dass ich ungern mit meinem Familiennamen angesprochen werde.«

Magnus grinst amüsiert. »Ich habe mich eingehend mit deiner Vergangenheit beschäftigt, ganz besonders mit deiner Familie. Ich weiß von deiner Abneigung deinem Vater gegenüber. Ich weiß, dass du aus sehr gutem Hause stammst, du dich aber schon seit deiner Jugend zu illegalen, kriminellen Taten hingezogen gefühlt hast und bei den Vanags deine Bestätigung gefunden hast, die dir dein Vater nie gab. Liegt sicher daran, dass dir eine Mutter gefehlt hat. Ich weiß auch, dass dir deine Cousins heilig sind, du deine Cousine aber nicht leiden kannst. Und ich weiß, dass aus dir etwas geworden wäre, wenn du nicht bei den Vanags geblieben wärst. Aber anscheinend hast du den Absprung nicht geschafft. Oder du hast Menschen gebraucht, die dir Anerkennung schenken – in dem Fall waren das Rysand und Tjark.«

Was soll diese lächerliche Ansprache? Ich weiß, wie gut er darin ist, andere auszuspionieren und Sigmund Freud zu spielen. Er hat nicht die geringste Ahnung, wie meine Vorstellung vom Leben aussieht. Mag sein, dass ich ein bequemeres Leben führen könnte, wenn ich wollte, doch das möchte ich nicht.

Ich verschränke die Arme vor der Brust, strecke die Füße im Fußraum aus und schließe die Augen.

»Aus dir wäre sicher auch etwas Besseres geworden, wenn dein zeitaufwendiges Hobby dir nicht so viel abverlangen würde«, bringe ich sarkastisch hervor, obwohl ich keine Ahnung habe, was er beruflich macht. Ob er überhaupt arbeitet? Oder von der Kohle lebt, die er bei seinen Opfern erbeutet? Kaum denkbar. Er trägt noble Kleidung, fährt teure Wagen mit kompletter Business-Ausstattung, hat mehrere Gebäude und Anwesen, die er entweder mietet oder sogar besitzt.

Also batteln wir jetzt darum, aus wem etwas Besseres ohne unsere kriminelle Veranlagung geworden wäre?

»Ich bin Staatsanwalt«, antwortet Magnus knapp. »Am obersten Gerichtshof in Vilnius.«

Er belügt mich doch? Keiner ist ihm bisher auf die Schliche gekommen und hat seine nächtlichen Aktivitäten aufgedeckt? Er verurteilt am Tage Kriminelle und wird nachts selbst zu einem.

Überlegen schaut er aus den Augenwinkeln zu mir und hebt die rechte Braue, bevor er das Tempo beschleunigt.

»Das schockiert dich sicher?«

»Keineswegs«, lüge ich, lehne den Kopf zurück und atme geräuschvoll aus. »Das erklärt, warum ein Minister in der Partygruppe dabei ist. In deiner Gang scheinen mehrere hochrangige Tiere mitzumischen, denen es eine Freude ist, Menschen zu entführen, zu quälen und zu töten. Sieht so aus, als hättest du Blut geleckt, als du deine toten Eltern gefunden hast, oder? Du hast dich von dem Morbiden, Makaberen, den Abgründen der menschlichen Psyche verleiten lassen, um selbst zu einem dieser Killer zu werden. Bist du stolz darauf?«

Es ist kurz vor fünf Uhr morgens, die Autobahn ist wie leer gefegt, als Magnus die Limousine abrupt auf dem Standstreifen abbremst und sich zu mir dreht. »Du denkst, wir sind eine Gruppierung von gelangweilten Schnöseln, die Freude daran haben, andere Menschen zu töten?«

Plötzlich wirkt er ziemlich unheimlich, als hätte ich sein großes Werk mit Worten durch den Dreck gezogen.

Unvermittelt beugt er sich zu mir rüber. »Genau aus dem Grund, weil du die Absichten nicht erkennst, bist du nutzlos für die Vereinigung. Wir töten nicht, weil es uns fasziniert, sondern weil dort draußen unzählige Täter mit ihren Straftaten davonkommen. Weißt du, wie es sich anfühlt, wenn du dem hämischen Grinsen eines skrupellosen, wahnsinnigen Angeklagten machtlos entgegenblicken musst? Wenn man nichts ausrichten kann, weil eine Anklage bloß auf Indizien, nicht aber auf Beweisen geführt werden kann? Jeder Mensch, selbst der dümmste der Welt, kann in dem Gesicht des Angeklagten seine Taten ablesen. Ablesen, wie viel Freude es ihm bereitet hat, seine Opfer zu quälen, Familien zu zerstören, nur um seine krankhaften Triebe zu stillen. Und du kannst nur tatenlos zusehen, wie er freigesprochen wird und ein sorgenfreies Leben führen darf, während er andere Leben zerstört. Nach Jahren sitzt er wieder auf der Strafbank, wieder wird Anklage erhoben, wieder wird er in Untersuchungshaft gebracht, wieder werden Steuergelder ausgegeben und wieder vergehen Monate oder Jahre, bevor der nächste Prozess ansteht. Und dann kommen viele mit dem lächerlichen Gutachten eines Psychologen, die ihre Klienten als unzurechnungsfähig einstufen, davon. Es sei eine Tat im Affekt gewesen, es handele sich bloß um Totschlag und nicht Mord. Zweifelsohne gibt es unschuldig angeklagte Täter, aber es gibt viele, die aufgrund Mangels an Beweisen freigelassen werden. Und das wieder und wieder. Wie würdest du dich fühlen, wenn du nach einem dreitägigen Prozess und diesem unbefriedigenden Urteil abends ins Bett gehen würdest? Du weißt genau, dass sich der Freigesprochene womöglich zur gleichen Zeit ein neues Opfer aussucht und es misshandeln wird, während du nur abwarten kannst, bis er einen Fehler begeht.«

»Oder es selbst in die Hand nehmen und ihn verschwinden lassen kannst«, ergänze ich, als ich den Sinn hinter seiner Organisation verstehe. »Du scheinst kein Verlierertyp zu sein«, sage ich.

Magnus lächelt sanft und wendet den Blick von mir ab. »Irgendwann verlieren wir alle. Es ist bloß die Frage, wie viel wir bis dahin erreichen. Sollte der Tag kommen – und er wird kommen –, dass ich einen Fehler begehe, würde es mich beruhigen, wenn du auf Moira aufpasst. Sie hat zu viel in ihrem Leben durchmachen müssen, als wieder von vorn zu beginnen.«

Er wirkt ehrlich besorgt um sie, als hätte er sich tagelang darüber Gedanken gemacht, was passiert, wenn er geschnappt oder ermordet wird.

»Wieso sollte das dem großen Magnus passieren? Du hast viele Leute hinter dir. Es gibt Mörder, die werden nie geschnappt. Ich sage das ungern, aber ich bin der Meinung, dass du zu der Sorte gehörst. Du solltest bloß aufpassen, nicht selbst dem Wahnsinn zu verfallen. Irgendwann wirst du an einem Punkt ankommen, an dem du dich fragst, ob du nur noch für die Gerechtigkeit tötest oder du es brauchst, um dich lebendig zu fühlen. Diesen Punkt werde ich nie erreichen, weil ich es abgrundtief verabscheue, Menschen zu töten. Dir hingegen bereitet es Freude, sonst würdest du die Leichen nicht auf einem inszenierten Schauplatz hinterlassen. Ich habe einen Ort selbst gesehen. So wie du Dalia zurückgelassen hast, hat mir gezeigt, wie sehr du das Morden liebst. Während du im Gerichtssaal machtlos bist, demonstrierst du deine Macht als Mörder. So ist es doch?«

Eine Weile starren wir uns bloß an, während der Regen auf die Windschutzscheibe prasselt, die Scheibenwischer summend hin und her wischen und Autos an uns vorbeirasen.

Magnus leckt sich über die Lippen.

»Ja, so ist es.«

Ich lächele knapp.

»Ich kenne das Gefühl der Reue nicht mehr wie du. Ich zögere nicht mehr, ich denke nicht über die letzten Worte meiner Opfer nach und ich bedauere keine einzige Tat – so wie du. Das Leben besteht nicht aus Schwarz und Weiß. Nicht aus unschuldig und schuldig. Das solltest du am besten wissen und dennoch …« Er tippt gegen meine Stirn. »Plagst du dich mit Schuldgefühlen. Wieso? Wieso hast du Mitgefühl mit den Tätern, die ohne dich weiter morden und vergewaltigen würden?«

Allmählich dringt er Stück für Stück immer weiter in meine selbst errichtete Schutzbarriere vor. Er spricht Dinge an, von denen nur die engsten Vertrauten etwas wissen.

»Ich habe kein Mitgefühl mit ihnen!«, antworte ich grimmig.

»Dann hast du die falsche Einstellung.«

Er wendet sich wieder dem Lenkrad zu, wirft einen Blick in den Rückspiegel und gibt anschließend Gas.

»Du bist ein sehr guter Schütze, du bist clever, hast einen Sinn für Gerechtigkeit und bist doch gehemmt.«

Ich brauche kein therapeutisches Gespräch mit einem bereits komplett zerstörten Menschen.

»Ich denke nicht, dass das Morden dein Problem ist, Arūnas. Ich denke viel eher, dass du die Vanags hinterfragst. Dass du hinterfragst, ob es das Richtige ist, was du tust. Ob es dir überhaupt noch wichtig ist, Teil der Organisation, die sich mit Waffenschmuggel und Rauschmitteln beschäftigt, zu sein. Es hat dir früher deine Selbstbestätigung gegeben, aber jetzt nicht mehr. Und aus diesem Grund hinterfragst du dich und dein Handeln. Ich würde mich mit keinem gewöhnlichen Kriminellen abgeben, wenn ich nicht wüsste, dass deine Taten gerechtfertigt waren.«

Wow, soll mir das jetzt schmeicheln? Er stuft meine Taten ebenfalls als ehrvoll ein wie seine? Aber … so absurd sich seine Feststellung anhören mag, ein Fünkchen Wahrheit ist in ihr enthalten. In letzter Zeit habe ich öfter hinterfragt, ob ich überhaupt noch ein Teil der Vanags sein will. Früher hat sich Tjark vehement gewehrt, die Position seines Vaters als Anführer der Vanags einzunehmen. Jetzt führt er die Organisation nach seinen Vorstellungen, als hätte er nie etwas anderes tun wollen.

Er hat seine Einstellung zu der Sache geändert. Denn wenn er die Vanags nicht weiterführen würde, würde es womöglich eine Person tun, die längst ihre Seele verloren hat.

Nach weiteren Stunden, die wir durch Litauen fahren, erreichen wir Vilnius in der Morgendämmerung. Seine Tochter hat die komplette Fahrt verschlafen.

Obwohl ich auf der Fahrt zum Flughafen einen Sack tragen musste, weiß ich, Magnus fährt direkt zu einem Industriegebäude am Stadtrand von Vilnius. Die Gegend kenne ich zu gut. Sie ist nicht weit entfernt von meinem Apartment.

Seit wenigen Tagen hat die Schneeschmelze begonnen. An den Straßenrändern türmen sich braune, hässliche Schneebrocken. Die Straßen sind von einem salzigen, matschigen Gemisch überzogen.

Vor dem eingezäunten Industriegebäude, das ehemals eine Lagerhalle ohne Fenster gewesen sein muss, öffnet Magnus mit einer Fernbedienung die Schranken. Mit Schwung rauscht er über eine Rampe in eine Art offenen Raum und schaltet den Motor ab. Hinter dem Wagen schiebt sich ein Tor zu. Als ich mich umdrehe, spüre ich einen Ruck, der durch meinen Körper geht, da wir uns in einem Lastenaufzug befinden. An den Wänden sind mehrere gelbe Markierungen zu erkennen, die das maximale Gewicht kennzeichnen.

Als wir einige Etagen tiefer angekommen sind, parkt Magnus die Limousine in einer Tiefgarage, in der sich mehrere schwarze Wagen neben gewöhnlichen, eher unscheinbaren Autos einreihen.

»Ich werde Malvine in ihr Zimmer bringen. Du wartest hier. Da du Urlaub hast, würde ich dich gern auf einen Ausflug mitnehmen. Du hast doch heute frei, oder?«, scherzt er, stellt den Motor ab und lacht dunkel.

»Ja, ich denke, ich habe für heute noch nichts vor.«

Was will er mir zeigen?

KAPITEL 4
MAGNUS

Mit Malvine auf dem Arm schiebe ich das Gitter des Lastenaufzuges zu, drücke die Taste Nummer 11 und lehne mich mit dem Rücken gegen die kühle Metallwand.

Sanft streiche ich mit der rechten Hand über Malvines Rücken, vergrabe mein Gesicht in ihrem Haar und atme ihren unschuldigen Duft ein. Sie murmelt unverständliche Worte.

»Wihhh nihhh annommnn.«

Für eine kleine Ewigkeit schließe ich die Augen und bin dankbar dafür, dass ihr nichts geschehen ist. Auch wenn heute Nacht Arūnas getestet wurde, hätte die kurzfristig geplante Prüfung nach hinten losgehen können.

Einen unendlichen Augenblick kam ich mir so machtlos wie schon lange nicht mehr vor. Genauso wie damals, als ich meine ermordeten Eltern blutüberströmt und noch atmend in der Küche aufgefunden habe.

Ich war gerade in der Garage zu Gange, habe an meinem Motorrad herumgeschraubt, als ich meinen Ohren kaum trauen wollte. Es fielen Schüsse. Schüsse, die trotz der lauten Musik meines Radios zu hören waren. Zuerst glaubte ich, mir alles bloß eingebildet zu haben. Doch dann wollte ich nachsehen, legte den Dreizehner-Schlüssel zur Seite und schob die Garagentür, die bloß angelehnt war, auf. Im Garten war niemand zu sehen. Auf der Straße konnte ich auch keine aufgebrachten Nachbarn entdecken. War etwa bloß ein Feuerwerkskörper oder Ballon geplatzt? Trotzdem beschloss ich, ins Haus zu gehen, da meine Eltern vor knapp zehn Minuten ihre Einkäufe durch den Seiteneingang in die Küche getragen hatten.

Nachdem ich die Seitentür geöffnet hatte, blieb mir der Satz »Alles in Ordnung bei euch?« im Halse stecken. Ich brachte nicht einmal die erste Silbe hervor, als ich meinen Vater sich die Brust haltend zu meiner Mutter kriechen sah. Er hinterließ auf dem Weg über die weißen Fliesen eine rote, verschmierte Blutspur. Die Finger zittrig nach meiner Mutter ausgestreckt, drehte er das Gesicht über die Schulter zu mir. Ich sah die reine ungefilterte Panik in seinen Augen. Für einen Moment muss er angenommen haben, der Täter wäre zurückgekehrt.

Seinem entsetzten Gesichtsausdruck wich ein erleichterter. Zugleich wirkte er verstört. »Geh, Demjan. Er … er könnte noch …«

»Wer hat das getan?«, brachte ich vollkommen überfordert hervor. Noch vor wenigen Minuten war alles in bester Ordnung, reihte sich dieser Tag wie jeder andere langweilige Tag in meinem Leben ein. Und nach bloß einem Fingerschnippen lagen meine Mutter und mein Vater schwer verletzt auf dem hellen Küchenboden.

Meine Mutter rührte sich nicht. Sie lag mit dem Gesicht auf den Fliesen. Um ihr dunkles Haar bildete sich eine immer größer werdende Blutlache.

Ohne auf die Warnung meines Vaters einzugehen, rannte ich zuerst zu meiner Mutter und zog zur gleichen Zeit mein Handy aus der Tasche, um den Notarzt zu verständigen. Merkwürdigerweise näherten sich unserem Haus Sirenen, noch bevor ich den Rettungsdienst am anderen Ende der Leitung hatte. Ich begriff nicht, dass kurz zuvor Moiras Mutter ermordet wurde und derselbe Bastard, den Moira während der Beseitigung der Leiche gestört hat, auf unser Grundstück geflüchtet war. Von ihm fehlte jede Spur. Für meine Mutter kam jede Hilfe zu spät. Sie wurde durch zwei Schüsse im Rücken und einen Kopfschuss tödlich verletzt.

Sie war tot.

Mein Vater verstarb zwei Tage später im Krankenhaus, weil er seinen schweren Verletzungen erlag. Kurz nachdem der Rettungsdienst ihn ins Krankenhaus fuhr, fiel er ins Koma. Die Ärzte konnten wenig ausrichten, da seine Lunge und seine Leber getroffen wurden. Ebenso wurde seine rechte Herzarterie gestreift. Es hätte an ein Wunder gegrenzt, wenn er die Verletzungen überlebt hätte.

Für ihn blieb ein Wunder aus.

In dem Moment, in dem ich auf Arūnas wartete, begriff ich, was auf dem Spiel stand. Wenn er zögern oder eigene Pläne durchziehen würde, wäre mir unter Umständen kaum Zeit geblieben, um die Vanags-Zwillinge aufzuhalten.

Ich saß in der Zwickmühle, aber mir wäre es tausendmal lieber gewesen, als Magnus entlarvt zu werden, als Malvine zu verlieren. Moira hätte mir das nie verziehen.

Ich presse Malvine fester an meinen Körper. Ein leises Schnaufen dringt an mein Ohr.

Mit einem *Bing* öffnen sich die Schiebetüren des Aufzugs, bevor Dikar die Gitter aufschiebt und mich mit seinem gewohnt unbekümmerten Blick begrüßt.

»Sie schläft nicht«, bringt er hervor, und ich weiß, wen er meint. Es ist mittlerweile kurz nach halb sieben Uhr morgens. Wie ich Moira kenne, wird sie die gesamten letzten Stunden kein Auge zubekommen haben.

Verständlich. Gerade in dem Augenblick, in dem ihre Erinnerungen zurückgekehrt sind, verschaffen sich abtrünnige Vanags Zutritt zu meinem Anwesen in Klaipéda. Ungünstiger hätte es nicht laufen können.

»Ich sehe gleich nach ihr.«

»Ich behalte Degutis im Auge und warte auf die Meldungen der anderen.«

»Vergiss den 10-Uhr-Termin nicht.«

Mit den Worten lasse ich Dikar stehen, um Malvine über den grau gestrichenen Gang zu tragen und mit ihr durch eine Flügeltür zu gehen. Am Ende des Wohnbereichs erreiche ich eine Holztreppe, die zu ihren Zimmern führt.

Dieses Gebäude besitzt mehr als hundertelf Räume, ist nach meinen Wünschen und Vorstellungen ausgebaut worden und erweckt von außen den Anschein einer gewöhnlichen übergroßen Industriehalle.

Ehemals war diese Halle ein Stahlwerk, das jedoch vor vier Jahren pleite ging. Hier draußen, im abgelegenen Industrieviertel, interessiert sich nicht einmal ein Fuchs für die Schreie der Gefangenen. Außerdem werden sie von den gedämmten Wänden verschluckt und dringen nicht einmal bis zum Erdgeschoss.

Als ich die Treppe hinter mir lasse, befinden wir uns unter einer Glaskuppel, die Malvine sehr liebt. Ich halte auf ihr

Kinderzimmer zu, öffne die Tür und schalte das gedimmte Licht ein. Da es bewusst keine Fenster in diesem Gebäude gibt, kann Malvine nicht vom Tageslicht geweckt werden.

»Sinnn wi daah?«, nuschelt sie, als ich sie auf dem ordentlich gemachten Bett mit ihren Einhörnern absetze und die Decke zurückschlage.

»Sind wir. Schlaf noch etwas.« *Später habe ich eine Überraschung für dich, mein Engel. Später, wenn ich von der Arbeit zurückkomme.*

Vor Müdigkeit bekommt sie kaum die Augen geöffnet, reibt sich mit dem Handrücken über die Augenlider und nickt schläfrig.

Behutsam lege ich sie in die Kissen, ziehe ihr die Hausschuhe aus und streiche ihr aufgewühltes Haar aus der Stirn. Anschließend decke ich sie zu und gehe neben dem Bett mit den mit Aufklebern übersäten Schubkästen in die Hocke.

»Kann noch beibm testas …«

»Hm, ich bleibe noch hier«, antworte ich ihr und streichele über ihren Rücken, als sie sich auf die Seite dreht. Sie liebt es, vorm Einschlafen gekrault zu werden.

Ich ertappe mich nach wenigen Minuten, wie ich ebenfalls nach vorn zusammengesunken eingenickt bin. Erst von den dumpfen Schritten auf dem dicken Teppich werde ich munter. Ein langer Schatten fällt in den Raum, der zu Dikar gehört.

Wie spät ist es? Mein Blick fällt auf den Kinderwecker in Form eines bunten Häuschens.

Ah, Gott. Ich habe fünfzehn Minuten gedöst.

Etwas ungelenk richte ich mich beinahe geräuschlos vor dem Bett auf. Malvine liegt weiterhin auf die Seite eingerollt und atmet gleichmäßig.

Als ich das Nachtlicht gedimmt und das Zimmer verlassen habe, schließt Dikar die Tür. An der Wand angelehnt gähne ich und versuche die Müdigkeit zu vertreiben.

»Du solltest den Termin vertagen.«

»Aufgrund eines nächtlichen Ausflugs? Nein.«

Den Blick, den er mir zuwirft, kenne ich zu gut. »Du kannst einmal fehlen oder krank werden.«

Kann ich nicht. Ich würde den Termin ungern verschieben oder einen anderen Anwalt die Anhörung übernehmen lassen. Ich habe mich mehr als ein halbes Jahr darauf vorbereitet. Diesen Termin würde ich sogar mit zwei gebrochenen Beinen wahrnehmen.

»Sitzt Arūnas noch im Wagen?«

»Nein, er lief die Tiefgarage ab.« *Lief?* »Nun hält er sich im Keller auf.«

Wahrscheinlich ist ihm öde geworden oder er hat nicht mehr mit meiner Rückkehr gerechnet.

»Ich habe es mir anders überlegt. Geh zu ihm, bring ihn in der neunten Etage unter und gib ihm frische Kleidung. Ich brauche länger als geplant.«

Dikar schenkt mir einen für andere Menschen starren Blick, in dem steht: Traust du ihm?

Ich antworte mit einem charismatischen Lächeln und klopfe ihm auf die Schulter.

»Noch nicht. Aber lass ihn in dem Glauben.«

MAGST DU
UNKOMPLIZIERTEN,
SPONTANEN SEX?

NEIN, ICH BRAUCHE
MEINE ZEIT.

JA, ICH LIEBE ES.

KAPITEL 5
MOIRA

A*ch scheiße! Kruvinas pragaras!* Mein Verstand fleht mich an, endlich zu schlafen. Mein Körper bettelt förmlich nach Entspannung, bloß meine Gedanken lassen mich nicht zur Ruhe kommen. Ein hektischer Gedanke löst den nächsten ab. Mir schwirren tausend Fragen durch den Kopf, während ich nichts ausrichten kann und hier herumliege wie ein fauler Hefeteig, der zur Weiterverarbeitung *gehen* muss.

Mit einem fiesen Stechen zwischen den Rippenbogen richte ich mich flach atmend im Bett auf. Die feste Bandage um meinen Oberkörper sorgt zwar dafür, dass meine Rippen geschont werden, zugleich schnürt sie mir wie ein zu fest gezogenes Mieder die Luft ab.

Das Atmen mit dem Verband ist mehr als unangenehm.

Im dunklen Raum, in dem ich dank zwei kleiner LED-Spots die Konturen der Möbel erahnen kann, blicke ich mich um.

Ist alles glimpflich ausgegangen? Wann kommt Kęstas zurück? Haben sie Malvine bei sich?

Mittlerweile ist es kurz vor sieben Uhr, sodass es eh keinen Sinn mehr macht, mich im Bett hin und her zu wälzen. Aus dem Grund entscheide ich mich, aufzustehen.

Gerade als ich meinen noch leicht schmerzempfindlichen Fuß in die Hausschuhe geschoben habe, wird der Vorraum von einem Lichtstreifen erhellt. Gemächlich richte ich mich auf und antworte wie jedes Mal, wenn Dikar seinen Kopf durch die Tür steckt: »Bin immer noch wach.«

Er schaut stündlich nach mir wie ein Uhrwerk.

Doch statt Dikar betritt Kęstas in einem schwarzen Anzug den Raum. Die obersten Knöpfe seines dunklen Hemdes stehen offen. Insgesamt ist der an ihm perfekt sitzende Anzug von einigen Falten durchzogen. Direkt danach fällt mir sein Lächeln auf, das jedoch nicht über seine Müdigkeit hinwegtäuschen kann. Soweit ich sehen kann, ist er unversehrt. Aber Malvine ist nicht bei ihm.

Am Kopfteil des mächtigen Bettes klammere ich mich fest und richte mich vorsichtig auf.

»Wie lief es? Wo …« Ich schaue an ihm vorbei. Vielleicht wartet Malvine hinter der Tür, bis er ihr ein Zeichen gibt. »Wo ist Malvine?«

»Sie schläft, was du auch tun solltest.«

»Würde ich ja gern, wenn ich nicht eingeschnürt wie eine Mettwurst wäre. Sie schläft? Kann ich sie sehen?«

Noch etwas benommen stoße ich mich vom Kopfteil des Bettes ab und laufe auf ihn zu. Immer noch trage ich sein Hemd, das nach ihm duftet, und einen Slip.

»Moira, leg dich wieder hin. Du bist noch nicht fit genug, um herumzulaufen.« Wenn er wüsste, wie fit ich wäre, bloß um einen Blick auf meine Tochter zu erhaschen.

»Übertreib nicht. Mir geht es schon viel besser«, flunkere ich und zwinkere ihm zu. Erst jetzt fällt mir auf, dass ich mir unbewusst die Rippenpartie halte.

Mit wenigen Schritten ist Kęstas bei mir, umfasst meine Hüfte und zieht mich anschließend an seine Brust. »Wenn sie wach ist, kannst du sie sehen. Ich möchte sie zuvor darauf vorbereiten. Sie kennt dich immer noch als Aurelia und weiß nicht, dass du hier bist.« Seine rechte Hand schiebt sich in mein zerwühltes Haar, während ich spüre, wie angespannt er ist.

»Okay, verstehe ich. Ich gebe ihr alle Zeit der Welt. Ich will sie nicht überrumpeln, sondern sie einfach bloß sehen. Nur kurz. Einen winzigen Moment. Bitte.«

Unauffällig will ich mich aus seinem Griff befreien, um an ihm vorbeizulaufen, doch er lässt es nicht zu.

»Moira.« Wie früher spricht er meinen Namen aus, wenn er mir eindringlich zuredet.

»Bitte. Nicht lange.« Mich zerreißt es innerlich, länger warten zu müssen. Ein Blick auf sie würde genügen, um die Ungeduld zu besänftigen. Ich halte es keine Sekunde länger aus, wenn ich sie nicht sehe.

»Lass sie ausschlafen. Wir hatten eine lange Rückfahrt.«

Betrübt schaue ich zu ihm auf, kralle die Hände in sein Revers und stöhne traurig. Ich sollte nicht so egoistisch sein, sondern an Malvine denken. Wenn Kęstas meint, dass sie noch Ruhe braucht, wird es so sein. Er kennt sie schließlich besser als ich. *Besser als … ihre Mutter.* Der Gedanke macht mich unendlich traurig. Mit zusammengepressten Lippen, um die Traurigkeit hinunterzuschlucken, nicke ich.

»Hab etwas Geduld.« Sanft streicht er unter meinem rechten Auge entlang, um eine Träne aufzufangen. »Ab heute kannst du sie jeden Tag sehen und alles aufholen, was du verpasst hast.«

Er beugt sein Gesicht zu meinem herab, um mich zärtlich zu küssen. Zuerst küsst er meinen rechten Mundwinkel, danach streifen seine Lippen spielerisch über meine Wange, während er meinen Duft einatmet.

Ich streiche mit den Händen über seine Brust, höher zu seinem Hals und rieche sein männliches Parfüm. Es riecht nach Amber und Sandelholz. Wenn ich mich richtig erinnere, verwendet er immer noch dasselbe Parfüm, das ich ihm vor sieben Jahren an seinem Geburtstag geschenkt habe.

Langsam gleite ich mit den Lippen über seinen Hals, spüre seinen Puls und seine rauen Bartstoppeln. Seine Hand umfasst meine rechte Pobacke, während seine andere meinen Hinterkopf hält. Ich bedecke seinen Hals mit schwachen Küssen, beiße in sein Ohr und schließe die Augen. Als mein Mund über seinen Kiefer wandert, zieht er meinen Kopf in den Nacken und legt seine Lippen auf meine.

Zuerst vorsichtig, dann immer leidenschaftlicher verschmelzen unsere Zungen miteinander. Sein Atem dringt warm in meinen Mund. Um Halt zu finden, schlinge ich meine Arme um seinen Nacken und küsse ihn von Sekunde zu Sekunde stürmischer. Dabei entgeht mir seine Beule nicht, die unter seiner Anzughose gegen meinen Bauch drückt.

Als ich es bemerke, lächele ich an seinen Lippen und ziehe ihn mit den Worten »Ich liebe dich, Kęstas« zum Bett. Die Worte verlassen wie einstudiert und nie verlernt meinen Mund. Wenn ich auf mein Gefühl tief in meinem Inneren höre, weiß ich, dass ich niemals aufgehört habe, ihn zu lieben. Ich empfinde dasselbe intensive Flattern, dieselbe Nervosität und dasselbe unbändige Verlangen nach ihm wie nach Arūnas. Es klingt verrückt, da ich nicht dasselbe Gefühl für beide Männer empfinden sollte. Aber es ist so. Alles andere wäre gelogen.

»Und ich habe dich immer geliebt, mein Darling«, erwidert er, hebt mich an der Hüfte hoch und setzt mich auf dem Fußende ab. Dabei stützt er meinen Rücken. Fürsorglich lässt er mich auf die zerwühlten Decken sinken und stemmt sich mit einer Hand neben meinem Kopf ab.

Einen winzigen Wimpernschlag später betrachtet er mich eingehend mit seinen dunklen nachtschwarzen Augen, die meine Seele ergründen. Die genau sehen, dass ich wieder zurückgekommen bin. Oft hat er in meinen Augen gelesen und gehofft, etwas in ihnen zu finden. Und jetzt sieht er es. Seine Mundwinkel zucken. Um seine Augen bilden sich kleine Fältchen. Keuchend liege ich unter ihm und will nichts sehnlicher, als ihn zu spüren. Dabei pfeife ich auf die angebrochene Rippe. Das schwache Licht taucht sein attraktives Gesicht mit den leicht hervorstechenden Wangenknochen in ein warmes Orange. Seine Gesichtszüge wirken in diesem Moment noch prägnanter, noch dämonischer.

Leiser atmend schauen wir uns eine Weile bloß in die Augen, ohne ein Wort zu sagen.

Ich schlucke und fahre mit den Fingerkuppen der rechten Hand über seine Schläfe, streiche über seine Wange und reibe mit dem Daumen über seine Lippen. Er lässt es zu, auch wenn er Berührungen oder Umarmungen bei anderen Menschen nicht leiden kann. Von mir ließ er sich immer anfassen.

In seinen dunklen Iriden flackert der Gedanke auf, sich zurückzuziehen. Ich kann es bloß an seinem schwachen Blinzeln erkennen. Bevor ich ihn gehen lasse, ziehe ich mich an seinem Hals höher und küsse ihn. Vollkommen berauscht von so vielen Gefühlen und zurückgewonnenen Erinnerungen schließe ich die Augen und versinke in dem Kuss. Bisher hat er mich kein einziges Mal so intensiv und dankbar zugleich geküsst, seit wir uns wiedergetroffen haben.

»Du bist so still«, stelle ich wispernd an seinem Mund fest und öffne die Augen. »Dabei weiß ich ganz genau, was in deinem Kopf vor sich geht.«

»Tatsächlich?«, antwortet er und küsst meinen Mundwinkel. »Das wäre?«

»Du stehst aus irgendeinem Grund unter Zeitdruck und wägst ab, ob du mit mir schläfst oder nicht. Du willst jedoch keine schnelle Nummer draus machen, um mich nicht wie einen kurzen Frühstückshappen zurückzulassen. Aus dem Grund grübelst du und kannst dich nicht entscheiden. Das erkenne ich an dieser …« Mit dem Zeigefinger male ich seine kaum sichtbare Furche zwischen seinen dunklen Augenbrauen nach. »Dieser Falte.«

Beeindruckt von meinem Gedankenlesen lächelt er überwältigt und schüttelt den Kopf. »Du hast es nicht verlernt.«

»Du schon, denn dann wüsstest du, dass es okay wäre. Es ist in Ordnung, wenn wir …« Ehe ich den Satz zu Ende sprechen kann, liegen seine Lippen besitzergreifend und fordernd auf meinem Mund. Er küsst mich vereinnahmend und voller Hingabe, während er mir den Atem stiehlt. Die Botschaft ist definitiv angekommen.

Dankbar, dass er es sich nicht anders überlegt und seine Zweifel über Bord wirft, erwidere ich den Kuss und schiebe das Jackett über seine Schultern. Er wird es mit wenigen Handgriffen los, bevor er mich weiter küsst. Seine Hand fährt unter das schwarze Hemd, das ich von ihm trage, umfasst meine linke Brust und massiert sie. Alles geschieht so schnell, dass ich glaube, ich würde träumen.

Während ich sein Hemd Knopf für Knopf öffne, vergräbt er sein Gesicht an meiner Halsbeuge und schiebt seine Finger unter meinen Slip. Mit zwei Fingern streicht er durch meine Weiblichkeit und rutscht anschließend an mir hinab. Weiterhin hält er mit seiner rechten Hand meinen Hals umfasst, während er meinen Slip mit den Zähnen an meinen Waden hinunterzieht und meine Beine auf die Matratzenkante stellt. Er hebt den rechten Fuß an, gleitet mit seinen Lippen über mein Schienbein und löst dieses irrsinnige Kitzeln unter meiner Haut aus. Es fühlt sich an, als würden Hunderte kleine Nachtfalter auf meinem Bein landen und mit ihren Flügeln meine Haut streifen.

Dem Gefühl komplett verfallen, schließe ich die Augen und spüre im nächsten Moment seine Zunge über meinen Venushügel lecken. Er schiebt meine Schamlippen auseinander, bevor er mit zwei Fingern in mich eindringt und meinen Hals fester umfasst. Wie ich dieses Zusammenspiel aus Macht und Belohnung liebe. Diese Mischung aus Dominanz und Fürsorge.

Die leichte Atemkontrolle regt meine Fantasie an, kurbelt mein Verlangen, endlich von ihm gevögelt zu werden, weiter ins Unermessliche an.

Keuchend raffe ich mit der linken Hand das Laken über meinem Kopf zusammen und halte mich in seinem dichten Haar fest, als er mich leckt. Während er mit seiner Zunge meine Klit umkreist, dringt er rhythmisch in meine Pussy ein. Mit einem machttrunkenen Blick schaue ich zur Decke und entdecke unsere Schatten.

Immer weiter treibt er mich mit seiner Zunge und seinen Fingern, die mich dehnen, zum Abgrund. Er weiß genau, wo meine empfindlichste Stelle liegt, welchen Druck er ausüben muss und welchen Winkel er treffen muss, um …

Ich kralle mich an seinem Haar fest. Meine Atemzüge gehen abgehackt, obwohl ich die Schmerzen ausblende, als ich »Bei meinem dunklen … Gott!« ausstoße.

Instinktiv mache ich ein Hohlkreuz, stöhne vor Lust und gebe mich der Ekstase komplett hin. Seine Fingerkuppen drücken sich tiefer in meine Kehle. Meine Beine zittern. Meine Pussywände ziehen sich um seine schlanken Finger zusammen.

Ich höre ihn amüsiert »meine Schönheit« raunen, danach streift er mit seinem Mund begleitet von den rauen Bartstoppeln über meine rechte Beininnenseite.

»Ich denke, das hier war ein guter Kompromiss«, stößt er geheimnisvoll lachend hervor.

Was? Ein Kompromiss?

FINDEST DU
MÄNNER IN MACHTVOLLEN
POSITIONEN ANZIEHEND?

ABSOLUT.

NUR DER CHARAKTER ZÄHLT.

KAPITEL 6
MOIRA

Immer noch stoßweise atmend richte ich den Kopf auf.

»O nein.«

»Deine Ungeduld hat dich schon einmal fast das Leben gekostet«, lässt er mich lehrmeisterhaft wissen. Sofort richte ich mich auf, als er seine Hand von meinem Hals nimmt und sich zwischen meinen Beinen erhebt.

»Nicht dieses Mal«, necke ich ihn und verlasse mit einem Keuchen das Bett. Denn wieder durchzuckt ein dumpfer Schmerz meinen Brustkorb, was ihm nicht entgeht. Er schenkt mir einen strafenden Blick, jedoch wird er in dem Moment aus seinem Gesicht fortgewischt, als ich die Knöpfe des Hemds öffne.

»Moira«, ermahnt er mich, aber bleibt weiterhin stehen und beobachtet, wie ich das Hemd, das ich trage, langsam über die Schultern schiebe und danach auf den Boden sinken lasse. Komplett nackt und bloß den engen Verband unterhalb meiner Brüste tragend, schaue ich erwartungsvoll zu ihm auf. Auffordernd hebe ich die linke Braue in die Stirn, als er nicht reagiert.

Er will sich von mir abwenden, aber stöhnt gequält. Dass er mit sich ringt, ist nicht zu übersehen. Ich bleibe in einer lockeren Haltung stehen, während er ein verbissenes Lächeln aufsetzt, als er das Gesicht über die Schulter dreht.

»Ich will es, Kęstas«, sage ich und komme ihm einen Schritt entgegen. Er wirft einen Blick auf seine Uhr, danach schließt er die Augen und atmet das Gesicht zur Decke gerichtet durch.

»Mir gefällt es, wie unersättlich du bist, mein Darling.« Wie so oft benutzt er das Kosewort für mich. »Nun gut, du hast es dir gewünscht. Wie könnte ich diesem verlockenden Angebot widerstehen?«

Immer noch mit dem Rücken zu mir gewandt, öffnet er gemächlich die Knöpfe seines Hemdes. Anschließend streift er das Hemd von seinem muskulösen Oberkörper mit den unzähligen Tätowierungen und den breiten, starken Schultern. Als Nächstes zieht er den Gürtel aus den Schlaufen und öffnet seine Hose.

Ungeduldig verfolge ich, wie er seine Kleidungsstücke loswird. Zugleich beschleunigt sich mein Puls, da ich zum ersten Mal seit knapp sieben Jahren mit meinen zurückgekehrten Erinnerungen mit ihm schlafen werde. Es fühlt sich an, als wäre ich nach einer langen Odyssee auf dem Meer endlich wieder in meinem Heimathafen eingefahren.

Ich trete von hinten an ihn heran, schlinge meine Arme um seinen warmen Oberkörper und hebe mich auf die Zehenspitzen, um seinen Hals zu küssen. Dabei wandern meine Finger über jeden seiner ausgeprägten Muskelstränge. Auf dem Weg ertaste ich die frische Narbe des Schnitts, den ich ihm damals im Keller zugefügt habe. Unaufhaltsam gleiten meine Hände tiefer zu seiner geöffneten Hose und tasten unter seinen Shorts nach seinem halb erigierten Schwanz.

Ich höre ihn tief und rau durchatmen, was mich schmunzeln lässt, als ich ihn massiere.

In der nächsten Sekunde dreht er sich zu mir um und legt beide Hände auf meine Schultern. Ich liebe es, wenn er mir diesen unergründlichen, mordlustigen Blick schenkt, als er mich rückwärts wie seine Beute Schritt für Schritt zum Bett treibt. Als würde er mich auf die Schlachtbank führen und sich bei jedem Schritt, der aus der Entfernung wie ein Tanz aussehen dürfte, überlegen, was er als Nächstes tun wird.

»Auf deine Verantwortung.«

»Kein Problem«, gebe ich frech lachend zurück.

Er schnappt sich mein Handgelenk, als ich über seine Brust streiche, und legt mich gleich darauf auf dem Bett ab. Weiterhin mein Handgelenk haltend schiebt er seine Hüfte zwischen meine Beine. Ich will ihn küssen, doch er weicht mir schief grinsend aus.

»Du erwartest doch keine Schmusesexrunde?«, zieht er mich auf und beißt in mein Kinn. Ich seufze theatralisch.

»War bloß ein Test.«

»Lüge.« An meinem Hals leckt er über meine Haut, zugleich spüre ich seine Härte über meine feuchte Pussy reiben. Er trägt immer noch seine Shorts und hat nicht vor, seine Hose auszuziehen.

Ich will ein Stück höher rutschen, was er nicht zulässt. So wie früher. Er bestimmt, wie es weitergeht.

»Nimm mich«, keuche ich an seinem Ohr und beiße in sein Ohrläppchen. Es hört sich albern an, aber nur so weiß er, dass ich ihn wirklich spüren will. Er zögert keine Sekunde, fixiert weiterhin mein rechtes Handgelenk über meinem Kopf und schaut mir tief in die Augen. Dieser rätselhafte undurchdringliche Schatten schmiegt sich um seine glänzenden Augen, bevor ich seine Schwanzspitze vor meiner Pussy spüre. Mittlerweile, das dürfte er wissen, bin ich nicht mehr ganz so feucht wie vor wenigen Minuten. Dafür weiß ich, dass er es liebt, wenn er mich unvorbereitet vögelt. Er schiebt seinen rechten Zeige- und Mittelfinger in meinen Mund, die ich bereitwillig mit der Zunge befeuchte und an denen ich lutsche. Danach gleiten seine Finger mit diesem verdorbenen Gesichtsausdruck, der mich unglaublich antörnt, zu meiner Pussy und dringen gnadenlos in mich ein.

Ich halte ruckartig einen Moment die Luft an. Langsamer zieht er seine Finger aus mir, bevor er mit ihnen meine Schulter umfasst, sich ein Stück erhebt und mit einem Stoß in mich eindringt.

Mit schnell pochendem Herzen presse ich die Lippen zusammen, als mich sein großer Schwanz komplett ausfüllt. Er behält mich im Blick und gibt mir eine Sekunde Zeit, mich an seine Größe zu gewöhnen. Zwischen den Lippen hole ich flach Luft, während ein feines irrsinniges Kitzeln meinen Körper durchflutet. Im Anschluss dringt er mit mehr Nachdruck in mich und grinst mit geöffneten Lippen.

»Die Rippen?«, erkundigt er sich.

»Bestens«, antworte ich knapp.

»Wieder eine Lüge.«

Ertappt verdrehe ich die Augen. Er rollt sich unerwartet von mir und hebt mich auf sein Becken. Eine Hand hält meine Schulter im Griff, mit der anderen umfasst er meine rechte Pobacke. Immer noch ist er verdammt tief in mir.

Aber in dieser Position kann ich freier atmen und beginne, mich mit seiner Führung auf ihm auf und ab zu bewegen. Dabei behalte ich ihn keuchend die gesamte Zeit im Blick. Obwohl sich unsere Lippen nicht verbinden, verknüpfen sich unsere Blicke wie ein unzertrennliches Band aus Macht und Gier. Hingebungsvoll reite ich auf ihm. Er kommt mir mit jedem Stoß entgegen, drückt mich an der Schulter fester auf seine Härte, sodass ich vor Lust wimmere. *Gott, er hat seine herrische Seite nie abgelegt.*

Selbst jetzt übernimmt er die Führung, aber hilft mir zugleich, mich nicht zu verausgaben. Ich reite ihn weiterhin mit intensiven Stößen und einer anmutigen Haltung, wie er es liebt. Meine Brüste bewegen sich auf und ab. Er richtet sich auf, um sein Gesicht zwischen meinen Brüsten zu vergraben und mich mit sich in einer fließenden Bewegung herabzuziehen. Gleich darauf fickt er mich unaufhörlich weiter.

Das leichte Brennen in meinem Becken weicht der wohligen Hitze. Er reibt mit seiner Schwanzspitze über eine raue empfindliche Stelle in mir. Mit jedem Stoß, so kommt es mir vor, würde das Band, das vor knapp sieben Jahren zerrissen ist, sich wieder neu verknüpfen. Ich kann hinter meinen verschlossenen Augen mitverfolgen, wie sich die Fasern der zwei Seilenden mit dem anderen verbinden und das zerschnittene Tau wieder verflechtet.

Wie konnte … konnte ich das alles bloß vergessen?

Er war alles für mich.

Meine Welt.

Mein Grund, nicht aufzugeben.

Meine große Liebe.

Mein Meister und Beschützer.

Mein Verlobter.

Mein Seelengefährte.

Mein Abgrund.

Meine Hoffnung.

Mein Lichtblick am finsteren Nachthimmel.

In mir bricht diese unergründliche Liebe zu ihm auf, die lange Zeit versiegelt war. Ich küsse ihn stürmisch und stöhne vor Lust.

Er nimmt mich schneller, härter und tiefer, ohne meinen Oberkörper zu belasten. Seine Hände umfassen meine Pobacken, rauschen über meinen Rücken und berühren jede Stelle meines Körpers, als hätte er das Gefühl, meinen Körper zu spüren und zu kontrollieren, ebenfalls verlernt.

»Ich liebe dich mehr als alles auf dieser Welt, Moira«, raunt er in mein Ohr, vögelt mich weiter und keucht angestrengt. Er schlingt seine Arme um meinen Rücken und richtet sich mit mir zusammen auf. In dem Moment stoppt er seinen Rhythmus und fährt, als wäre alles bloß eine Illusion, über mein Gesicht. Seine Finger tasten über meine Lippen, meine Brauen, meine Schläfen, meine Wangen. Als würde er Asche zärtlich aus meinem Gesicht wischen.

Ich lächele ihm entgegen und zerteile mit meinen Fingern sein dichtes rabenschwarzes Haar, während er immer noch in mir ist.

»Es tut mir leid«, flüstere ich kaum hörbar und beiße auf die Unterlippe. Betrübt weiche ich seinem Blick aus, da ich nicht weiß, ob er mich gehört hat, und hole tief Luft, um die Worte erneut klar und deutlich auszusprechen. Dabei schaue ich tief in seine Augen und blinzele traurig. »Es tut mir leid, dass ich damals allein losgezogen bin und alles riskiert habe. Ich will nicht wissen, wie du dich gefühlt haben musst. Wie verzweifelt du gewesen sein musst, als du mich im Krankenhaus besucht hast. Ich will mir nicht ausmalen, wie oft du gedacht haben musst, ich wäre tot. Ich will …« Seufzend kneife ich die Augen zusammen, um gegen das

Brennen in meinen Augenwinkeln anzukämpfen. »Ich will dir das nicht noch mal antun. Nie mehr.«

»Du musst dich nicht entschuldigen«, antwortet er und streicht durch mein offenes langes Haar. Er schlingt es um sein Gelenk und zieht meinen Kopf in den Nacken, um meine Kehle zu entblößen. Sinnlich leckt er über meinen Hals. »Am meisten habe ich mich dafür gehasst. Ich wusste, wie wichtig dir die Mission war. Ich wusste auch, wie verbissen du sein kannst, wenn du für etwas brennst.« Nach jedem Satz küsst oder beißt er zärtlich in meine Haut. »Der Fluch ist vorbei und du bist wieder hier, bloß das zählt.«

In dem Moment rollt eine verzweifelte Träne über meine Wange, als ich die Augen wieder öffne und befreit durchatme. Er dreht mich vorsichtig auf den Rücken, begräbt mich unter seinem großen Körper und vögelt mich eine kleine Unendlichkeit weiter. Doch dieses Mal ist er sanfter, wenn auch nicht weniger hungrig.

Es kommt mir vor, als wären Stunden vergangen, als ich meine Nägel in seine Schultern bohre und vollkommen losgelöst und befreit stöhne. Nach weiteren harten Stößen ergießt er sich in mir und verharrt eine Weile über mir, ohne mich sein Gewicht spüren zu lassen. Mein Puls rast. Schweiß glitzert zwischen seinen schwarzen Strähnen. Wir atmen beide angestrengt und schauen uns wieder bloß an.

»Ich erlöse dich hiermit«, verarsche ich ihn und gebe ihm einen Klaps auf den Hinterkopf. »Du hast einen Termin, liege ich richtig?«

Er knurrt, schnappt mein Handgelenk und legt es über meinen Kopf. »Genau dieses lose Geplapper habe ich vermisst. Keiner würde mir mal eben einen Klaps auf den Hinterkopf verpassen.«

»Ich genieße eben Privilegien.«

»Du bist wie Malvine. Immer das letzte Wort.«

»Weil du damit aus der Reserve zu locken bist und deine finstere charismatische Maske ablegst. Wobei du gern zu den anderen weiterhin finster blicken darfst. Dagegen habe ich nichts einzuwenden.«

»Wie überaus gütig. Ich glaube, mein Darling …« Er küsst meine Stirn und richtet sich über mir auf. Theatralisch seufzt er. »Die Überraschung für heute Abend fällt für dich aus. Dabei war ich gerade geneigt, eine Ausnahme zu machen.«

Eine Überraschung?

Ich verziehe das Gesicht zu einer fragenden Grimasse und lasse mir von seiner angebotenen Hand aufhelfen. Als ich auf dem Fußende sitze, schenkt er mir diesen diabolischen Seitenblick.

»Was hast du geplant?«

»Heute Abend findet eine Gala zum zwanzigjährigen Bestehen des neuen Gerichtsgebäudes statt. Eigentlich keine große Sache. Jedoch spekulieren einige, wen ich als Begleitung vorstellen werde. Das Thema lautet *Noblesse & Generosität*. Für dich wird das Motto heute Abend *Hausarrest & Langeweile* heißen.«

Gespielt feindselig schaue ich zu ihm auf, als er mir überheblich entgegen grinst. »Noblesse und Generosität …«, wiederhole ich die Worte. Diese überzogenen Wörter können sich bloß Juristen während einer Rauchpause ausgedacht haben, um ihrer Gala mehr Klasse und Exklusivität zu verpassen. Hinterher wird es eine stinklangweilige Veranstaltung, in der Gesetzgebungen bis zum Erbrechen heruntergebtet und debattiert werden. Allerdings gibt es auf diesen Veranstaltungen erstklassiges Essen und sehr teure Cocktails.

»Du nimmst mich ohnehin mit«, antworte ich siegessicher. »Denn ich erinnere mich noch vage an ein Kleid, das wir zusammen in einer Boutique –«.

»In dem ich dich gevögelt habe, das hast du nicht wieder vergessen?«, korrigiert er mich, um mich aufzustacheln, schnippt gegen meine Stirn und wendet sich von mir lachend ab. Er steuert direkt den langen weißen Wandschrank links vom Bett an, öffnet die Türen und offenbart eine beeindruckende Sammlung von Anzügen.

»Ja, genau, in dem du mich vorher gevögelt hast. Du hast es für diesen Anlass gekauft.« *So ist es doch.*

»Ja, das Kleid steht dir wirklich umwerfend. Daraus schlussfolgerst du, dass ich dich mitnehmen werde? Das Kleid könntest du auch hier, ganz für mich allein, tragen. Sooft ich will und wann ich will, ohne andere Männer scharfzumachen.«

Mist, er hat recht. Ich hieve mich wackelig in den Stand und bewege mich nackt, den Slip, den ich aufsammeln konnte, zwischen den Beinen haltend, auf das Badezimmer zu.

»Ich komm schon in den Juristen-Schuppen rein, mach dir darüber mal keine Sorgen. Zur Not überrede ich Dikar. Ich hab ihn bald so weit, dass er auch meine Anweisungen befolgt.« In dem Moment entdecke ich Dikar wie ein Monument in der Tür stehend. Wie zur Hölle kann er jedes Mal lautlos wie ein Flaschengeist in Räumen erscheinen? Für ihn muss ich sicher ein ziemlich bizarres Bild abgeben, was mich jedoch nicht stört.

Er studiert mich mit seinen Blicken von oben bis unten und schenkt mir ein knappes Lächeln. »Gut siehst du aus«, lässt er die Bemerkung fallen. Ich bin nackt.

»Ich warte in fünfzehn Minuten in der Garage auf dich«, richtet Dikar die steifen Worte an Kęstas, der einen Bügel mit einem Anzug aus dem Schrank nimmt. »Außerdem ist Malvine aufgewacht und der Gast sitzt am Frühstückstisch.«

Malvine ist wach? Und ein Gast …

»Gast? Welcher Gast?«, hake ich nach.

»Derselbe Gast, der diesen Anblick auch genießen durfte«, zieht er mich auf.

Dikar hatte ich auch vergessen. Er ist Kęstas' bester Freund. Eigentlich ist er viel mehr als ein Freund, eher sein Lebensretter. Dikar wurde vor acht Jahren übel von einer Straßengang verprügelt, als Kęstas nachts von einer Straßenbahnhaltestelle zu unserem Apartment zurücklief. Er fand Dikar halb bewusstlos in der dunklen Nacht zwischen Müllcontainern vor und nahm ihn mit in die WG. Dikar wollte in kein Krankenhaus eingeliefert werden, weil er nicht legal in Litauen angemeldet war, weder Papiere noch Ausweise besaß und erst recht keine Krankenversicherung. Er stammt aus der Ukraine und ist nachts von Litauern angegriffen worden, die Gastarbeitern das Leben schwer machen. Eben weil diese die Löhne drücken und immer mehr Litauer arbeitslos werden. Seit dem Vorfall schloss sich Dikar Kęstas an, der einen Assistenten für wenig Geld brauchte. Anfangs ordnete er für Kęstas Papiere und sorgte für einfache Erledigungen, kaufte ein und holte Kęstas Bücher aus der Bibliothek. Später hingegen wurde Dikar zu einem der engsten Eingeweihten. Wenn man es so nimmt, ist er unser erster Verbündeter. Ich mochte seine ruhige, gefasste und wortkarge Art schon immer.

Als er, wenige Monate, seitdem er in Kęstas' WG lebte, im Keller eine Leiche fand, fragte er nicht groß. Kęstas erklärte ihm alles, und er war entschlossen, egal, was passieren würde, an unserer Seite zu bleiben. Dikar schwor ihm seine aufrichtige Loyalität und bot ihm seine Unterstützung an.

Tja, und nach und nach wurde Dikar ein fester Bestandteil unserer kleinen Vereinigung. Für Kęstas ist er wie ein Bruder, mit dem er alles teilt. Wenn ich zustimme, auch mich.

»Somit sitzt Arūnas –«.

»Bei den anderen, die sich beschweren, ihre Masken beim Essen tragen zu müssen«, fügt er trocken hinzu.

Mein Blick fällt zu Kęstas, der lacht. »Ich bin in fünfzehn Minuten fertig. Zuvor muss ich mit meinem Darling eine Dusche nehmen.«

Im Gehen bekommt Kęstas meine Hand zu fassen und führt mich ins Bad.

»Viel Vergnügen.«

Dikar kann so humorlos und zugleich todernst sein, dass es wieder witzig ist.

»Geh du zuerst«, biete ich Kęstas an. »Natürlich, nachdem du mir versprochen hast, mich heute Abend mitzunehmen.« Mit ausgebreiteten Armen bleibe ich vor der großen gläsernen Dusche stehen. Er hebt unbeeindruckt den rechten Mundwinkel, schnappt sich den Slip, den ich in der Hand halte, und riecht daran. Hä?

Danach schiebt er ihn mir in den Mund. »Ich kann gerade nicht mit dir spielen, Moira. Heute steht ein wichtiger Prozess an. Es ist der Eröffnungstag und ich …« Schnell nehme ich mein Höschen aus dem Mund.

»Du musst deine Anklage verlesen und willst wie immer zuvor deine Ruhe. Verstanden.«

»Dennoch.« Er umfasst meine Hüfte, stellt mich unter die Dusche und wickelt routiniert meinen Verband ab. Dabei drehe ich mich mit erhobenen Armen wie eine Ballerina um die eigene Achse, damit es schneller geht. »Duschen wir zusammen. Das spart Zeit und ich habe länger etwas von dir.«

Nachdem er den Verband an den Handtuchtrockner gehängt hat, wird er seine Hose los und stellt das Wasser an. Zuerst ist es ungewohnt, neben einem Mann zu duschen, was ich so viele Jahre nicht mehr getan habe. Doch dann erinnere ich mich daran, dass Kęstas und ich sehr oft am Morgen zusammen geduscht haben, um – wie er sagte – Zeit zu sparen und länger etwas voneinander zu haben. Er hat sich dahingehend kaum geändert.

Er schnappt sich meinen Hinterkopf, als ich mich einschäume, und senkt sein Gesicht. Ich küsse ihn und schäume ihn ebenfalls ein. »Wer ist angeklagt?«, will ich wissen.

»Du scheinst die Zeitungen nicht mehr regelmäßig zu lesen wie früher.« *Nein, das habe ich mir abgewöhnt. Irgendwie …*

Er schäumt mein Haar mit dem Shampoo ein, das ich früher verwendet habe. Er besitzt es immer noch? Nach all den Jahren.

»Mikolajus Konstantinos wird heute angeklagt«, erzählt er weiter. »Er wartete zwei Jahre auf die Verhandlung. Die Prozesstage werden sehr anstrengend, da er wegen Mordes, Körperverletzung, versuchten Mordes, Freiheitsberaubung, Vergewaltigung, versuchter Vergewaltigung, schwerer Körperverletzung und weiteren Anklagepunkten vor Gericht steht. Die Familien der Opfer werden dabei sein. Drei von bisher acht ermordeten Frauen konnten gefunden werden. Das ist die Kurzfassung.«

»Und dann stehst du hier und wäschst mein Haar?« Ich greife nach seinen Händen, damit er sich beeilt und auf den Prozess vorbereitet.

»Du wolltest vorher von mir gevögelt werden, mein Darling. Und auch wenn ich es bloß dieses Mal sage, der Fuck-Angeklagte war mir in dem Moment scheißegal.«

Er umfasst meine Kehle, drückt mich gegen die Wand und küsst mich hungrig.

KAPITEL 7
ARŪNAS

Jeden Moment werden sie mich mit ihren Messern und Gabeln attackieren. Die Rothaarige mit dem Namen Katara zählt zur ganz giftigen Sorte. Selbst mit der weißen Maske kann ich ihren Raubkatzenblick unmissverständlich deuten.

Ich nippe gelassen an meinem Kaffee und nagele sie mit meinen geübten Blicken fest. Irgendwann beginnen sie immer, meinem Charme zu erliegen. Selbst die bissigsten unter ihnen können ihre biestige Fassade nicht minutenlang aufrechterhalten. Anders sieht es mit dem wortkargen Typen, der Tätowierungen bis zum Hals hat und der in der Tür wartet, aus. Er gehört eher zur knallharten Sorte. Er beobachtet unbeeindruckt das Geschehen. Wenn ich mich nicht täusche – und das tue ich selten –, ist er Magnus' wichtigster Mann. Der Mann, der für seine Sicherheit sorgt. Ich verwette meine rechte Pobacke darauf, dass er sogar für ihn in ein brennendes Haus rennen würde.

Der Gesundheitsminister ist bisher mein Favorit. Er schlägt gemächlich seine Zeitung auf, schüttelt sie glatt und trinkt mit abgespreiztem kleinem Finger wie ein adliger Gichtkranker seinen Espresso. Dabei ignoriert er das aufgestachelte Biest mir gegenüber komplett. Neben der

Furie sitzt ein ziemlich nervöser junger Typ mit hellblondem Haar, der auf eine Uhr blickt, die er neben seinem Teller akkurat abgelegt hat. Worauf wartet er? Seine Maske ist schwarz, nicht weiß wie die der anderen.

»Stell deine Komplexe ein, kleine Hexe. Du kannst dich auch umdrehen und ohne Maske futtern.«

»Träum weiter. Ich bin länger hier als du. Du kreuzt hier auf und brichst die Regeln. Das ist nicht fair. Dikar, wirf ihn raus.«

»Da ist aber jemand mächtig unterzuckert«, provoziere ich sie. *Mal abwarten, ob sie gleich platzt.*

Denn wenn es stimmt, hat sie seit Stunden nichts gegessen und ist heiß auf ihr zuckriges Croissant, das vor ihr auf dem Teller wartet.

Der Minister beißt geräuschvoll von seinem Eier-Kaviar-Brötchen ab. Kataras Pupillen zucken nervös in seine Richtung. Der Anblick, wie er seinen Bissen genüsslich zerkaut, macht sie nur noch wütender.

»Dikar …!«, bringt sie zähneknirschend hervor.

»Er hat freie Befugnis.«

Dieser Chicorée – oder wie der Jüngling neben ihr heißt – dreht sich zu Dikar um.

»Ach wirklich? Die hatte ich am ersten Tag aber nicht.«

»Genau darum geht es!«, blafft mich Miss Lady in Red an und springt vom Tisch auf. Wow, in ihrer eng anliegenden schwarzen Lederjacke und den Wetlookhosen gibt sie einen rattenscharfen Feger ab. Mit dem ausgestreckten Zeigefinger deutet sie auf mich. »Kaum hat er winselnd die Fronten gewechselt und wurde ein paar Tage im Keller verhätschelt, darf er schon an dem Tisch der Eingeweihten sitzen. Das dulde ich nicht.«

»Beruhig dich, Kata«, sagt Mister Minister, ohne aufzublicken, und schlägt seelenruhig eine Seite um.

»Du hast leicht reden. Du hast ihm dein Gesicht gezeigt. So leichtsinnig bin ich nicht. Er wird uns alle umbringen und ausliefern. So wie ihn seine Leute verraten haben.«

Nun erhebe ich mich ebenfalls. »Solange nicht feststeht, ob sie mich wirklich hintergangen haben, sprich nicht von Verrat. Außerdem zeigt man nicht mit dem Finger auf andere Leute. Keine Manieren gelernt?«

»Mieser Wichtigtuer!«, knurrt sie. »Du nimmst die Verräter noch in Schutz. Das stinkt bis zum Himmel. Wenn es hart auf hart kommt, machst du die Biege und wechselst wieder die Seiten.«

»Wenn was hart kommt, dann …«

Ihr Blick lodert auf. Als Nächstes greift sie nach ihrem Croissant und bewirft mich damit. Chicorée schaut, als würde er ein Pingpong-Spiel mitverfolgen, zwischen uns hin und her.

Ich sollte mir besser meinen anzüglichen Spruch verkneifen, bevor sie hochgeht wie eine Fassbrause.

»Na, was wolltest du gerade von dir geben, Perversling?«

Hinter ihr erscheint durch eine zweiflügelige Schiebetür Magnus in einem maßgeschneiderten schwarzen Anzug, weißem faltenlosem Hemd und mit misstrauischem Blick. Während Katara so richtig loslegt und verbal ihre Geschosse schärft, schenkt der Rest der Anhänger nur Magnus seine Aufmerksamkeit.

»… mir machst du nichts vor. Wenn wir uns nicht hier bei den anderen aufhalten würden, würde ich dir die Kehle aufschlitzen. Magnus würde nie erfahren, wo deine Überreste abgeblieben sind.«

Magnus runzelt hinter ihr stehend die Stirn, während er seine Jackettärmel über die Manschettenknöpfe zieht und mir mit zwei Fingern ein Zeichen gibt, ihm zu folgen.

»Wo willst du hin? Hast du es dir doch anders überlegt und verpisst dich jetzt in dein Rattenlo…«

Magnus stoppt ihre Wuttirade, indem er ihr eine Hand auf die Schulter legt. »Mäßige bitte deinen Tonfall.«

Erschrocken fährt sie herum und schaut zu ihm auf wie zu einem Großmeister. »Oh … ich habe … Ich entschuldige mich aber nicht. Es ist meine Meinung.« Eingeschnappt verschränkt sie die Arme vor der Brust.

»Die wir zur Genüge gehört haben«, wirft Mister Minister ein, dem ich am liebsten ein anerkennendes High-Five schenken würde.

»Wenn ihr mit dem Frühstück fertig seid, schaut nach Narusha und Rimas. Sie sind im E 1250.«

»Das überlasse ich dem Moralapostel. Ich muss auch los.« Mister Minister trinkt seinen Espresso aus, bevor er die Zeitung zusammenfaltet und sich erhebt. »Wir sehen uns auf der Gala.«

Schon hat er den großen Speiseraum verlassen.

»Ich kümmere mich darum, bevor ich zur Uni fahre«, rutscht es Katara heraus und kassiert sich dafür von Chicorée einen Tritt auf den Fuß. »Uni? Habe ich Uni gesagt? Ich meine Universal … Film, Kino …«

Ich schenke ihr einen triumphierenden Blick, da ich nun weiß, die letzten Minuten mit einer streitsüchtigen Studentin verbracht zu haben. »Ich tippe auf Politikwissenschaften oder etwas Öderes wie Philosophie«, kann ich mir meine Bemerkung nicht verkneifen.

Plötzlich fliegt eine Tasse quer durch den Raum, die haarscharf mein linkes Ohr streift und an der Wand vor mir zerschellt. »Nächstes Mal ist es eine Klinge!«

Ich scheine genau ins Schwarze getroffen zu haben. Es ist sicher nicht schwer, eine junge Frau auf dem Campus ausfindig zu machen, die ein Familienmitglied auf grausame Art und Weise verloren hat und unter Aggressionsanfällen leidet. Aber will ich es überhaupt herausfinden? Nein, das erspare ich mir, auch wenn ich ihren Charakter ziemlich spannend finde.

In der Tiefgarage angekommen, kann ich es mir nicht nehmen lassen, Magnus zu sagen: »Du hast mich über eine Stunde warten lassen.«

»Es kam etwas dazwischen. Dafür konntest du dich mit meinen Leuten vertraut machen. Hatte doch etwas Gewinnbringendes für dich.«

Gewinnbringendes? »Das muss ich kein zweites Mal haben.«

»Dann hättest du im Wagen warten sollen, wie ich es gesagt habe.« Er entriegelt seine Limousine, die ein quiekendes Geräusch von sich gibt, anschließend verstaut er eine schwere Aktentasche im Kofferraum und wirft Dikar, der einen Kleidersack über der Schulter trägt, die Schlüssel zu.

»Steig ein.«

»Geht es zu meiner Beerdigung? Dafür hättest du dich nicht so rausputzen müssen«, kann ich mir meinen Spruch nicht verkneifen. Er grinst knapp.

»Wo wir hinfahren werden, ist es viel spannender als deine Beerdigung.«

Misstrauisch blicke ich ihm entgegen, aber entscheide mich dafür, auf der Rückbank einzusteigen, obwohl ich zu gern Moira zuvor gesehen hätte. Auf der Suche nach ihr habe ich die falschen Wege in diesem absolut verwirrenden Gebäude eingeschlagen und bin in die muntere Versammlung der frühstückenden Akis-Anhänger geplatzt. Da mir Dikar riet, das Gebäude nicht im Alleingang zu erkunden, setzte ich mich in dem großen Speiseraum zu den anderen.

Wenn ich raten dürfte, war Magnus die gesamte Zeit über, nachdem er seine Tochter in ihr Zimmer gebracht hat, bei Moira. *Wie es ihr wohl geht? Hat sie immer noch hohes Fieber?*

Hinter mir schließt Kęstas die Tür. Dikar hängt den Kleidersack an den Handgriff über dem Rücksitz, nimmt dann auf dem Fahrersitz Platz und startet den Wagen.

Kęstas dreht sich charismatisch lächelnd zu mir um und deutet auf den Kleidersack. »Es wird Zeit, dass du dich umziehst.«

Ich ziehe den Reißverschluss auf und finde einen teuren Anzug vor. Ich werde also doch bestattet, und dann gleich in einem so noblen Anzug. Was könnte spannender als meine eigene Beerdigung sein?

EINE FREUNDIN HAT
EIN DROGENPROBLEM,
DAS SIE VERHEIMLICHT.

ICH SUCHE DAS GESPRÄCH.
ICH SPRECHE SIE NICHT
DARAUF AN.

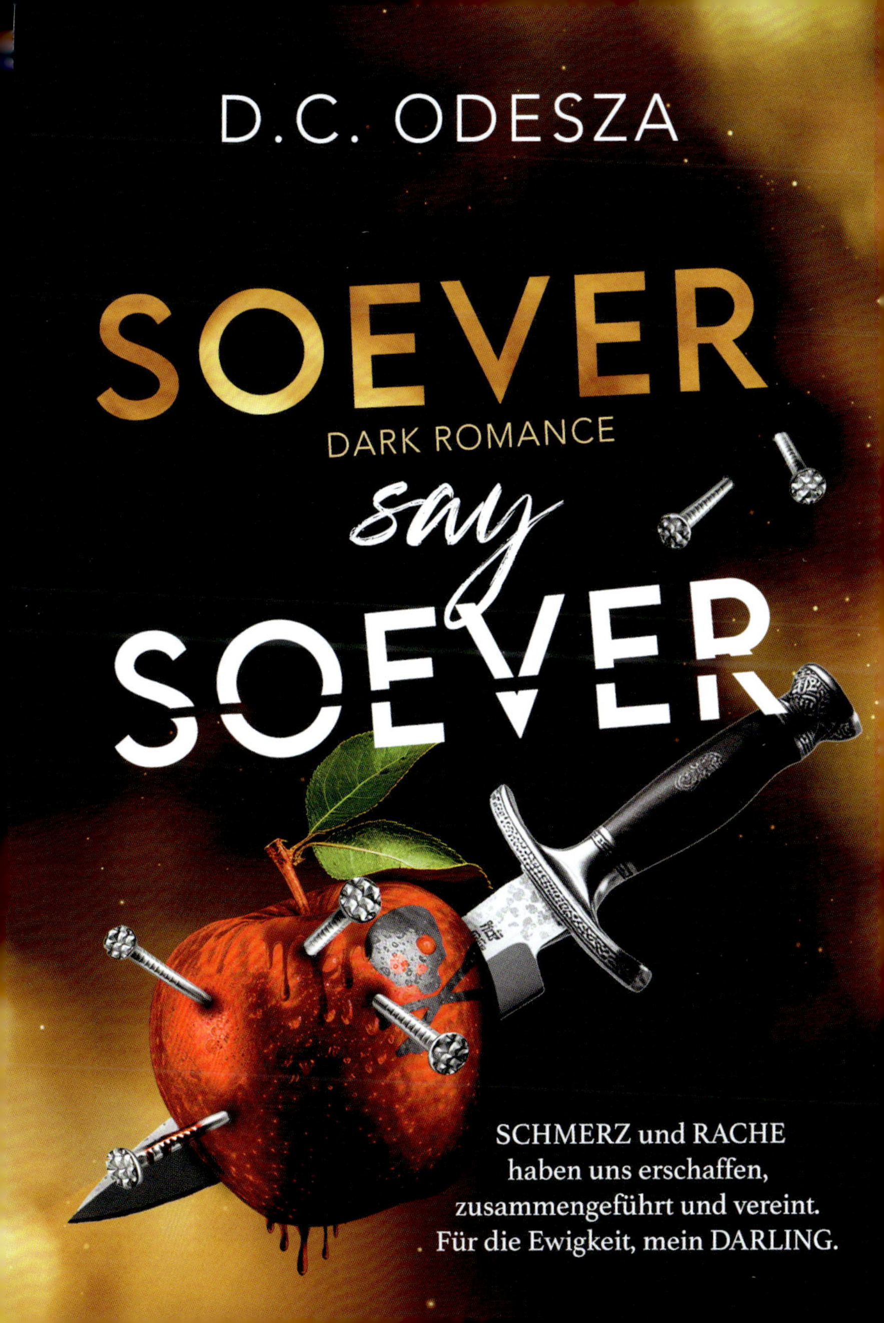
D.C. ODESZA
SOEVER
DARK ROMANCE
say
SOEVER
SCHMERZ und RACHE
haben uns erschaffen,
zusammengeführt und vereint.
Für die Ewigkeit, mein DARLING.

KAPITEL 8
MOIRA

Malvine ist wach. Malvine ist wach. Malvine ist wach. Egal wie oft ich mich dazu zwinge, geduldig zu bleiben, quält mich dieser eine Gedanke.

Unruhig liege ich im Bett, zappe durch alle Fernsehkanäle und werfe anschließend die Fernbedienung auf die Bettdecke. Dikar habe ich seit einer Stunde nicht mehr gesehen. Er wird Kęstas wie vereinbart zum Gerichtsgebäude gefahren haben.

So wie es aussieht, hat sich Kęstas in den letzten Jahren zu einem hohen Tier hochgearbeitet, während ich ein Psychologiestudium begonnen habe. Will ich es wirklich fortführen? Ja. Egal, ob ich meine Erinnerungen zurückerhalten habe oder nicht, das Studium möchte ich beenden.

Vor sieben Jahren habe ich ein Studium in Sprachwissenhaften begonnen, was verglichen mit dem Psychologiestudium öde und uninteressant war. Es hat mich nicht so begeistern und ausfüllen können. Außerdem möchte ich für Malvine ein Vorbild sein. Eine Mutter, die ihre Ziele verfolgt und erreicht. Ob sie mich auch noch mögen wird, wenn sie erfährt, dass ich ihre Mutter bin?

Erst jetzt begreife ich Kęstas' wahres Vorhaben. In Riga wollte er, dass ich ihn kennenlerne. Ganz sicher, damit ich mich wieder in ihn verliebe. Er wollte weiterhin ein Leben mit mir führen, ansonsten hätte er mich in Klaipéda nicht gefragt, ob wir einen Schritt in Richtung Beziehung weitergehen sollten. Für mich kam der Schritt ziemlich plötzlich. Für ihn muss es wie eine Ewigkeit gewesen sein, mich das zu fragen.

Und dann habe ich ihn vor den Kopf gestoßen. Nicht, weil ich keine Gefühle für ihn hatte, sondern einfach überfordert war. Schließlich war der berüchtigte Serienmörder hinter mir her. In dem Moment, als er mein entschiedenes Nein gehört hat, muss für ihn eine Welt zusammengebrochen sein. Denn anders als erwartet ging sein Plan nicht auf. Ich kann mir sogar vorstellen, dass er angenommen hat, ich würde mich kein zweites Mal in ihn verlieben. *Solch ein Narr.*

Egal, wie oft ich mein Gedächtnis verlieren würde, ich würde mich jedes Mal aufs Neue in ihn verlieben. Dieses tiefe Gefühl, diese Harmonie und das Gleichgesinnte, das uns verbindet, gibt es kein zweites Mal auf dieser Welt.

Bisher hat er mir die Frage, die er loswerden wollte, sobald ich mich wieder erinnere, nicht gestellt. Welche das wohl ist?

Es vergehen ein paar Minuten, in denen ich weiterhin in Gedanken festhänge, bis ich beschließe, Malvine zu suchen. Ich muss sie ja nicht sofort damit konfrontieren, ihre Mutter zu sein. Ich könnte einfach bloß etwas Zeit mit ihr verbringen, fragen, wie es ihr geht, was letzte Nacht passiert ist. Sie muss sicher Todesängste ausgestanden haben. Zwar hat mir Kęstas versichert, dass Narusha und Rimas bei ihr sind, aber ich will nicht länger warten.

Entschlossen schiebe ich die Decke von meinen Beinen und erhebe mich. Mittlerweile ist das Fieber verschwunden, trotzdem ist mein Körper von unansehnlichen Hämatomen, Kratzern und Verletzungen überzogen. *Willst du deiner Tochter wirklich mit einem blassen Veilchen auf der Wange und noch grünlich unterlaufenem rechten Auge gegenübertreten?*

Sie würde sicher Angst bekommen. Und das berechtigt.

»Klopf, klopf, deine neue Aufpasserin ist hier!«, kündigt sich jemand holprig an. *Was wird das?* Eine rothaarige Frau mit einem Gesicht aus Porzellan und großen Augen betritt ein Tablett in der rechten Hand balancierend den Raum. »Damit du gleich Bescheid weißt, ich mache das nicht gern. Es ist eine Anweisung von Magnus und ich will dich nicht mögen. Hier.«

Wie ist die denn drauf?

Sie klappt die Beine des Tabletts über dem Bett auf, während ich auf der Bettkante sitze und mich ernsthaft frage, was ihr verdammtes Problem ist.

Ohne auf ihre ruppige Begrüßungsrede einzugehen, richte ich mich auf und wanke zum Schrank.

»Hallo? Orientierungsschwierigkeiten? Das Tablett steht dort!« Mit dem Zeigefinger deutet sie auf das Bett, als wäre ich senil.

»Warum verlässt du nicht einfach das Zimmer, statt diese albernen Ansagen rauszuhauen?«

»Weil ich hierbleiben soll, bis du mindestens die Hälfte der Speisen gegessen hast.« Sie wuchtet einen Samtstuhl aus dem Nachbarraum an das Bett, greift zur Fernbedienung und schaltet die Sender ungefragt um.

Wo hat Kęstas die denn aufgegabelt? Würde ich es nicht besser wissen, würde ich meinen, sie durchlebt gerade ihre pubertäre Trotzphase. Allerdings scheint ihre ranzige Art ein angelernter Abwehrmechanismus zu sein. Die Leute mögen mich eh nicht, also benehme ich mich gleich wie ein Rotzlöffel und vergraule sie, bevor sie mich irgendwann verlassen. Möglich, dass sie unter Verlustängsten leidet. Denn an Selbstwertgefühl mangelt es ihr definitiv nicht. Sie dürfte ein paar Jahre jünger als ich sein, wenn ich sie genauer betrachte. Außerdem war sie es, die während der Versammlung lautstark verkünden musste, wie schrecklich zugerichtet ich aussehe. Sie gehört eindeutig zur Kategorie Frau, die alles ausspricht, was ihr ungefiltert durch den Kopf geht.

Unbeirrt von ihrem Auftritt suche ich mir aus Kęstas' Schrank ein frisches weißes T-Shirt heraus und entdecke weiter oben schwarze Jeans von ihm. Sie werden mir zwar nicht passen, aber besser als Malvine bloß in einem zerknitterten Hemd und Höschen gegenüberzutreten.

Ich sammele all meine Kräfte zusammen, stelle mich auf die Zehenspitzen und strecke den rechten Arm nach dem Regalboden aus. Verbissen und unter einem heftigen Ziehen keuchend kneife ich die Augen zusammen.

»Dir scheint es ja schon besser zu gehen, wenn du bereits akrobatische Kunststückchen hinlegen kannst. Erwarte bloß nicht, dass ich dir helfe.«

»Halts Maul!«, rutscht es mir unter Schmerzen raus. Mir geht ihr nervtötendes Angeranze auf den Wecker. Meine zittrigen Finger streifen bloß die aufeinandergestapelten Jeans, ohne auch nur eine zu fassen zu bekommen. *Verdammt! Komm schon!* Ich brauche bloß eine. Einen Stuhl aus dem Nachbarraum hereintragen wie sie, kann ich nicht.

»Moira, was machst du da?«, dringt eine Stimme unerwartet neben mir an meine Ohren. Sie gehört eindeutig nicht Miss Sprücheklopferin.

Verzweifelt schreie ich auf, aber lasse den Arm sinken. Fluchend vor Schmerz halte ich mir den Brustkorb und atme hektisch aus und wieder ein. Jeder Atemzug ist eine Qual. Aus den Augenwinkeln entdecke ich Sanja, die ihre Hand auf meine Schulter legt und leicht in die Knie geht, um einen Blick auf mein Gesicht zu erhaschen.

»Warum sitzt du vor der Glotze und hilfst ihr nicht, Katara?«, faltet Sanja sie zusammen.

»Nicht meine Aufgabe. Ich sollte nur das Essen bringen und warten, bis Madame was gegessen hat.«

»Wie redest du über sie! Sie ist –«.

Bevor Sanny aussprechen kann, dass ich die Mitgründerin des Akis bin, halte ich ihr den Mund zu und schenke ihr einen warnenden Blick. *Sag es ihr nicht.*

Sie schaut mir fragend entgegen. Sicher versteht sie nicht, warum ich das nicht will. Ich möchte einfach noch nicht herumposaunen, vor neun Jahren den Akis gegründet zu haben. Sie würde es mir ohnehin nicht glauben. Wenn der Moment gekommen ist, wird es Kęstas richten. Gerade sollte ich daran denken, wieder auf die Beine zu kommen. Aktuell bin ich ohnehin kein nützliches Mitglied.

»Warum willst du Kęstas' Hosen aus dem Schrank holen?«, fragt mich Sanny.

»Um seine Kleidung mit Kissen auszustopfen, damit ich eine Puppe habe, an die ich mich kuscheln kann«, veräppele ich sie, woraufhin sie ihre Nase krauszieht und einen Schmollmund aufsetzt.

»Ganz die Alte. Du willst dich bloß aus dem Raum schleichen. Wenn ich raten dürfte, willst du zu Malvine.«

Ich hebe die rechte Augenbraue. »Sie ist wach und ich will sie sehen.«

»Magnus' Tochter? No way«, mischt sich Katara ein. »Du bist erst wenige Tage hier und führst dich auf, als würde alles dir gehören.«

Ihre feurige eifersüchtige Art gefällt mir. Sie ist sicher eine brillante reuelose Killerin, die ohne Skrupel all die Perversen abschlachtet, die ihr Kęstas vor die Füße wirft.

»Rate, warum ich mit Magnus mein Bett teile?«, reize ich sie. »Ich genieße so einige Privilegien.«

Giftig starrt sie mir von ihrem Stuhl aus entgegen und wagt es, ihre Riemenstiefel auf der Bettdecke abzulegen. Kęstas wird ihr noch das Fell über die Ohren ziehen. »Glaub mir, nicht mehr lange. Bilde dir bloß nicht zu viel ein. Er vögelt dich ein paarmal, bis du ihn langweilst. So hat er es immer gemacht. Keine war gut genug.«

Sanny räuspert sich und kratzt sich an der Schläfe. »Richtig, weil er eine Frau hat«, zieht sie Katara auf. »Wenn sie zurückkehrt, wird ein anderer Wind wehen.«

Ich trete ihr auf den Fuß, damit sie das bleiben lässt.

»Die kommt nicht zurück. Ich bin fünf Jahre dabei und sie hat sich nicht blicken lassen. Was ist das für eine Alte, die ihn warten lässt. An seiner Stelle würde ich sie endlich vergessen.«

Sanny und ich tauschen vielsagende Blicke aus. Sie hätte sie nicht so provozieren sollen. Andererseits habe ich jetzt erfahren, dass Kęstas immer auf mich gewartet hat. Ihm übel nehmen, dass er mit anderen Frauen in den letzten Jahren geschlafen hat, wäre unfair. Ich war nicht besser.

Während meines Studiums hatte ich auch den ein oder anderen peinlichen One-Night-Stand und meinen Halbfreund Arven. Ob er mich überhaupt in den letzten Wochen versucht hat, zu erreichen, um sich zum Vögeln zu verabreden? Es ist mir im Grunde egal. Ich konnte in den letzten sechs Jahren keine einzige gesunde Beziehung führen. Kęstas schien es ebenfalls so zu gehen.

Nachdem mich Sanny von Katara erlöst hat, die eingeschnappt das Tablett aus dem Zimmer trug, führt mich Sanny durch mehrere Etagen der neu sanierten und ausgebauten Industriehalle.

Die Korridore sind weitestgehend schlicht gehalten, ähnlich wie in einem Wohnblock. Es liegt dunkler glänzender Linoleumboden aus, die Wände sind überwiegend hellgrau gestrichen und über den Decken befinden sich Spots.

Die Zimmer, die von den verwinkelten Korridoren abgehen, haben alle Nummerierungen. Sie beginnen immer mit einem Buchstaben. A-2378. G-1573. Y-9368. Jedoch sind die Räume nicht korrekt durchnummeriert. Auf Raum A-2346 folgt nicht Raum A-2347, sondern B-8764.

»Gibt es keine chronologische Anordnung der Räume?«, frage ich Sanny, als sie mich an der Hand zu ihrer Etage führt. Nach gefühlt fünf Minuten erreichen wir einen Aufzug, vor dem sich ein Gitter befindet, das sie mit einem Keuchen öffnet.

»Doch, schon, aber das kapiert nur mein großer Bruder. Du kennst ihn, er hat sein eigenes ausgeklügeltes Schema im Kopf. Vielleicht ist der Grundriss wie ein Schachbrett oder ein Sudoku-Spiel aufgebaut, wer weiß das schon.« Schulterzuckend verzieht sie ihr Gesicht. »Alles, was ich weiß, ist, dass du wieder da bist. Gott, ich hab dich so vermisst.«

Vor dem Aufzug fällt sie mir unerwartet um den Hals und schlingt ihre Arme um meinen Rücken. Sie trägt einen dunkelgrauen Strickpullover und schwarze Leggings, in denen sie sehr dünn aussieht. Als sie im Gehen ihre Ärmel hochgeschoben und sich am Unterarm gekratzt hat, sind mir die Einstichstellen in der Armbeuge nicht entgangen.

»Oh«, stoße ich hervor und wedele mit den Armen hilflos in der Luft. »Nicht so fest. Ich wurde vor vier Wochen angeschossen und meine Rippe droht mich jeden Moment zu pfählen.«

»Ups, sorry, daran habe ich nicht gedacht. Bist du mir sehr böse?« Sie tritt vorsichtig von mir zurück und neigt ihren Kopf, als sie auf meine Antwort wartet.

»Weswegen?«

»Weil ich mich bei den Vanags eingeschleust habe, um Kęstas zu berichten, wie es dir geht. Als du aufgewacht bist, hast du mich angesehen, als wollte ich dich ermorden.«

Ich schmunzele und senke den Blick, bevor ich den Lift betrete und mich träge an der kühlen Stahlwand anlehne.

»Ja, in dem Moment dachte ich, du würdest mich umbringen. Oder mich betäuben. Oder keine Ahnung … Bis zu dem Moment konnte ich mich bloß daran erinnern, dass du Demjans Schwester bist und Demjan Magnus ist. Der Mörder, der mir nach dem Leben trachtet.«

Sie lacht und lässt ihre rechte Schulter ebenfalls gegen die Liftwand sinken. Mahagonierote Strähnen rutschen ihr dabei in ihr helles Gesicht. Mir gefallen ihre leicht gräulichen Schatten unter den Augen nicht. Sie wirkt im Gegensatz zu früher schwächer, abgeschlagener. Aber mich zu sehen und zu wissen, dass ich mich an alles erinnern kann, scheint sie sehr glücklich zu machen.

»Ich wollte ihn von der Idee abbringen, dich im Callcenter ein zweites Mal anzurufen. Er meinte jedoch, falls du dich je wieder erinnern würdest, wäre es die Erfahrung deines Lebens. Einmal selbst ein Opfer von Magnus zu sein und die Angst eins zu eins zu spüren, wäre wie ein Künstler, der sein eigenes Bild zum ersten Mal betrachtet. Ich denke nicht, dass du das jetzt so siehst, oder?«

Eine gute Frage. Ich bin durch die Hölle gegangen seinetwegen. Jedoch war die Erfahrung, so verrückt es sich anhört, irgendwie berauschend.

»Ich würde es kein zweites Mal erleben wollen, aber es war rückblickend betrachtet faszinierend, einmal das Opfer zu sein.«

»Ihr seid beide irre, wisst ihr das?«

Nachdenklich in mich hineinschmunzelnd schaue ich auf den schwarz gefliesten Boden des Aufzuges. Der Lift bewegt sich nach unten. Bei der Nummer 7 angekommen, stoppt er mit einem sanften Ruckeln. Als Sanny aussteigen will, bekomme ich ihren Oberarm zu fassen.

»Brauchst du Hilfe?«, erkundigt sie sich.

»Nein.« Da ich nicht weiß, wie ich sie am besten darauf ansprechen soll, lecke ich mir verunsichert über die Lippen. »Bist du wieder rückfällig geworden, Sanny?«

Ihr ertappter Blick wandert von meinem Gesicht zu ihrem Ellenbogen. Ich schiebe den Ärmel höher, während ich ihren Arm fest umfasse. Sie hält mich davon ab, den Ärmel weiter hochzuschieben.

»Lass das, Moira.«

»Weiß Kęstas davon?«

»Sicher weiß er das. Er weiß doch alles«, wispert sie die letzten Worte verärgert. »Ich komme klar, mach dir keine

Gedanken. Ich war fast drei Jahre clean, bis …« Sie nagt nervös an den Fingern ihrer linken Hand. Erst jetzt sehe ich ihre heruntergekauten Nägel und die blutig eingerissene Nagelhaut.

»Du musst dich nicht rechtfertigen«, sage ich ruhig, ohne sie unter Druck zu setzen, und gebe ihren Arm frei. »Du weißt aber, dass du jederzeit mit mir reden kannst. Ich bin dir nicht böse oder verurteile dich oder bin enttäuscht.«

Von meinen Worten überrascht, schaut sie zu mir auf und streicht sich nervös eine Strähne hinter ihr Ohr. »Wirklich nicht?«

Nein, denn ich weiß, dass sie viel durchgemacht hat. Ihre Suchterkrankung beruht allein auf dem Mord ihrer Eltern. Alles, was danach folgte, ließ ihr Leben außer Kontrolle geraten. Nicht jeder ist so gefestigt, der den Tod eines geliebten Menschen nach wochenlanger Trauer verarbeitet hat und sein Leben wie gewohnt fortführen kann. Sanny verlor nicht nur einen Elternteil, sondern beide. Außerdem muss sie sich auch meinetwegen schreckliche Sorgen gemacht haben. Schließlich verlor sie mich vor knapp sieben Jahren nach dem Sturz. Ich will mir nicht ausmalen, welche Standpauke sie sich von ihrem Bruder anhören durfte, weil sie mich zu dem Kriminellen hat losziehen lassen. Dabei hatte ich sie nicht in meine Pläne eingeweiht. Sie trifft keine Schuld.

KANNST DU GUT
MIT KLEINEN KINDERN
UMGEHEN?

NEIN, DAS LIEGT MIR NICHT.

JA, ICH MAG SIE ÜBER ALLES.

KAPITEL 9
MOIRA

Stillschweigend laufen wir weiter über den Korridor, der mit einer Flügeltür aus schwerem Stahl endet. Sanny holt die Schlüssel hervor, mit denen sie die Tür öffnet. Dahinter offenbart sich ein Bereich, den ich nicht erwartet hätte. Es kommt mir vor, als hätten wir eine andere Dimension betreten. Hinter uns liegen die kahlen, schmucklosen Korridore, vor mir befindet sich ein heller weitläufiger Vorraum mit bequemen Sitzmöbeln, warmen Stehleuchten, blassvioletten Wänden, birkefarbenem Parkettboden. Der Wohnbereich mit dem Parkettboden geht im hinteren Teil in eine offene große Küche mit poliertem Naturstein über. An den Decken funkeln moderne Kronleuchter aus Kristall und goldenen Kugeln. Eine leicht gewundene Treppe führt zu einer Galerie mit Glasgeländer hinauf. Wenn ich es richtig sehe, gehen vier helle Holztüren vom Gang der Galerie ab.

Eine blonde Frau läuft ein Lied summend mit einer Zahnbürste im Mund am Geländer vorbei, während ich das Prasseln von Wasser höre.

»Ich teile mir die Räume mit Narusha und Rimas«, flüstert mir Sanny ins Ohr. »Kęstas will, dass sie nicht bloß ein Auge auf Malvine haben, sondern auch …« Genervt verdreht sie die Augen und deutet auf sich. *Auch auf sie.* Kann ich verstehen und befürworte ich absolut.

Die Räumlichkeiten erinnern mich an ein modern eingerichtetes Apartment. Es gibt mindestens ein Badezimmer. Im Raum vor mir steht eine große mintfarbene Couchlandschaft, die sich um einen weißen Wandkamin, über dem ein großer Flachbildfernseher hängt, gruppiert. Hohe Palmenpflanzen und Monstera stehen in den Ecken, die von Bodenleuchten angestrahlt werden. Grob gewebte cremefarbene Teppiche verleihen dem Raum mehr Komfort und an den Wänden hängen unzählig viele Fotografien von …

Erstaunt bleibe ich vor einem riesigen Bild an der Wand links von mir stehen. Das Schwarz-Weiß-Foto zeigt die Gesichtshälfte einer dunkelhaarigen Frau. Es ist bloß ihr lächelndes linkes Auge zu erkennen, das von braunen Haarsträhnen, die über ihr Gesicht flattern, umrahmt wird.

Es war verdammt stürmisch an dem Tag, als er dieses Bild an der Ostseeküste gemacht hat. Weitere Teilfotografien von mir hängen an den Wänden neben Bildern von Malvine. Es sieht aus, als würde ein komplettes Fotobuch an dieser Wand hängen, die sich über zwei Etagen hoch erstreckt. Große Bilder reihen sich neben mehrere kleinere. Die Fotowand ergibt ein beeindruckendes Bildermosaik.

»Er hat es für Malvine gemacht, damit sie dich jeden Tag sieht«, sagt Sanny, als sie neben mir stehen bleibt und auf das Bild von mir deutet. Malvine sieht das Bild jeden Tag, aber nur einen Ausschnitt von mir, als würde er ihr nicht alles über mich verraten wollen. Vielleicht, um ihr die Illusion zu nehmen, dass ich jemals wieder zurückkomme.

»Das ist … wunderschön.« Und traurig zugleich, da ich Malvine in unterschiedlichem Alter abgebildet sehe. Auf einem Foto ist sie ein Jahr und sitzt mit Essen beschmiertem Gesicht im Hochstuhl. Ihr sind schon ein paar zarte dunkle Locken gewachsen. Auf einem anderen Foto ist sie auf einem Roller in einem Park zu sehen, auf wieder einem anderen thront sie im Flugzeug auf Kęstas' Schoß und umfasst lachend seinen Hals.

Mit den Fingern fahre ich über die Rahmen, während ich wie an einem Zeitstrahl entlanglaufe. Es sind so viele Bilder, die ich kaum an einem Tag verarbeiten kann. Sanny folgt mir und sieht, wie sich immer mehr Tränen in meinen Augen sammeln.

Mit drei Jahren sah sie mit ihren großen karamellbraunen Augen und den langen Wimpern so bildhübsch wie eine Puppe aus. Ich habe nie gesehen, wie sie ihre ersten Schritte gemacht hat. Nicht miterlebt, wie sie ihr erstes Wort gesprochen hat. Ich war nicht dabei, als sie den ersten Tag zum Kindergarten gebracht wurde. In keiner Nacht war ich bei ihr, als sie Angst gehabt hat. Ich kenne weder die Namen ihrer Freundinnen – nicht einmal die in Riga, die sie zu ihrem Geburtstag eingeladen hat, habe ich mir gemerkt – noch war ich dabei, als sie ihren ersten Zahn bekam.

Dass sie ein aufgewecktes Kind ist, das sehr schnell Kontakte knüpfen kann und immer strahlt, habe ich miterlebt. Doch welche Eissorte isst sie am liebsten? Hat sie ein Lieblingsspiel? Was erzählt sie ihren Freundinnen, wenn alle über ihre Mütter sprechen?

Vor einer postergroßen Fotografie bleibe ich stehen. Malvine sitzt auf den nackten Schultern von Kęstas und streckt lachend ein Eis in die Luft, während hinter ihnen über dem Meer die rotgoldene Sonne untergeht. *Er war mit ihr im Urlaub.*

So wie es aussieht, hat er versucht, sie auch ohne mich in einer heilen Welt aufwachsen zu lassen. Er hat seine Vertrauten, die ihn all die Jahre begleitet und unterstützt haben, ansonsten hätte er seinen durchgetakteten und schlafraubenden Job nicht weiter ausüben können. Kęstas ist es hervorragend gelungen, Malvine eine glückliche Kindheit zu schenken, wie sie sie verdient hat. Ein schmerzlicher Stich geht durch meine Magengegend. Ein Teil in mir ist enttäuscht und wütend, dass ich das alles verpasst habe. Ich bin so sauer auf mich selbst. Es ist wahrscheinlich meine gerechte Strafe, auf diese kostbaren, nie wieder zurückkehrenden Momente verzichten zu müssen. Und das bloß, weil ich diesen widerwärtigen Rimpel im Alleingang aufgesucht habe. Zornestränen ziepen in meinen Augenwinkeln, die die Gelb- und Rottöne der Fotografie zu einem warmen Orangeton verschmelzen lassen.

»Ich habe das Bild vor zwei Jahren gemacht«, durchbricht Sanny die Stille, als sie meine bebenden Lippen sieht. »Wenn du möchtest, kann ich dir alles erzählen. Du musst sehr viele Fragen haben.«

Mir brennen Hunderte auf der Zunge. Doch in diesem Augenblick genügt es mir, die Bilder zu betrachten und auf mich wirken zu lassen. Sie machen mich unendlich traurig und zugleich überglücklich. Denn Kęstas, der zuvor nicht davon überzeugt war, ein guter Vater zu sein, als ich ihm von der Schwangerschaft erzählt habe, ist ja wohl definitiv zu einem Vater des Jahres geworden.

Obwohl in der oberen Etage Musik im Badezimmer spielt, fühlt es sich in meinem Kopf beklemmend still an.

»Ach du je, Aurelia. Äh-oh, ich meine Moira!«, ruft Narusha in ihrem knappen weißen Pyjama von der Galerie überrascht herunter.

Sofort drehe ich mich zu ihr. Narusha umfasst mit beiden Händen den Handlauf der gläsernen Galerie und macht große Augen. Sie scheint mich vorhin nicht bemerkt zu haben. Narusha und Rimas habe ich knapp ein Jahr vor meinem Sturz kennengelernt.

Kęstas brachte sie an einem Augustabend mit. Narusha und Rimas lernten sich im Internet über eine Seite von trauernden Angehörigen kennen. Das war – glaube ich – zwei Jahre davor oder so. Es war Kęstas' erster Fall, den Mann hinter Gittern zu bringen, der Narushas ältere Schwester in einer Diskothek K.-o.-Tropfen verabreicht, sie anschließend in ein Hotelzimmer gebracht und dort vergewaltigt und erdrosselt hat. Das perfide Snobschwein hat den dummen Fehler begangen, die Leiche zerteilt in Säcken aus dem 5-Sterne-Hotel zu tragen. Dabei wurde jede seiner Bewegungen in den Korridoren und Aufzügen gefilmt. Man sah, wie Narushas Schwester mit ihm in die fünfzehnte Etage hochfuhr, aber das Stockwerk nicht wieder verließ.

Anhand vieler DNA und Blutspuren, die mithilfe von Luminol im kompletten Hotelzimmer sichtbar wurden, konnte der Typ schnell überführt werden.

Ich mochte Narusha schon immer. Was sie wohl gedacht haben muss, als mich Kęstas nach über sieben Jahren bei ihnen in Klaipéda angeschleppt hat?

»Moira!«, rufe ich lächelnd hoch und wische mir mit den Hemdärmeln die Tränen unter den Augen fort. »Mein Kopf ist wieder intakt.«

Sie wirkt einen Moment überrumpelt, bevor ihr herzförmiges bildhübsches Gesicht leuchtet. »Meinst du richtig intakt? Oder hast du noch ein paar Lücken?«

»Teste mich«, antworte ich ihr und durchquere den Wohnbereich.

»Okay, wie haben wir uns kennengelernt?« Auf ihren verschränkten Unterarmen abgestützt beugt sie sich auf dem Geländer vor und verfolgt neugierig meine Schritte. Ich schnappe mir eine Fotografie, die neben der Couch auf einem Beistelltisch steht. Auf ihr ist Kęstas zu sehen, der sein Gesicht verbissen lächelnd verzieht, weil Malvine es mit beiden kleinen Händen umfasst und ihn auf die Wange küsst.

»Kęstas hat euch an einem Abend in unsere WG eingeladen. Das war vor knapp neun Jahren. Er hat den Mörder deiner Schwester angeklagt. Wie hieß er gleich …« Mit dem Zeigefinger tippe ich gegen die Unterlippe. »Ah ja, Domonique Dvarionas.«

»Richtig«, bringt sie wütend zur Seite blickend hervor. »So heißt dieses Schwein. Und Rimas? Woher kennst du ihn?«

Eine Fangfrage, oder?

»Was ist mit mir?« Plötzlich tritt Rimas in gestreiften Shorts und weißem T-Shirt aus einem der Räume hinter Narusha. Sein schwarzes Haar hängt zerwühlt wie das eines Rockstars nach einer durchzechten Nacht in sein Gesicht. Lässig streicht er es aus der Stirn, tritt von hinten an Narusha heran und legt beide Hände um ihre Mitte.

Nachdem er ihr einen Kuss auf die Wange gegeben hat, starrt er von der Galerie zu mir. »Moira, was für eine Überraschung. Wie geht es dir?«

»Ich hab sie angeschleppt. Sie möchte Malvine sehen und zuvor …« Sanny greift im Nacken nach meinem Hemd und zerrt mich zu einem Raum neben dem großen Fernseher. »Sollte sie sich umziehen.«

»Warte mal«, schimpfe ich. Wir laufen alle in Schlafklamotten rum. »Mir geht es bestens«, antworte ich Rimas rasch. »Um deine Frage zu beantworten, Rusha, du hast deinen Mann in einem Internetforum aufgegabelt und warst mit ihm zusammen, als wir uns – ah, Sanny, zieh nicht so! –, als wir uns zum ersten Mal getroffen haben. Wo ist Malvine?«, kann ich beiden noch die Frage stellen, bevor Sanny mich komplett in ihrer Gewalt hat und mich in den Raum zieht. Obwohl sie ziemlich schwach und zerbrechlich aussieht, verbirgt sie eine Menge Power. Von keiner außer ihr würde ich mich ungefragt in einen Raum bugsieren lassen.

»Sie ist in ihrem Zimmer und spielt mit ihren …« Wumm!

Sanny hat die Tür verschlossen, bevor ich Narushas Antwort gehört habe.

»Am besten, ich gebe dir Klamotten von mir, dann kannst du sie sehen. Auf diesen Moment habe ich sehr lange gewartet. Je mehr wir uns beeilen, desto schneller bist du bei ihr. Sie wird Augen machen, wenn sie erfährt, dass du ihre Mutter bist.« Zielstrebig geht sie von einem etwas chaotisch eingerichteten Schlafzimmer in einen Nebenraum, in dem sich die Ankleide befindet, und quasselt ohne Pausen weiter.

»Nein, Sanny«, unterbreche ich ihren Redeschwall, während ich mich in ihrem Schlafzimmer, in dem ein weißes Holzbett mit violett geblümter Bettwäsche rechts an der Wand steht, umsehe. Gegenüber befindet sich ein Schreibtisch, auf dem das reinste Chaos herrscht. Stifte, Make-up, Ordner und ein aufgeklappter Laptop liegen darauf. Auf dem PC ist ein Film geöffnet, den sie sich wohl vor ihrem spontanen Besuch angeschaut hat. Chipstüten stapeln sich vor ihrem Bett, direkt neben einem Sechserpack Cola. Ein großer Wandspiegel hängt links vom Durchbruch zum Ankleidezimmer, in dem sie mit einem Mal verstummt. Gleich darauf poltert etwas. Ist sie umgekippt oder ist ein Karton auf sie gefallen?

»Alles okay bei dir?«

Mit einem Stapel frischer T-Shirts, einer schwarzen Kapuzenjacke und mehreren dunklen Hosen tritt sie aus dem Nebenraum und pustet eine lose Haarsträhne aus ihrem Gesicht.

»Wie, nein?«, hakt sie perplex nach, wirft den Klamottenstapel auf das Bett und nimmt darauf Platz. Damit ich nicht länger wie bestellt und nicht abgeholt im Schlafzimmer stehen bleibe und weiter meine Rippen halte, klopft sie neben sich auf die aufgeschlagene Bettdecke.

»Ich werde es ihr nicht sagen. Nicht, wenn Kęstas nicht dabei ist. Vielleicht sage ich es ihr erst in ein paar Tagen oder einer Woche oder so …« So richtig überlegt habe ich es mir noch nicht.

»Okay, du willst es nicht überstürzen. Verstehe ich. Wenn du dich nicht setzen willst, bedien dich. Falls die Klamotten nicht passen, such dir gern andere im Schrank raus. Kęstas ist wirklich spendabel, wenn es um Kleidung geht.«

Bedeutet das etwa, er bezahlt alle Lebenshaltungskosten für sie?

»Bist du nicht Krankenschwester?«

»Ja, nein. War ich … Reden wir nicht drüber …« Beschämt weicht sie meinem fragenden Blick aus. *Ah, okay.*

»Wenn ich raten dürfte, hat das was mit den Einstichen am Arm zu tun.«

Ohne mir meine Vermutung zu bestätigen, greift sie zur Chipspackung vor ihrem Bett und macht eine verärgerte

Grimasse. »Ich finde einen neuen Job, eine neue Wohnung und dann wird alles besser.«

Das Spiel, *bald wird alles besser*, spielt sie also weiterhin? Sie fällt in ein Loch, ihr großer Bruder holt sie raus, päppelt sie auf und lässt sie anschließend allein ihren Weg gehen, bis sie wieder in ein Tief rutscht.

Langsam gehe ich auf sie zu, nehme neben ihr Platz und streiche ihren mahagonifarbenen Haarvorhang hinter ihre Schulter, damit ich ihr Gesicht sehen kann. »Setz dich nicht unter Druck. Der richtige Moment wird kommen, dann kannst du Kęstas beweisen, auch ohne ihn klarzukommen. Gibt es mittlerweile einen Mann in deinem Leben, den ich kennenlernen sollte?«, wechsele ich das Thema, da ich sie nicht belügen will. Solange sie ihre Therapien nicht fortsetzt, was sie vehement vor Jahren verweigert hat, gerät sie immer und immer wieder auf die schiefe Bahn. Es ist ein Kreislauf aus Trauer, Selbstzweifeln, Drogen, Depressionen und Frust, den sie nicht allein durchbrechen kann, wenn sie keine Hilfe zulässt.

»Einen Mann?«, wiederholt sie die Worte niedergeschlagen. »Nein. Dafür habe ich gerade keine Zeit. Außerdem … sieh mich an. Ich bin froh, wenn ich Kęstas einen Gefallen tun kann. Hierher einen Typen einladen, käme nicht infrage. Er würde das nicht zulassen. Und die Leute, die ich vor Monaten kennengelernt habe, sind alles andere als Freunde gewesen. Wegen diesen Idioten bin ich wieder an dem Zeug hängen geblieben. Aber …« Sie hebt ihr Gesicht hoffnungsvoll zur Decke und holt tief Luft. »Reden wir nicht länger darüber. Ich wünschte manchmal, ich wäre wie du.«

»Wie bin ich denn?«, erkundige ich mich lachend und stoße sie an, bevor ich mir ebenfalls eine Handvoll Chips aus der Tüte angele, die auf ihrem Schoß liegt.

»Stark, entschlossen, positiv eingestellt. Du hast dir ein komplett neues Leben vor knapp sieben Jahren aufgebaut, ohne Freunde oder Leute, die du aus der Vergangenheit gekannt hast. Als du deine Erinnerungen verloren hast, hättest du auch in einem Deprisumpf enden können. Bei deinem Vater wäre das kein Wunder gewesen«, fügt sie zornig hinzu. »Aber du hast ein hartes Studium angefangen, dir einen Nebenjob gesucht, um dich über Wasser zu halten, hattest einen Plan. Und das, ohne zu wissen, dass es Kęstas und Malvine gibt. Du hast dich nicht ausgeruht oder treiben lassen. Ich wette, du hast das Psychologiestudium begonnen, um irgendwann ein Profiler oder so zu werden und die kranken Arschlöcher im Hochsicherheitstrakt durch die Mangel zu nehmen.«

So genau weiß ich das ehrlich gesagt gar nicht. Mein Schwerpunkt liegt in der analytischen Psychologie und zunächst wollte ich nach dem Studium eine Weiterbildung zur Psychiaterin machen und keine Therapeutin bleiben. Also gut möglich, dass ich später den Mördern mit stark ausgeprägten psychischen Erkrankungen gegenübergesessen hätte.

»Weißt du, Moira, der Unterschied zwischen uns ist, dass du stärker aus der Nummer herausgekommen bist, genauso wie Kęstas. Ich hingegen bin auf der Strecke geblieben und die kaputte Seele.«

»Das stimmt nicht.« Ich schiebe die Chipstüte von ihrem Schoß und nehme sie in den Arm. »Du hast nach dem Tod deiner Eltern eine sehr harte Zeit durchmachen müssen. Dein Leben hat sich komplett geändert. Du bist in einem Heim für Jugendliche untergekommen, musstest die Schule wechseln, hattest neue Menschen um dich. Kęstas konnte weitermachen wie bisher und ich habe weiterhin zu Hause gewohnt. Von uns dreien hast du die schlimmste Zeit durchstehen müssen. Sie hat dich verändert. Es hätte jeden verändert, dem es so ergangen wäre. Das Wichtigste ist, du bist nicht allein. Und ab sofort bin ich wieder da und passe auf dich auf.« Obwohl die Umarmung meine Rippen leicht zusammendrückt, beende ich sie nicht voreilig. Mit den Händen fahre ich über ihren Rücken und das lange dicke Haar. Auch wenn sie einen dicken Pullover trägt, spüre ich ihre Schulterblätter wie hervorstechende Kanten.

Als mir Kęstas von unserem Wiedersehen zu Weihnachten erzählte und davon berichtete, wie seine Schwester damals unter der Trennung litt, habe ich nicht bemerkt, dass er auch von der Gegenwart sprechen könnte.

»Sanny war in dieser scheußlichen Einrichtung und begann eine seltsame Richtung einzuschlagen. … Da es ihr zu der Zeit wirklich dreckig ging, sie an die falschen Leute geriet, dachte ich, würde es ihr helfen, wenn sie dich wieder trifft. Ihr seid wie Schwestern aufgewachsen, du warst ständig bei uns, das weißt du sicher noch.«

Eine Weile halte ich sie einfach im Arm, rieche ihr blumiges leichtes Parfüm und ihr Haar kitzelt in meinem Gesicht. Ich regele das. Sanja wird wieder gesund werden und nicht länger Drogen brauchen, um der Realität zu entkommen.

Bevor ich mich von ihr löse, erklingt hinter der Tür ein Mädchengesang und etwas holpert die Stufen herunter.

»O Mist, ich habe dich komplett abgelenkt. Schnell, zieh dich um.« Sanja löst als Erste die Arme von mir, schnieft leise und hebt den Berg Klamotten auf ihren Schoß. »Das ist dein Stil, glaube ich.« Sie weiß immer noch, dass Schwarz meine bevorzugte Farbe bei Kleidungsstücken ist.

»Danke«, hauche ich, erhebe mich und beginne, mich mit dem Rücken zu ihr gewandt, umzuziehen. Ich schiebe Kęstas' Hemd von meinen Schultern, bevor ich nach hinten greife und sie mir ein Top reicht. Plötzlich spüre ich Finger auf meinem Rücken, die über den Bereich des Verbands streichen. Genau über die frischen, noch ziependen Narben der Schussverletzungen.

»Tut es sehr weh?«

»Nicht mehr als die Rippe. Die macht mir am meisten Beschwerden.«

»Und stören dich die Narben nicht?«, fragt sie mich.

»Sie gehören zum Geschäft«, kontere ich schlagfertig, woraufhin sie schnaubt.

»Dieser Spruch könnte von Kęstas stammen. Ihm hast du mit den zwei Schnitten auch bleibende Erinnerungen hinterlassen. Ich weiß noch jetzt, als er mit einem euphorischen Funkeln in den Augen über Facetime berichtete, wie euer erstes Wiedersehen im Keller aussah. ›Sie hat es nicht verlernt‹ waren seine Worte. Ihr seid beide wirklich gestört.«

»Ja, vielleicht. Ich war damals auch überrascht und sehr zufrieden, dem großen Magnus einen tiefen Schnitt beschert zu haben.« Daran kann ich mich noch jetzt erinnern. »Als Dankeschön für diese Tätowierung. Wieso habt ihr solch ein Zeichen eingeführt?« Denn früher waren die Anhänger nicht tätowiert.

»Das hat sich mit den Jahren ergeben. Ich weiß nicht mehr, wann er auf die Idee gekommen ist. Vermutlich, als sich die Vereinigung immer mehr vergrößert hat. Es gab eine Abstimmung vor fünf Jahren darüber, eine Art Erkennungszeichen einzuführen. Ich trage meines am Oberschenkel, auch wenn ich wenig zu der Truppe beitrage.«

Ich weiß, dass sie eine Person ist, die es niemals übers Herz bringen könnte, jemand anderen zu verletzen. Selbst den durchtriebensten Teufel würde sie nicht aufhalten und den Weg der Resignation und Lethargie wählen. Was nicht schlimm ist. Nicht jeder ist dafür geschaffen, anderen bösartigen Menschen das Leben zu nehmen.

Nachdem ich mich umgezogen habe, deckt Sanny das Veilchen wie auch das grünliche Auge mit Make-up ab. Ich binde mein Haar zu einem Knoten zusammen und schaue mir im Wandspiegel entgegen. Warum ich nervös bin, kann ich nicht sagen, schließlich habe ich Malvine schon kennengelernt. Aber sie jetzt aus der Sicht als ihre Mutter kennenzulernen, ist eine ganz andere Nummer.

»Gerade kommst du mir überhaupt nicht mehr tough und stark vor«, neckt mich Sanny, bevor sie meine Hand nimmt und mich zur Tür zieht.

»Nein, gerade fühle ich mich … Ich weiß es nicht.«

»Eine Psychologin, die ihren eigenen Gemütszustand nicht analysieren kann.« Sie lacht über mich, greift zum Türgriff und drückt die Klinke herunter. »Sie ist ein Engel. Dein Engel«, flüstert sie mir ins Ohr, kurz bevor sie die Tür öffnet.

Meine Augen wandern durch das moderne Wohnzimmer weiter zur Küche, die sich unter der hohen Decke der Galerie befindet. Der Kaffeevollautomat brummt, vor der Rimas bereits in Sweatjacke und Jeans angezogen auf seinen Kaffee wartet, während eine kleine Person am Tresen sitzt und sich Kelloggs in die Schüssel füllt.

»Tun dir deine Handgelenke nicht mehr weh?«, fragt sie Rimas.

»Nein, ich bin hart wie Granit. Die Kratzer sind schnell verheilt.« Instinktiv reibt sich Rimas über seine Handgelenke, auf der dunkelrote entzündliche Streifen zu erkennen sind, die von einer Fesselung stammen können.

»Das war der blonde Mann auch. Er hat die Angreifer einfach so plattgemacht. Ich glaube, er ist Polizist.«

Rimas sieht mich in der Tür stehen und deutet mir an, ruhig zu ihnen zu kommen.

»Dreh dich mal um, Malvine. Wir haben eine Überraschung für dich.«

»Welche? Ist Kęstas wieder da?« Sie kichert und stößt die Füße gegen den Tresen, um sich auf dem Hocker zu mir zu drehen.

Als sie mich neben ihrer Tante entdeckt, macht sie große Augen. In ihrem marineblauen Strickkleid und mit durch einen Haarreif zurückgeschobenem Haar sieht sie noch hübscher aus als vor Wochen. Dabei bilde ich mir das bloß ein.

»Aurelia ist hier!«, stößt sie freudig quietschend hervor und wackelt mit ihren Beinen in den hellen Strumpfhosen. Narusha steigt die Holztreppe herunter und macht ein Gesicht, das mich auffordert, nicht länger wie angewurzelt im Wohnzimmer stehen zu bleiben.

Aber ich kann nicht anders. Irgendwie – auch wenn ich es hasse – steigen wieder Tränen in meinen Augen auf. Ich will nicht weinen, und eigentlich weine ich streng genommen selten bis nie, höchstens vor Schmerzen, aber gerade …

»Frag sie doch, ob sie etwas essen will.«

Sanny hält weiterhin meine Hand und stößt mich mit der Schulter an. »So habe ich dich ja noch nie erlebt.« Sie kichert.

»O ja. Essen wir alle zusammen? Sanny auch.« Malvine rutscht von dem Tresen, um ihn zu umrunden und dahinter zu verschwinden. Eine Schranktür knallt zu, sodass Rimas sich zu ihr umdreht. »Lass die Küche noch stehen.«

»Ist nichts kaputt gegangen.« Mit zwei Tellern in der Hand deckt sie den Tresen ein, an dem mindestens sieben Leute Platz haben.

Um nicht länger wie eine Raumdekoration herumzustehen, gehe ich auf Malvine zu. »Ich helfe dir.«

Sie rutscht auf den Knien von einem Hocker zum nächsten, was ziemlich gewagt aussieht. Bevor sie herunterfällt, bleibe ich neben ihr stehen und schaue lächelnd zu ihr hinab. »Nenn mich bitte ab sofort Moira, Malvine.«

»Wieso nicht Aurelia?«

»Weil mich fast alle Moira nennen.« Wackelig zieht sie sich auf dem Hocker in den Stand und kommt mir mit ihren Armen entgegen. An Narushas Gesichtsausdruck kann ich ablesen, dass sie das sonst nie darf. Malvine legt ihre Hände auf meine Schultern.

»Moira ist besser. Hilfst du mir runter? Es fehlen noch Tassen.«

Obwohl ich es langsam angehen wollte, befindet sie sich schneller in meinen Armen als gedacht. Ich halte sie fest, hebe sie vom Hocker und behalte sie einige Sekunden länger als nötig im Arm, einfach um ihren nach Pfirsich und Weichspüler duftenden Geruch einzuatmen. Man sagt, dass für eine Mutter das eigene Kind immer am angenehmsten riecht. Dass man, am liebsten so oft es geht, an ihm riechen möchte.

Und genauso geht es mir in diesem Moment.

Sie zappelt auch nicht, daher ist es ihr nicht unangenehm. Vorsichtig setze ich sie auf dem Boden ab, bevor sie wie ein Blitz aufgeregt, mich zu sehen, um den Tresen schießt.

»Möchtest du auch einen Kaffee?«, fragt Rimas, der an der Maschine steht und flüchtig Malvines Kopf streift, als sie an ihm vorbei zum Kühlschrank geht.

»Klar. Einen Latte macchiato.«

Es war doch gut, dass ich Kataras Frühstückstablett abgelehnt habe. »Wusstest du, dass sie Moira heißt?«, fragt Malvine Narusha und reicht ihr Milch, Käse, Wurst und Butter aus dem Kühlschrank.

»Wusste ich. Ich kenne Moira länger, als es dich gibt.«

»Wieso? Ich habe sie im Urlaub mit Kęstas kennengelernt. Sie hat Muffins mit Gesichtern gebacken.«

Kichernd schenkt sie mir einen Seitenblick. Eine Weile beobachte ich sie bloß. Ihr meinen echten Namen verraten zu haben, finde ich, war ein guter Anfang. Alles andere wird sich nach und nach ergeben. Ich will es nicht überstürzen. Und vor allem will ich es mit Kęstas absprechen und ihn nicht übergehen.

Hauptsache, ich bin in ihrer Nähe. Das genügt mir vorerst. Das ist mehr, als ich mir wünschen kann.

KAPITEL 10
ARŪNAS

W*ann habe ich zuletzt einen so noblen Anzug getragen?* Ich ziehe das Jackett am Revers ein Stück zusammen, während ich aus dem Seitenblick zwei Männer im Gerichtssaal beobachte.

Es sind sicher über fünfzig Leute als Zuschauer anwesend, doch diese beiden stechen mir direkt ins Auge. Sie unterhalten sich, ohne die Blicke von Kęstas abzuwenden. Dikar wartet *unangeleint* vor dem Gerichtsgebäude und checkt sicher, wer im Gebäude aus und ein geht.

Ich muss sagen, ich war anfangs sehr überrascht, dass wir nicht vor den rostigen Toren eines Friedhofs gehalten, sondern vor den meterhohen Säulen eines Gerichtsgebäudes geparkt haben. Und vor dem war eine Menge los. Reporter stolperten fast vor Aufregung übereinander, als Magnus aus der Limousine stieg.

Er gab mir drei Worte mit auf den Weg, bevor wir das Gebäude betreten haben. »Verhalte dich unauffällig.«

Das kann sehr vieles bedeuten. Was für mich unauffällig bedeutet, ist für andere peinlich. Er hätte sagen können: Verhalte dich unauffällig so wie alle anderen.

Aber seien wir ehrlich, ohne meine Waffen könnte ich wenig anrichten. Aus dem Grund verfolge ich aufmerksam das Drumherum.

Mitten im Saal sitzt ein Zeuge mit dem Rücken zu den Zuschauern gewandt, der als Erster befragt wird. Vor seiner Nase thront hinter einem mit dunklem Holz vertäfelten und polierten Pult eine streng dreinblickende Richterin. Sie taut mit jeder Minute mehr auf. Als sie den Saal mit ihrem krausen blondierten Haar, ihrer kantigen Gleitsichtbrille und diesem voluminösen Gewand wie das eines Geistlichen betrat, sah sie zum Fürchten aus. Irgendwie erinnert sie mich an meine Mathelehrerin. Aber selbst die war mit lockeren Sprüchen weichzukriegen. Die Richterin hingegen sympathisiert mächtig mit Magnus, der rechts an einem Pult sitzt. Drei oder vier Sitze entfernt von der Richterin hockt eine stumme Gerichtsschreiberin, die alles mittippt, was gesagt wird. Sie hat dieselbe ausdruckslose Mimik wie unsere Bibliothekarin an der Uni, die mit Blähungen zu kämpfen hatte. Wäre ein Ding, wenn ich sie hier tatsächlich wiedersehen würde.

Ich kann mir mein Grinsen nicht verkneifen. Aber es ist schwer, in einem Raum zu hocken, in dem sich über fünfzig oder siebzig Leute befinden, inklusive der Reporter, und keiner darf einen Ton sagen, bis auf die Richterin, der Verteidiger, Magnus und der Zeuge, wenn er denn seine Aussage nicht verweigert. Da rücken eben dumme Gedanken in meinem Kopf in den Vordergrund.

Mittlerweile knurrt mein Magen. Wir dürften sicher schon knapp zwei Stunden hier hocken, was den Sauerstoffverbrauch zusätzlich einschränkt. Und wenn die Mitschreiberin wirklich meine Bibliothekarin von früher ist, was hoffentlich nicht der Fall ist, dürfte die Luft um weitere Abgase vergiftet werden.

Innerlich muss ich lachen, was ein Mann neben mir bemerkt und sich räuspert.

Ja, gut, ich sollte bei der Sache bleiben. Fakt ist, Magnus erweckt einen wirklich imposanten, erhabenen Eindruck, das muss ich ihm lassen. Er wirkt pragmatisch, unnahbar und ziemlich autoritär. Seine Aufgabe ist es, den Angeklagten, in dem Fall einem wirklich räudig starrenden Typen mit Glatze und gelangweiltem Gesicht, zu der Höchststrafe zu verurteilen. Wenn ich Magnus' Anklageschrift, die gefühlt eine halbe Stunde von ihm vorgelesen wurde, glauben kann, hat der Rüpel so einiges auf dem Kerbholz. Mehrere Morde und Entführungen. Im Rauschmittelgeschäft scheint er auch mitzumischen. Wenn ich ihn mir näher betrachte, kommt es mir vor, als hätte ich die Fratze irgendwann schon einmal gesehen. Muss aber eine Weile her sein. Hm …

Er könnte zu dem Zármon-Clan gehören. Die haben ihre gierigen Pfoten überall drinstecken. Aber er kann kein hohes Tier sein. Zármon selbst kriegen sie ohnehin nicht, da sich der Sack im Ausland aufhält und er seine Leute seine Befehle ausführen lässt. Außerdem hat er seine Männer über halb Osteuropa stationiert, die für ihn seine Einfuhren von Waffen oder Menschen überwachen. Einmal bin ich Zármon vor knapp elf Monaten begegnet. Ich war in Klaipéda unterwegs. Als ich auf unseren Frachter, der Waffen mitgeführt hat, wartete, ließ Zármon einen seiner Container mit Menschen von Klaipéda nach Amerika verschiffen. Ich wartete in einer Hafenbar auf das Containerschiff und plötzlich erschien dieser versnobte aalglatte Typ. Wie er mit den Leuten sprach und wie ehrfürchtig sie ihn behandelten, ließ sofort darauf schließen, wer sich an dem Tisch schräg hinter mir befand. Und dann, nach ein paar Gesprächen und drei Runden Whisky später, entdeckte er mich. Mein Gesicht schien er sofort erkannt zu haben. Er erhob sich und nahm auf dem Barhocker rechts neben mir Platz, während ich mit der Barkeeperin flirtete, um an Informationen zu gelangen.

Wie auch Magnus nannte er mich bloß »Degutis« und verschluckte sich fast an der letzten Silbe. »Bist ein Vanag, richtig?«

Ich ignorierte ihn und überlegte mir, in welcher Art ich die Bar verlassen würde. Lebend auf zwei Beinen oder in einem Leichensack. Zwar hatte ich Verstärkung dabei, aber wenn es stimmt, was man über Zármon sagt, war er schneller mit der Klinge unterwegs, als einer von uns seine Pistole hätte ziehen können.

»Du würdest nicht fragen, wenn du es nicht bereits wissen würdest, Zármon«, sagte ich genervt, nahm einen Schluck von meinem Gin Tonic und würdigte ihn keines Blickes.

Er gaffte mich an wie eine Nutte, die er jeden Moment kaufen würde. Doch dann lächelte er knapp.

»Halt schön die Beine still. Ich tu dir nichts«, antwortete er übertrieben freundlich und rutschte in seinem Anzug näher an mich heran. Sein Aftershave stach in meiner Nase, sein zusammengebundenes mittelblondes Haar stank nach Zigarrenqualm und seine fette Rolex blendete mich. Er war das glatte Abziehbild von Pellegrino Morano oder Al Capone. Statt mich einzuschüchtern, versuchte er tatsächlich, mich abzuwerben.

Wieso, weiß ich bis heute nicht. Und genau dort muss ich den Angeklagten gesehen haben. Mikolajus Konstantinos. So heißt der Sack.

Um den Typen steht es wirklich schlecht, auch wenn er eine coole Nummer im Saal abziehen will. Er schaut entweder gelangweilt zur Decke oder zählt die Staubflusen in der Luft, die niemand sonst sieht. Er würdigt Magnus keines Blickes und schaut erst recht nicht zur Richterin. Nur sein Anwalt, der immer wieder zu Magnus blickt, scheint die Person im Raum zu sein, der er Beachtung schenkt. Er sitzt bis zum Hals in der Kacke und führt sich dennoch auf wie ein König.

Aber Magnus' Anklageschrift, die er augenrollend verfolgt hat, scheint nicht einfach so an ihm vorbeigegangen zu sein. Denn für einen Moment mahlte er mit den Kiefern und seine Augen zuckten für den Bruchteil einer Sekunde in Magnus' Richtung.

Mal abgesehen von dem Schnürsenkel von Zármon machen mir die beiden Männer in meiner Sitzreihe vor dem Fenster mehr Sorgen. Denn sie haben null Interesse an dem Angeklagten. Sie notieren sich irgendwas und tauschen gelegentlich knappe Sätze aus, wenn Magnus Fragen an den eingeschüchterten Zeugen stellt.

Und plötzlich pocht die Richterin nach der Vernehmung des Zeugen auf ihren komischen Glasuntersetzer und verkündet eine Pause. *Yes, wie in der Schule.* Ich brauche einen Kaffee. Mein Hintern ist vor meinem Kopf eingeschlafen.

Magnus wirft einen Blick in meine Richtung, als ich mich erhebe und die Arme in die Luft recke. *Tut das gut.* Außer mir macht diese Muskel auflockernde Bewegung keiner. *Was für Spießer.*

Fragend hebe ich die Brauen, als mich Magnus weiterhin mit seinem finsteren Blick straft. Ich lächele. Er muss mich nicht erziehen. Während sich alle erheben und sich wie in der Schule nicht schnell genug auf dem Schulhof versammeln können, mache ich einen unauffälligen Abstecher zu den zwei Gentlemen in meiner Reihe. Ich drängele mich mit einem ungenierten »Sorry, ich muss auf die Toilette« an zwei Damen und einem Pärchen vorbei, um zu den beiden Herren aufzuschließen. Einer ist um die fünfzig Jahre, hat eine sportliche Haltung und silbergraues dichtes Haar. Der andere ist jünger, schlaksig und sieht in seinem Hemd und mit braunen Faltenhosen aus, als hätte ihn seine Oma eingekleidet.

Hinter ihnen halte ich Schritt und angele mein Handy aus der Tasche.

»Wir sollten keine voreiligen Schlüsse ziehen. Du musst lernen, dass, wenn man es richtig angeht, man Geduld haben muss …«, erklärt der silberhaarige Mann dem jüngeren. »Uns fehlen noch Beweise.«

»Wir könnten noch mal Frau Kudirka aufs Polizeirevier vorladen. Seit sie gekündigt hat, ist sie wie vom Erdboden verschwunden. Wenn wir …« Jetzt drängt sich eine Oma mit Gehstock zwischen uns. So unhöflich, um sie wegzuschubsen, bin ich nicht.

Ich hatte aber recht. Moiras Verschwinden blieb für die Polizei nicht unbemerkt. Und wie es aussieht, sind sie nicht zufällig bei dieser Verhandlung. Das schreit nach verdeckten Ermittlungen.

Ich bin heilfroh, dass mich die beiden Typen nicht erkannt haben und nur der Ältere in der Seelsorge anwesend war. Sie hätten mich sofort als Moiras Begleiter erkannt.

Die beiden Herren suchen die Toiletten auf. Als ich ihnen folgen will, versperrt mir ein Mann den Weg. Magnus.

Die anderen Zuschauer drehen sich zu ihm um.

»Du hast doch nicht vor, das Gebäude zu verlassen«, raunt er mir zu und reicht mir einen Schlüssel. »Den haben Sie verloren«, lässt er die anderen wissen.

Es ist ein Autoschlüssel. Er kann heilfroh sein, dass uns die Ermittler nicht zusammen sehen.

»Vielen Dank«, bringe ich übertrieben freundlich hervor und deute mit den Augen an, dass wir kurz reden müssen.

Ich mische mich wieder unter die Menge und ziehe die rechte Hand zur Faust geballt zum Mund. Wenn ich Magnus nichts von den zwei Ehrengästen erzähle, könnte er mit viel Glück bald selbst auf der Anklagebank sitzen. Ein Staatsanwalt, und noch ein sehr guter, der sich als der berüchtigte Serienmörder entpuppt, würde für Schlagzeilen sorgen, die weit über Litauens Grenzen hinausgehen würden.

Ich wäre Magnus los. Allerdings ... er hat mich nicht umsonst mitgenommen und schenkt mir einen gewaltigen Vertrauensvorschuss. Seien wir ehrlich, ich könnte an diesem Ort schneller die Biege machen, als eine Fliege das geöffnete Klofenster findet.

Im Freien lasse ich die Schultern kreisen und schaue mir den Wagenschlüssel an. Es ist der von seinem Audi. Treffpunkt beim Auto. Das passt hervorragend. Ich löse mich aus der begeisterten Zuschauertraube und marschiere geradewegs zum Auto, das eine Seitenstraße weiter parkt.

Dikar steigt in dem Moment aus, als er mich sieht.

Ich wäre schneller weg, als du schießen kannst – geht mir der Gedanke durch den Kopf. Aber ich will Moira sehen und gerade fasziniert mich der Einblick in die Welt des Akis.

Am Wagen angekommen, reicht mir Dikar eine Papiertüte, in die ich einen Blick werfe.

»Nichts Besonderes.« Ein belegtes Käse-Schinken-Baguette. Danach händigt er mir einen Kaffeebecher aus.

»Ohne Schlafmittel versetzt«, versichert er mir.

Allein das zu erwähnen, lässt mich träge lächeln. »Warum bin ich wirklich hier?«, frage ich ihn. »Sicher nicht, um mit dir gemeinsam Baguettes auf der Rückbank zu verdrücken und mich Kęstas' Bewunderern anzuschließen. Er macht seine Sache wirklich hervorragend, aber ich habe nicht vor, mir mehrere Prozesstage lang den Hintern platt zu sitzen, während er einen von Zármons Männern verbal filetiert.«

Ein überlegenes Räuspern erklingt hinter mir. »Hast du es gehört, Dikar? Ich wusste, er würde nützlich sein.«

Unvermittelt steht Magnus hinter mir. »In keinem Moment fiel der Name des Zármon-Clans. Was daran liegt, dass wir keine Verbindung mit ihm zu dem Clan herstellen konnten.«

»Was daran liegt«, antworte ich Magnus besserwisserisch, als ich mich zu ihm umdrehe. »Dass Zármon sich selten bis nie mit seinen Männern persönlich trifft.«

Magnus' Augen werden interessiert schmal, bevor er das Gesicht neigt. »Du weißt, wer er ist?«

Ich weiß so viel mehr, als du glaubst.

»Ich? Nein, ich bin bloß Tjarks Marionette und Schoßhündchen. Waren das nicht in etwa deine Worte?« Gelangweilt drehe ich mich von ihm weg und trage das Essen zum nächsten Papierkorb. Es mag nicht vergiftet sein, dennoch traue ich ihnen nicht.

Lächelnd wende ich mich wieder beiden zu und klopfe die Hände ab, nachdem ich den Müll losgeworden bin. »Kann ich zurückfahren und Moira sehen?«, frage ich genervt.

Magnus fährt mit seiner Zunge die Zahnreihe entlang und nickt zu sich selbst. »Du darfst sie sehen. Ich verbiete dir nicht, sie zu sehen, aber sprich ihren Namen nicht auf der Straße aus. Sie wird derzeit als Zeugin gesucht.«

Angeblich dank meiner Leute.

»Ich weiß.« An ihn herantretend betrachte ich ihn eingehend und entdecke dann aus den Augenwinkeln, wie das lustige Ermittlerduo, in ein Gespräch vertieft, aus dem Seiteneingang des Gebäudes tritt. Glücklicherweise laufen sie die Straße in die entgegengesetzte Richtung entlang. Schnell stelle ich mich mit dem Rücken zum Kofferraum des Wagens, da ich unter keinen Umständen von den beiden mit Magnus zusammen gesehen werden will.

Magnus tritt an meine Seite und schaut die Straße entlang. »Gibt es etwas, was du mir sagen willst?«

Ich grinse knapp. »Auch wenn ich es bereuen werde, wenn ich dir das gleich sage, aber die beiden dort vorn sind Ermittler. Sie haben dich während des gesamten Prozesses beobachtet. Als sie die Reihe verlassen haben, sprachen sie über Moira, die sie als Zeugin suchen und irgendwie mit dem Mörder in Verbindung bringen. Ich würde sagen, sie sind dir näher, als du dachtest.«

Im Bruchteil weniger Sekunden sehe ich etwas wie Furcht in seinen Augen aufflackern. Doch ich könnte es mir bloß eingebildet haben. »Was weißt du noch?«

»Was erhalte ich im Tausch gegen die Informationen?«

»Du könntest auch lügen!«, kontert er.

»Könnte ich. Aber wenn du nach der Pause einmal in die Richtung der beiden blickst, wirst du wissen, dass ich nicht lüge. Sie sind dabei, dich zu schnappen. Und du musst unter die engsten Verdächtigen gerutscht sein, wieso auch immer.«

Dikar schaut zum ersten Mal mit geöffneten Lippen warnend zu Magnus. »Er könnte recht haben.«

»Er könnte mich aber gerade auch nur anlügen.«

»Was würde mir das bringen?«, hake ich nach und mache einen Schritt auf ihn zu. Da wir uns auf derselben Augenhöhe befinden, starre ich ohne wegzusehen in seine dunklen Iriden. »Ich wollte von dir aufgenommen werden. Du weißt, dass ich meinen Job gut mache, auch wenn du mich für einen Hampelmann hältst. Würdest du es nicht wissen, wären wir heute zum Friedhof gefahren.«

Seine linke Braue zuckt, bevor er sich über die Lippen leckt. »Du hast wirklich eine gute Beobachtungsgabe. Und allein weil du weißt, wer Zármon ist, bist du mir nützlich.«

»Ich weiß so viel mehr, und dennoch wird dir aufgefallen sein, dass ich nur wegen eines geklauten Fahrrads vor fünfzehn Jahren in Berlin angezeigt wurde. Meine Weste ist rein, was dafürspricht, dass ich mich nicht erwischen ließ, im Gegensatz zu dem Angeklagten, den du durch die Mangel nimmst.«

Er kneift unmerklich die Augen zusammen. »Ich weiß. Du bist nahezu perfekt in dem, was du tust. Aus dem Grund bist du hier und am Leben. Ich bettele nicht um Informationen, aber werde weiterhin überdenken, dich aufzunehmen. Aber zuerst will ich einen Beweis, dass du mir nicht in den Rücken fällst.«

Ich schnaube beleidigt. »Ich hätte dir nicht einmal von den Ermittlern erzählen müssen. Aber gut, überlege noch weiter, denk ein paar Tage drüber nach«, sage ich flachsig. »Wäge noch etwas ab, bis sie euch aufspüren oder die Gläser und Zigaretten mit deinem DNA-Material von dir einsammeln und im Labor überprüfen. Ich würde an deiner Stelle vorsichtig sein, was ich liegen lasse. Aber hey, du kennst dich ja mit der Gesetzgebung besser aus als ich. Wenn ihr mich entschuldigt. Dort vorn ist ein Bäcker und ich habe einen mörderischen Hunger.«

Ich deute lässig zu der gut besuchten Bäckerei mit einem angrenzenden Café. Während sich die frühstückenden *Augen* – klingt witzig – den Magen vollstopfen durften, habe ich seit meiner Freilassung aus dem Keller keinen Bissen zu mir genommen. Dikar holt zu mir auf.

»Ich begleite dich. Du hast kein Geld.«

Er scheint während des Gesprächs bemerkt zu haben, dass ich sie nicht mit faulen Tricks täusche oder hinters Licht führe.

»Erwähne seinen Decknamen nicht mehr auf der Straße«, lässt mich Dikar wissen. »Rufe ihn Kęstas. Er will dir vertrauen, aber das braucht Zeit.«

»Zeit, die er bald nicht mehr hat«, sage ich zu Dikar.

Er nickt mit einem »Mhm«.

»Das Klügste wäre es, wenn Moira wieder auftaucht und die Polizei sie vernimmt. Noch klüger wäre es, wenn sie für kurze Zeit wieder in ihre alte Wohnung ziehen würde, damit sie keine Verbindung zu euch herstellen können. Ich bin nicht stolz auf meine Leute, die sie verpfiffen haben, aber nur so könnt ihr den Anschuldigungen entkommen. Oder aber ihr zieht eine Fake-Ermordung durch«, schlage ich lachend vor. »Moira, das letzte Opfer des grausamen Magnus. Wäre doch auch eine spaßige Sache.«

Es soll nicht so rüberkommen, als würde ich Kęstas Moira wegnehmen. Aber wenn er beschattet und zusammen mit ihr gesehen wird, könnte das ein übles Nachspiel haben. Ob Moira sich wieder an alles erinnern kann? Ist sie wirklich Kęstas' Verlobte? Ich muss sie unbedingt sehen, da mir so viele Fragen auf der Zunge brennen. Tausende!

TRÄGST DU
GERNE ZU FESTLICHEN
ANLÄSSEN ELEGANTE
ABENDKLEIDUNG?

JA! ICH LIEBE ABENDKLEIDER.

NEIN! ICH HASSE ES.

KAPITEL 11
MOIRA

In dem funkelnden ockergelben Kleid mit der durchscheinenden Spitze, die über meinen Bauch verläuft, bleibe ich vor dem Standspiegel stehen. Sanny geht hinter mir in die Knie, um die kurze Schleppe auszubreiten und den bauschigen Rock auszuschütteln. Der schimmernde seidige Stoff verdeckt leider nicht komplett den Verband unter meinen Brüsten. Durch die feine Spitze schimmert die Hälfte des Verbandes. Solch ein Mist …

Malvine beugt sich über der Sessellehne zu uns, während hinter ihr ein Cartoon läuft. Sie stemmt ihre Wange auf dem Handballen ab und sagt: »Siehst du schön aus. Du siehst aus wie Belle.«

»Stimmt, sie hat recht.« Sanny lacht und erhebt sich hinter mir. »Braune Haare, gelbgoldenes Kleid. Fehlt nur das Biest. Wo bleibt es eigentlich? Es ist schon nach 17.30 Uhr. Kęstas wollte um 17 Uhr zurück sein.«

»Kęstas macht bestimmt wieder Überstunden, damit ich nicht verhungere«, meckert Malvine, schnauft und dreht den Kopf zur Tür. »Oh! Ich glaub, er kommt.«

Im selben Moment höre ich ebenfalls Schritte auf dem Gang vor Kęstas' Räumen. Der Türknauf bewegt sich und Malvine springt wie ein geölter Blitz vom Sessel.

»Da bist du endlich.« Sie läuft aus meiner Sichtweite, während ich mir gerade in dem Kleid komplett fehl am Platz vorkomme.

»Hallo, mein Schatz«, begrüßt er Malvine und tritt mit ihr auf dem Arm und einer Aktentasche in der anderen Hand in den Wohnbereich. »Was schaust du dir an und wo … Oh!«

Überrascht, mich in dem Kleid zu sehen, bleibt er neben der Couch stehen und stellt seine Tasche auf einem Stuhl ab. Anders als erwartet, leuchten seine Augen nicht wie in der Boutique, als er mich sieht. Etwas stimmt nicht, das sehe ich sofort.

»Sieht sie nicht wunderschön aus? Wie Belle«, tuschelt Malvine zu ihm und legt ihren rechten Arm um Kęstas' Nacken. Sanny neigt neben mir ebenfalls den Kopf, da sie auch mit einer anderen Reaktion gerechnet hat.

»Traumhaft schön. Malvine, kannst du mir ein Wasser bringen?«

»Klar.« Er setzt sie ab und sie läuft aus dem Wohnzimmer. Kęstas tritt an mich mit einem betrübten Lächeln heran. Es ist ein vorgetäuschtes Lächeln, um mich nicht zu enttäuschen.

»Was ist passiert?«, frage ich ihn. Er senkt das Gesicht, bevor er meine Taille umfasst und an mir hinabblickt. Als er den Kopf hebt und ich durch sein Haar streiche, hebt er mein Kinn an und küsst mich sanft.

»Es tut mir wirklich leid, Moira, aber du kannst heute Abend nicht meine Begleitung sein.«

»Wieso nicht?«, rutscht es Sanny vor mir heraus. Ich forsche in Kęstas' Gesicht und kann ablesen, dass etwas Gravierendes vorgefallen ist. Wenn ich es in Arūnas' Zelle im

Halbschlaf unter Fiebereinfluss richtig verstanden habe, haben einige Vanags der Polizei gesteckt, dass ich Magnus' Komplizin bin. Das muss es sein.

»Wasser, Wasser – hier ist dein Wasser.« Malvine hüpft in den Raum, als sich Kęstas von mir löst und sich zu ihr umdreht.

»Danke, Malvine, ich verdurste fast.«

Und mein Magen verknotet sich schmerzhaft. Sie können es nicht beweisen. Die Polizei könnte höchstens vermuten, dass ich Vilnius verlassen habe, weil ich nicht mehr im Callcenter aufgetaucht bin. Und selbst das wäre absolut gerechtfertigt, wenn man ständig unheimliche Anrufe eines Serienmörders erhält. Wieso also sollte die Polizei annehmen, ich würde mit Kęstas gemeinsame Sache machen? Es ist nichts weiter als eine Vermutung. Es stände Aussage gegen Aussage.

»Kęstas?«, fragt Malvine gedehnt und zupft an seinem Jackett. »Bleibt Moira noch eine Weile bei uns?« Er geht vor ihr in die Knie und umfasst ihr Gesicht.

»Willst du das denn?« Aus den Augenwinkeln schaut er freudig zu mir auf.

»Mhm.«

Sanny streichelt mir über den Rücken, während ich mich kurz setzen will.

»Dann kann sie bleiben.« Ich schenke Kęstas einen Blick, in dem steht: »Wie gütig von dir«, und lache.

Im nächsten Moment betritt Arūnas mit Dikar den Raum, woraufhin mir die Kinnlade herunterfällt und Kęstas seine Schwester bittet, Malvine kurz mitzunehmen.

»Wir kommen später zu dir.«

»Na komm.« Sanny geht zu Malvine. »Wir nerven Narusha und Rimas ein bisschen und schauen, ob wir auch ein festliches Kleid für dich finden.«

Eher widerwillig folgt Malvine Sanny, obwohl ich sie noch hier haben wollte. Aber so wie mich die drei Männer ansehen, scheint ein Gewitter aufzuziehen.

»Arūnas.« Ich erhebe mich von dem Stuhl und gehe auf ihn zu.

»Wahnsinn. Du siehst umwerfend aus, Babe. Soll heute eine Party stattfinden, auf die ich nicht eingeladen bin?«

»Genau genommen ja«, sagt Kęstas angespannt, schraubt das Wasser, das ihm Malvine gebracht hat, auf und nimmt drei große Schlucke. »Heute Abend findet eine Veranstaltung im Gerichtsgebäude statt, zu der mich Moira begleiten sollte.«

Als ich vor Arūnas stehen bleibe, lege ich ohne nachzudenken meine Arme um seinen Nacken und frage ihn: »Wie geht es dir?«

»Gut, seit ich das Tageslicht wieder sehen darf. Tja, das kannst du dann nach heute knicken. Du würdest dich bloß noch verdächtiger machen.«

»Wieso? Was meinst du?« Ich löse meine Hände von Arūnas, als Kęstas an meine Seite tritt und seinen Arm um meine Hüfte legt.

»Es bedeutet, dass Arūnas heute zwei Ermittler entlarvt hat, die während der Verhandlung nur mich im Visier hatten.«

Wie? Was? Arūnas war bei einer seiner Verhandlungen dabei?

»Ich glaube, ich komme gerade nicht mit. Erklärt mir alles in Ruhe.«

»Dann übernehme ich das mal.« Arūnas starrt auf Kęstas' Hand, die um meine Hüfte ruht, als würde er sie augenblicklich in Flammen aufgehen sehen.

»Dein Verlobter steht unter Verdacht, Magnus zu sein, und du, die sich als letztes Opfer aus dem Staub gemacht hat und immer noch lebt, wirst als seine Komplizin verdächtigt.«

»Immerhin gehen sie von einem Mörder aus. Das verschafft uns einen gewaltigen Vorteil«, erklärt Kęstas.

»Mag sein. Ich frage mich bloß, wie sie auf dich gekommen sind.«

Während sie mich weiterhin einweihen, was in der letzten Nacht passiert ist und was am ersten Prozesstag stattfand, folge ich ihnen aufmerksam. Kalmar ist schwer verletzt, Alenas und Algis sind tot. Okay, aber was ist mit dem alten Mann und seinem Sohn?

Selbst wenn sie der Polizei einen anonymen Tipp gegeben haben sollten und sie der Sache nachgehen werden, könnte recht schnell bewiesen werden, dass ich keine Komplizin war. Wie auch? Die letzten Jahre habe ich nichts verbrochen. Und wenn die Beamten überprüfen, dass ich im Haus von Kęstas gewohnt habe, würde das auch kein Problem sein. Es sei denn, es wurde heute Nacht etwas in der Villa gefunden, was zu Magnus führt. So schlampig ist Kęstas nicht.

»Konnten die Beamten heute Nacht etwas finden, was zu dir führt?«

»Unmöglich. In dem Haus haben wir uns zwar versammelt, aber dort wurde weder ein Opfer gefangen gehalten noch ermordet.«

»Da bin ich aber erleichtert«, sagt Arūnas ironisch. »Schon mal auf die Idee gekommen, dass Alenas und Algis nicht bloß in dein Haus eingebrochen sind, um deiner Tochter und dem Pärchen Angst einzujagen?«

»Sondern …« Kęstas gerät ins Grübeln.

»Um dort irgendwas zurückzulassen, worüber die Beamten unweigerlich stolpern sollen«, ergänze ich Arūnas' Vermutung. Er nickt mir bestätigend zu.

»Die beiden hätten alles getan, um dich und deinen Verlobten zur Strecke zu bringen. Keine Ahnung, was sie dort hinterlassen haben, Blut eines Opfers oder eine gefakte Tatwaffe. Aber es muss ausgereicht haben, dass zwei Ermittler bereits am nächsten Tag in deinem Publikum sitzen.«

Kęstas richtet sich ein Stück auf. »Eines muss ich dir lassen, Arūnas. Du bist wirklich clever. Cleverer, als ich gedacht habe.«

»Ich weiß.«

»Und ich weiß«, unterbreche ich beide und befreie mich aus Kęstas' lockerem Griff. »Dass ich heute Abend nicht zur Gala mitkommen kann.« Die Zwillinge habe es mir versaut.

Arūnas fängt meinen betrübten Blick auf, bevor er sich an der Braue kratzt. »Ich hätte eine andere Idee.«

»Langsam solltest du ihn für seine Einfälle und Schlussfolgerungen bezahlen«, flüstere ich Kęstas zu, gebe ihm einen Kuss auf die Wange und gehe zurück ins Schlafzimmer.

»Wenn wir das Gebäude betreten und vorgeben, kein Paar mehr zu sein, dann …« Von hinten tritt Kęstas einen Schritt an mich heran, sodass ich seine mächtige, mysteriöse Aura bis in jede Pore spüre. Sofort verursacht mir seine rauere, sonore Stimme kribbelnde Gänsehaut. Mit beiden Händen fährt er über meine Oberarme bis zu den klirrenden Armreifen um meine Gelenke herab und zieht mich an seinen Körper. »… … dann werde ich dennoch deine Hand unauffällig berühren. Sobald ich meinen Daumen über deinen Handrücken kreisen lasse. Genau so hier.« Er hebt mit seinen Fingern meine rechte Hand an und übt mit dem Daumen eine zarte Kreisbewegung aus. »Stell dir vor, dass ich dich an mich ziehe. Wenn ich meine Finger bloß flüchtig mit deinen streife, bedeutet dies ein Kuss. Dabei werde ich dich gegen die nächste Wand pressen, dir eine Flucht unmöglich machen und dich bedingungslos küssen, mein Darling.«

Die Vorstellung verursacht ein ungezügeltes Lodern in meinem Brustkorb. Genüsslich lege ich den Kopf in den Nacken, als seine Lippen mein Ohr streifen. Meine schweren Perlenohrringe klirren leise, als er mit den Zähnen in mein Ohrläppchen beißt. Ein heißkalter Schauder lässt mich zittern, und Gott, ich wünsche mir gerade nichts sehnlicher, als einen Moment mit ihm allein zu sein.

»Und was ist, wenn wir die Finger kurz verschränken?«

»Der Moment wird sicher nicht eintreffen, nicht ohne es unbemerkt zu lassen. Aber falls doch, stell dich darauf ein, dass ich dich auf dem nächsten Tisch nach hinten beuge und verdammt tief vögeln werde, bis du stöhnend darum bettelst, dass ich aufhöre.«

Ein Schmunzeln spannt sich über meine Lippen, bevor ich das Gesicht senke. Mit unseren verschränkten Fingern fährt er über meinen Ausschnitt, schiebt den dünnen goldenen Stoff zur Seite und umfasst meine rechte Brust. »Ich kann es kaum erwarten, bis wir wieder zu Hause sind, mein Dunkelstern.« Er klemmt meine Brustwarze mit dem Zeige- und Mittelfinger fest zusammen, was mich verlangend stöhnen lässt.

»Ich auch nicht«, keuche ich mit flatternden Augenlidern. »Auch wenn mir deine eifersüchtigen Blicke gefallen werden.«

»Übertreib es nicht und denk daran, Arūnas sofort zu informieren, wenn du Beschwerden hast.«

»Mache ich. So besorgt liebe ich dich über alles.« Vor ihm drehe ich mich in dem Abendkleid um und hebe beide Hände zu seinen Wangen. Sein schwarzer, perfekt getrimmter Bart fühlt sich unter meinen Fingern unglaublich sexy an. In seinem Anzug gibt er einen wahnsinnig attraktiven Mann ab. »Pass besser auf, dass ich mit keiner anderen Frau nach Hause fahre«, scherzt er, woraufhin ich ihm einen gespielt giftigen Blick schenke.

»Wagst du nicht.«

»Wir werden sehen.« Charmant streicht er über meine Mitte entlang.

Ich schlucke hart bei der Vorstellung. Es ist gar nicht so abwegig, dass, wenn wir zurückkehren, Philippa bereits halb nackt bloß mit einem breiten Geschenkband um die Brüste gefesselt im Bett auf Kęstas wartet. Es würde sicher bloß eine SMS brauchen, schon wäre sie vögelbereit.

Bereits wenige Minuten später verabschieden wir uns von Malvine. Vor ihr gehe ich in die Hocke und umarme sie. »Um Mitternacht ist Belle zurück«, teste ich sie.

»Das ist Cinderella gewesen.«

»Oh, dann darf ich also länger ausgehen. Schlaf gut, kleine Maus.« Würde ich nicht zur Gala fahren, dann hätte ich den restlichen Abend mit ihr verbracht, so lange, bis sie eingeschlafen wäre.

»Gute Nacht, Moira. – Kęstas mag dich, glaube ich, sehr«, murmelt sie mir ins Ohr und gibt mir ein Küsschen auf die Wange.

Danach hebt Kęstas sie auf den Arm und lässt sich von ihr auf den Mund küssen. »Um acht liegst du im Bett.«

»Viertel nach acht.«

»Um acht. Ich frag Narusha.«

»Na gut«, antwortet sie genervt und klopft auf seine Wange. »Wieso dürft ihr so lange wach bleiben und ich nicht?«

»Weil wir nicht mehr wachsen.« Narusha nimmt Malvines Hand, nachdem Kęstas ihr einen Kuss auf die Stirn gegeben und sie abgesetzt hat. »Gehen wir Teddy mit Möhren füttern. Er hat sicher Hunger.«

»Wir können ihn kurz freilassen.« Als hätten wir Malvine nicht gehört, schaut sie im Gehen verstohlen über die Schulter.

»Wer ist Teddy?«, frage ich Kęstas.

»Ihr fettes Zwergkaninchen. Sie weiß genau, dass sie es nicht ohne mein Beisein rauslassen darf, weil es die Scheuerleisten anfrisst.«

»Sie ist echt auf zack«, antworte ich ihm, woraufhin er geräuschvoll Luft holt und das Gesicht verzieht. »Wem sagst du das. Kann sie nur von ihrer störrischen Mutter haben.«

Dafür kassiert er einen Seitenhieb von mir. Kaum dass Narusha und Malvine gegangen sind, dreht mich Kęstas in einer geübten Drehung zur Wand und umfasst mein Kinn. Ehe ich reagieren kann, küsst er mich hungrig und hebt mein rechtes Bein an, um über meinen Oberschenkel zu fahren. »Der Abend wird die Hölle werden.«

Verboten hungrig erwidere ich den Kuss und beiße in seine Unterlippe.

Nach wenigen Minuten sitze ich auf dem Beifahrersitz neben Arūnas, der einen von Kęstas' Wagen fahren darf und an einem Redbull schlürft.

»Mittlerweile gefällt mir mein Nebenjob.«

Ich lache über seine Worte, stelle die Musik lauter und lehne mich in dem warmen Mantel zurück. »Wirklich? Willst du beim Akis bleiben?«

Arūnas schenkt mir einen flüchtigen Seitenblick, als er dem Wagen vor uns hinterherfährt, das Redbull in der Mittelkonsole abstellt und seine Hand auf mein linkes Knie legt. »Ich bleibe wegen dir. Wie fühlst du dich?«

Ohne den stützenden Verband ist das Sitzen noch ziemlich schmerzhaft, aber mit den Schmerztabletten lässt es sich einigermaßen aushalten.

»Gut so weit. Wie geht es dir? Du hast die Zwillinge umgebracht, kommst du damit klar? Schließlich waren sie Freunde von dir.«

Vorsichtig richte ich mich im Sitz auf, lege meine Hand auf seine, die auf dem Knie ruht, und betrachte ihn eingehend. In dem dunkelblauen Anzug mit dem weißen Hemd und der schwarzen Krawatte gibt er eine wirklich gute Figur ab.

Langsam verschränke ich meine Finger mit seinen, dabei schaue ich zu seinem Gesicht. Er schluckt hart, sodass sich sein Adamsapfel auf und ab bewegt.

»Sie waren keine Freunde von mir, Moira. Ich würde keine Verräter als meine Freunde bezeichnen. Sie haben nicht nur dich so …« Er gibt ein leises Knurren von sich. »So zugerichtet, sondern ein Kind bedroht. Es gibt Grenzen. In dem Moment, als ich das Mädchen im Schlafzimmer habe weinen hören, wusste ich, dass ich das Richtige tue. Es fühlt sich nicht einmal schlimm an, beide getötet zu haben.«

Nachdenklich verfolge ich seine geschwungenen Lippen, während er spricht. Ihm verdankt Malvine ihr Leben, auch wenn Kęstas ihn auf die Probe stellen wollte.

»Danke, dass du sie gerettet hast.« An der Ampel wartend dreht er sein Gesicht zu mir, während ich meines zu ihm bewege. Ich greife in seinen Nacken und will seine Wange küssen, als er mit seinen Lippen meinen Mund trifft. Einen Augenblick schlägt mein Herz wie wild. Er öffnet seinen Mund. Sein warmer angenehmer Atem beschlägt mein Gesicht. Er hat sich wirklich einen Dreitagebart wachsen lassen, weil ich finde, dass er ihm steht. Zart streiche ich über seine Wange, gleite mit meinen Lippen von seinem rechten Mundwinkel zu seiner Unterlippe.

Nach nur wenigen Sekunden fällt jede Zurückhaltung und er küsst mich hungrig. Unsere Zungen verschmelzen zu einem sinnlich verbotenen Spiel, bei dem ich das verlangende Pochen in meinem Becken spüre.

Hinter uns drückt jemand genervt auf die Hupe, doch Arūnas lässt sich nicht stören, sondern greift um meinen Hals und küsst mich bedingungslos weiter. Aus den zu einem Schlitz geöffneten Augenwinkeln verfolge ich die roten Rücklichter des Audi vor uns, die immer kleiner werden.

»Wir sollten …«, keuche ich, greife erneut in seinen Nacken und presse meinen Mund auf seinen. »… aufholen.«

Seine Hand gleitet über meine Mitte, streift meine Brüste und zieht sich dann zurück.

»Eine Sache, Moira. Ich habe noch ein paar Fragen, die ich unbedingt loswerden will, weil wir nicht so weitermachen können, wenn das nicht geklärt ist.«

Hört sich ziemlich ernst an.

»Okay, frag mich alles, was du willst.«

Er legt beide Hände aufs Lenkrad und gibt Gas. »Kannst du dich wieder an alles erinnern? Ich meine, mir kamst du nicht so vor, als hättest du unter einer Amnesie gelitten, aber Magnus sprach öfter davon, dass du die letzten Jahre vergessen hättest.«

Mit dem Mittelfinger fahre ich mir über die feuchten Lippen und nicke. »Ja, ich erinnere mich wieder an alles. Vor knapp sieben Jahren bin ich von einem Balkon gestürzt und habe seitdem die Jahre davor vergessen. Aber jetzt kann ich mich an jedes Detail erinnern.«

Arūnas zieht grübelnd die Brauen zusammen. An uns rauschen die goldgelben Stadtlaternenkegel vorbei, die von bunter Reklame abgewechselt werden, je näher wir ins Zentrum von Vilnius fahren.

»Stimmt es, was Alenas und Algis gesagt haben? Bist du wirklich Magnus' Verlobte?«

»Ja«, beantworte ich seine Frage. »Wobei … ich habe mich mit ihm vor acht Jahren verlobt. Ob es immer noch aktuell ist, habe ich nicht mit ihm besprochen.« Obwohl sich für mich nichts geändert hat. Natürlich gibt es jetzt Arūnas in meinem Leben.

Aber wenn ich ehrlich bin, möchte ich mich nicht zwischen beiden entscheiden müssen. Bisher hat mich keiner der beiden vor die Wahl gestellt. Wahrscheinlich, um mich zu schonen und abzuwarten, bis ich gesund bin. Mir graut es schon jetzt vor dem Moment, einen gehen lassen zu müssen, um mit dem anderen zusammen zu sein. Gedankenversunken pule ich an meinem linken Zeigefinger. Meine Nägel sind seit Langem mal wieder in einem Beigeton lackiert. Sanny hat sich alle Mühe gegeben, um mich heute Abend zu stylen, zu frisieren und mir die Nägel zu machen.

»Dann ist Malvine eure gemeinsame Tochter?«

»Ja.«

Arūnas fährt sich mit der linken Hand durch sein zurückgekämmtes mittelblondes Haar. »Mannomann, ich wusste es. Es jetzt von dir zu hören, fühlt sich seltsam an.«

»Es ist nicht seltsam. Kęstas und ich kennen uns schon eine halbe Ewigkeit. Wir waren vor dem Unfall drei Jahre ein Paar und haben zusammen in einer WG, später in einem Appartement gewohnt.«

»Und zusammen gemordet«, fügt Arūnas hinzu. »Es soll nicht vorwurfsvoll klingen, aber das ist etwas, was ich dir nie zugetraut hätte.« Er beschleunigt die Limousine, um zu den anderen aufzuschließen. Einen Moment glaube ich, er würde den Blinker setzen und einfach in eine andere Richtung abbiegen, um mit mir zu fliehen.

»Es ist aber so. Kęstas und ich sind Magnus. Wir haben zusammen beschlossen, unsere eigene Gerechtigkeit auszuüben. Mit den Monaten und Jahren haben sich uns immer mehr Leute angeschlossen. Das war so nie beabsichtigt. Trotzdem bleibe ich weiterhin die Psychologiestudentin.«

»Und killst nebenbei Verbrecher?« Es tut weh, diese schnippisch gestellte Frage von ihm zu hören. »Du hast Verantwortung. Du hast ein Kind und du solltest aufpassen, nicht irgendwann einen weiteren Fehler zu begehen. Letztes Mal bist du vom Haus gefallen.« Es war eigentlich ein Balkon. »Das nächste Mal könntest du von Kriminellen oder der Polizei erschossen werden. Ist es dir das wirklich wert?«

»War es dir das wert? Du hast auch nicht gerade ein Vorzeigeleben geführt, Arūnas.«

»Aber ich war allein. Das ist der Unterschied. Wenn ich draufgegangen wäre, hätte ich kein Kind zurückgelassen.«

»Kęstas war da. Er hat sich um sie gekümmert.«

»Und wenn er irgendwann nicht mehr da ist? Ich weiß, wie gerissen er ist. Bisher ist ihm kein Fehler unterlaufen und er hatte seine Anhänger im Griff. Ich weiß auch, dass meine Leute euch gerade ziemlich zusetzen und es nicht sein Fehler ist. Aber auch er kann nicht alles geradebiegen. Hast du vor, wieder dort weiterzumachen, wo du aufgehört hast?«

Stirnrunzelnd, da mir nicht einmal Kęstas diese Frage gestellt hat, schaue ich in den Seitenspiegel. »Das weiß ich nicht. Willst du dich denn lieber zur Ruhe setzen und ein normales Leben führen?«, erkundige ich mich.

»Nein, ich weiß es auch nicht.«

Weil ihm ebenfalls etwas fehlen würde wie mir. Wir haben uns unseren Werdegang bewusst ausgesucht. Wir wären bloß halb vollständig, wenn wir alles an den Nagel hängen und ein sorgloses Leben führen würden. Wenn ich ehrlich bin, war ich in den letzten Jahren sehr allein. Mir hat der Zusammenhalt gefehlt, mir hat das Risiko gefehlt, mir hat das Gefühl gefehlt, das Schicksal selbst in die Hand zu nehmen.

»Wenn du dein altes Leben wählst, bin ich der Letzte, der dir im Weg steht oder dich verurteilt. Jedoch …« Seufzend setzt er den Blinker, als wir auf den Parkplatz des festlich geschmückten Gerichtsgebäudes fahren. »Sehe ich, dass da kein Platz für mich ist.«

»Willst du denn unbedingt eine normale Beziehung? Glaubst du wirklich, das ist es, was dich glücklich machen würde? Wie sahen die letzten Jahre aus?«, frage ich ihn ruhig ohne Hintergedanken. Denn wenn ich seinen Worten glauben kann, ist er nicht für eine Partnerschaft geschaffen, die sich auf nur eine Frau beschränkt. Er hat nach einer

Frau gesucht, die ihm so viel bedeutet, dass er eine feste Bindung eingehen würde. Aber würde diese eine Frau ihn damit auf lange Sicht glücklich machen?

»Berechtigte Frage. Mit achtzehn hatte ich eine Beziehung, die knapp ein Jahr hielt, danach befanden meine Kumpels und ich uns auf der Flucht und hielten uns in Deutschland auf. Eigentlich, nein, wollte ich nie das Singleleben aufgeben und mich bloß auf eine Frau einlassen. Was aber auch daran lag, dass ich nicht die Richtige gefunden habe, damit du es nicht falsch verstehst. Du kennst mein Problem. Keine normale Frau würde verstehen, was ich bin.«

»Nein, es gibt überhaupt nichts falsch zu verstehen.« Hinter vorgehaltener Hand kichere ich. »Die über hundertfünfzig Frauen mussten herhalten, bevor du die eine gefunden hast. Natürlich hat es dir kein Vergnügen bereitet, sie alle über die Matratze zu jagen.«

»Ich glaube, wir sollten nach einem Glas Champagner einen Abstecher zu den Toiletten machen, freches Biest.«

Plötzlich wird sein Gesicht von dunklen Schatten überzogen.

MAGST DU ES, WENN
DICH EIN MANN WIE EIN
GENTLEMAN BEHANDELT?

NEIN, IST MIR UNANGENEHM.

JA, ICH GENIEẞE ES SEHR.

KAPITEL 12
MOIRA

Er stellt den Motor ab, als ich durch die Windschutzscheibe Kęstas auf das Gerichtsgebäude zugehen sehe. Er begrüßt einige Leute, die vor dem Gebäude stehen, und steigt danach die Stufen zur geöffneten Flügeltür hoch.

Dikar hält mir die Tür auf, nachdem er sich prüfend umgesehen hat. Kaum dass ich mich am Türrahmen langsam aus dem Auto gezogen habe, ist Arūnas bei mir, der mir seinen Arm anbietet.

»Bereit, meine Schönheit?«, erkundigt er sich.

»Ja«, antworte ich freudestrahlend, nachdem ich den Rock des Kleides zurechtgezupft habe. Es tat gut, alle Fragen, die ihn und mich bedrückt haben, zu besprechen.

Im Gerichtsgebäude empfangen uns die Klänge eines Streichorchesters. Während Dikar auf dem Parkplatz alles überwacht, ist Kęstas nirgends in der Empfangshalle zu sehen.

Arūnas überreicht der Dame am Eingang unsere Einladung, bevor sie uns den Weg zu der Garderobe erklärt und uns einen angenehmen Abend wünscht.

»Wieso hat sie uns nicht gleich gezeigt, wo es zu den Toiletten geht?«, kann sich Arūnas den Scherz nicht verkneifen, als er meinen Mantel von den Schultern nimmt und ihn ander Garderobe abgibt. Wieder wandern seine Blicke über das ockergelbe Kleid, den tiefen V-Ausschnitt und die durchscheinende Spitze. »Ich muss sagen, du siehst heute Abend traumhaft schön aus«, macht er mir das Kompliment, bevor er seine Hand um meine Mitte legt und mich vorsichtig durch die Menschenmenge führt. Wir kennen kein einziges Gesicht, während Kęstas vermutlich jeden Einzelnen beim Namen nennen kann. Das macht es umso aufregender.

»Also Mister Strafverteidiger aus Kaunas«, spreche ich mit gekünstelter Stimme. »Wollen wir zuerst unsere Plätze oder die beiden Stalker suchen?«

»Ich würde gerade lieber nach etwas ganz anderem suchen, das sich unter deinem Kleid versteckt.« Mit der Clutch verpasse ich ihm einen lockeren Klaps auf die Brust, während er amüsiert grinst.

»Ich treib uns erst mal etwas zu trinken auf.«

An seinem Arm führt er mich durch die angesehenen und erfolgreichen Juristen. Ich erkenne kein einziges Gesicht wieder. Hier und da entdecke ich einen Strafverteidiger, den ich vor Jahren in einem Zeitungsartikel gesehen habe. Mehr aber auch nicht.

Ich bin wirklich stolz auf Kęstas, dass er als Erster seiner Familie an einer namhaften Uni studiert, die Examen mit Bestleistungen absolviert hat und heute zu einem der besten Staatsanwälte zählt. Als wir durch die pompöse Vorhalle über den weißen und sandfarbenen Natursteinboden, der ein Schachbrettmuster ergibt, schlendern, schnappt sich Arūnas zwei Gläser Champagner vom Tablett einer Kellnerin.

Neben einer gewaltigen weißen Marmorsäule und einem Gemälde eines erfolgreichen Richters bleiben wir stehen.

Mit der Schulter lehne ich mich unauffällig gegen die Wand. Das Stehen ist zwar halb so anstrengend wie das Sitzen, da dabei die Rippen nicht zusammengedrückt werden, dennoch ist dieser leichte hinterhältige Druck immer zu spüren.

»Auf die schönste Frau in diesem Saal.« Meine Wangen fühlen sich heiß an, als er das sagt.

»Cheers, mein Killerboy«, necke ich ihn mit dem Kosenamen, stoße mit ihm an und nehme einen Schluck.

Das Licht der Kronleuchter bricht sich in seinem sandfarbenen Haar, das in lockeren Strähnen nach hinten fällt. Bloß zwei Strähnen haben sich über seine Braue verloren, die ich mit den Fingern nach hinten schiebe.

Fürsorglich streichelt er über meinen rechten Oberarm und streicht eine braune Strähne, die über mein Dekolleté gerutscht ist, nach hinten. Sanny hat mein Haar zu einem kunstvollen Knoten hochgesteckt und einen Reif mit goldenen Blättern ins Haar geschoben. Verspielt fallen einige längere Haarsträhnen aus dem Knoten und kitzeln auf meinem Rücken. Die Narben der Schussverletzung wie auch die Tätowierung des Auges hat sie sorgfältig mit besonders wasser- und schweißresistentem Make-up abgedeckt.

Der perlige Champagner rinnt meine Kehle hinunter und sorgt schon nach zwei Schlucken für ein berauschendes Kribbeln in meinem Körper.

»Weißt du, Arūnas. Ich habe es dir nicht gesagt«, beginne ich, als ich nachdenklich zum Eingang schaue, durch den immer mehr Paare in vornehmer Abendrobe treten. »Aber ich hatte auch Albträume wie du. Bevor ich mich erinnern konnte, haben mich ebenfalls die Rufe der Menschen, die ich auf dem Gewissen habe, gequält.«

»Es hört irgendwann auf. Hattest du das früher auch?«

Ich schüttele den Kopf. »Nein, nie. Ich stand für die Sache ein, die ich gemacht habe. Für mich fühlte es sich richtig an.«

Arūnas schwenkt sein Glas, während er seine Hand um meine Hüfte legt.

»Ich denke, es war auch richtig. Als ich Kęstas heute zur Verhandlung begleiten durfte, habe ich gesehen, was ihn antreibt. Ich habe ihn brennen sehen für das, was er tat. Er meinte, ich sollte umdenken und nicht die Männer, die ich umgebracht habe, wären mein Problem.«

Nicht? Fragend schaue ich zu ihm auf, während ich meine freie Hand über sein Hemd schiebe.

»Er nimmt an, dass die Vanags das Problem sind und irgendwas in mir nicht länger Teil der Organisation sein will.«

Hoffnungsvoll trete ich auf den Absatzschuhen an ihn heran und hebe den Blick. »Dann komm zum Akis«, hauche ich.

»Würde ich, wenn Kęstas es zulassen würde. Ich teile keine schreckliche Vergangenheit, Moira. Es wurde keine Person meiner Familie ermordet. Genau das scheint euer Hauptkriterium zu sein, um dem Akis beizutreten.«

So ganz stimmt das nicht. Dikar hat auch keinen Angehörigen, der getötet wurde. Warum erzählt Kęstas das Arūnas nicht?

»Sobald ich wiederhergestellt bin, mein Freund, werde ich mich für dich einsetzen. Auch wenn ich jetzt schon weiß, dass mir diese dusselige Katara in die Quere kommen wird.«

»Das rothaarige Hexenbiest?« Arūnas lacht. »Die hat heute Morgen ihr Croissant nach mir geworfen. Kennst du sie?«

Ein Croissant? »Nein, sie trat erst vor fünf Jahren dem Akis bei. Ich denke, sie kann sehr nützlich sein, sobald man ihr Vertrauen gewinnt. Aber bisher ist sie in meinen Augen eine bissige, unberechenbare Kämpferin.«

»Dabei dachte ich, du wärst die unberechenbarste Kämpferin. Wie du Alenas, Kalmar und Algis wie auch den anderen beiden im Poolhaus zugesetzt hast, war wirklich beeindruckend.« Arūnas umfasst zärtlich meine Schulter und drängt mich schief grinsend hinter die Säule, aus dem Sichtfeld der anderen. »Bisher habe ich keine Frau erlebt, die es mit fünf bewaffneten Männern aufnehmen konnte.«

»Ich habe dafür verloren. Ohne dich und Kęstas wäre ich längst tot.«

»Trotzdem … hat es mich unglaublich fasziniert, wie du bis zum Schluss kämpfst. Du nicht aufgegeben hast, obwohl du nicht mehr gewinnen konntest. Ich habe dasselbe dunkle Feuer in deinem Blick gesehen wie heute in Kęstas' Augen. Ich will es auch wieder spüren.«

Mit seinem hochgewachsenen Körper blockiert er mir den Weg, auch wenn ich ihm nicht entkommen will. Ich lehne mich gegen den kühlen Stein der massiven Säule und schaue mit geöffneten Lippen zu ihm auf.

»Küss mich, Arūnas«, raune ich, ziehe ihn an seiner Krawatte zu mir herab und lege meinen Arm mit dem Glas in der Hand um seinen Nacken. Die Aufforderung lässt er sich nicht entgehen. Er führt meine Hüfte an sein Becken, sodass ich sein Verlangen und seinen bereits halb erigierten Schwanz spüre. Zugleich drängt er mich gegen die Säule und küsst meinen rechten Mundwinkel.

Seine Hand verschwindet unter dem Schlitz des Abendkleides. Er tastet mit den Fingern über meine Hüfte und raunt vor meinen Lippen: »Da fehlt etwas.«

»Ich weiß«, wispere ich kichernd und küsse ihn leidenschaftlich, langsam und intensiv. Sein warmer Duft von Sandelholz und Wildleder dringt in meine Nase. Er reibt seine Härte gegen mein Becken, während seine Finger über meinen Venushügel gleiten. Meine Klit pocht und ich werde mit jeder Sekunde feuchter, je hemmungsloser wir uns küssen. Die Vorstellung, dass uns andere Leute beobachten könnten, macht mich tierisch an.

Seine Finger fahren über meine Spalte, bevor er die Feuchte verteilt und meine Schamlippen auseinanderschiebt. Zugleich hebt er sein Gesicht von meinen Lippen und streift mit seinen Lippen mein Ohr. Langsam dringt er in mich ein. Meine Brustwarzen ziehen sich kribbelnd zusammen, und allein die Vorstellung, er würde den Stoff des Abendkleides über meine Brüste schieben und an meinen Brustwarzen saugen, macht mich noch feuchter.

»Wird mich Kęstas nicht vierteilen und mein Herz verbrennen, wenn er uns erwischt?«, flüstert er in mein Ohr. Mit halb geschlossenem Blick lege ich den Kopf in den Nacken und schüttele den Kopf.

»Er hätte die Beziehung mit dir längst unterbunden, wenn es ihn stören würde. Obwohl … ich ihm blind vertraue, teilt er mich nur mit sehr wenigen Männern. Männer, die in seinen Augen würdig sind.«

Denn Kęstas und mich verbindet so viel mehr. Wir führen keine offene Beziehung und vögeln nicht mit jedem, der uns anspricht. Dafür gab es schon früher Momente, in denen wir jemand anderen beim Sex miteinbezogen haben. Wir genügen uns vollkommen, aber hin und wieder brauchen wir den Reiz. Aus dem Grund lässt er es zu, wenn ich mich mit Dikar vergnüge oder er sich mit Narusha amüsiert. Wir lieben es, den anderen hin und wieder seine Freiheiten und Fantasien ausleben zu lassen.

Die einzige Bedingung ist, dass wir davon wissen und keiner im Alleingang eine Nummer mit jemand anderem sucht. Für die einen mag es unvorstellbar und anstößig sein, für uns bedeutet es vollkommenes Vertrauen. Wenn Kęstas mit einer Frau schläft, die mich fasziniert, oder sie eine Freundin von mir ist, die ihn dennoch nie allein besitzen will, macht mich das unglaublich an. Katara oder Philippa sind jedoch zwei Frauen, die ich nicht einschätzen kann. Katara will Kęstas für sich allein haben und Philippa ist nicht auf meiner Augenhöhe. Sie würde alles für Kęstas machen und ist ihm total unterwürfig.

Und das weiß er.

Indem er Dikar vor wenigen Nächten sich beim Sex beteiligen ließ, wollte er die verblassten Erinnerungen wachrufen. Ohne Scheu oder Hemmungen habe ich mich komplett in dem Dreier verloren.

Arūnas stößt zweimal in meine Weiblichkeit, verteilt die Feuchtigkeit bis zu meiner Perle und zieht seine Finger aus mir. Ähnlich wie Kęstas hebt er die Finger vor meine Lippen, die nach mir schmecken. Ich lecke sie ab und schon im nächsten Moment greift er in seine Jacketttasche und holt etwas Schwarz-Silbernes hervor. Fragend schaue ich es mir genauer an, doch er lässt mir keine Chance, da im nächsten Moment eine Ansage im Hauptsaal erklingt. Arūnas lässt das Toy unter meinem Kleid verschwinden, um es geübt in mich einzuführen. Es fühlt sich weich und kühl an, dringt in mich ein und übt zugleich Druck auf meine Klit aus. Ein Butterfly? Als er es perfekt portioniert hat, küsst er mich bedrängend und gibt mich danach frei.

»Wir sollten unsere Plätze suchen und unseren Job nicht vergessen.«

»Sagt der, der gerade ein erotisches Spiel aus dem Abend macht.«

»Spiele sind doch euer Ding«, lässt er mich belustigt lachend wissen, holt sein Handy hervor und führt mich an der Hand in den Saal. Bevor ich mich in dem weitläufigen Saal mit den runden Tischen umblicken kann, geht ein tiefes Vibrieren durch mein Becken. Ich halte die Luft an, um keinen Ton von mir zu geben.

»Ist dir heiß, mein Schatz? Dir wird noch viel heißer werden, am besten, wir setzen uns.«

Nachdem das Vibrieren nur kurzzeitig meine Lust ankurbelt, entdecke ich Kęstas an einem der vorderen Tische und sich mit einer blonden Frau unterhaltend. Flüchtig schaut er in unsere Richtung. Im Bruchteil einer Sekunde kann ich in seinem verboten dunklen Augenaufschlag ablesen, dass er eingeweiht ist.

Scheint so, als hätte er in Arūnas den perfekten neuen Partner gefunden. Ich schenke ihm einen verführerischen düsteren Blick, bevor ich mich von Arūnas zu den hinteren Tischen des Saales führen lasse.

Mein gesamter Körper kribbelt vor Anspannung. Gerade würde ich beide Männer am liebsten spüren und mich ihnen hingeben.

Während der zähen Eröffnungsrede, in der Arūnas hin und wieder den Butterfly anstellt, sodass mir fast das Champagnerglas aus den Fingern rutscht, werden von Kellnern die Speisen in den Saal getragen.

Arūnas' Hand schiebt den bauschigen Stoff meines Kleides über den Oberschenkel, als ich die Beine verschränkte.

Besitzergreifend umfasst er mein Knie und zwängt meine Beine auseinander, während ich aufrecht sitze und gegen die Lustwellen ankämpfe.

»Du bist schlimmer als er«, bringe ich schmunzelnd hervor, als ich nach dem Besteck greife, während er über meine Weiblichkeit und das Toy streicht. Zwei weitere Paare sitzen an unserem Tisch. Ein Pärchen, das die sechzig bereits überschritten hat. Der Herr trägt sogar Orden, als hätte er mehrere Kriegsschlachten gewonnen. Da er mir direkt gegenübersitzt, betrachtet er mich länger. Er hat einen wissenden, aufmerksamen Blick, der mir nicht gefällt. Mich zusammenreißen zu müssen, während ich im Visier eines strengen Juristen bin, ist noch mühsamer.

Direkt neben ihm sitzt ein schlaksiger Mann mit Brille, der immer wieder das Gespräch mit dem Ordenssammler sucht. Doch er beantwortet jede seiner Frage mit knappen Antworten, um ihn abzuwürgen. Seine Frau wirkt sehr zurückhaltend, fast schon wortkarg und von der Veranstaltung eingeschüchtert. Sie schaut kein einziges Mal in meine Richtung und bemerkt nicht, das Arūnas' Hand dort ist, wo sie eigentlich nicht hingehört.

Neben Arūnas sitzt ein machohaftes Großmaul, das mit Geschichten seiner fünfjährigen Juristenkarriere prahlt. Er hat angeblich bisher jeden Angeklagten vor lebenslänglich bewahrt, ist ja ach so erfolgreich und würde von Anfragen, von ihm verteidigt zu werden, überhäuft werden. Seine brünette Chica, deren Kleid so eng ist, dass ihre Möpse fast rausfallen, schmiegt sich immer wieder an ihn, um jedem zu zeigen: Hey, sind wir nicht das perfekte Traumpaar. Mein Mann ist der beste auf seinem Gebiet. Wir führen die wundervollste Ehe. Morgen schenkt er mir eine

Botox-Behandlung und in einer Woche einen neuen Arsch. Wäre ihr schmieriger Mann mit dem Gesicht eines Gorillas der Beste, säße er an den vorderen Tischen so wie Kęstas – mein Mann – und nicht fünf Tische weiter hinten.

Kurz überlege ich, ob ich ihm die Frage stellen sollte, aber entscheide mich dagegen, um die Stimmung nicht zu vermiesen.

»Erzählen Sie etwas über sich?«, fragt die brünette Frau in ihrem silbern funkelnden Kleid und dem Haar, das seidig glatt über ihre Schulter fällt, Arūnas.

Arūnas räuspert sich kurz. »Bei mir war es alles anders. Ich habe keine steile Karriere als Jurist hingelegt, sondern zuvor BWL studiert. Auf Anraten meines Vaters …« Aufmerksam lausche ich seinen Worten, da er zum ersten Mal Dinge über sich erzählt, von denen ich bisher nichts wusste. »Es hat eine Weile gebraucht, bis ich …« Wieder schaltet er das penetrante Vibrieren über sein Smartphone, das er unter dem Tisch versteckt hält, an, sodass ich mit geöffneten Lippen flach Luft hole. Ich kann nicht länger auf seine Worte hören, sondern starre das Lammkotelett an, das vor meinen Augen verschwimmt.

Gott, ich will … ich will endlich, dass er es beendet. Mich vögelt und ich nicht länger unter Strom stehe und vor Lust zergehe. Mein Herz rast, während mir von Sekunde zu Sekunde heißer wird. Die Röte ist sicher auf meinen Wangen zu sehen, wie auch der schnelle Puls an meinem Hals.

Wenn er so weitermacht, komme ich stöhnend am Tisch, was ich unter keinen Umständen will. Ich umfasse seine Hand auf meinem Oberschenkel und lasse ihn meine Nägel spüren.

»… und somit stehe ich noch am Anfang, während Sie, Sir«, Arūnas richtet seine Worte an den älteren Herren, »eine beachtliche Laufbahn zu verzeichnen haben.« Arūnas entzieht sich meiner Hand, um sie gleich darauf über meine zu schieben und festzuhalten.

»Geht es dir gut?«, erkundigt er sich unvermittelt bei mir mit diesem frivolen Casanovablick. Er weiß genau, dass ich nicht mehr lange durchhalte. Denn meine Brustwarzen sprechen Bände. Sie zeichnen sich immer deutlicher unter dem goldenen dünnen Stoff ab, was Arūnas nicht entgeht. Dem grauhaarigen Ordensmeister ebenso wenig, dessen Blick auf meinen Brüsten klebt.

»Ich muss kurz …« Ich lege das Besteck an den Tellerrand. »Mir ist gerade unheimlich schwindelig«, lüge ich. »War wohl doch zu viel Champagner auf einmal. Ich brauche frische Luft.«

»Die Luft in diesem Saal ist in der Tat sehr verbraucht«, stimmt mir der ältere Mann mit dem Namen Carlos Ciurlionis zu. *Und wie verbraucht.*

Ihm zunickend schiebe ich den Stuhl zurück, kann das Streichorchester keine Sekunde lange genießen und verlasse den Tisch.

»Ich entschuldige mich«, richtet Arūnas die Worte an die anderen, legt seine Serviette vornehm neben dem Teller ab und folgt mir. In der Eingangshalle, in der kaum etwas los ist, suche ich aufgelöst die Toilettenschilder. *Wo verdammt geht es zu den WCs!*

Das Vibrieren hat aufgehört, dennoch würde ich gerade alles darum geben, um das grenzenlose Verlangen zu stillen. Kurz vor den Damentoiletten angekommen, holt mich Arūnas mit schnellen Schritten ein, schnappt meinen Nacken und stößt die Tür auf. »Nicht so vorschnell, Madame. Du hast doch nicht vor, es ohne mich zu beenden.« *Fuck, ich mag es, wenn seine harte Ader zum Vorschein kommt.*

»Keine Sorge, ich würde dich nie im Leben um den Orgasmus bringen«, scherze ich und schaue beinahe flehend zu ihm auf.

Vor den Waschtischen lässt er mich frei, öffnet jede der vier Kabinentüren, um sicherzugehen, dass wir allein sind, und schnappt sich dann einen der beiden Korbstühle, um die Tür zu blockieren. Am Waschtisch abgestützt beuge ich mich keuchend vor und schaue mir im Spiegel entgegen. Anders als erwartet sind meine Wangen nicht feuerrot und stehen mir keine Schweißperlen auf der Stirn. Dafür zeichnen sich meine harten Nippel ab. Hinter mir engt mich Arūnas ein, bevor er den golden schimmernden Stoff des Abendkleides am Ausschnitt auseinanderzieht.

»Das würde auch Konsequenzen nach sich ziehen, Babe. Zeig mir deine prallen Brüste, auf die der Opa die gesamte Zeit geglotzt hat. Wetten, er hatte nach Jahren wieder einen Ständer?«

Über die Vorstellung muss ich angewidert lachen.

»Mag sein, dennoch ändert es nichts daran, dass du ein elender Bastard …« Mit Schwung drehe ich mich zu ihm um und stoße ihn zurück. Er fängt mein rechtes Handgelenk ein, starrt ungeniert auf meine Brüste und zieht mich zu sich. »So war das nicht gepla…« Mit einem Satz hebt er mich auf die Marmorplatte zwischen zwei Waschschalen, umfasst meinen Nacken und küsst mich hungrig.

»Ich erlöse dich gern, bevor dir noch das Lamm im Hals stecken bleibt.«

Stürmisch erwidere ich den Kuss, greife in sein Haar und spreize bereitwillig die Beine. Er tritt näher an mich heran, öffnet seinen Gürtel und anschließend seine Hose. »Wir werden sehen, wem später etwas im Hals stecken bleibt«, antworte ich ihm frech.

»Ja, das werden wir. Denn ich bin noch lange nicht mit dir fertig. Könnte durchaus mein Schwanz sein, Moira.«

Leidenschaftlich küsst er mich, schiebt das Kleid auseinander und streicht mit der flachen Hand über meine feuchte Pussy. Dabei gibt er ein verrucht zufriedenes Stöhnen von sich. Er nimmt das Toy aus mir, um gleich darauf seinen Schwanz hervorzuholen. Einen Wimpernschlag später drückt er mein Kinn nach oben, damit ich in seine Augen blicke.

»Wie sehr willst du es?«

»Unendlich sehr. Fick mich, Arūnas.« Ein triumphierendes schiefes Grinsen bildet sich auf seinen Lippen, bevor er mit nur einem Stoß zur Hälfte in mich eindringt.

Ich keuche stöhnend auf. »Gott, endlich!«

Er zieht sich aus mir zurück, um erneut, und dieses Mal tiefer, in mich einzudringen und mich zu dominieren. Mit der rechten Hand stütze ich mich an seiner Schulter ab, mit der anderen fahre ich unter sein Hemd, um seine glatte Haut und jeden seiner angespannten Bauchmuskeln zu spüren.

Mit tiefen schnellen Stößen fickt er mich auf dem Waschtisch beinahe bis in die Ekstase. Er hält weiterhin meinen Nacken umfasst und massiert mit der anderen Hand schmerzhaft fest meine Brüste. Einen Moment stoppt er, um in meine rechte Brustwarze zu beißen und an ihr zu saugen. Wimmernd richte ich das Gesicht zur Decke und verschränke die Beine um seinen Arsch, der in der Anzughose zum Anbeißen aussieht.

Um keine Zeit zu schinden, vögelt er mich animalisch weiter, dringt härter in mich und ersetzt mit seiner Schwanzspitze in mir das Toy, das meinen G-Punkt bereits bis ins Unermessliche stimuliert hat. Nach nur wenigen

Minuten hat er mich bereits so weit und ich komme verdammt intensiv. Um nicht die Waschräume zusammenzuschreien, vergrabe ich zittrig mein Gesicht an seinem Hals und beiße in seine Haut. »Genau so liebe ich es. Lass dich komplett fallen.«

Meine Pussy kontrahiert, zieht sich enger um seinen großen Phallus, während mein Körper bebt.

Er küsst mich verlangend und hebt mich dann vom Waschtisch. Vorsichtig, um meine Rippen nicht zu belasten, dreht er mich um und beugt meinen Oberkörper zwischen den Waschschalen nach vorn. Somit hat er einen perfekten Ausblick auf meinen nackten Arsch. »Glaub bloß nicht, ich würde dich, wenn du gesund bist, weiterhin schonen. Geht es für dich?«

»Ich kann es kaum erwarten«, antworte ich tief durchatmend. »Ja, alles bestens.« Er wird mich jede Sekunde von hinten nehmen. Plötzlich spüre ich seine Zunge durch meine Pospalte lecken. Er fickt mich mit seinen Fingern weiter, während etwas Eiskaltes durch meine Spalte fährt. Es ist feucht und glatt, und ehe ich begreife, dass er ein Toy mit einem anderen ersetzt, spuckt er auf meinen Anus und schiebt den Plug quälend langsam in meinen Po. Dabei geht er wirklich vorsichtig und geübt vor, massiert meine Pobacke und befeuchtet den Plug immer wieder. Mir gefällt dieses versaute kurze Spiel so sehr, dass ich mich ihm vollkommen hingebe und genieße, was er mit meinem Körper macht.

Stück für Stück schiebt er das Metall in meinen Anus, bis er ihn komplett umschließt. Danach richtet er sich hinter mir auf. »Steht dir hervorragend. Darauf habe ich die gesamte Zeit gewartet.«

»Weil du Analsex liebst?« Ich drehe das Gesicht über die Schulter.

»O ja. Zuvor beende ich, was ich begonnen habe.« Seine warmen starken Hände legen sich um meine Hüfte, ich stemme mich auf den Händen ab und betrachte mich im Spiegel. Hinter mir ragt Arūnas in seinem modernen vornehmen Anzug auf. Seine Krawatte lässig über die Schulter geworfen, zwinkert er mir diabolisch zu und dringt dann in meine Pussy ein. Sein großer Schwanz fühlt sich neben dem Plug noch riesiger an. Er füllt mich komplett aus. Während er in mir ist, höre ich ihn tief atmen. Er studiert mein stöhnendes Gesicht wie ein kompliziertes Puzzlebild, um auszuschließen, dass ich Schmerzen habe, und ihm gefällt, was er sieht. Immer schneller werdend beendet er den Quickie. Denn es sind immer näher kommende Stimmen auf dem Gang vor den Toiletten zu hören. Er presst seine Hand auf meinen Mund, als ich ein zweites Mal komme und am liebsten schreien will. Ich beiße fest in seine Hand, während er nach nur weiteren harten Stößen kehlig stöhnt und sich in mir ergießt.

»Fuck, Baby, ich liebe dich. Alles an dir.«

Nachdem der heftige Orgasmus allmählich abebbt, löst er die Hand von meinem Mund und legt seinen Arm behutsam über meine Brüste, um mir aufzuhelfen. Zugleich zieht er sich aus mir zurück. Alles geschieht verdammt schnell.

Kaum dass ich wackelig und vollkommen fertig am Waschtisch stehe, verschließt er seine Hosen, richtet sein Hemd und die Krawatte und nimmt den Stuhl von der Tür. In der Zwischenzeit schnappe ich mir Taschentücher aus der Box, um sein Sperma, das meine Oberschenkel kitzelnd herunterläuft, wegzuwischen. Schon im nächsten Moment befinden wir uns schnell atmend in einer der Kabinen.

Kaum dass ich immer noch mit rasendem Puls an der kühlen Wand der Toilettenkabine lehne, geht die Tür auf und eine Frau betritt gefolgt von einer anderen die Waschräume.

Arūnas positioniert sich direkt vor mir, lächelt mir verwegen zu und umfasst meinen Hals. Dankbar für diesen umwerfenden und aufregenden Quickie hebe ich mich auf den Absatzschuhen ein Stück höher und küsse ihn. Unsere Zungen schmiegen sich langsam umeinander, während die Spülung im Hintergrund zu hören ist. Genau das brauche ich. Genau diesen nervenaufreibenden Kick, der das Leben zu etwas Besonderem werden lässt. Ohne sie könnte ich nicht mehr leben. Ohne sie würde ich über die Grausamkeiten dieses Lebens sinnieren und verzweifeln.

Ich halte mich an seinem Revers fest, verlasse mit meinem Mund seinen und bedecke mit Küssen seinen Hals. Schwache Zahnabdrücke sind von meinem Biss von vorhin auf seiner Halsbeuge zu entdecken. Der Anblick lässt mich zufrieden schmunzeln. *Er ist mein.* Nicht einmal der Kragen kann den Bissabdruck überdecken.

Keuchend und komplett berauscht klammere ich mich an ihm fest, während er behutsam den Stoff über meinen Brüsten zurechtzupft. Er gehört zu meinem neuen Leben dazu. Arūnas besitzt die linke helle Hälfte meines Herzens, während Kęstas die düstere, vergangene Hälfte meines Herzens regiert.

KAPITEL 13
ARŪNAS

Ich bin süchtig nach ihr. Wenn ich sie nicht allein besitzen kann, werde ich sie teilen. Denn Moira hat recht, ich bin kein Typ, der für eine feste Beziehung geeignet ist. Zwar wollte ich einmal ins Muster passen wie der Rest der Gesellschaft, aber mal ehrlich, so bin ich nicht. Mir hat in den letzten Jahren keine Beziehung gefehlt, sondern eine Frau, die meinen Verstand fickt und mit der ich auch ohne viele Worte ich sein kann. Keine versteht mich besser als Moira.

Sie ist liebenswürdig, aufrichtig, zielstrebig, menschlich, gutherzig und scheut nicht den düsteren gefährlichen Weg, um das zu erreichen und zu beschützen, was ihr wichtig ist. Und dabei hat sie ihre Seele nicht verloren. Sie leuchtet immer noch von innen, was Kęstas fasziniert, wenn er von ihr spricht. Genau diese Magie, die Moira verströmt, macht sie zu etwas Einzigartigem.

Ich bin ihr hoffnungslos und unumkehrbar verfallen. Und mittlerweile, das kann ich tief in mir spüren, hat sie etwas in mir verändert. Vor Wochen fühlte ich mich leer, nur Sex und Alkohol konnten diese Leere kurzzeitig füllen. Ich fühlte mich unvollständig und getrieben. Ich war auf der Suche nach etwas, was ich nicht benennen konnte. Jetzt, da ich Moira, Kęstas und einen Teil des Akis kennengelernt habe, erwartet mich so viel Neues. Ein Leben, das so viel aufregender und verlockender ist, als ich je vermutet hätte.

Moira schmiegt sich im Gehen an meinen Arm, auch wenn ihr der Plug zu schaffen macht. Sie heute Nacht zum ersten Mal anal zu vögeln, wird mir ein Fest sein.

Als wir die Vorhalle erreichen, kreuzen zwei Billig-Anzugträger unseren Weg. Es sind die verdeckten Ermittler, die auf die Festhalle zuhalten. Kurz bevor ich Moira in eine andere Richtung lenken kann, haben sie uns entdeckt. Der Ältere von ihnen kneift nachdenklich die Augen zusammen. Ich kann mitverfolgen, wie sich das verstaubte Getriebe in seinem Kopf in Bewegung setzt. Er hat Moira nicht auf den ersten Blick erkannt, erst als er erneut hingesehen hat.

»Plan beginnt«, raune ich Moira ins Ohr. Ohne zu nicken oder sich anmerken zu lassen, meine Worte gehört zu haben, läuft sie neben mir als meine Freundin weiter.

Für die meisten Langweiler dort draußen ist es unvorstellbar, dass eine Frau mehrere Liebhaber besitzen kann. Für sie gibt es zu neunundneunzig Prozent die klassische Partnerschaft. Somit wird ihnen nicht im Traum einfallen, dass Moira auch Kęstas liebt.

Wir schlendern gemächlich an ihnen vorbei ins Freie. »Du wolltest kurz frische Luft schnappen?«, erkundige ich mich bei ihr.

»Wenn ich ehrlich bin, würde ich gerne eine rauchen.« Bittend schaut sie zu mir auf und setzt ihren Hundeblick auf.

Auf meinen warnenden Blick reagiert sie mit einem Augenrollen. »Ich schwöre, ich versuche aufzuhören. Ich habe seit zwei – oder sind es schon drei? – Tagen …« Grübelnd tippt sie mit dem Zeigefinger gegen ihre Lippen und schaut zur Decke auf. »Drei Tage, ja genau, keine mehr geraucht, aber nach gerade eben …«

»Frau Kudirka, sind Sie es?«

»Uppsala«, stößt Moira übertrieben überrascht aus, woraufhin ich mir mein Lachen verkneifen muss.

Mit ihr am Arm drehe ich mich um. Sie löst sich von meiner Seite und betrachtet den größeren Ermittler mit dem silbergrauen Haar.

»Äh, ja?«

Er begafft sie von oben bis unten. Ja, sie sieht heiß aus und sie gehört mir. Du wirst im Leben keine solche Frau dazu überreden, mit dir ins Bett zu steigen. Anders als bei Kęstas reagiere ich ungewohnt eifersüchtig auf die Blicke fremder Männer.

»Sie sind es wirklich. Fast hätte ich Sie nicht erkannt. Erinnern Sie sich noch? Kommissar der Mordkommision, Doris Nefedov, und das ist mein jüngerer Kollege Antanas Merkys.«

»Freut mich. Ja, natürlich erinnere ich mich an Sie«, antwortet Moira freundlich und reicht beiden die Hand.

»Das freut mich ebenso. Wir haben Sie vor wenigen Wochen versucht zu erreichen. Sie sind weder an Ihr Telefon gegangen noch waren Sie zu Hause anzutreffen. Aus dem Grund haben wir nach Ihnen gesucht.«

Moira runzelt überrascht, als würde sie das zum ersten Mal hören, die Stirn. »Weswegen?«

»Nun, Sie sind nicht mehr zur Arbeit gekommen. Wir gingen davon aus, dass Ihnen etwas zugestoßen sein könnte«, erklärt der jüngere Ermittler, den Moira verblüfft ansieht.

»Nein, mir geht es gut. Ich bin in der Zwischenzeit umgezogen und habe gekündigt. Ich hielt es nicht länger aus, von dem …« Sehr gut bedrückt und ängstlich gespielt, senkt sie den Blick. Lügner schauen immer in die Augen ihres Gegenübers. Wieso? Um zu erfahren, ob ihnen die Lüge abgekauft wurde. Jemand, der die Wahrheit sagt, hat es nicht nötig, im Gesicht des anderen zu lesen, ob ihm geglaubt wird oder nicht.

»Wo wohnen Sie aktuell? Wir würden Sie gern morgen im Polizeirevier treffen wollen.«

»Kein Problem. Derzeit wohne ich bei meinem Partner.« Sie schaut dankbar zu mir auf. »Ich wurde in letzter Zeit nicht mehr von dem Serienmörder angerufen.« Nun tauschen die Ermittler Blicke aus.

»Ist er noch aktiv? Wurde er immer noch nicht gefasst?« Ich gehe agil dazwischen. »Ich habe sie in der letzten Zeit überwacht, wo es ging, und sie bei mir einziehen lassen. Seitdem ist Ruhe. Trotzdem haben wir immer noch die Befürchtung, er könnte sie abpassen.« Beruhigend streichele ich Moira über den Rücken, die ihre Fassade fallen lässt und mitgenommen über ihre Arme reibt.

»Nein, wir haben eine Spur, der wir nachgehen. Aber wir können derzeit noch nicht sagen, ob an der Sache etwas dran ist. Wir wollten Sie nicht beunruhigen. Zu den Morden dürfen wir uns aus ermittlungstaktischen Gründen nicht weiter äußern. Fahren Sie nach der Veranstaltung direkt nach Hause und kommen Sie morgen Vormittag aufs Revier, Frau Kudirka. Gerne mit Begleitung.«

Nachdem beide gegangen sind, atmet Moira tief durch und senkt den Kopf traurig. Einmal dreht sich der jüngere Ermittler zu ihr um. Während Moira den Kopf gesenkt hält, schaut sie unauffällig in seine Richtung.

»Der Anfang wäre erledigt«, sagt sie schließlich. »Jetzt ist Kęstas dran.«

»Ich glaube«, sage ich seufzend. »Ich muss bei dir genau aufpassen, was du mir alles vorspielst. Du bist wirklich verdammt gut. Beinahe hätte ich dir die verzweifelte Frau, hinter der der große Magnus her ist, abgekauft«, raune ich ihr ins Ohr und nehme sie in den Arm. Eine Wanze oder dergleichen konnten sie uns nicht unterjubeln, aber man weiß nie, wer mithört.

»Glaub mir, es war nicht gespielt. Noch vor Wochen habe ich mit der Angst leben müssen.«

An der frischen Luft angekommen, will Moira auf ihren Mantel verzichten.

»Die Kälte tut gut«, flüstert sie, bleibt vor der obersten Stufe des Gerichtsgebäudes stehen und hebt das Gesicht zum Himmel. Ihr Atem steigt in weißen Wölkchen auf, während sie sich nicht einmal über die nackten Arme reibt. Es sieht aus, als würde sie zu den Sternen aufsehen und jeden einzelnen von ihnen zählen. Während sie das tut, lächelt sie verträumt dem Nachthimmel entgegen. Nie sah sie glücklicher, nie befreiter, nie schöner aus. Der frostige Wind, der Eiskristalle in der Luft umherwirbelt, lässt ihre Haarsträhnen über ihr Gesicht flattern und ihr Kleid zur Seite segeln.

Ich geselle mich zu ihr, lege meine Hand auf ihr Schulterblatt, unter dem sich das Auge befindet, und muss an den Augenblick denken, als ich sie in ihrer Wohnung verdächtigt habe, eine Anhängerin von Magnus' Clan zu sein. Damals wusste ich nicht, wie richtig ich gelegen habe. Sie ist nicht bloß eine Anhängerin, sondern sie ist Magnus.

»Schön, nicht wahr?«

Obwohl ich den Sternen nicht halb so viel abgewinnen kann wie sie, stimme ich ihr zu. Sanft streiche ich eine kastanienbraune Haarsträhne hinter ihr Ohr. »Ja, unvergleichlich schön«, hauche ich ihr ins Ohr und meine damit sie. Langsam schließt sie die Augen. Es sieht aus, als würde sie den Moment auskosten, ihn einfangen und für immer in ihrem Gedächtnis festhalten.

BEHERRSCHST DU DEN
KLASSISCHEN PAARTANZ?

GOTT NEIN, IST ALTMODISCH.
KANN ICH, MAG ICH,
LIEBE ICH.

KAPITEL 14
MOIRA

Sie schleichen um Kęstas herum wie Hyänen um einen Kadaver, ohne ihn anzusprechen. Das würden sie auch nicht wagen. Wenn sie einen renommierten angesehenen Staatsanwalt während einer Veranstaltung direkt damit konfrontieren, ihn zu verdächtigen, könnte das eine gewaltige Welle an Gerüchten lostreten. Es könnte sogar schwerwiegende Konsequenzen für das Polizeirevier nach sich ziehen.

Sie behalten Kęstas im Blick, aber können nichts ausrichten. Die beiden Ermittler werden, wenn sie geschickt sind, erst mich verhören, danach ihn vorladen. Sie werden alles als Routinebefragung abhandeln und Kęstas versichern, in alle Richtungen ermitteln und jeder Spur nachgehen zu müssen.

An Arūnas' Seite trete ich zu unserem Minister, der ebenfalls dem Akis angehört und der so ziemlich jeden in diesem Raum kennt. Er unterhält sich lautstark und angeregt mit weiteren hohen Tieren, zu denen sich recht schnell Kęstas mit der blonden Schönheit dazugesellt.

Sie ist seine Strafverteidigerin, die er jahrelang kennt. Bisher hatte ich noch nicht das Vergnügen, sie kennenzulernen.

Als die beiden Ermittler den Hauptsaal verlassen, nippe ich mit wachsamen Blicken an meinem dritten Glas Champagner. Der verdammte Plug ist mit jedem Schritt zu spüren, was Arūnas nicht entgeht.

Während er sich mit einem fremden Mann aus der Gruppe um den Minister unterhält, lasse ich meine linke Hand locker an meiner Seite baumeln. Und schon, ohne vorher einen Blick von ihm aufgefangen zu haben, da er direkt mit dem Rücken hinter mir steht, streifen Kęstas' Finger meinen Handrücken.

Ich lausche seiner tiefen maskulinen Stimme, als er von einem Prozess spricht und damit die gesamte Runde in den Bann zieht.

»... ich war heute Vormittag anwesend und muss sagen, die Eröffnungsrede hätte nicht besser gehalten werden können. Ich wette, Sie haben noch einige Trümpfe im Ärmel«, höre ich die Stimme eines beeindruckten Mannes.

Die hat mein Verlobter immer – denke ich. Er hält immer einige Asse und Joker versteckt. Außerdem verleiht es ihm einen Kick, dass die Beamten ihm so nah sind und doch nicht zugreifen können. Darauf hat er lange gewartet. Dass sie ihm einmal so dicht auf den Fersen sind.

Unauffällig kreist er mit dem Daumen über meinen Handrücken. Da ein Tisch den direkten Blick auf unsere Hände verdeckt, genieße ich seinen *Kuss*. Kann ihn spüren, als stände er vor mir und würde mein Kinn anheben. Seufzend nehme ich einen Schluck von meinem Champagner und meine Blicke kreuzen sich flüchtig mit denen des Ministers. Er gibt vor, mich nicht zu kennen. Auch Philippa kreist irgendwo herum wie auch Vekotar und Iltronas. Mindestens fünf Mörder haben sich unter die geladenen Gäste der Gala gemischt. Allein die Vorstellung bringt mich zum Schmunzeln.

Langsam, dafür bestimmt, verschränkt Kęstas seine Finger mit meinen. Es fühlt sich wie purer Sex an. Als würde er in mich eindringen und mich erst wieder freigeben, wenn er fertig ist. Fest umfasse ich seine leicht rauen und langen Finger, die ich am liebsten nie wieder freigeben würde.

Auf einmal dreht sich Arūnas zu mir um. Seine Augen wandern von seinem Handy in der Hand zu den gefühlt drei Meter hohen mächtigen Flügeltüren. Ich folge stirnrunzelnd seinem Blick und glaube zu träumen. Am Haupteingang entdecke ich Jones und Zydrunas. Beide schauen sich in alle Richtungen um, tragen schwarze Anzüge und scheinen nach etwas zu suchen. Oder eher nach jemandem. Ohne Kęstas ein Zeichen geben zu müssen, ziehe ich meine Finger aus seinen und folge Arūnas unauffällig, der sich in ihre Richtung bewegt.

»Was wollen sie hier?«, frage ich ihn im Gehen und kann kaum mit ihm Schritt halten.

»Werden wir gleich sehen«, antwortet er aufgebracht.

»Bleib ruhig und mach keinen Blödsinn«, warne ich ihn, da es aussieht, als würde er beide jeden Moment kommentarlos an den Armen packen und sie vor die Tür schleifen, um sich einen Kampf zu liefern.

Als uns Zydrunas und Jones sehen, bleiben sie stehen. Arūnas rauscht wie ein ICE zwischen den beiden durch und zischt die Worte »Folgt mir!«, die ich beinahe nicht verstanden hätte. Am liebsten würde ich einen Blick in Kęstas' Richtung werfen, aber entscheide mich dagegen, sondern folge Arūnas und den anderen nach draußen.

Kaum befinden wir uns an der frischen Luft, biegen die drei um die Ecke des Gerichtsgebäudes und sind dahinter verschwunden. Ich hebe mein Kleid an, um die vielen Stufen zu überwinden und ihnen nachzugehen.

Als ich ebenfalls um die Ecke biege, versperrt mir Nojus mit mies gelaunter Mimik den Weg. »Hallo, Moira. Schön siehst du aus.«

»Was wollt ihr hier?«, frage ich ihn.

»Wir tun dir nichts, du hast mein Wort. Tjark möchte bloß eine kurze Unterhaltung mit seinem Freund führen.« Nojus nickt zu einer parkenden Mercedes-Limousine, zu der Arūnas Jones und Zydrunas gefolgt ist. *Er steigt doch nicht wirklich in den Wagen?*

»Wieso jetzt?«

»Weil wir ihn nicht erreichen. Per Zufall haben wir herausgefunden, dass er heute hier aufkreuzen wird. Okay, es war kein Zufall. Zydrunas hat Arūnas' Handy gehackt. Wie geht es dir?«

Nojus stützt sich mit der rechten Hand an der Hausfassade ab, während er sich mit einem interessierten Gesichtsausdruck zu mir herabbeugt. Jedoch ist seine Frage nach meinem Befinden nicht ernst gemeint.

Auf Zehenspitzen schaue ich an ihm vorbei. »Gut.«

»Mach dir keine Sorgen, wir kidnappen ihn schon nicht. Aber du musst verstehen, dass …«

»Was soll ich verstehen, Nojus, dass ihr vorhattet, mich umzubringen?«, schleudere ich ihm an den Kopf. »Dass du mitgemacht hast, hat Arūnas am meisten enttäuscht.«

»Mich hat auch so einiges enttäuscht, nachdem ich erfahren musste, wem ich die gesamte Zeit geholfen habe!« Plötzlich ist er nicht mehr der smarte Entertainer, sondern zeigt seine wahre schwarze Seele.

»Und deswegen hast du zugestimmt, mich von fünf Männern töten zu lassen?« Ich verpasse ihm einen Stoß gegen die rechte Schulter, doch er bleibt unbeeindruckt stehen und schnaubt herablassend.

»Getötet werden solltest du nicht. Du solltest dich bloß von Arūnas fernhalten. Ich wollte es auch nicht wahrhaben, dass sich hinter einer so unschuldigen Fassade solch ein mörderisches Monster verbirgt. Alle Achtung, du hast sogar mich aufs Kreuz gelegt. Wir haben uns den Arsch für dich aufgerissen, um dich in Riga zu finden.« Mit jedem Wort kommt er mir mit seinem Gesicht näher, sodass mir sein warmer, nach Pfefferminz riechender Atem ins Gesicht bläst. »Dabei warst du nie in Gefahr.«

»Falsch«, höre ich hinter mir Kęstas' Stimme. »Sie wusste in dem Moment nichts von ihrer Vergangenheit. Sie hat sehr wohl angenommen, sich in Lebensgefahr zu befinden.«

Nojus hebt sein Gesicht, während warme Hände sich um meine nackten Schultern legen. »Wir gehen wieder rein.«

»Und das sollen wir euch abkaufen?« Feindselig blickt Nojus von mir zu Kęstas, der mich von ihm wegzieht.

»Glaub es oder glaub es nicht, es interessiert mich nicht!«, spricht Kęstas mit meiner Meinung nach zu viel Verachtung.

Vor mir verfolge ich, wie Arūnas zusammen mit Tjark aus dem Wagen steigt. Für mich sieht es aus, als würde Tjark seinen Freund nicht einfach so gehen lassen. Sie unterhalten sich weiterhin, auch wenn Arūnas verärgert sein Jackett auszieht und über die Schulter wirft. Er gestikuliert aufgeregt, ohne dass ich auch bloß ein Wort verstehe.

»Nojus«, spreche ich eindringlich zu ihm und löse mich aus Kęstas' Griffen. »Es war so. Ihr würdet alles bloß schlimmer machen, wenn ihr weiterhin Informationen an die Polizei weitergebt. Ja, ich habe vor sieben Jahren drei eurer Leute erschossen, aber nur, weil ich einen Pädophilen aufgesucht habe, der unerwartet von euren Leuten Besuch bekam. Als sie mich entdeckt und zuerst auf mich geschossen haben, hatte ich keine andere Wahl. Danach bin ich auf der Flucht von einem Balkon abgerutscht. Sie hätten mich erschossen, wenn Nachbarn nicht die Polizei informiert hätten. Seitdem habe ich jegliche Erinnerung an die Zeit und die Jahre davor verloren.«

Keine Ahnung, ob es etwas bringt, ihn davon zu überzeugen, dass ich die Wahrheit sage. Allerdings regt sich etwas in seinem starren Blick, als er meine Worte hört.

»Und gibt es dafür Beweise?«

»Fragt Rimpel selbst! Oder fragt die Anwohner. Dürfte ja kein Problem für euch sein«, übernimmt Kęstas das Wort, bevor er mich zum Gehen bewegt.

Mit einem verärgerten Gesichtsausdruck tritt Arūnas auf uns zu. Wenn wir Pech haben, wurden wir gesehen. Es ist genau die Situation eingetreten, die wir unbedingt vermeiden wollten.

»Es ist alles geklärt worden«, murrt Arūnas und geht an uns vorüber. Nojus starrt ihm hinterher und wendet sich danach zu der Limousine um.

»Einen Moment!«, ruft Nojus. Ich drehe mich neben Kęstas mit einem eindringlichen Blick zu ihm um. »Wenn es stimmt, was du sagst, finden wir es heraus.«

Dankbar, diese Worte zu hören, da er wirklich an der Wahrheit interessiert ist, nicke ich mit einem schwachen Lächeln.

Sobald wir uns in Sichtweite des Eingangs befinden, lasse ich mich zurückfallen, damit Kęstas und ich nicht zusammen gesehen werden. Zugleich spüre ich neben dem leichten Rauschzustand, wie das Pochen in meinen Rippen stärker wird. Ich sollte wieder eine Tablette nehmen, bevor ich mich nicht mehr aufrecht halten kann. Vor den Stufen des Gerichtsgebäudes angekommen, öffne ich meine Clutch und suche nach den Filmtabletten. Als ich eine aus dem Blister drücke, fällt sie aus meinen Händen und direkt auf den gesalzenen Gehweg. *Shit! Zum Glück habe ich noch eine.*

Ich drücke sie heraus und bewege mich zum Hauptgebäude, da ich mittlerweile komplett durchgefroren bin und etwas zu trinken brauche. Am Eingang angekommen wartet Arūnas auf mich, der sofort meine bibbernden Lippen sieht.

»Es ist besser, wenn wir zurückfahren.«

»Ist das abgesprochen?«, erkundige ich mich bei ihm und halte nach Kęstas Ausschau. Er ist nirgendwo zu sehen.

»Ja. Und wenn ich ehrlich bin, hat es mir vorhin gereicht.«

»Und ich dachte, wir tanzen noch eine Runde«, scherze ich und bremse eine Sekunde später den Kellner aus, der ein neues Tablett mit Champagnergläsern in den Saal tragen will.

»Sekunde«, halte ich ihn auf, greife nach einem Glas und schiebe die Tablette in den Mund, was Arūnas nicht entgeht.

»Du solltest nicht so viele nehmen.«

»Und du solltest mich zum Tanz auffordern, wenn du später noch das Metall aus mir entfernen willst«, antworte ich verwegen, leere das Glas in einem Zug und streiche im Vorbeigehen über seinen Oberarm. *Holla die Waldfee.* Ich hätte doch Wasser wählen sollen. Denn der Champagner schießt sofort in mein Hirn. Hätte ich bloß das Lammkotelett nicht zur Hälfte wieder zurückgehen lassen.

Im Hauptsaal angekommen, halte ich auf das Buffet mit dem einladenden, verzierten Dessert- und Snackangebot zu. Es gibt immer Gäste, die eine Stunde, nachdem sie gegessen haben, wieder Hunger haben. So wie ich.

Als ich kurzzeitig von der Auswahl etwas überfordert bin, entscheide ich mich für die Mascarponecreme mit Himbeeren. Mit dem Glas in der Hand drehe ich mich zur Tanzfläche um und entdecke Kęstas mit der blonden Frau. Er flirtet mit ihr, während er mit ihr tanzt. Er ist ein brillanter Tänzer, auch wenn er es hasst. Doch insgeheim weiß ich, das verwegene Lächeln, das er ihr zuwirft, gilt mir.

Ich schiebe einen Löffel in meinen Mund. Die Creme zerschmilzt auf meiner Zunge.

Seine Lippen bewegen sich nur für mich. Diesen Augenaufschlag und das nonchalante Lächeln schenkt er nicht ihr, sondern mir. Mir allein.

Wieder hebe ich eine Portion in meinen Mund, als Arūnas an meine Seite tritt.

»Ich bin ein echt miserabler Tänzer, aber wenn du weiterhin darauf bestehst, dann lass uns tanzen und die Juristen so richtig aufmischen.« Mit dem Daumen wischt er mir die Cremereste von den Lippen und leckt sie genüsslich ab.

Ich stelle das Glas beiseite, während ich kichern muss. »Und wie wir es ihnen zeigen werden.« Als er mir seine Hand anbietet, lege ich meine Hand in seine. Er führt mich zur Tanzfläche, als im selben Moment das Streichorchester ein neues Lied spielt.

Tief durchatmend umfasst Arūnas meine Hand und legt seinen Arm um meine Taille. Ich korrigiere seine Haltung und rücke die Hand auf meine Hüfte. »So ist es richtig.«

»Wirklich?«, hakt er mit diesem lüsternen Blick interessiert nach.

»Ja, wirklich.« Mit einem Ruck zieht er mich zu sich, was mich leise keuchen lässt.

»Sorry, ich wollte …«

»Geht schon. Dann zeig mal deinen Foxtrott«, necke ich ihn.

»Ich dachte, wir tanzen Salsa?«

Eine Frau, die unsere Unterhaltung verfolgt hat, reckt ihren Kopf zu uns. »Das ist ein Wiener Walzer.«

»Jetzt bin ich verwirrt.« Arūnas verwirrt zu erleben, lässt ihn unglaublich niedlich aussehen. Seien wir ehrlich, er beherrscht weder einen Foxtrott noch die Schrittfolge eines Salsas.

»Na fein, dann zeig ich es dir. Lass dich von mir führen.«

»Nur, wenn ich dich später im Bett führen darf.«

»Du bittest um Erlaubnis?« Frech blinzele ich ihm entgegen, bevor ich den Wiener Walzer beginne. Alles andere als im Einklang holpern und wanken wir in vollkommen unharmonischem Rhythmus über die Tanzfläche. Für andere mag es eine Katastrophe sein, doch ich komme aus dem Kichern nicht mehr heraus.

»Mach dich mal locker und überlass mir die Führung, Killerboy.«

»Hast du das wirklich gerade zu mir gesagt?«, hakt er perplex nach. »Den Spruch wende ich bei verklemmten Frauen an, wenn ich –«. Ich halte ihm den Mund zu, bevor andere ebenfalls eingeweiht werden, was er verklemmten Frauen früher gesagt hat, bevor er sie vögelte.

»Also noch mal. Schritt nach hinten, dann zur Seite, Fuß ranziehen und Schritt nach vorn …« Er schaut auf die Füße und tritt mir volle Möhre auf den Jimmy-Choo-Schuh, sodass ich einen bestialischen Fluch unterdrücken muss. Aus den Augenwinkeln sehe ich Kęstas neben seinen anderen Kollegen, deren Aufmerksamkeit wir geweckt haben, lachen. *Ja, lach nur, ich gebe nicht auf. Am Ende des Liedes wird es Arūnas hinbekommen. Da bin ich mir sicher.*

»Das wird nichts mehr heute«, murmelt er angefressen und wirft er das Handtuch.

»O doch. Mach immer weiter und schau mir tief in die Augen.« Instinktiv wandert sein Blick zu meinem Dekolleté. Ich räuspere mich. »Die anderen Augen.«

Nachdem wir ein paar halbwegs vernünftige Schritte gemeinsam über die Tanzfläche zurückgelegt haben und dabei niemand zu Schaden gekommen ist, tritt er auf mein Kleid. Mit einem Keuchen klammere ich mich an ihm fest, um nicht umzukippen.

»Ich frage mich wirklich, mit wie vielen von den hundertfünfzig Nummern du getanzt hast?«

»Kann ich dir schnell beantworten. Mit keiner. Ich weiß, wo meine Stärken liegen, und Tanzen gehört nicht dazu.«

Um nicht länger sein männliches Ego zu ramponieren, erlöse ich ihn. Hinter uns läuft Kęstas vorbei und hustet »Katastrophal«. Ja, ja, ich weiß selbst, dass er es um Welten besser kann. Dafür hat Arūnas andere Qualitäten, und irgendwie macht ihn das für mich noch sympathischer, dass er nicht in allem perfekt ist.

Nach einigen Minuten sitze ich in meinem warmen Mantel eingekuschelt auf dem Beifahrersitz und hänge meinen benebelten Gedanken nach. Arūnas hat bis auf ein Glas Champagner keinen Schluck Alkohol getrunken. Entweder hat er sich zusammengerissen oder er scheint sein Laster abgelegt zu haben. Dafür habe ich mehr als sonst getankt. Viel zu viel, sodass ich leise hicksen muss.

In der Tiefgarage des Industriegebäudes angekommen, öffne ich flatternd die Augen, als sich Lippen sanft auf meine legen. »Hey, wach auf.«

Gott, ich muss eingenickt sein. Arūnas hilft mir aus dem Auto, bevor er mich auf seine Arme hebt und mit dem Ellenbogen die Tür schließt.

»Ich kann … allein gehen.«

»Du siehst ziemlich erschöpft aus. Eigentlich sollten wir schon vor einer Stunde zurück sein.«

»Machst du dir etwa Sorgen um mich?«, bringe ich schläfrig über die Lippen.

»Die mache ich mir ständig.«

»Das ist echt niedlich«, gebe ich angetrunken von mir und verpasse ihm einen leichten Klaps auf die Wange. Als würde ich kaum etwas wiegen, trägt er mich durch die finsteren Korridore des Gebäudes. Die Deckenstrahler springen an, als sie unsere Bewegungen bemerken. Das grelle Licht ziept höllisch in meinen Augen.

»Weißt du, wo wir hinmüssen?«, frage ich ihn. »Das hier ist das reinste Labyrinth. Dikar hat gesagt, hier wären Leute verschwunden. Falls wir über Leichen oder Skelette stolpern, nicht wundern.«

»Ich weiß ganz genau, wo wir hinmüssen. Ich habe mir jede Abbiegung gemerkt.«

»Beachtlich. Darin bin ich nicht gut. Ich würde sicher im Keller in einer Sackgasse landen oder durch eine Tür, die ins Freie führt, in die Tiefe stürzen.«

»Wäre ja nichts Neues bei dir.«

Was hat er gesagt? »Mach dich nicht über mich lustig.«

Trotzdem höre ich ihn lachen, als ich mich an seine warme Brust schmiege.

Wenn wir uns verirren, dann bin ich nicht allein. Ich verlasse mich einfach auf seine Instinkte. Und zur Not wird uns Kęstas finden, wenn wir uns in die Folterkammer verlaufen haben. Ich öffne die Augen erst wieder, als mich Arūnas langsam auf etwas Weichem ablegt. Warmes gedimmtes Licht durchflutet den Raum. Es ist Kęstas' Schlafzimmer.

WÜRDEST DU MIT ZWEI MÄNNERN GLEICHZEITIG SCHLAFEN?

NUR IN BÜCHERN.

JA, HABE ICH SCHON ODER MÖCHTE ICH AUSPROBIEREN.

KAPITEL 15
MOIRA

Mit einem leisen Stöhnen richte ich mich auf dem Bett auf. Kaum dass ich wackelig zum Stehen komme, fällt mein Blick auf die große Wanduhr im Nebenraum. Es ist kurz nach ein Uhr nachts.

Hände gleiten über die dünnen Träger des goldenen Kleides über meine Arme hinab. Zugleich wandern Küsse begleitet von einem hauchzarten kitzelnden Atem meinen Nacken entlang.

Da das Kleid einen tiefen v-förmigen Ausschnitt besitzt und an den Seiten leicht zugänglich ist, schieben sich Finger unter den dünnen funkelnden Stoff zu meinen Brüsten.

Obwohl mein Verstand einen Moment braucht, um wieder munter zu werden, genieße ich jede Berührung von ihm. Wie er meine Brustwarzen spielerisch zwirbelt, sodass sie sich versteifen, fühlt sich unglaublich gut an. Er entfacht damit sofort einen Impuls in meinem Becken.

»Du bist so atemberaubend schön«, raunt mir Arūnas ins Ohr. Ich schmunzele zart, bevor ich mich zu ihm umdrehe und meine Schuhe ausziehe. Achtlos schiebe ich sie mit dem Fuß ans Bettende, hebe mich anschließend an ihm hoch und schaue in seine graublauen Augen, in denen sich ein goldener Schimmer widerspiegelt.

»Du siehst ebenfalls wundervoll in dem Anzug aus, wobei ich dich auch unheimlich sexy und verwegen in deiner grauen Sweatjacke, mit der schwarzen Lederjacke darüber und dunklen Hosen liebe.« Mich zieht es jedes Mal magisch an, wenn er diese Kombi trägt.

Bedächtig streiche ich mit den Fingern eine sandfarbene Strähne aus seiner Stirn, bevor ich meine Lippen befeuchte und ihn küsse. Neckend und zugleich zärtlich verschmelzen unsere Lippen. Ich öffne meinen Mund, um mit meiner Zunge seine zu suchen. In dem Moment öffnet hinter mir jemand den Reißverschluss meines Kleides. Ohne mich umdrehen zu müssen, da Arūnas an mir vorbeiblickt, weiß ich, ist Kęstas hier.

»Küss ihn weiter«, raunt mir Kęstas ins Ohr.

Überrascht, dass er hier ist, beiße ich auf die Unterlippe und folge seiner Anweisung. Ich umfasse Arūnas' Gesicht und küsse ihn hungrig. Zugleich schiebt sich eine kühle, ringbesetzte Hand unter den geöffneten Stoff und gleitet über meinen Bauch zu meinem Venushügel. Bloß hauchzart fahren seine Finger über meine Schamlippen, während ich mit Arūnas' Lippen verschmelze und ihm das Jackett ausziehe.

Als ich jeden Knopf seines Hemdes geöffnet habe und mir vorstelle, gleich mit beiden Männern zu schlafen, beschleunigt sich mein Puls. Ich bin wirklich gespannt, ob beide zusammen harmonieren oder es in einem Blutbad endet.

Kaum dass ich Arūnas' nackte Brust unter meinen Fingerspitzen ertaste, werden meine Arme zurückgezogen und die Träger meines Kleides rutschen von meinen Schultern. Komplett nackt zwischen beiden Männern stehend, dreht mich Kęstas zu sich.

»Hey, Darling«, begrüße ich ihn und kann in seinen dunklen vereinnahmenden Iriden, die mich immer wieder aufs Neue in den Bann ziehen, die gleiche aufgeladene Anspannung entdecken, wie ich sie den gesamten Abend gespürt habe. Gierig schlinge ich meinen rechten Arm um seinen Nacken und küsse ihn. Er stöhnt rau vor meinen Lippen, umfasst mein Kinn und gleitet mit der anderen Hand über meine Brüste tiefer zu meinem flachen Bauch.

»Ich hoffe, du hast dich gut mit Arūnas amüsiert?«

»Sehr gut«, antworte ich ihm ehrlich. »Du dich auch mit der Verteidigerin?«

»Nicht im Geringsten.« Sein Blick fällt auf meine Lippen, bevor er zu Arūnas schaut und ihm ein Zeichen gibt. Wieso? War etwas abgesprochen, von dem ich nichts weiß? Verblüfft drehe ich mich zu Arūnas um, als Kęstas mich im selben Moment zu einer Samtbank führt. Er nimmt auf ihr Platz, umfasst meinen Hals mit einem lockeren Griff und drückt mich bestimmend mit der anderen Hand zwischen seine Beine auf die Knie.

»Im Übrigen ist Arūnas ein lausiger Tänzer. Eure Nummer auf der Tanzfläche war ja mehr als gewöhnungsbedürftig.«

Ich lache amüsiert, als ich seine Worte höre und er sein Jackett loswird. Anschließend befreie ich ihn von seinem Hemd.

»Dafür habe ich andere Qualitäten.«

Allerdings. Mit beiden Händen umfasst Arūnas mein Becken, damit ich mich auf allen vieren bewege. Ich halte mich an Kęstas' tätowierten starken Schultern fest, nachdem er sein Hemd abgestreift hat, und forsche in seinem Blick. Er will es wirklich. Mich wirklich mit Arūnas teilen.

Als er meine rechte Brust massiert und wir nur Blicke austauschen, gleiten Finger durch meine Spalte. An meiner rechten Brust zieht mich Kęstas bestimmend näher zu sich, greift in mein Haar und küsst mich verdorben hungrig. Dabei dominiert er den kompletten Kuss. Seine Zunge dringt hart in meinen Mund ein, bevor er gierig in meine Unterlippe beißt, sodass ich Blut schmecke.

Der leichte Druck, den er um meine Brust ausübt, lässt mich wimmern, aber erregt mich noch mehr. Mit den Fingerkuppen fahre ich besitzergreifend über seine tätowierten Runen und Dämonen, öffne seine Gürtelschnalle und will ihn einfach bloß schmecken.

Kaum dass ich seine Hose geöffnet habe, ertaste ich unter seinen Shorts seine harte Beule – und fuck, augenblicklich erinnert es mich an den Moment im Keller. Als er mich auf die Knie zwang und mich mit meiner Hand seine Erregung spüren ließ.

Sein Schwanz wird immer mir gehören. Immer. Er hält mein Haar fest, sodass er meine Frisur zerstört, und holt, bevor ich es kann, seinen Schwanz hervor.

»Worauf wartest du, Arūnas?«, fragt er ihn mit einem durchtriebenen Blick. »Vögel sie. Du kannst gern auch bloß zusehen.«

»Vergiss es«, erwidert er. Ich nehme Kęstas' Schwanz zwischen meinen Lippen auf, während ich Arūnas meinen Arsch hinhalte. Das verlockende Angebot lässt er sich nicht entgehen. Er ist bereits den gesamten Abend scharf darauf, mich anal zu vögeln. Langsam, dafür intensiv schmiege ich meine Lippen um Kęstas' überdurchschnittlich großen Phallus, halte seinen Schwanzansatz umfasst und nehme ihn komplett in den Mund auf. Ein kehliges Atmen geht von ihm aus. »Sehr gut, Darling. Noch tiefer.«

Ich lasse seine Härte ein Stück weiter in meinen Rachen stoßen. Dabei legt sich sein herber männlicher Geschmack auf meine Zunge, der mich noch mehr erregt.

Hinter mir streicht Arūnas über meine Pobacken, bevor seine Finger durch meine Spalte gleiten und er spüren dürfte, dass ich fast vor Verlangen auslaufe.

Gott, ich kann es kaum erwarten, bis er in mich eindringt, während ich Kęstas' Schwanz blase.

Arūnas lässt wirklich nicht lange auf sich warten. Nur wenige Sekunden später, als ich keuchend und stöhnend Kęstas' Härte schneller und fester blase, spüre ich Arūnas' Schwanzspitze vor meiner Pussyöffnung. Ich kralle die Nägel meiner linken Hand in Kęstas' Unterarm, während er mir noch die Führung überlässt. Noch. Wie ich ihn kenne, ist es nur eine nette Geste von ihm, um mich nicht sofort zu überfordern. Immer wieder schaue ich zu ihm auf und entdecke das geheimnisvolle Funkeln in seinen dunklen Augen. Dabei denke ich an Philippa, die er bei dem Blowjob im Bad beinahe komplett zerstört hat. Die fast an seinem Schwanz erstickt wäre.

Anfängerin – denke ich lachend in Gedanken und hinterlasse schmerzhafte Kratzer auf Kęstas' Unterarm, als Arūnas mit einem unerwartet tiefen Stoß in mich eindringt. Ich lockere meine Lippen um Kęstas' Schwanz, was ihm nicht entgeht, und halte kurz inne.

»Fuck!«, keuche ich, um das berauschende Kitzeln, das mein Rückgrat hinabjagt, zu genießen. Neben dem Plug fühlt sich alles noch sensibler an.

»Ich liebe deine enge Pussy«, höre ich Arūnas, bevor er meine Perle mit seinen Fingern massiert und mich danach mit weiteren Stößen nimmt. Und die haben es echt in sich.

»Sieht besser aus als das, was du auf der Tanzfläche abgeliefert hast«, macht Kęstas ihm das Kompliment.

»Vielen Dank, du solltest aufpassen, dass sie dich nicht komplett ausblendet. Das kommt hin und wieder vor, wenn ich eine Frau vögele.« *Was ein Spinner.*

In Kęstas' Augen blitzt ein gefährlicher und zugleich beeindruckter Funke auf, bevor er zu mir herabblickt. »Du sagst mir sofort, wenn dir die Rippen Probleme machen.«

»Machen sie mir gerade nicht.« Ich mag es, wenn er mich immer mit wachsamen Augen im Blick behält.

»Sehr gut.« Und genau das war der Startschuss. Er greift in meinen Nacken, um mich nun zu dirigieren. Ich halte weiterhin seine Härte mit der rechten Hand umfasst, bevor ich seinen Schwanz wieder in meinen Mund nehme. Und dieses Mal blase ich ihn schneller, roher und lasse mich von ihm führen, so wie er es braucht. Mit noch mehr Druck bilde ich ein Vakuum in meinem Mund, um ihn komplett um den Verstand zu bringen. Dabei muss ich aufpassen, dass mich Arūnas mit seinen immer schneller werdenden Stößen nicht zuerst von der Klippe katapultiert. Denn, Gott, er legt es wirklich darauf an, dass ich vor Kęstas komme.

Mit zwei feuchten Fingerkuppen übt er mehr Druck auf meine Klit aus, während er mich fickt. Das Zusammenspiel aus seinem Schwanz in mir, dem Plug und Kęstas' Härte in meinem Mund entfesselt immer mehr eine unbändige Hitze in meinem Becken. Meine Beine zittern. Ich stöhne, während ich Kęstas' Schwanz blase, und kneife die Augen zusammen.

»Fuck, Gott!«, stoße ich hervor und klammere mich an Kęstas' Unterarm fest, als meine Klit pulsiert, meine Scheidenwände sich zusammenziehen und ich laut und ekstatisch komme.

»Wirklich beeindruckend. Trotzdem ist ihr Kopf noch nicht frei.« Wie auch? Ich habe jeden Moment die Befürchtung, dass sich beide die Kehle aufschlitzen könnten, und bin das Mittelstück, das das verhindern wird.

»Keine Sorge, das wird sich gleich ändern.« Arūnas zieht sich plötzlich aus mir zurück, während mir Kęstas ein durchtriebenes Lächeln schenkt.

»Wir werden sehen. Worauf wartest du, mein Darling? Blas ihn weiter.«

Ich gebe ein wildes Knurren von mir, um danach tief Luft zu holen und seinen Schwanz angemessen zu blasen. Hände streicheln über meinen Rücken, schieben anschließend meine Pobacken auseinander und meine Hüfte näher zu Arūnas. Er leckt mit der Zunge durch meine Pussy, was mich keuchen lässt. Immer wieder streift er mit seiner rauen Zungenspitze meine geschwollene empfindliche Klit, die auf seine Berührungen reagiert. Er nimmt sich alles. Mit den Fingern schiebt er meine Schamlippen weiter auseinander, dringt mit seiner Zunge in mich ein und sagt: »Dieser Geschmack …«

»Wie eine Droge, nicht wahr?«, stimmt ihm Kęstas zu, der mich weiterhin dirigiert. Je fester ich meine Lippen um seinen Schwanz schließe und je mehr er mitverfolgt, was Arūnas mit mir macht, desto härter wird er. Ich spüre bis in jede Faser meines Körpers, dass er nicht mehr lange braucht. Während ich den Blowjob fortsetze, meine Ohrringe aufgeregt hin und her schaukeln und ich Arūnas' Zunge in mir spüre, kam ich mir lange nicht mehr so begehrt vor.

Die beiden bringen mich um den Verstand. Das letzte bisschen Zweifel verblasst in dem Augenblick, als Arūnas den Plug aus mir nimmt, mit etwas wie Gel seine Finger in meinen Anus schiebt und mich dehnt. Es fühlt sich übermächtig an. Mein kompletter Körper steht zittrig unter Strom. Ich kann kaum mehr einen klaren Gedanken fassen und winde mich stöhnend und wimmernd vor Arūnas, als ich seine pralle Schwanzspitze vor meinem Anus spüre. Langsam dringt er in meinen Arsch ein.

»So ists gut, Moira.« Er massiert meine Pobacke, während er Stück für Stück Besitz von mir ergreift. Das Gefühl, so ausgefüllt zu werden und beiden Männern zugleich so hoffnungslos ausgeliefert zu sein, verschafft mir einen unermesslichen Kick wie eine Droge.

»Tja, jetzt stehst du vor dem Problem«, keucht Kęstas, hebt meinen Kopf zu sich und schaut mit diesem sexgeilen Blick von meinem Mund zu seinem Schwanz, den ich lutsche. »Dass du erst befreit wirst, wenn du den Blowjob beendet hast oder Arūnas vor dir fertig ist.«

Arūnas lacht hinter mir und nimmt mich mit zuerst langsamen, verdammt intensiven Stößen. Immer wieder zieht er seine Härte aus mir und schiebt meine Pobacken auseinander, um genau zu sehen, wo er in mich eindringt. »Dieser Arsch«, stöhnt er.

»Geil, oder?«, fragt Kęstas, da ich weiß, wie er es liebt, wenn er meinen gedehnten Anus betrachtet.

»Ich wusste, ihr würdet perfekt harmonieren, um mich in den Wahnsinn zu treiben«, antworte ich Kęstas, als ich seine Härte freigebe. Er grinst süffisant. Ich vergeude keine Zeit, lecke seinen prallen Schaft entlang, umkreise seine Eichel und massiere seine Hoden. Das wird mir helfen, um ihn noch schneller zum Höhepunkt zu bringen. Mit einem verdorbenen Blick zu seinem Gesicht nehme ich seine Hoden in den Mund und massiere seinen Schwanz weiter. Danach setze ich den Blowjob fort, und das so fest und schnell, dass ich unerwartet früh sein Knurren höre.

»Du bläst einfach von allen …«, knurrt er angespannt, schaut mir mit diesem gequält geilen Blick entgegen und zeigt mir seine perfekt geraden Zähne. »Am besten.«

»Dem kann ich nur zustimmen, obwohl sich ihr Arsch auch hammermäßig fickt.« Diese Verräter.

Als ich mein Tempo nicht stoppe, Kęstas' Hoden fester massiere, pulsiert sein Schwanz, und ich habe ihn endlich dort, wo ich ihn haben wollte. Er kommt mit einem kehligen Stöhnen, hält meinen Hinterkopf umfasst und sorgt dafür, dass ich sein Sperma auch komplett schlucke. Warm und unvergleichlich nach ihm schmeckend schlucke ich seinen Saft und lecke seinen Schwanz mit einem selbstzufriedenen Augenaufschlag entlang.

»Freu dich nicht zu früh.« Kęstas schnippt mit den Fingern und schon im nächsten Moment umfasst Arūnas meine Schulter und drückt mich mit dem Oberkörper auf den weichen Teppich. Kęstas erhebt sich, schnappt sich meine Handgelenke und bindet sie mit einem Seil auf meinen Rücken. Und gleich darauf nimmt mich Arūnas noch härter. »Verdammt, ihr wollt mich morgen früh sicher nicht in einem Rollstuhl zum Polizeirevier –«.

»Zur Not liefern wir dich auch verschnürt als Paket ab, falls du nicht mehr laufen kannst.« Arūnas lacht und im nächsten Moment verdunkelt sich mein Sichtfeld.

»Das wird ihr helfen, ihren Verstand abzuschalten«, erklärt Kęstas. »Bedien dich ruhig. Ich hol uns einen Drink.«

»Dein Ernst?«, protestiere ich und will mich aufrichten, was mit den gefesselten Handgelenken natürlich nicht funktioniert. Schritte entfernen sich von uns, als Arūnas weitermacht und ich gleich darauf etwas Vibrierendes an meiner Klit spüre.

»Tue es nicht«, flehe ich ihn an.

»Ich muss sagen …« Zweimal stößt er keuchend in mich. »Mit ihm ist es doch unterhaltsamer als gedacht. Zuerst dachte ich, er würde mich nur zusehen lassen.«

»Freut mich, wenn es dir gefällt«, antworte ich sarkastisch.

»Am meisten gefällt mir dein runder Arsch. Du solltest sehen, wie geil du aussiehst.«

Gerade spüre ich nur das Vibrieren, das meinen Atem beschleunigt und die Hitze ankurbelt. Ehe ich etwas Feuchtes über meinen Rücken laufen spüre und Zähne in meine Schultern beißen, gebe ich einen wilden Laut von mir. Denn mit jeder Sekunde regiert mich der sich anbahnende Orgasmus mehr. Ich bette den Kopf auf die Wange, als ich die Augen unter der Binde zusammenkneife und wimmere.

»Lass dich einfach fallen.« Kęstas schiebt mit Whisky getränkte Finger in meinen Mund, an denen ich sauge, bevor ich eine halsbrecherische dunkle Klippe hinabgestoßen werde. Mein Herz rast, als hätte ich einen Sprint zurückgelegt. Meine Haut kribbelt, als hätte ich einen Stromzaun berührt, und mein Atem geht abgehackt, als würde mir die Kehle zugeschnürt werden. Ich befreie mich von Kęstas' Fingern und schreie wimmernd und komplett losgelöst. »Gott, hört nicht auf.«

»Ich denke, jetzt ist sie so weit«, sagt Arūnas, zieht sich aus mir zurück und lässt mich bebend dem Orgasmus ausgeliefert mit dem Vibrator zurück. Jeder Muskel ist angespannt, meine Brustwarzen prickeln und meine Zähne vergraben sich in Kęstas' Arm. Er zieht ihn nicht zurück, sondern streichelt mir über das Haar.

»Das sehe ich genauso. Du machst das perfekt, mein Darling. Hier, der ist für dich.« Anscheinend reicht Kęstas Arūnas einen Drink.

Ehe ich ihre Worte in meinem berauschten Verstand, in dem ein Schalter komplett auf Autopilot umgeknipst wurde, verarbeiten kann, heben mich Hände in den Stand. Es sind Kęstas' Hände. Lippen streifen feucht, begleitet von einer alkoholischen Note, meinen Nacken. Finger graben sich besitzergreifend in meine Pobacken. Zungen lecken über meinen Hals, meine Brüste, meine Beininnenseiten. Ich werde von einem Mann zum nächsten gedreht und verliere komplett die Orientierung.

»Küss ihn«, fordert mich Arūnas auf und im nächsten Moment werde ich von Kęstas' Duft und seiner Zunge geleitet. Kaum dass ich mich von Kęstas' Mund trenne, küsse ich Arūnas, der Wechsel törnt mich unglaublich an. Sobald ich einen Schritt versehentlich zur Seite wanke, fangen sie mich auf.

Ihnen gehört alles von mir. Nichts bleibt ihnen verborgen.

Mit einem Satz werde ich an Kęstas hochgehoben. Ich spüre, wie starke Hände mich nach vorn mit sich ziehen, danach, wie ein Schwanz in meine Pussy eindringt. Anschließend …

»Scheiße … ihr …«

Ein Mund verhindert, dass ich spreche. Zähne beißen in meinen Hals, Lippen saugen an meiner Unterlippe, dann spüre ich, wie ein zweiter Schwanz in meine Pussy eindringt und ich glaube … glaube … glaube, zu ertrinken.

Eine doppelte … Ehe mein Verstand verarbeiten kann, dass mich zwei Schwänze auf einmal dehnen und sich in mir bewegen, höre ich Arūnas »Fuck, ist das eng« stöhnen.

Mehrere Male stoßen sie wie einstudiert in mich. Ich bringe erstickende Laute hervor. Und dann, als Zähne in meine Brustwarze beißen, einen ekstatischen Schrei über die Lippen. Ich werde morgen ein Wrack sein … Aber … dieses Erlebnis ist …

»Komm für uns … mit uns beiden in dir«, befiehlt mir Kęstas.

Ich schüttele den Kopf, nicht, weil ich Kęstas' Anweisung nicht befolgen will, sondern weil ich glaube, jede Sekunde zu explodieren, wenn ich … wenn ich … Finger bohren sich unnachgiebig in meine Pobacken. Arūnas' Finger … Zusätzlich fickt sein Daumen meinen Anus und … das Gefühl, das meinen Körper regiert, ist so übermächtig, so ausgesprochen verwerflich und verboten süchtig machend, dass meine Knie beinahe nachgeben, als sie sich weiterhin rhythmisch in mir bewegen.

Zittrig und komplett überfordert lasse ich mich bloß noch von der Hitze und dem Adrenalinschub in meinen Adern lenken und werde von dem übermächtigen Orgasmus überrollt. Meine Pussy kontrahiert um beide Schwänze, was ihnen ebenfalls ein tiefes Keuchen entlockt.

So versauten Sex hatte ich Ewigkeiten nicht mehr. Vollkommen erledigt von dem, was sie mit mir machen, und vom Orgasmus bebend lasse ich mich auf Kęstas' warme Brust sinken und von ihm auffangen. Sie erledigen den Rest und nehmen mich weiterhin. Danach zieht sich Arūnas aus meiner Pussy zurück, als der Orgasmus abebbt, und stößt in meinen Anus. Vollkommen willenlos und fügsam lasse ich es zu.

Gott, ich schwöre … ich werde niemals mehr von beiden loskommen. Nie mehr.

KAPITEL 16
ARŪNAS

Wie sie sich fickt, ist einmalig. Ich habe wirklich viel probiert, mit unterschiedlichen Frauen, mehreren Frauen, mehreren Männern, an unterschiedlichen Orten, aber das … das ist selbst für mich eine Premiere, da ich bisher keine doppelte Penetration erlebt habe. *Fuck, das war das beste Gefühl, wie nie zuvor in meiner Sexkarriere.*

Zu gern hätte ich ihren Blick gesehen, als wir uns beide in ihr bewegt haben. Aber es war Kęstas' Vorschlag, sie es vorerst nur spüren zu lassen, damit sie sich komplett fallen lässt. Er kennt Moira wesentlich länger und im Nachhinein gebe ich ihm recht. Sie war während des Blowjobs noch nicht ganz bei der Sache, vermutlich da sie mit einem wilden Abschlachten gerechnet hat.

Ich muss zugeben, Kęstas weiß, wie er mit ihr umgehen muss. Er fordert sie, gibt ihr viel zurück, aber benutzt sie nicht einfach. Ihm steht Moiras Wohlergehen im Vordergrund. Im Prinzip lässt er mich nur ran, weil sie es sich in ihren verdorbensten Fantasien wünscht. Das rechne ich ihm hoch an. Denn ich sehe, was es mit ihr macht. Und ich will noch mehr sehen. Aus dem Grund schiebe ich mit einer fragenden Geste an Kęstas gerichtet und nach seinem knappen Nicken von ihm die Augenbinde von ihrem Gesicht. Ich will sehen, wie sich ihr Gesicht erneut vor Lust verzieht, wenn ich sie anal befriedige. Ich will alles von ihr.

Sie stöhnt weiterhin, als würde sie unter einem Dauerorgasmus stehen. Ihre Pussy läuft weiterhin aus. Kęstas fickt sie mit tiefen harten Stößen, denen ich meine anpasse, damit es sich für Moira perfekt anfühlt. Es geht nicht ums Herumrammeln, sondern darum, es für sie unvergesslich werden zu lassen. Denn so wie es aussieht, werden wir sie eine ganze Weile teilen. Und ich muss sagen, sie mit Magnus zu teilen, gibt selbst mir einen gewissen Kick. Ich greife in ihr Haar und brauche nicht mehr lange, um zu kommen. Ihr Anus ist perfekt gedehnt. Sie lässt mich, ohne sich zu sperren oder verkrampfen, ihren Arsch ficken, wie ich es liebe und brauche. Keine Ahnung, wie lange Kęstas noch benötigt, aber ich will endlich in ihrem runden prallen Arsch kommen, indem ich immer wieder meinen Schwanz in ihr verschwinden sehe.

Mein Schwanz pumpt. Ich beschleunige meine Stöße, als Kęstas stoppt. Wie aufmerksam. Ich vögele sie ohne Pausen weiter, sodass sie wimmernd meinen Namen ruft. Nach knapp einer Minute, in der sie laut stöhnt, was sich wie Musik in meinen Ohren anhört, ziehen sich meine Hoden zusammen, pulsiert mein Schwanz und ergieße ich mich in ihrem warmen weichen Arsch.

»Danke, Baby«, keuche ich angestrengt mit kratzigen Stimmbändern, streichele über ihren prallen Arsch und bedecke ihren Rücken mit Küssen, nachdem ich mich langsam aus ihr zurückgezogen habe. Neben ihr lasse ich mich erschöpft auf das Bett fallen und atme geräuschvoll durch. Dabei hebe ich den Zeige- und Mittelfinger der rechten

Hand zu ihrem Anus und schiebe sie in sie. Ich spüre meinen Saft, den sie noch eine Weile behalten soll, während Kęstas sagt: »Dann kommen wir zum Finale, mein Darling.«

Mir kommt es vor, als würde er Moira absichtlich zwei ziemlich sexgeilen Männern ausliefern, und das nur, um zu testen, ob sie das wirklich in Zukunft will und aushält. Es ist sicher nicht leicht, als Frau zwei Männer, die so potenzstark sind, zu befriedigen. Aber wenn es einer zuzutrauen ist, dann ihr.

Kęstas hebt Moira wie etwas Kostbares von sich, legt sie auf die Seite und kniet sich hinter ihren perfekten Arsch. Etwas flüstert er zu ihr, woraufhin sie lächelt und danach nickt. Er befreit ihre Handgelenke aus dem schwarzen Seil, das er mitgebracht hat, als er den Raum betrat.

Sie hebt ihre Hände zu ihm hoch und streicht über seine durch und durch mit schwarzer Tinte überzogene Haut. Er könnte sogar mit Tjark konkurrieren, der ebenfalls ein halbes Vermögen für seine Körpermalerei ausgegeben hat. Ein dankbarer Zug legt sich um Kęstas' Augen, als er ihre Hand umfasst, ihre Finger küsst und danach hinter ihr kniend in sie eindringt. Die beiden tauschen so viel Innigkeit aus, wie ich sie nie zuvor erlebt habe. Mir kommt es vor, als würden beiden Blicke genügen, um miteinander zu kommunizieren.

Kęstas hält sie seitlich vor sich gerollt an der Hüfte fest und nimmt sich alles von ihr. So lange, bis sie sich bereitwillig auf den Bauch rollt, auf die Knie erhebt und ihm die Worte sagt: »Dir gehört alles, mein Herz, mein Verstand und mein Körper. Genauso wie …« Sie wirft einen Blick in meine Richtung, als ich das Bett umrunde und ihr ins Gesicht schaue. »Arūnas.«

Ein mildes bezauberndes Lächeln bildet sich um ihre funkelnden Augen. Ein Lächeln, das ich schmecken möchte. Ich gehe vor dem Bett in die Hocke, drehe mit zwei Fingern ihr Gesicht zu mir und küsse sie sinnlich. Während unsere Zungen verschmelzen, ich Kęstas' Schwanz in ihrem Mund schmecke, beendet er, was er Moira geschenkt hat. Er fickt sie, während sie mich küsst und in meinen Mund stöhnt. Danach höre ich, wie er zum zweiten Mal zum Orgasmus kommt, und sehe aus den Augenwinkeln, wie er in meine Richtung schaut. Kein Funken von Eifersucht, Raserei, Misstrauen oder Zweifel steht in seinem Blick. Er sieht mich bloß an. Etwa so, wie er Dikar ansieht.

Langsam löse ich mich von Moiras angeschwollenen Lippen, die zuvor Kęstas' Schwanz geblasen haben, und erhebe mich. »Ich werde besser gehen. Du siehst ziemlich erledigt aus, Baby.«

Zärtlich streiche ich eine Haarsträhne aus ihrem Gesicht hinter ihr Ohr.

»Du kannst auch bleiben, wenn du nicht unbedingt in deine Zelle zurückwillst«, schlägt Kęstas vor, nachdem er sich aus Moira, die schnaufend im Bett zusammensinkt, zurückgezogen hat und vom Bett steigt. Erst jetzt betrachte ich ihn genauer. Ich habe ihn wirklich unterschätzt. Unter seinen Anzügen und noblen Hemden steckt doch ein ziemlich durchtrainierter Typ. Sein Körperbau steht meinem in nichts nach.

Er steigt in seine Shorts und verschwindet im Nebenraum.

»Alles okay bei dir, Moira?«

Sie hebt, das Gesicht ins Kissen vergraben, die rechte Hand in die Luft und winkt ab. »Ich lebe noch, aber muss kurz durchatmen. Ihr seid schlimmer, als ich gedacht habe …«

Ich muss über ihre Worte lachen.

»Tja, etwas anderes hast du doch nicht erwartet?«, sagt Kęstas, als er mit drei Gläsern Whisky den Raum betritt. »Du wärst enttäuscht gewesen, wenn es nur halb so gut gewesen wäre.«

Plötzlich dreht sie sich auf den Rücken, bleibt nackt liegen, sodass ich ihren schönen Körper noch eine Weile betrachten kann, und schüttelt den Kopf. »Das mit der doppelten Penetration war selbst für mich neu. Von wem kam die perverse Idee?«

Ich deute auf Kęstas, er auf mich.

»Klasse. Das überlebe ich keine weiteren Jahre mit euch.« Ich denke schon. Denn in ihrem Gesicht kann ich ablesen, wie sie Feuer gefangen hat und weitere genauso fucking intensive Momente auskosten will wie ich.

Ich nehme Kęstas das Glas ab, schwenke es im goldenen Schein der Stehlampe im Nachbarraum. Kęstas stößt mit meinem Glas an, bevor er Moiras an ihre Lippen hält, es ihr aber nicht überlässt. Sie umfasst sein Handgelenk, richtet sich in den Kissen auf und schenkt Kęstas einen zweideutigen Blick, als sie den herben Whisky trinkt.

»Was schaust du so, Moira?«, sagt er. »Ich will nicht neben einer Schnapsleiche schlafen. Du schnarchst wie ein Bär, wenn du betrunken bist.«

Ihr entgleisen die Gesichtszüge, als sie einen Schluck getrunken hat. »Stimmt doch überhaupt nicht. Wenn jemand im Schlaf gefährlich wird, ist es er.« Sie deutet auf mich. »Er klettert nachts auf Hausdächer und legt Wanderungen im Schnee zurück, und das bloß in Unterhose. Ein Wunder, dass sich meine Vermutung mit der Impotenz nicht bestätigt hat«, amüsiert sie sich über mich.

»Es zeigt bloß, wie abgehärtet und auf dich angewiesen ich bin.« Neben ihr nehme ich bloß in Shorts bekleidet auf dem Bett Platz und ziehe sie in meinen Arm.

»Leidest du immer noch unter Schlafstörungen?« Kęstas nimmt am Fußende Platz, leert das Glas mit einem Zug und stellt es auf dem Boden ab.

»Ich habe keine –«.

»Er hatte gewaltige Schlafstörungen und musste sich ans Bett fesseln. Im Poolhaus bist du kein einziges Mal geschlafwandelt.«

»Vielleicht bin ich es ja doch, während du mit Schmerzmitteln vollgestopft halb im Koma lagst.« Unerwartet schlägt sie mir ein Kissen ins Gesicht.

»Ich lag nicht im Koma. Wenn du einen nächtlichen Spaziergang gemacht hättest, hätte ich es bemerkt, Killerboy.«

Ich reiße ihr das Kissen aus der Hand, bevor ich noch meinen Drink über uns verschütte, und werfe es aus dem Bett.

»Dann hast du mich wohl therapiert.«

Nun lächelt sie breit und schmiegt sich an meinen nackten Oberkörper. »Du bist nicht therapierbar und trotzdem für mich perfekt.« Halb nuschelnd, da sie vollkommen erledigt ist und leicht einen im Tee hat, kreisen ihre Finger über meinen Oberkörper und bettet sie ihren Kopf auf meine Brust.

Kęstas gibt mir ein Zeichen, mich nicht zu bewegen, damit sie einschläft. Auch wenn ich mich nicht genug an ihrem schlanken zierlichen Körper sattsehen kann, so entgehen mir die schwach schimmernden Blutergüsse nicht. Sie ist wirklich stark und scheint kaum Schmerzen zu kennen, trotzdem gebe ich Kęstas recht, sie sollte sich ausruhen.

Mit den Fingern streichele ich über ihre zarte samtige Haut und ziehe mit der anderen Hand die Decke über ihre Hüfte.

Für eine kleine Ewigkeit beobachte ich, wie Moira ihre Augen flatternd schließt. Ihre dunklen Wimpern sich auf ihre Wangen senken und sie gleichmäßig atmet.

Kęstas erhebt sich vom Fußende, holt einen Stuhl und zieht ihn neben mir ans Bett.

»Wie war sie während der Befragung der Ermittler?«

»Sie war richtig gut«, antworte ich ihm. »Haben sie dich befragt?«

Kęstas' Blicke verdunkeln sich mit einem geheimnisvollen Funkeln, als er auf Moira blickt. »Nein. Das hätten sie sich nicht getraut, nicht ohne stichfeste Beweise. Und die werden sie nicht bekommen, wenn sich die Vanags zurückhalten. Was wollte Tjark von dir?«

Was wohl? Dass ich zurückkomme, alles überdenke, nicht alles aufs Spiel setze.

Abwartend hebt Kęstas eine Braue. »Sag schon. Von den Vanags geht die ganze Sache aus. Sie liefern der Polizei Informationen. Nicht, dass es mich stören würde, da ich ziemlich lange darauf gewartet habe, verdächtigt zu werden. Mich stört es allerdings, wenn die Vanags als eine der kriminellsten Organisationen Litauens ihre Feinde ohne Skrupel und mit abstrusen Machenschaften ins Fadenkreuz der Polizei stoßen.«

Was ich verstehen kann. »Von Tjark kommt die Anweisung nicht. Er hat sich immer dafür ausgesprochen, dir nicht in die Quere zu kommen. Ich würde für ihn mein Leben verbürgen«, gebe ich ihm klar und deutlich zu verstehen, während ich Moiras Haar durchkämme. »Wir sollten diejenigen aufspüren, die dich angreifen. Und ich weiß auch schon, wo wir sie finden.« In einer abgelegenen schäbigen Bar, die der Alte Viltautis öfter besucht. Ich kenne so ziemlich jeden Vanag, weiß über seine Hobbys und Puffbesuche Bescheid und was sie zuletzt gegessen haben.

Kęstas reibt sich nachdenklich über das Kinn, als er über Moiras Arm streicht.

»Wenn die Sache anders ausgehen sollte als geplant, wirst du auf sie aufpassen«, spricht er mit gedämpfter Stimme nach einigen Minuten weiter. »Habe ich dein Wort?«

»Deine Pläne gehen immer auf. Du bist der raffinierteste Killer, den ich kenne. Du hast nicht nur mich mehrfach in Hinterhalte gelockt, sondern hältst auch seit knapp zehn Jahren die Polizei – wenn man es genau nimmt, ganz Litauen – in Atem.«

Geschmeichelt von meinem Kompliment zucken seine Mundwinkel. Er umfasst meine Schulter und schaut mir eindringlich entgegen. »Ich habe gewisse Vorsorgen getroffen, falls meine Pläne einmal nicht aufgehen sollten. Selbst ich mache Fehler. Deine ehemaligen Leute sind unberechenbar. Genauso wie …« Er schaut zu Moira, die gleichmäßig mit geöffneten Lippen auf meiner Brust atmet und etwas murmelt. »Wie sie. Sie ist sehr entschlossen und uneinsichtig, wenn es hart auf hart kommt. Lass sie keinen Fehler begehen, weil sie blind losstürmen will. Halte sie auf, bevor ihr etwas Schlimmeres passiert als der Sturz von einem Balkon.«

Er meint es todernst. Ich muss nicht lange darüber nachdenken, als er mir seine Hand anbietet, in die ich meine lege. »Du hast mein Wort. Ich passe auf sie auf.«

»Wenn es einer kann, dann du. Auf dich hört sie.« Er vertraut sie mir wirklich an, falls ihm etwas zustoßen sollte.

Das ist eine unerwartet große Geste und mehr Vertrauen, das er mir entgegenbringt, als ich je erwartet hätte. Mit der Zeit, das verblüfft mich sogar selbst, mag ich ihn immer mehr. Ich verstehe mit jedem Tag mehr seine Absichten, weiß, was ihn antreibt und was er beschützen will. Seine Familie. Seine Frau, die auf meiner Brust schläft.

JEMAND HAT DIR
ETWAS VERHEIMLICHT,
UM DICH NICHT ZU
VERLETZEN:

**ICH WÄRE STINKSAUER!
ICH WILL VERSTEHEN,
WARUM.**

KAPITEL 17
MOIRA

Leicht verkatert reibe ich mir die Nasenwurzel und greife anschließend zum Wasserglas. Das Glas ist leicht trüb und hat diese hässlichen blinden Flecken vom schlechten Abwaschen.

»Sie kennen sich von früher?«

»Natürlich kennen wir uns von früher. Er war mein direkter Nachbar. Kennen Sie Ihre Nachbarn von früher etwa nicht mehr?«, stelle ich dem älteren Ermittler mit einem versucht sympathischen Lächeln die Gegenfrage. Die Taktik hilft meistens. Wie auch jetzt.

»Und Sie waren mit ihm zusammen?«, bohrt der jüngere Mann in seinem karierten Hemd, das unter den Armen Schweißränder abzeichnet, nach. Dabei lehnt er an der Wand hinter dem älteren Mann, der mir gegenüber an dem Tisch sitzt. Der Verhörraum ist anders als in den Serien. Er ist ziemlich ungemütlich eingerichtet. Es gibt keine gedimmten Lichter, die die Befragung mysteriöser machen, sondern grelle Neonröhren, deren Licht sich in meine Netzhaut frisst. Die Wände sind kahl und besitzen mehrere schwarze Abriebstreifen und Flecken als ein Klassenzimmer mit dreißig Schülern. Keine Ahnung, wie viele Menschen vor mir in dem Raum befragt wurden und diese Spuren an den Wänden hinterlassen haben.

Ich belüge die Ermittler nicht. Ich muss nicht mal lügen, da sie in Krankenakten über meine Amnesie nachlesen können, sie meinen PC und mein Handy überprüfen können und keinen einzigen Anruf von Kęstas in den letzten sieben Jahren finden werden. Weder eine Mail noch eine SMS noch mein Standort verrät, dass ich mich bei ihm in der Stadtwohnung in Vilnius aufhielt. Das Haus in Klaipéda läuft nicht auf seinen Namen, sondern einer nicht existierenden Person. Von dem Industriegebäude haben beide keinen blassen Schimmer. Und in Kęstas' Wohnung war ich kein einziges Mal.

»Ja, ich war von meinem …« Gelassen nehme ich einen Schluck von dem abgestandenen Wasser, das sicher aus der Leitung kommt. »Von meinem … ähm … neunzehnten bis einundzwanzigsten Lebensjahr mit ihm zusammen. Etwa zwei Jahre.«

»Und dann?«

»Dann hatte ich einen Sturz und verlor mein Gedächtnis. Ich war lange Zeit im Krankenhaus und litt unter Amnesie. Ich konnte …« Es schmerzt noch jetzt, das zu sagen. »Mich nicht mehr an die Jahre davor erinnern. Nicht einmal an unsere gemeinsame Tochter. Sie können das im Krankenhaus überprüfen. Aber wieso werde ich über Kęstas befragt?«

Beide Ermittler tauschen Blicke aus, bevor sich der Ältere eine Notiz macht. Seine Handschrift ist lausig.

»Und seit wann stehen Sie wieder in Kontakt?«

»Seit wenigen Wochen. Wir trafen uns in einem Café. Zuerst erinnerte ich mich nicht an ihn, doch kurz darauf kehrten meine Erinnerungen zurück und ich traf mich an den Wochenenden mit ihm im Park.« Jetzt kommt der blöde Teil mit den Lügen. »Es war, als hätte das Treffen nach Jahren mit ihm eine Blockade in meinem Kopf gelöst. Ich wollte daraufhin meine Tochter kennenlernen und mehr über ihn erfahren. Wissen, was er die letzten Jahre gemacht hat und so. Aus dem Grund lud er mich mit meinem Freund zu der Veranstaltung im Gerichtsgebäude ein. Immerhin haben wir eine gemeinsame Tochter.«

»Die er Ihnen lange vorenthalten hat.« Boah! Die können ja richtig gemein werden. Langsam, ohne mich von den beiden in die Mangel nehmen zu lassen, lehne ich mich im Stuhl zurück.

»Hat er sich etwas zuschulden kommen lassen? Sollte ich etwas wissen?« Ich versuche, mehr Infos aus beiden hervorzulocken als sie aus mir.

»Unter Umständen könnte es sein, dass der Vater Ihres Kindes ein Doppelleben führt.«

Fragend, als würde mich diese Vermutung komplett aus der Bahn werfen, kneife ich die Augen zusammen. »Inwiefern Doppelleben? Dass er eine neue Freundin hat …«

»Wie erklären Sie sich, dass Sie anscheinend als einziges Opfer von Magnus noch leben? Jede Frau, die zuvor von ihm angerufen wurde, war kurz darauf spurlos verschwunden und wurde wenige Tage später tot aufgefunden.«

Ihre Annahme ist falsch. Kęstas ruft nicht jedes Opfer zuvor an. Täterwissen. Testen sie mich etwa? Damit ich mich verplappere und erzähle, was nur der Täter wissen kann?

»Ich weiß nicht. Hat sich jede Frau gemeldet, die zuvor von dem Serienmörder angerufen wurde? Mir wurde bloß gesagt, dass Dalia angerufen wurde. Und das hat mir der Serienmörder persönlich am Telefon gesagt.«

Sie studieren mich aufmerksam mit ihren Blicken, die sich förmlich in meinen Kopf vorarbeiten, um etwas in ihm auszugraben. *Macht ruhig weiter, aber ihr werdet nichts finden.*

»Das ist richtig. Es wurde nur eine Frau vor Ihnen angerufen. Der Täter scheint mit Ihnen sympathisiert zu haben, als würde er Sie von früher kennen. Wir haben uns die Aufnahmen vom Callcenter angehört. Gibt es jemanden, den Sie hinter der Sache vermuten?«

Etwas überrumpelt von der Frage runzele ich die Stirn, nestele an meinen Fingern auf dem Schoß herum und schüttele den Kopf.

»Sie glauben nicht, wie oft ich mir diese Frage gestellt habe. Die Stimme war immer verzerrt. Ich kenne keinen in meinem Freundes- oder Bekanntenkreis, der so gesprochen hat … wie … er.« Mich schaudert es kurz und ich schlucke hart. »Noch jetzt traue ich mich kaum, einen Anruf mit unterdrückter Nummer anzunehmen. Auch wenn ich für einige Wochen Litauen verlassen habe und aktuell bei meinem Freund wohne, habe ich immer noch Angst. Bitte finden Sie ihn, denn seit den Anrufen kann ich kaum eine Nacht durchschlafen.«

Mit einem furchterfüllten Blick hebe ich das Gesicht und spanne jeden Muskel meines Oberkörpers an. Es ist nicht einmal gespielt, da ich die Angst, die mir damals im Nacken lag, immer noch unbewusst spüre.

»Wir geben unser Bestes, Frau Kudirka. Rufen Sie an, wenn Ihnen etwas auffällt oder Sie sich verfolgt fühlen. Das dürfte alles von unserer Seite gewesen sein«, spricht der ältere Ermittler, rückt seine Papiere vor sich zurecht und erhebt sich in seinem braunen altbackenen Jackett, cremefarbenem, knittrigem Hemd und Jeanshosen. »Falls wir weitere Fragen haben, melden wir uns bei Ihnen.«

Sie rücken wirklich nicht mit ihrer Vermutung heraus, dass sie Kęstas im Visier haben, aber scheinen mich auch nicht mehr als Komplizin zu verdächtigen. Sollten sie eingehend alles überprüfen, was ich gesagt habe, werden sie wissen, dass ich die letzten sieben Jahre ganz sicher nicht an den Morden beteiligt war oder etwas darüber wusste.

Sie können mich weiterhin nach Alibis befragen, die alle wasserdicht sind, da ich die meisten Nächte in der Seelsorge gearbeitet habe, als die Opfer unter den Brücken aufgefunden wurden. Oder ich noch bei meinem Vater gewohnt habe.

Jetzt müssen wir bloß abwarten, ob sie etwas gegen Kęstas in der Hand haben. Bisher wurde er noch nicht vorgeladen. Aber wenn, dann sieht es übel für uns aus. Denn bloß handfeste Beweise könnten ihn überführen, Indizien werden nicht genügen. Außerdem hinterlässt er die Leichenorte immer, ohne Spuren zurückzulassen. Die Tatorte konnten die Ermittler bisher nie finden, genauso wenig wie die Mordwaffen oder ein klar zu erkennendes Motiv.

Wenn das Motiv und die Mordwaffe fehlen, können sie ihn nicht überführen. Rein hypothetisch, und das haben Juristen in Italien selbst erprobt, handelt es sich um einen perfekten Mord, sobald die Waffe und das Motiv fehlen. Zwar glauben die Ermittler, ein Muster unserer Morde zu erkennen, da immer nackte Frauen unter Brücken aufgefunden wurden. Aber sie wissen nicht, wieso. Ganz sicher gehen sie von einem sexuell motivierten Mörder aus, der seine kranken Fantasien an seinen Opfern auslebt, sie vergewaltigt, quält und tötet. Die Ermittler wissen nicht, dass es sich nicht bloß um dreizehn ermordete Frauen handelt, sondern wesentlich mehr kriminelle Monster, die vom Akis aus dem Weg geräumt wurden.

Tappt weiter im Dunkeln. Ihr findet die Zusammenhänge nicht heraus. Ihr seht nur das, was ihr sehen wollt.

Gespielt nervös hänge ich mir meine Tasche um und schließe den Reißverschluss meines Wintermantels.

Als ich gerade im Gehen bin, hält mich ein Ermittler zurück.

»Ach, Frau Kudirka. Eine Frage noch. Wie erreichen wir Ihren Vater? Wir haben versucht, ihn unter der Nummer im Telefonbuch zu kontaktieren, und ihm eine Vorladung geschickt, aber bisher keine Rückmeldung erhalten. Wohnt er noch in der … Warten Sie kurz …«

Der jüngere aschblonde Ermittler blättert neben mir stehend in seinen Unterlagen und stupst seine Brille an. »Der Smėlio Straße 103?«

Ja, sicher wohnt er dort. Außerdem schläft er praktisch neben dem Telefon, weil er seit Jahren auf der Couch isst, Unterhaltungsshows ansieht und auch schläft. Es gab in den letzten Jahren nur einen von gefühlt fünfzig Anrufen, den er verpasst hat, weil er einen Müllsack zur Tonne getragen hat.

»Die Adresse ist korrekt.«

»Können Sie ihn daran erinnern, sich bei uns zu melden?«

»Kann ich gerne machen.« Etwas verwirrt von der Info hefte ich nachdenklich den Blick auf den ausgetretenen Linoleumboden, bevor ich mir einen Ruck gebe und den Raum verlasse. Im Gang wartet Arūnas auf mich, der sich sofort von einem Stuhl erhebt und gelassen wartet, bis ich bei ihm bin. Mir sitzt ein unangenehmer Kloß im Hals, da etwas nicht stimmt. Meinem Vater muss etwas passiert sein. Was, wenn er einen Herzinfarkt erlitten hat und seit Tagen tot im Haus liegt?

»Du siehst … Alles in Ordnung?« Arūnas streichelt mir über den Rücken, wie abgesprochen, und verlässt mit mir an der Hand das Polizeipräsidium.

Im Freien bremst er mich auf dem Gehweg aus. »Hey? Rede mit mir. Was ist passiert? Lief es nicht wie abgesprochen?«, spricht er mit gesenkter Stimme, nachdem wir knapp fünfzig Meter zurückgelegt haben.

»Doch, es lief alles reibungslos. Es war ein Kinderspiel. Allerdings …« In Gedanken vertieft lecke ich über die Lippen.

»Allerdings was?«

»Sie haben versucht, meinen Vater zu kontaktieren, um ihn vermutlich über Kęstas zu befragen, und ihn nicht erreicht. Nicht einmal telefonisch. Mein Vater schläft fast mit dem Telefon im Arm. Ihm muss etwas zugestoßen sein. Am besten, ich fahre noch heute zu ihm.«

Während ich den Weg zum schwarzen Audi fortsetze, in dem Dikar auf uns wartet, bleibt Arūnas weiterhin stehen. Fragend drehe ich mich zu ihm um.

»Kommst du?«

Passanten laufen an Arūnas vorbei, der sich erst nach ein paar Sekunden durchringt und auf uns zukommt.

»Moira, es gibt da etwas, was ich dir sagen sollte.« Vor mir bleibt er stehen und schaut sich auf die Wangeninnenseite beißend zur Seite um.

»Was denn?«

Dikar steigt aus dem Auto, als er bemerkt, dass wir nicht einsteigen.

»Vor einigen Wochen, als du noch in Klaipéda gewohnt hast und ich dich überall gesucht habe, habe ich mich an einem Abend mit deinem Vater getroffen. Das Treffen fand am Hafen statt.« Arūnas meidet weiterhin meinen Blick.

»Okay, und warum hast du ihn getroffen?«

»Ich wollte mehr über deine Vergangenheit erfahren. Er kam zum Treffen, und noch bevor er mir sagen konnte, wer Magnus ist …« Er dämpft seine Stimme, da wir auf offener Straße belauscht werden könnten. »Wurde … Weißt du …« Nun sucht er meinen Augenkontakt und legt seine Hände um meine Hüften, um mich an sich zu ziehen. »Eigentlich sollte dir das Kęstas erklären. Ich bin schließlich nicht daran schuld.«

»Woran schuld?« *Was will er mir sagen?* »Was ist bei dem Treffen passiert? Jetzt erzähl schon.«

»Dein Vater wurde erschossen, Moira.« Zuerst glaube ich, er würde einen üblen Scherz machen. Das kann nicht sein. Wieso sollte er erschossen werden? Von wem?

Doch als ich die Augen zusammenkneife und in seine graublauen Iriden schaue, entdecke ich keine Lüge, sondern Reue. Er wirkt ernsthaft betroffen, mir von der Geschichte erzählt zu haben.

»Leute des Akis haben auf uns geschossen … Und fuck, ich finde wirklich, dass es dir Kęstas sagen sollte, weil ich nicht den Abzug gedrückt habe.«

Kęstas ließ meinen Vater erschießen, während er sich mit mir in dem modernen Anwesen aufgehalten hat?

»Das würde er nicht tun.« Er weiß zwar, dass ich nicht die beste Bindung zu meinem Vater aufbauen konnte, ich üble Zeiten mit ihm hinter mir habe, dennoch würde Kęstas das nicht tun.

»Er hat aber den Befehl ausführen lassen. Dein Vater wurde zuerst im Rücken getroffen, danach, als ich ihn aus der Schusslinie ziehen wollte und er mir sagen wollte, wie der Nachbarssohn heißt, traf ihn eine Kugel im Kopf. Er ist vor meinen Augen gestorben.«

Versucht ruhig durchatmend zieht er mich näher an sich, bevor ich mich aus seinen Händen befreie. »Nein, das würde er nicht machen.« Immer wieder wiederhole ich den Satz, lächele bitter und verkrampft und komme mir verarscht vor.

Ich warte förmlich auf den Augenblick, in dem mir Arūnas sagt, dass es ein übler und ganz und gar nicht komischer Scherz ist.

»Es ist so gewesen.«

Dann will ich es selbst von Kęstas hören. Mit einem betroffenen Gesichtsausdruck wende ich mich Dikar zu, der die gesamte Zeit nur zugehört hat.

»Wusstest du davon?«, frage ich ihn ungehalten und trete an ihn heran. Dikars Mimik bleibt weiterhin reglos.

»Ja«, bringt er hervor. Entsetzt über die Nachricht und seine Bestätigung weite ich die Augen. »Er wollte verhindern, dass dein Vater Informationen preisgibt, die du an die Polizei weitergeben könntest.«

»Ist mir scheißegal, was er verhindern wollte«, antworte ich aufgebracht, obwohl Dikar meinen Frust nicht verdient hat. »Fahr mich zu ihm.«

»Er befindet sich im Prozess gegen –«.

»Fahr mich zu dem verdammten Gerichtshof! Ich will es von ihm hören.«

Augenblicklich wende ich mich zum Türgriff des Autos um, öffne die Tür und steige auf der Rückbank ein. Arūnas und Dikar tauschen knappe Blicke aus. Beide haben davon gewusst und keiner hat mir etwas gesagt. Ich erfahre davon erst, als mich die Ermittler darauf ansprechen.

Arūnas steigt zu mir auf der Rückbank ein, während Dikar auf dem Fahrersitz Platz nimmt. Ohne weiter mit mir zu diskutieren oder mir die Idee auszutreiben, fädelt er sich im belebten Stadtverkehr ein.

»Es tut mir wirklich leid, Moira.« Arūnas greift nach meiner Hand, um mich zu beruhigen, doch ich entziehe sie ihm und starre mit einem gequälten Blick aus dem Seitenfenster. Auch wenn ich nicht weinen will, ziept es in meiner Nase und Tränen verschleiern mein Sichtfeld.

Ich glaube ihm, dass es ihm leidtut, aber er hätte es mir sagen müssen. Genauso wie Kęstas es mir hätte längst erzählen sollen!

Es gab nie Geheimnisse zwischen uns. Keiner hat je etwas vor dem anderen verheimlicht. Nun ja, wenn ich ehrlich bin, habe ich Kęstas damals verheimlicht, Rimpel aufzusuchen. Trotzdem … die gesamten letzten Tage hatte er die Möglichkeit, mir davon zu erzählen. Und er hat es nicht getan.

Enttäuscht und mit dem Gefühl, hintergangen worden zu sein, wische ich mit den Fingerknöcheln und dem Stoff des Mantelärmels die Tränen unter meinen Augen fort.

Nach über einer Viertelstunde erreichen wir den Gerichtshof, vor dem die Reporter lungern und darauf warten, dass sie ihr Interview mit dem Täter erhalten. Kaum dass Dikar vor dem großen gepflasterten Platz im Halteverbot stoppt, reiße ich die Tür auf und halte auf das Gerichtsgebäude zu.

Im Eiltempo holt Arūnas zu mir auf. »Was hast du vor? Die komplette Verhandlung sprengen und ihn vor den Augen der Zuschauer mit dem Tod deines Vaters konfrontieren?«

»Nein. Ich blamiere ihn nicht.« Das wäre unfair. Ich mische mich unter die Zuschauer, bis eine Verhandlungspause angeordnet wird, danach will ich ihn sprechen. Bis heute Abend warten, kann ich einfach nicht. Ich muss aus seinem Mund hören, was ihn dazu bewegt hat, meinen Vater aus dem Weg zu räumen.

Vor dem Zuschauerraum angekommen, lässt uns der Pförtner nicht in den Gerichtssaal. Die Verhandlung darf nicht gestört werden. Aus dem Grund nehme ich neben einer gemeißelten Büste in Form einer nackten Frau auf einem der Wartestühle Platz. Mir wäre es lieber, wenn ich ihn sofort sprechen könnte, damit ich Zeit mit Malvine verbringen kann.

»Moira, lass uns gehen. Er könnte erst in einer Stunde aus dem Saal kommen.«

»Mag sein, aber …« Stur starre ich auf das Gemälde vor mir, auf dem ein Schiff auf hoher See abgebildet ist.

Arūnas schnappt sich vor mir stehend meinen Arm. »Komm schon, hier ist nicht der richtige Ort.«

Immer noch regiert mich eine wahnsinnige Wut. Wenn es mir möglich wäre, würde ich in den Saal stürmen und Kęstas in einen der hinteren Räume der Juristen zerren und ihn mit dem Mord an meinen Vater konfrontieren. Aber ich muss einsehen, dass es nichts bringen würde. Ich würde die Verhandlung stören, ihn vermutlich aus dem Konzept bringen, ihn vor die schwierige Wahl stellen, es mit mir zu klären oder die Verhandlung fortzusetzen. Arūnas tigert gefasst hin und her, dabei besieht er mich mit besorgten Blicken. Ich knete nervös die Finger und beuge mich mit den Ellenbogen auf den Knien abgestützt nach vorn.

Plötzlich tritt Arūnas in mein Sichtfeld. An seiner schwarzen Hose, dem braunen Gürtel und grauen Shirt, das er unter dem geöffneten olivfarbenen Parka trägt, schaue ich zu ihm auf. Er legt seine Hand in meinen Nacken und blickt ernst zu mir herab.

»Lass uns gehen. Hier ist nicht der richtige Ort, um diese Unterhaltung zu führen.«

»Mag sein, aber ich will …«

»Sei nicht solch ein Sturkopf!«, wird Arūnas lauter. »Er hat sich etwas dabei gedacht, als er das getan hat. Willst du ihm wirklich die Verhandlung versauen, indem du ihn in der Pause abpasst und damit unvorbereitet zur Rede stellst?«

»Wenn hier jemand unvorbereitet damit konfrontiert wurde, bin das ja wohl ich! Er hat … Er ist tot. Verstehst du das, Arūnas?«, bringe ich zischend über die Lippen, begleitet von einem warnenden Blick. »Ich weiß genau, wieso er so gehandelt hat, dennoch gibt es ihm nicht das Recht, nachdem ich … halbwegs wieder mit meinem Vater klargekommen bin …« Aufgewühlt balle ich die Hände zu Fäusten, während in mir ein unbändiger Zorn lodert. Ich will Kęstas nicht anspringen wie eine Furie, ich will es verstehen. »Dass er mir damit nicht schaden wollte, weiß ich, Arūnas.«

Vor mir geht er in die Hocke, legt seine schlanken Finger um meine Wange und senkt mein Gesicht, damit ich ihn ansehe. »Ich verstehe dich. Aber hier ist nicht der richtige Ort.« Sein eindringlicher Blick, den ich selten bei ihm entdecke, entschleunigt die Zweifel und die Wut in meiner Brust. »Gehe es überlegt an, oder hast du vor, alles zwischen euch aufs Spiel zu setzen?«

»Nein. Wir streiten uns selten und wenn nicht wie … Wir gehen respektvoll miteinander um, auch wenn mal die Luft brennt.«

»Dann beruhige dich und sortiere deine Gedanken. Ich beantworte dir jede Frage, die du wissen willst. Aber handele nicht unfair.«

Fragend neige ich den Kopf und hebe die linke Braue in die Stirn. »Ist das gerade ein Versuch, mich zu besänftigen? Wer ist hier die Psychologiestudentin? Ich durchschaue deine Vorgehensweise.«

»Wenn es so ist, dann weißt du ja, was ich erreichen will. Lass uns gehen.« Aus den Augenwinkeln entdecke ich Dikar vor der geschlossenen Tür der Vorhalle. Er blickt in unsere Richtung. Auch wenn seine Augen auf mich gerichtet sind, seine Gesichtszüge mit denen der Statue rechts neben mir konkurrieren können, wirkt seine Haltung angespannt. In diesem Moment frage ich mich, auf wessen Seite Dikar stehen wird, falls es hart auf hart kommt. Diese Frage habe ich mir kein einziges Mal zuvor gestellt.

Aber auch er wird sicher verhindern, dass ich Kęstas geleitet von meinen aufbrausenden Gefühlen vor den Augen anderer angehe.

Seufzend hebe ich das Gesicht zur Decke. »In Ordnung. Du hast recht. Die Wut ist ohnehin fast verpufft. Aber ich werde es klären und nehme es nicht einfach so hin.«

»Das hat niemand verlangt. Aber wenn, in einem angemessenen Rahmen.«

»Ich verpasse dir auch gleich einen Rahmen«, kontere ich schmunzelnd, greife in seinen Nacken und lehne meine Stirn gegen seine. »Trotzdem, auch wenn er nicht der beste Vater war …«

»Ich weiß, Kleines. Es hätte mich an dir zweifeln lassen, wenn es dir scheißegal gewesen wäre.«

Vor seinem Gesicht nicke ich leise schniefend. »Ich … Lass uns zurückfahren.«

Dikars Anspannung löst sich in dem Moment, als ich mit Arūnas an meiner Seite auf ihn zugehe.

»Kluge Entscheidung, Moira«, lobt er mich und lächelt schmal. Ich erwidere sein Lächeln, da ich seine Befürchtung, dass ich mit einem unüberlegten Angriff auf Kęstas alles auf einen Schlag ruinieren könnte, nachempfinden kann.

WENN DU STINKSAUER BIST:

WILLST DU DAS PROBLEM SOFORT KLÄREN ODER SCHLUCKST ES RUNTER?

KAPITEL 18
MOIRA

Malvine zögert einen Augenblick, bevor sie ihren Kopf auf meinen Oberschenkeln ablegt. Auf der Couch sitzend schauen wir einen Kinderfilm an, während sie einen müden Eindruck macht.

Einen winzigen Moment zögere ich und traue mich nicht, ihr dunkles gewelltes Haar aus dem Gesicht zu streichen.

»Darf ich dich kraulen?«, flüstere ich über die quietschenden Stimmen von Disneys Froschkönig hinweg.

Wie gebannt verfolgt sie die Prinzessin auf dem Flachbildfernseher, aber nickt. »Darfst du. Das mag ich gern.« Plötzlich schiebt sie das Oberteil ihres gelb-weiß gepunkteten Pyjamas am Rücken höher.

Mich durchflutet ein unendliches Glücksgefühl, da sie mir ihr Vertrauen schenkt. Ich lasse meine Fingerkuppen über ihren kleinen nackten Rücken kreisen. Auf ihren Unterarmen bildet sich Gänsehaut. Nie habe ich etwas Entspannteres getan, als gemütlich Zeit mit meiner Tochter zu verbringen. Es fühlt sich an, als wäre meine Welt perfekt.

Sanny hockt im Schneidersitz neben dem Kamin und tippt ihre Bewerbungen ein. Hin und wieder flucht sie und rauft sich die Haare.

»Pst. Sei leise, Sanny«, ermahnt Malvine sie.

»Oh … ja. Ich mach morgen weiter, bevor ich das Teil zusammentrete.«

Ich schenke ihr einen mitfühlenden Blick. Sie sollte es entspannt angehen und nichts sofort überstürzen. Aber so war sie schon immer. Wenn sie sich eine Sache in den Kopf gesetzt hat, musste es jetzt sofort durchgezogen werden, da sie bereits am nächsten Tag das Interesse an der Sache verlor.

In der Küche brummt der Mixer, als sich Narusha einen Smoothie zubereitet. Malvine seufzt genervt, worüber ich lachen muss. Wie kann eine kleine Person bereits so genervt von ihren Mitbewohnern sein?

Hin und wieder schaue ich zur großen Wanduhr. Es ist weit nach 19 Uhr. Malvine muss in wenigen Minuten ins Bett, aber Kęstas ist immer noch nicht zurückgekehrt. Arūnas hat sich mittlerweile mit Dikar auf den Weg gemacht, um die Verräter der Vanags aufzuspüren.

Ich kann mir lebhaft vorstellen, wie Arūnas seinen Monolog führt, den Dikar hin und wieder mit knappen Zustimmungen oder Ablehnungen kommentiert wie »Stimmt«, »Nein, machen wir nicht« Oder »Ja«.

Kurz vor 19.45 Uhr beende ich das Rückenkraulen und greife zur Fernbedienung.

»Es wird Zeit, dass du schlafen gehst.«

Sanny schaut die Wange auf den Handrücken abgestützt und die Beine über die Armlehnen des Sessels geworfen zu mir. »Echt jetzt? Jetzt wird es doch spannend.«

Ist das ihr Ernst?

»Ja, gleich verwandelt sich der Frosch in einen Prinzen«, stimmt Malvine Sanny zu. »Noch zehn Minuten. Darf ich, Rusha?«

»Frag das nicht mich, sondern Moira.« Wow, sie überlässt mir die Entscheidung, was ich sehr aufmerksam von ihr finde. Wie ein Blitz erhebt sich Malvine neben mir auf die Knie und umfasst mein Gesicht, damit sie meine Aufmerksamkeit hat.

»Bitte, liebe Moira, ich will noch zehn Minuten schauen. Morgen gehe ich eher ins Bett.«

Im Verhandeln ist sie wirklich ein echtes Genie. »Versprochen?«

»Ja, versprochen.« Ihre karamellbraunen Augen, in denen goldene Sprenkeln funkeln, die auch Kęstas besitzt, beginnen zu leuchten.

»Okay, zehn Minuten gehen in Ordnung.«

»Danke.« Sie fällt mir stürmisch um den Hals. Ich hebe die Hände zu ihrem Rücken, um sie einen Moment an mich zu drücken. Narusha nimmt mit ihrem Smoothie und in ihrer eng anliegenden dunkelvioletten Sportbekleidung im anderen Sessel Platz.

»Warte, bis die zehn Minuten um sind, Moira«, murmelt sie vor der Öffnung der Plastikflasche und nimmt einen Schluck von ihrer scheußlich grün aussehenden Pampe. Dafür steht sie sehr gut im Training. Da sie nur ein Bustier und Leggings trägt, kann ich ihre leichten Bauchmuskeln sehen. Leider auch zwei blaue Flecke, die sie einstecken musste, als sie meine Tochter beschützt hat.

Nachdem zehn Minuten vergangen sind, versucht Malvine erneut weitere zehn Minuten rauszuschlagen, wie es Narusha vorhergesehen hat. Doch ich überzeuge sie mit nur wenigen Worten davon, ins Bett zu gehen. Sie willigt ein, wenn ich kurz in ihrem Zimmer bleibe und sie weiterkraule.

Das wunderschöne Nachthimmellicht lässt die Kinderzimmerdecke in tausend bunten Sternen erstrahlen, als wäre eine Galaxie direkt über uns explodiert. Während ich Malvine kraule, erzählt sie mir, dass sie morgen wieder in den Kindergarten geht und bald die Schule besucht. Sie erwähnt auch, dass ich zur Einschulung kommen darf.

In immer kürzen Abständen gähnt sie und schließt auf die Seite gerollt die Augen. Sie scheint es gewohnt zu sein, dass Kęstas sie nicht jeden Abend ins Bett bringen kann. Allerdings mache ich mir Sorgen. Er hat mir vor zwei Stunden geschrieben, dass er nicht mehr lange braucht und bald bei uns ist.

Jetzt ist es 20 Uhr und er hat auf keine meiner beiden Textnachrichten geantwortet.

Nachdenklich lasse ich die Finger über Malvines Rücken kreisen, als ich Kęstas unvermittelt in der leicht geöffneten Kinderzimmertür stehen sehe. Sein Blick fällt von mir zu Malvine. Bloß flüchtig zuckt sein rechter Wangenmuskel, was so viel bedeutet, dass es ihm leidtut, erst jetzt hier zu sein.

Leise schiebe ich den Stuhl über den bunten Flokatiteppich zurück und erhebe mich. Ohne dem Parkett einen Ton abzuluchsen, schleiche ich auf Kęstas zu, der die Tür nach mir vorsichtig schließt.

Erst jetzt sehe ich seine gelockerte Krawatte, sein an den Ärmeln hochgerolltes Hemd und den abgeschlagenen Blick. Doch als ich an ihm vorbeigehen will, um mich unten in Ruhe mit ihm zu unterhalten, bekommt er mein linkes Handgelenk zu fassen, dreht mich locker zu sich und drückt mich gegen die Wand, um mich verlangend zu küssen.

»Hast du unser Ritual verlernt?«

»Nein, vergessen«, hauche ich vor seinen geschwungenen Lippen und erwidere den Kuss, obwohl ich ihn eigentlich direkt zur Rede stellen wollte. Sein Aftershave zieht in meine Nase, als ich meine Zunge um seine schmiege. Von unten ertönt ein leiser Pfiff.

Aus den Augenwinkeln sehe ich durch das Glasgeländer Narusha zu uns hochschauen und Sanny die Augen verdrehen.

»Fahren wir später fort, wenn die anderen uns nicht stalken.« Er schenkt mir diesen frivolen anzüglichen Blick und deutet mir galant an, vor ihm die Treppe hinunterzusteigen.

In meinen hellblauen Jeans und lockerem weißem Shirt laufe ich auf Socken die Stufen hinunter.

»Willst du noch was essen?«, erkundige ich mich.

»Wenn du es gekocht hast, wieso nicht.«

»Was soll das jetzt heißen?«, meckert Sanny.

»Hey, was du kochst, ist teilweise ungenießbar oder krebserregend.«

»Das ist ja wohl Ansichtssache. Wenn ich so miserabel koche, warum holst du dir dann nicht dein Essen auf dem Rückweg von deiner Arbeit?«

Sanny legt die Arme verschränkt über die Sessellehne und zettelt mal wieder einen künstlichen Streit an. Ich gehe zum Herd, um die Maultaschen, die ich mit Narusha gemacht habe, aufzuwärmen.

»Kannst du mal die Klappe halten, wenn du mit Argumenten nicht weiterkommst?«

»Sagt der Richtige.«

Während sich Kęstas und Sanny weitere Wortgefechte liefern, rühre ich im Topf und überlege, wie ich die Sache mit meinem ermordeten Vater anspreche. Die Wut, die ich heute

Vormittag empfunden habe, ist zwar verraucht, dennoch werde ich die Sache nicht einfach so auf sich beruhen lassen.

Ich stelle Kęstas einen tiefen Teller mit den selbst gemachten Maultaschen und gekochtem Gemüse auf den Tresen, aber wende mich von ihm ab, als er auf dem Barhocker Platz nimmt.

»Ist Arūnas schon losgezogen?«, fragt er, als ich am Kühlschrank stehe und eine Flasche Wasser herausnehme.

»Ja«, antworte ich knapp. »Wie lief die Verhandlung?«

Ich habe nicht vor, mich vor den anderen zu streiten, aber trotzdem kostet es mich Mühe, so zu tun, als wüsste ich von nichts.

Kęstas isst die Maultaschen, bevor er einen Schluck von dem Wasser nimmt, das ich ihm in ein Glas eingieße. Er mustert mich eingehend. So blöd ist er nicht, um nicht zu checken, dass etwas nicht stimmt.

»Gut. Wenn der Verteidiger keine Asse aus dem Ärmel ziehen kann, mit denen ich nicht rechne, und kein Zeuge seine Aussage verweigert, sitzt der Angeklagte so gut wie lebenslänglich hinter Gittern.«

Ich zucke mit den Mundwinkeln, aber kann mich zu keinem Lächeln durchringen. »Freut mich sehr für dich.«

»Der Pförtner hat mir während einer Pause zugetragen, dass eine gewisse Moira Kudirka aufgeschlagen ist und in den Saal stürmen wollte. Gab es dafür einen Grund?«

Verdammt. Er weiß immer alles. »Nein, wieso denn, ich hatte nach der Befragung der Beamten Langeweile und dachte, ich fahr zu dir, um den Prozess zu verfolgen«, lüge ich, was er sofort checkt.

Nachdem er mir tief in die Augen blickt, verzieht er kurz die Mundwinkel und isst weiter. »Setz dich doch zu mir, mein Liebling.«

Das ist eine reine Provokation von ihm. Er will mich testen, um meine Reaktionen zu deuten.

Ihm gegenüber stütze ich mich mit den Unterarmen auf der Granitplatte ab und beuge mich ihm entgegen. »Du bist doch fast fertig.«

Minimal kneift er die Augen zusammen. »Könnte sein, dass ich einen Nachschlag möchte.«

Seine Augen wandern von meinen Augen zu meinen Lippen, tiefer zu dem Ausschnitt meines Shirts, da ich in dieser Position vermutlich einen Einblick auf meine Brüste gebe.

Gib nicht nach – ermahne ich mich selbst.

»Willst du wirklich noch mehr? Oder den Nachschlag lieber in deinen Räumen essen?«

Er misst mich mit knappen vielversprechenden Blicken, bevor er den Teller zur Seite schiebt und sich vom Hocker erhebt. »Das ist eine brillante Idee. Ich würde das Dessert gern oben zu mir nehmen. Komm, Moira.«

In seinen privaten Räumen angekommen, schlendert er in seinem weißen Hemd und anthrazitgrauen Anzughosen, in denen sein Arsch wirklich gut zur Geltung kommt, an der Bücherwand entlang. Er scheint nach einem bestimmten Buch zu suchen.

»Hast du mir nicht einen Nachschlag angeboten? Du darfst dich gern entkleiden, während ich nach einem Band suche«, höre ich ihn amüsiert sprechen. *Ich glaube, es brennt gleich.*

»Wirklich, ich *darf*?«, hake ich nach.

»Du bist heute seltsam gehemmt. Also entweder wir lösen das Problem wie früher und du wirfst mir alles an den Kopf, was dich stört. Oder aber ich treibe dich weiterhin auf die Palme, bis du von selbst ankommst.«

Er kommt sich sehr überlegen vor. Aber ich bleibe nicht weiter im Raum stehen, sondern ziehe mein Shirt über den

Kopf und lasse es auf dem Samtsessel rechts von ihm liegen. Im Gehen knöpfe ich meine Hose auf und fange mir einen selbstzufriedenen Blick von ihm ein. Ja, ihm gefällt, was er sieht. Trotzdem gebe ich nicht nach.

»Okay, wo fange ich an? Ach ja, warum hast du meinen Vater erschießen lassen?«

Seine Finger zucken kurz über einem Einband, als er meine lauter werdende Frage hört. Statt sich zu mir umzudrehen, geht er weiter, als wäre nichts geschehen.

»Die Frage kannst du dir selbst beantworten. So clever wie du bist, kennst du die Antwort. Du willst gerade nur deinen Zorn und deinen Verlust an mir entladen.«

Ein Blitzen spiegelt sich in seinen Augen, als er knapp in meine Richtung blickt, sich danach für einen Wälzer im Regalfach einen Kopf über ihm entscheidet.

»Du hättest es mir sagen müssen.« Ich überspringe einfach seine Antwort, denn ja, ich kenne seine Beweggründe. Trotzdem, egal welche Gründe er gehabt hat, er war mein Vater.

»Nein, dir hätte es etwas früher auffallen müssen.«

»Hast du sie noch alle? Ich sehe meinen Vater nicht jeden Tag. Manchmal wusste ich mehrere Wochen nicht, wo er sich aufhält.«

»Und dich hat es nicht interessiert. Der Mann war die Pest. Es ist kein Verlust, dass er gestorben ist. Er hat dich mehrere Jahre wie Dreck behandelt, sich gehen lassen, dich die Aufgaben, die er erledigen sollte, erledigen lassen. Er war kein Vater. Zumindest kein guter.«

Jetzt rückt er endlich mit der Sprache raus. »In den letzten Wochen war er anders. Er hat versucht, mir zu helfen, Kęstas. Ich habe jeden Tag mit ihm telefoniert.«

Mit dem Buch in der Hand dreht er sich zu mir um, lehnt sich mit der Schulter gegen das Regal und verschränkt die Beine. Er wirft mir diesen Du-fällst-wirklich-auf-jeden-Scheiß-rein-Blick zu.

In diesem Moment wie in keinem zuvor erkenne ich keine Menschlichkeit in seinen Gesichtszügen. Sie wirken wie in kalten alten Granit gemeißelt. Unverändert. Gefühllos. Eiskalt. Er vergleicht den Tod meines Vaters mit dem seiner Opfer. Aber das ist nicht dasselbe. Für ihn mag mein Vater ein versoffenes Schwein gewesen sein. Jemand, der seine Tochter im Stich ließ, als sie ihn brauchte. Er beleuchtet bloß die Schattenseiten, die – ja, er mag recht haben – zwei Drittel seines Charakters ausgemacht haben. Ich konnte mich nicht immer auf ihn verlassen, aber wenn er mir etwas versprach, hielt er sein Wort.

»Arūnas erzählte mir, dass er am Ende sogar dein Geheimnis mit ins Grab nehmen wollte. Er wollte ihn davon abhalten, dich zu finden. Seine Worte waren: Er passt auf sie auf. Wenn ich dir seinen Namen verrate, bin ich so gut wie tot.«

»Was sich letztendlich bewahrheitet hat. Dumm war er nicht.« Mir geht allmählich seine Überlegenheit gegen den Strich.

»Okay, du zeigst keine Reue, nicht mal mir gegenüber. Dir ist es scheißegal. Aber mir nicht. Denn obwohl du ihn von deinen Leuten hast…«

»Es sind auch deine«, korrigiert er mich mit einem schmalen Blick.

»Von unseren Leuten hast erschießen lassen, hätte es dir danach einmal in den Sinn kommen können, mir davon zu erzählen. Aber nein, verschweigen wir es einfach. Moira muss sich erst erholen, sie verkraftet das im Augenblick nicht. Wieso ihr erzählen, dass wir ihren Vater ermordet haben. Passiert schon mal.«

Je mehr ich in Rage gerate und mich kaum mehr zügeln kann, desto unheilvoller wird sein Blick. Jetzt, genau jetzt sehe ich, dass es ihm nicht egal war. Auf den Moment habe ich gewartet. Denn mir gegenüber braucht er seine undurchdringliche Maske aus Granit und Stein nicht aufzusetzen.

»Es war kein Fehler, Moira. Ich entschuldige mich nicht und ich beschwichtige die Sache auch nicht. Er ist tot. Es dir nicht gesagt zu haben …« Seine Augen huschen über den hellen Perserteppich. »War ein Fehler. Du hättest es nicht heute auf die Art erfahren sollen.«

Aufgewühlt atmend schnaube ich kurz und bewege mich dann ins Badezimmer. »Immerhin erkennst du deine Fehler noch.« Denn für kurze Zeit kam es mir vor, als würde er sich für unfehlbar halten.

Sieben Jahre gehen nicht spurlos an einem vorbei. Er hat mittlerweile mehr Menschen getötet als wir früher zusammen. Es war schon immer meine größte Befürchtung, dass uns die Morde verändern. Dass einer von uns beiden eine Entwicklung vornimmt, die der andere nicht mehr aufhalten kann. Eine Entwicklung, die uns irgendwann auseinandertreibt, statt uns zusammenzuschweißen.

»Darling …«

Im Bad öffne ich meinen Pferdeschwanz vorm Waschtisch und steige anschließend aus meiner Hose.

»Wo liegt er begraben? Und jetzt sag mir nicht in einem Waldgebiet oder in einer Kiesgrube.«

»Für wen hältst du mich? Er liegt neben deiner Mutter, auch wenn ich ihn gern in einem anonymen Massengrab hätte beerdigen lassen.«

Dieses Mal reicht es mir. Ich stoße mich vom Waschtisch ab, gehe auf ihn mit aufgebrachten Schritten zu und verpasse ihm eine heftige Ohrfeige. »Sag das nie wieder!«

Verblüfft fliegt sein Kopf zur Seite, während ich aufgeregt atme.

»Du willst also ein ›Tut mir leid‹ hören? Ist es das, was du willst?«, fragt er mich mit rauen Stimmbändern und fängt mich ein, als ich zurück zum Waschtisch gehe. »Nicht so schnell, Fräulein.«

»Nein, ich will wissen, wieso du dich über mich stellst. Denn genau so fühle ich mich.«

Mit einem Ruck zieht er mich zu sich und umfasst mein Gesicht. Egal, wie sehr ich versuche, meinen Kopf aus seinem Griff zu befreien, er lässt es nicht zu.

»Er war immer gegen unsere Beziehung, Moira. Er hat dich und mich für alles, was damals geschehen ist, verantwortlich gemacht, weil ich den Mann der Vanags gesehen habe, der euer Haus verlassen hat, und du zu früh nach Hause gekommen bist. Bloß, weil ich ein Zeuge war, ist alles eskaliert. Nach dem Tod deiner Mutter warst du doch nur eine Bedienstete für ihn. Jemand, den er herrlich ausnutzen und herumkommandieren konnte, um seinen Dreck zu erledigen. Es spielte für ihn keine Rolle, was du wolltest oder empfunden hast. Er dachte nur an sich«, spricht er erzürnt und hält meinen Kopf noch fester umfasst, was leicht schmerzt. »Glaubst du, ich habe früher nicht gehört, wie er dich angebrüllt und beschimpft hat? Mein Dachfenster war direkt über eurer Küche. Ich hab jedes Wort verstanden und gehört, wie er dich beleidigt und erniedrigt hat. Er gab dir die Schuld, dass deine Mutter von dir gefunden wurde, und mir, dass alles aus dem Ruder gelaufen ist.«

Jedes Wort, das er voller Wut ausspricht, lässt die vergangenen Momente wieder aufleben. Seit ich weggezogen bin, habe ich mir eingeredet, ich hätte eine halbwegs gesunde Vater-Tochter-Beziehung wie jede andere junge Frau auch. Doch während ich bei ihm wohnen musste, bis ich achtzehn war, war es die Hölle.

Um mich nicht seinen bedrängenden Blicken zu stellen, schaue ich zur Seite. Ich lockere die Finger um sein Hemd, da ich ihn nicht länger wegstoßen will.

»Im Krankenhaus riet er mir – mir!«, betont er finster lachend. »Dass jetzt die perfekte Möglichkeit wäre, dass du ein sorgenfreies Leben führen kannst. Als wäre ich derjenige gewesen, der dein Leben ruiniert hat.«

Das stimmt, das könnten die Worte meines Vaters gewesen sein. Er selbst sah Fehler nie ein und gab die Schuld immer an andere weiter. »Ich bin der Überzeugung, er hat mich am Ende nicht verraten, weil er Angst vor dem Tod hatte. Sein Leben war ihm zu wichtig, als Arūnas zu sagen, wer ich bin oder was ich bin. Dabei solltest du nie vergessen, dass nicht bloß deine Mutter der Auslöser ihrer Ermordung war, sondern auch dein Vater. Er hätte sie verlassen können, als sie sich entschied, für eine andere Organisation zu arbeiten. Doch er griff zum Hörer und beauftragte ihren Mord. Ich weiß nicht, was verwerflicher ist, Moira. Einen Mord zu beauftragen oder jemanden, der die Leben mehrerer Menschen zerstört hat, aufzuhalten.«

Seufzend hebe ich den Blick und lächele bitter. »Ich teile deine Beweggründe, trotzdem hättest du es mir sagen müssen. Es wäre das Mindeste gewesen.«

Seine Nasenflügel weiten sich etwas, als er tief Luft holt und seine Finger weniger Druck auf meinem Gesicht ausüben. »Es war ein Fehler, ja. Als du dich nicht erinnern konntest, konnte ich es dir nicht sagen. Du hättest weiterhin bloß das Monster gesehen. Als du dich erinnert hast, gab es …«

»Such nicht nach Ausreden, Kęstas. Du hättest es mir sagen müssen, egal wann, wie und wo.« Ich bleibe bei meiner Meinung, ohne ihm weiterhin böse zu sein. Denn seine Worte haben mich von dem Schmerz abgelenkt, da ich mich kurzzeitig in meine Vergangenheit zurückkatapultiert gefühlt habe.

Er hat es gehört … Das hat er mir nie erzählt. Dabei wusste er, wie schrecklich mich mein Vater behandelt hat, als er betrunken war. Ich schäme mich nicht dafür, dass er davon weiß. Kęstas weiß so ziemlich alles über mich, wie ich über ihn. Zumindest war das vor sieben Jahren so.

Er bringt ein gezwungenes Lächeln über die Lippen. »Ich sehe ein, dass ich es dir eher hätte sagen müssen. Hilft dir das?«

Fragend hebt er seine dunkle rechte Augenbraue. Ich schlucke das letzte bisschen Frust hinunter, als ich Bedauern, echtes Bedauern in seinen dunklen Augen ablesen kann. Es tut ihm wirklich leid. Aus dem Grund brauche ich ihn nicht weiter zu foltern.

»Etwas, ja. Aber mach das nie wieder. Versprich es mir.«

»Du hast mein Wort.«

Seine Finger rutschen über meinen Kiefer, meinen Hals hinab. Er dürfte meinen schnellen Puls ertasten. Mit dem Daumen streicht er über meine Kehle, bevor ich seine Schultern umfasse und meine Lippen über seine streife. Flüchtig küsse ich seinen Mundwinkel. Es gab vor ihm bis auf meine Mutter keinen Menschen, der sich so viele Sorgen um mich gemacht hat.

Auf den Zehenspitzen stehend küsse ich ihn dankbar. Hauchzart kratzen seine Bartstoppeln über meine Oberlippen, bevor er den Kuss erwidert.

Er dreht mich mit sich zur Dusche und schiebt meine Hose meinen Po hinunter. Bedächtig streicht er über meinen Verband, während ich sein Hemd aufknöpfe und mit der Zunge über seinen Hals lecke. Mit der linken Hand öffne ich seinen Gürtel, ziehe die Schlaufe heraus, um danach meine Finger in seine Hosen zu schieben.

Hinter mir schaltet er die Dusche an und treibt mich mitsamt der Klamotten, die er und ich am Leib tragen, unter das Wasser.

MAGST DU SEX UNTER DER DUSCHE?

JA, MAG ES SEHR.

NEIN, EINER FRIERT IMMER.

KAPITEL 19
MOIRA

Der Kuss nimmt immer mehr an Geschwindigkeit zu. Entschlossen, weiterzugehen, schiebe ich sein nasses Hemd, unter dem sich die dunklen Tätowierungen abzeichnen wie rauchige Nebelkreaturen, von seinen muskulösen Schultern. Sinnlich küsse ich seine Brust, umfasse seinen festen Arsch und spüre zugleich Finger meinen Slip zur Seite streichen.

»Ich könnte das Ewigkeiten mit dir machen, ohne müde zu werden«, raunt er mir ins Ohr, bevor er mit zwei Fingern in mich eindringt. Keuchend verharre ich mit geöffneten Lippen neben seinem Hals und klammere mich an seinen Schultern fest. Weitere Male dringt er in meine Pussy ein, überstreckt meinen Hals, um meine Kehle zu küssen, und steht oberkörperfrei bloß noch seine Anzughosen tragend unter dem Wasser.

Schwere Tropfen fallen funkelnd aus seinem mitternachtsschwarzen Haar, als ich zwischen meinen Fingern seine Härte massiere. Ich kann die Erregung mit jeder Sekunde mehr spüren. Fühlen, wie sein Schwanz härter wird.

Kurz darauf werde ich meinen BH los und steige aus meiner klitschnassen Jeans inklusive Höschen. Achtlos lasse ich meine Kleidung neben mir liegen. Ich trage nur noch den Verband, als er mich vor sich umdreht, meine Füße mit seinen auseinanderschiebt und hinter mir in die Hocke geht. Finger dehnen mich weiter, heben meinen Po näher zu seinem Gesicht, bevor ich seine Zunge über meine Beininnenseiten gleiten spüre. »Das würde ich für keine andere Frau tun«, lässt er mich wissen.

»Hinter ihr knien oder sie lecken?«, erkundige ich mich belustigt. Daraufhin kassiere ich mir einen festen Schlag auf den Po.

»Natürlich beides. Es gibt nur dich.« *Und seine göttliche Zunge* – ergänze ich in Gedanken, als er meine Klit leckt und zart in sie beißt. Bisher habe ich ihn nie, kein einziges Mal, eine Frau lecken sehen. Bestimmte Dinge hebt er sich für mich auf, um mich immer wieder daran zu erinnern, dass er bloß Gefühle für mich hat. Wenn die anderen wüssten, wie gut … er …

»Verflucht!«, keuche ich gegen die Fliesen, als er fest und mit treffsicheren Berührungen mein Becken zum Beben bringt. In seinen Händen gefangen leckt er mich weiter. Das Wasser prasselt auf uns herab, als er, kurz bevor ich mit Anlauf über die Klippe springe, stoppt. Hinter mir erhebt er sich lachend.

»Dein Ernst?«

»Sei nicht so gierig«, antwortet er mit einem herrischen und zugleich süffisanten Klang in seiner Stimme. Im Nacken bekommt er mich zu fassen, dreht mich zu sich um und hebt mich mit einem Satz vor sich auf seine Schultern. Kurz wird mir schwummrig.

»Ich will deine Pussy besser sehen.« An der Glasscheibe hinter mir bekomme ich die Kante mit einer Hand zu fassen, während ich mit der anderen in sein feuchtes Haar greife. Seine Augen sind von einem finsteren Schatten umgeben, jedoch auch von kleinen Fältchen, als er zu mir dunkel lachend aufsieht.

»Stoß dir nicht den Kopf.«

»Sagst du so leicht.« Denn mein Kopf schwebt nur wenige Zentimeter unter dem riesigen quadratischen Duschkopf.

Beide Hände umfassen besitzergreifend meine Pobacken, bevor er sein Gesicht zwischen meinen Beinen vergräbt und mich leckt. Nach kurzer Zeit hält mich bloß sein Arm, auf dem ich sitze, und dringen Finger unter mir rhythmisch in mich ein.

»Fuck … Das ist …«

»Wesentlich besser als vorhin«, stimmt er mir zu, bevor ich den Satz wimmernd beenden konnte. Das Wasser prasselt auf meinen Oberkörper, als ich mich rücklings über die Glaswand lehne und die Hitze sich wellenartig wie eine Droge in meinem Körper ausbreitet. Ich kralle mich fester in sein Haar, spanne mein Becken an und bewege es sanft vor und zurück, bevor meine Beine über seinen Schultern zittern. Meine Atemzüge verlassen stoßweise meine Lippen. Ich winde mich auf ihm und stöhne verlangend.

»Scheiße, verdammt … Das ist höllisch gut …«, keuche ich und stöhne tief, als ich bebend auf seinem Arm komme. Er wird noch wilder, als er mein Stöhnen hört, das er so liebt. Seine Griffe werden grober, seine Bewegung ungehaltener, dennoch wartet er, bis der Orgasmus abgeebbt ist.

Mit geschlossenen Augenlidern keuchend, höre ich nur noch das laute Prasseln des Wassers und Rauschen in meinen Ohren. Mein Herz rast unaufhaltsam, während meine Klit pocht.

Sein Kopf bewegt sich unter meinen Fingern, die immer noch in seinem Haar ruhen. Es wird Zeit, dass er dran ist. Ich richte mich auf, dabei halte ich mich an ihm fest. Er würde mich nie fallen lassen, aus dem Grund habe ich keine Angst, abzurutschen.

»So, mein Darling, jetzt kommen wir zum Nachtisch.«

Er hebt mich von seinen Schultern, jedoch lässt er mich nicht auf die Füße gleiten. Auf Augenhöhe dreht er mich zur Wand und dringt in meine immer noch feuchte Pussy ein. Dieses Mal jedoch beinahe quälend langsam.

Vor ihm öffne ich die Lippen, reibe mit meinem Mund über seinen und schaue in seine halb offenen hungrigen Augen. Zentimeter für Zentimeter gleitet seine Härte in mich. Ich schlinge die Arme um seinen Hals und verschränke die Fußgelenke über seinem Hintern.

Langsam und ganz und gar nicht schnell oder herrisch hebt er mein Becken auf seinem großen Schwanz auf und ab und stößt in mich. Kein einziges Mal weiche ich seinem Blick aus. In dem Licht des Badezimmers beginnen seine düsteren, beinahe tiefschwarzen Iriden zu glühen. Ein gelbgoldener Streifen bricht sich in seinen Augen, während seine Gesichtszüge weich sind. Ich liebe seine raue, männliche, starke und autoritäre Ader, aber genauso die wenigen Momente, in denen er mir, nur mir allein, seine andere wesentlich sanftere, einfühlsame Seite zeigt.

Mit den Fingerspitzen zerteile ich sein feuchtes Haar, treffen meine Lippen in Abständen seine. Ich genieße jeden Stoß, lasse ihn das Tempo bestimmen und fühle auch, dass er nach dem anstrengenden Tag etwas abgekämpfter wirkt als sonst.

»Manchmal brauche ich auch diese Momente«, keuche ich vor seinem Mund, bevor er stoppt und in mir verharrt. Seine Hand streicht feuchte Haarsträhnen aus meinem Gesicht. Die Berührung fühlt sich wie etwas Kostbares an. Blinzelnd lächelt er.

»Ich weiß. Du brauchst hin und wieder die Augenblicke, in denen du dich anlehnen kannst. Ich kann nicht genug von dir bekommen, seit du wieder bei mir bist.«

»Ich ahne, wie sehr du dich zurücknimmst«, wispere ich, küsse seine Wange und lasse die Lippen über seine Bartstoppeln seinen Kiefer entlangwandern.

»Wir haben alle Zeit der Welt, mein Darling. Jeden Tag werde ich dich anders lieben. Mal intensiver, mal sanfter, mal gröber und mal nicht so, wie du es dir vorstellst.« Ein Lächeln stiehlt sich auf meine Lippen.

Behutsam umfasst er mein Kinn, schiebt meinen Hinterkopf gegen die schieferschwarze Fliesenwand und beißt zärtlich in meine Unterlippe. Flatternd schließe ich die Augen, als er seine Bewegungen fortsetzt und mich weiter nimmt. Nach einigen Minuten, in denen ich eng an ihn gepresst jede Berührung genieße und seine intensiven, dafür weichen Stöße mich beflügeln, lässt er mich auf die Füße sinken. Vor der Wand dreht er mich um, schlingt seine Arme um mein Becken und unterhalb meiner Brüste. Mit der rechten Hand, an der zwei Siegelringe aufblitzen, die er seit Jahren trägt, legt er meinen Kopf an seine Brust.

Wasser tropft aus seinem Haar auf meine Schulter. Keiner spricht ein Wort, als er mich weiterhin vor sich gefangen hält. Seine vereinnahmende Präsenz wirkt weder bedrohlich noch einschüchternd, sondern so vertraut und beschützend. Ich würde alles für ihn tun. In all den Jahren hat sich meine

Einstellung nicht geändert. Er ist die hellste Sonne meiner Galaxie, die sich um sie bewegt. Er ist meine Gottheit, die ich verehre. Er ist meine Dunkelheit, die mich nicht ängstigt, sondern mich wie ein beschützender Nachtumhang umhüllt.

Als er mich freigibt, lege ich die Hände auf die feuchte Fliesenwand, mache ein Hohlkreuz und spüre seine Lippen in meinem Nacken. Er küsst die Tätowierung auf meinem Schulterblatt, danach die Stelle zwischen Halsbeuge und meinem Ohr, saugt an meiner Haut und zwirbelt meine Brustwarzen, bevor er meine Hüfte umfasst und in mich eindringt.

Keuchend lehne ich die Wange gegen die Fliesen und schabe mit den Nägeln über deren Oberfläche. Jeder Stoß ist eine Befreiung. Jede Berührung führt mich zurück in seine Arme. Jeder Kuss ein Versprechen, dass wir unzertrennlich sind.

Je mehr Minuten vergehen, desto schneller werden seine Stöße. Er übernimmt die Oberhand wie meistens, da er immer die Kontrolle über das Spiel braucht. Für mich macht es ihn unvergleichlich männlich. Es ist mir jedes Mal ein Vergnügen, mich seiner Dominanz zu beugen und ihm alles von mir zu geben.

Obwohl ich kein zweites Mal zum Höhepunkt komme, fühlt es sich perfekt an. Ich konzentriere mich nicht auf einen Orgasmus, sondern auf ihn und seine Lust. Und nach schnelleren, tieferen Stößen höre ich sein Stöhnen, vermischt mit dem Prasseln des Wassers. Es macht mich glücklich, ihm die reine Lust verschafft zu haben. Sein Schwanz pulsiert, bevor er sich kehlig knurrend in mir ergießt.

»Daran musste ich den gesamten Prozess über denken. An dich, an den Sex mit dir unter der Dusche, an deinen Körper.«

Vereinnahmend presst er mich enger an sich. Anders als sonst sucht er vielmehr meine Nähe, als könnte ich ihm heute oder morgen wieder entrissen werden.

»Ich war den ganzen Tag über sauer auf dich.«

»Du verstehst dich echt gut darin, jeden romantischen Moment platzen zu lassen.«

Vor ihm lache ich. »Ich bin bloß ehrlich.«

»Und jetzt hat sich der Frust aufgelöst?«, hakt er nach.

»Vollkommen.« Ich befreie mich aus seiner Umarmung und drehe mich vor ihm um. Einen Moment betrachte ich die Runen und Maori-Tätowierungen, die von seinem Hals abwärts seine Brust und Arme bedecken. Direkt über seinem Herzen trägt er ein Auge, das vor sieben Jahren noch nicht dort zu sehen war.

Bedächtig küsse ich die Stelle. »Ich kann dir nie lange böse sein. Besonders nicht, wenn du mit mir redest und die Sache klärst.« Zu der Sorte Frau, die tage- oder wochenlang nachtragend ist, gehöre ich nicht. »Verheimliche mir nichts mehr. Oder lasse Dinge bewusst aus, um mich zu schonen, Kęstas. Versprich es mir. Das ist das Einzige, was ich will.«

Er legt seine Hand um meinen Hinterkopf, während er tief durchatmet und ich unter meinen Fingern seinen kräftigen Herzschlag spüre.

»Du hast mein Wort, mein Dunkelstern.« Obwohl ich es kaum spüre, küsst er mein Haar. »Aber du musst einsehen, dass es keinen günstigen Moment gab, es dir schonend beizubringen.«

»Diesen Moment hätte es nie gegeben. Genauso wie ich es …«

»Wie was?«

Ich schaue zu ihm auf. »Wie ich mich schwer tue, Malvine zu sagen, dass ich ihre Mutter bin. Wann ist der richtige Moment? Und wie sage ich es? Sie sieht nicht aus, als würde ihr etwas fehlen.« Zärtlich streiche ich über seinen Hals höher zu seinem Kiefer. »Du hast aus ihr wirklich einen Engel gemacht.«

»Du hast diesen Engel geboren, vergiss das nicht. Ohne dich gäbe es sie nicht. Im Übrigen möchte Malvine eine Schwester oder einen Bruder.«

»Wir waren gerade dabei …«

»Ich weiß. Ich wollte bloß gleich alle Karten auf den Tisch legen, und wenn ich ehrlich bin, will ich das auch. Nur mit dir. Dass du dieses Mal dabei bist, wenn es aufwächst.«

»Wir waren dabei, zu klären, wie ich es Malvine beibringen soll, nicht ob wir ein zweites Kind planen sollten.« Süffisant grinsend hält er mir die Nase zu.

»Jetzt sage ich dir schon, wenn mir was durch den Kopf geht, und informiere dich augenblicklich und jetzt willst du es nicht wissen«, zieht er mich auf und gibt meine Nase frei, damit ich wieder Luft bekomme.

»Doch, ich will es wissen. Es schmeichelt mir. Und mit dir ein zweites Kind zu planen, ist aufregend. Aber zuvor sollte ich meinem ersten Kind sagen, dass ich ihre Mutter bin. Nur wie?«

Obwohl mein Herz bei der Vorstellung, mit ihm ein zweites Kind zu haben, schneller schlägt. Ich habe die Schwangerschaft geliebt und die Geburt gehasst. Aber mit ihm neues Leben zu erschaffen, macht mich glücklich.

»Sag es ihr morgen in meinem Beisein. Wir werden uns morgen Abend mit ihr zusammensetzen und es ihr schonend beibringen.«

Ich nicke, während ich tief durchatme. »Wenn sie es nicht versteht und weiterhin will, dass ich ihre Freundin bin und nicht damit klarkomm…« Er legt seinen Zeigefinger auf meine Lippen.

»Worüber du dir Sorgen machst«, amüsiert er sich über mich. »Sie ist genauso clever wie du. Sie wird es freuen, wenn sie davon erfährt, glaub mir. Sie wird komplett aus dem Häuschen sein, mach dir darüber keine Sorgen. Danach darfst du dich darauf einstellen, dass sie sehr viel Zeit mit dir verbringen will.«

Die will ich auch mit ihr verbringen, um Momente nachzuholen, die wir verpasst haben. Nervös, als würde ich ihr jetzt in diesem Augenblick sagen, ihre Mutter zu sein, senke ich den Blick.

»So nervös habe ich dich selten gesehen.«

»Hey, das ist keine Kleinigkeit. Du warst ihr ganzes Leben lang bei ihr.«

»Und du wirst es ab sofort auch sein.«

In Gedanken versunken nicke ich. »Darauf freue ich mich.«

Kęstas wird von meinem Leuchten infiziert und lächelt zähnezeigend.

»Apropos«, beende ich die Stille, nachdem er das Wasser ausgestellt hat.

»Was geht dir durch den Kopf?«

»Du wolltest mir eine Frage stellen, sobald ich mich an alles erinnere. Das war jetzt nicht die Frage, oder? Ob wir ein zweites Kind bekommen wollen.«

Vor mir geht er zum Waschtisch und knotet sich im Gehen ein Handtuch um die Hüfte. Meine Augen wandern über seinen athletischen breiten Rücken, die unzähligen Muster, Rauten, versteckten Symbole und Zahlen, die als dunkle Tinte auf seiner Haut verewigt wurde. Sein gesamter Körper ist wie von Rätseln überzogen.

Er trocknet sein Haar und dreht sich dann zu mir.

»Nein, zuvor wollte ich dir eine andere Frage stellen.«

»Die wäre?« Vor mir breitet er ein schwarzes Handtuch in der Luft aus, in das er mich einwickelt und es vorsichtig über meinen Brüsten verknotet. Zärtlich streifen seine Finger meine feuchte Haut.

Sein Blick wird schmaler, als er den rechten Mundwinkel hebt. »Ob du jemals an Ungeduld sterben wirst«, verarscht er mich, greift zum Zahnputzbecher und lacht geheimnisvoll.

Okay, er rückt nicht mit der Sprache heraus. Es muss etwas Wichtiges sein, das in diesem Moment unangebracht ist.

»Na gut. Ich warte.«

»Dir wird nichts anderes übrig bleiben, mein Darling.«

Er kann wirklich genauso fies sein wie Arūnas. Neben ihm greife ich ebenfalls zum Zahnputzbecher. »Nächste Woche beginnt die Uni und morgen finden die ersten Einführungsvorlesungen statt«, lasse ich nebenbei fallen.

»Du willst das Studium beenden?«

»Hm-hm.« Es gab nie eine andere Option für mich.

»Finde ich sehr gut.«

»In einem Jahr habe ich meinen Abschluss. Vielleicht auch erst in drei Semestern, da ich eine wichtige Prüfung sausen lassen musste, weil ein Killer hinter mir her war und am Telefon mit mir geflirtet hat.«

»Wirklich? Du erlebst Sachen.«

»Ich habe es nie gesagt, aber ich bin froh, dass du mich angerufen hast, auch wenn du damit mein Leben vollkommen auf den Kopf gestellt hast«, nuschele ich mit der Zahnbürste im Mund.

»Was hat es in dir ausgelöst? Einmal vom bekanntesten Serienmörder Litauens beobachtet und gejagt zu werden, muss ein unvergessliches Erlebnis gewesen sein.« Aus den Augenwinkeln schaut er zu mir.

»Es war Furcht einflößend. Viel schlimmer waren deine heimtückischen Attacken, die wie aus dem Nichts kamen. Oder dass du Leute beauftragt hast, meine Wohnung zu belagern, oder Vilma bei mir war, als ich nach der Entführung aufgewacht bin.«

»Es war berauschend, das zu erleben«, raunt er mir mit der Zahnbürste im Mund ins Ohr. »Oder nicht? Die blanke Angst so hautnah zu spüren und zu wissen, nichts ausrichten zu können, muss sicher dein Denken verändert haben.«

Es hat wirklich mein Leben verändert. Kęstas ist brillant darin, einen die nackte Angst spüren zu lassen. Ich habe mein Leben die letzten Wochen komplett umgestellt und bloß noch auf meine Instinkte gehört.

»Ich muss das aber kein zweites Mal erleben«, stelle ich klar. »Es war der Horror, als ich in Lettland von dir angerufen wurde, obwohl du bei mir warst. Wie … wie hast du das eigentlich gemacht?«

»Ganz einfach, ich habe dich von Vikotar anrufen lassen. Mit dem Stimmverzerrer war das kein Problem.«

Er spuckt die Zahnpasta aus, was ich ihm nachmache. »Als du dein Handy hast in den Schnee fallen lassen, hast du mir einen Moment wirklich leidgetan. Umso überraschter war ich, dass du einen Schießkurs angefangen hast.«

»In den du Troy eingeschleust hast«, füge ich hinzu, greife zum Becher und spüle meinen Mund aus.

»Er sollte mir verraten, wie gut du im Training stehst. Du sollst wirklich überragend gewesen sein. Er war von deiner

Zielgenauigkeit sehr beeindruckt. Umso unberechenbarer war der Moment in der Tiefgarage. Du hast Javhar ziemlich übel mit der Klinge verletzt.«

»Ich hätte sogar jemanden getötet, wenn du mich nicht aufgehalten und deine Leute abgezogen hättest.«

»Ich weiß. Katara ging zu weit. Ich hätte wissen müssen, dass sie die Inszenierung viel zu ernst nimmt. Und Fexor hat alles vermasselt, indem er viel zu tief in das Spiel eingestiegen ist und dich bloß als Opfer betrachtet hat. Dieser Narr. Beinahe wäre wegen ihm alles vorbei gewesen.« Noch jetzt kann ich seinen Zorn in seinen Augen aufblitzen sehen.

»Moira …« Nachdem einen Moment keiner etwas sagt, ich meine Hände abtrockne, hebe ich den Blick. »Dieses Gebäude ist nicht dafür gedacht, für immer hier zu wohnen.«

Stirnrunzelnd schaue ich zu ihm auf. »Das bedeutet?«

»Wir werden ab morgen in meine Stadtwohnung ziehen und Malvine mitnehmen. Narusha und Rimas werden zurück nach Klaipéda reisen und wir versammeln uns bloß an den Wochenenden in diesem Gebäude.«

»Wir werden …«

»Ja, oder willst du weiterhin in deiner kleinen Wohnung leben? Aber wenn du deinen Abschluss nächstes Jahr machen willst, wäre die Stadtwohnung ideal. Sie befindet sich viel näher am Campus, du müsstest nicht einmal mehr einem Nebenjob nachgehen …«

»Ich wurde eh sicher gefeuert, weil ich nicht mehr erschienen bin.« Auch wenn der Job wirklich Spaß gemacht hat. Aber wenn ich ihn weiter ausüben würde, würden Kęstas und ich uns bloß wenige Stunden am Tag sehen. Er käme gegen 17 oder 18 Uhr nach Hause, während ich kurz nach 22.30 Uhr zur Nachtschicht aufbrechen müsste.

»Dann zieh bei mir ein. Mein Appartement ist auch dein Appartement. Du brauchst keinen Nebenjob. Ich unterstütze dich, wo ich kann, meine kleine Psychologiestudentin. Mittlerweile ist mein Gehalt auch besser als früher.« Er zwinkert mir zu.

»Sehe ich, wesentlich besser, wenn du dir so viele Häuser und Autos leisten kannst.«

Fältchen bilden sich um seine Augen. Er ist wirklich stolz auf mich, dass ich das Studium unbedingt beenden will.

»Okay und was ist mit Arūnas? Stört es dich nicht, dass ich ihn weiterhin treffen will?«

Ich kämme mein nasses Haar aus dem Gesicht, als er hinter mich tritt und seine Hände um meinen Körper legt.

»Triff ihn, wann und sooft du willst. Meinetwegen auch hier. Ich will es nur jederzeit wissen. Es stört mich nicht, noch nicht. Er macht einen anständigen Eindruck auf mich, ist wirklich ein hervorragender Schütze und ziemlich amüsant. Ich sehe, wie er dich glücklich macht. Wenn es so bleibt, habe ich nichts dagegen.«

»Dafür bist du umso unanständiger.«

»Das brauchst du doch«, raunt er in mein Ohr. »Ich sage es selten, aber Arūnas passt zu uns. Ich mag ihn. Außerdem kann es von Vorteil sein, wenn zwei Männer ein Auge auf dich haben.«

Spöttisch lacht er in mein Ohr und schenkt mir einen verwegenen Blick im Spiegel. »Einzige Bedingung ist die übliche. Ich will wissen, wann du dich mit ihm triffst. Und das von gestern Nacht können wir gern jedes Wochenende wiederholen. Wie er dich gefickt hat, hat mir sehr gefallen.«

Gänsehaut breitet sich auf meinen Unterarmen aus, während er mein feuchtes Haar aus meinem Nacken streicht und ihn küsst.

»Gleiche Regeln wie immer? Das gilt auch für dich. Wenn du Philippa oder diese kleine Kratzbürste, die sicher einen weichen Kern hat, vögeln willst, lässt du es mich wissen.«

»Aktuell will ich nur dich vögeln. Die anderen sind zwar nicht schlecht, aber kein Vergleich zu dir.« Seine Hand schiebt sich unter das Handtuch zu meinem Po. »Außerdem wollen sie sich hochschlafen. Sie mögen vielleicht Gefühle für mich haben, aber ich liebe sie nicht. Bei dir und Arūnas ist das anders. Ich kann es kaum erwarten, bis wir den nächsten Dreier ausleben werden.«

Ihn scheint es wirklich nicht zu stören, mich mit Arūnas zu teilen. Es jetzt von ihm gehört zu haben, beruhigt mich, da ich die Befürchtung hatte, er würde mich vor die Wahl stellen.

»Ich kann es auch kaum erwarten, was ihr euch als Nächstes einfallen lasst.«

»Zuvor sollte er sich unter Beweis stellen und zeigen, was er draufhat. Denn seine nächste Aufgabe wird sicher nicht einfach für ihn werden.«

Spricht er von der Aufgabe heute Nacht?

Noch bevor ich ihn fragen kann, gibt er mich frei, umfasst meine Hand und zieht mich durch den Wohnraum direkt ins Schlafzimmer. Dort angekommen, reißt er mir das Handtuch vom Körper, hebt mich auf sich wie eine Göttin und lässt mich anschließend auf ihm reiten.

KAPITEL 20
ARŪNAS

Genervt stelle ich das Glas ab. *Wo bleiben sie denn?* Dikar hockt neben mir in kerzengerader Haltung, als hätte er einen Stock verschluckt, auf dem Hocker und starrt auffällig zum Eingang der Bar.

Eine Frau, die ihr Haar in Form eines lässigen blonden Bobs trägt und ziemlich viel Lidschatten aufgetragen hat, schaut permanent in seine Richtung. Mit den Fingern trommelt sie auf der Tischplatte, rückt ihr knappes Oberteil zurecht, dass man ihre festen Möpse sehen kann, und flüstert zu ihren Freundinnen.

»Du wirst gerade geblickfickt«, flüstere ich zu Dikar und stoße ihn an.

»Was ist das?«

Sein Ernst? Er dreht den Kopf wie ein Roboter zu mir und schaut mich an und irgendwie auch nicht, als wäre mein Kopf durchsichtig.

»Eine Frau checkt dich mit ihren Blicken ab und wartet, bis du in ihre Richtung schaust.«

»Wieso fickt sie mich dann?«

»Weil … weil sie dich mit ihren Blicken auszieht.«

»Das geht nicht.«

»Ja, das geht nicht. Nur gedanklich natürlich. Sie sitzt auf neun Uhr. Die wasserstoffblonde Zierliche mit den Tattoos auf den Armen und dem olivfarbenen Top, das … Holla. Sie hat wirklich tolle Brüste«, ködere ich Dikar, der ungeniert mit einem verflucht tödlichen Killerblick in ihre Richtung schaut.

»Die mit dem Lippenpiercing?« *Das sieht er aus der Entfernung?*

»Ja. Schau nicht so grimmig, sonst denkt sie noch, du wirst sie durchlöchern, statt zu nageln.«

Trotz meiner Warnung ändert Dikar seinen Blick nicht, sondern nimmt einen Schluck aus der Bierflasche. Dabei fixiert er sie mit seinen Blicken, die mir unangenehm sind. Doch die Kleine scheint es nicht zu stören, sondern lässt mit einem lüsternen Blick eine Haarsträhne um ihren Zeigefinger kreisen.

»Sie kommt jetzt zu uns.«

»Das ist doch toll.« Ich schlage auf seine Schulter, als sie sich erhebt und in sexy gemusterten Strumpfhosen und schwarzen Hotpants auf uns zuspaziert kommt. Ihr Kleidungsstil ist gewöhnungsbedürftig, aber dafür hat sie einen Hammerkörper.

Mich misst sie bloß mit knappen Blicken, während es ihr wohl Dikar im Anzug und schwarzem Rollkragenpullover mit dem Körperbau eines Türstehers angetan hat. Auf seiner rechten Hand entdecke ich das Zeichen des Akis. Das Auge, das er ohne Bedenken an einer Stelle trägt, wo es jeder sehen kann. Auch seine Tätowierungen, die bis unter seinen kantigen Kiefer ragen, erzählen ihre eigene mörderische Geschichte. Er gibt sich keine Mühe, zu verstecken, was er ist. Und die blonde Frau scheint drauf zu stehen.

»Hallo, du. Du hast mit deinen einschüchternden schwarzen Augen in meine Richtung geschaut. Ich dachte, ich sage mal Hallo.«

»Ich schaue immer so«, kontert Dikar, während ich das nickend bestätigen würde, wenn nicht Vanags die Bar betreten würden. Da ist dieses perfide alte Schwein, das Moira beinahe getötet hätte. Viltautis schlendert in seiner abgewetzten, gefütterten Lederjacke durch den Eingang und hält die Tür für seinen beknackten Sohn Rolandas auf. Auf ihren Haaren und Schultern sammelt sich Schnee, den sich beide abklopfen, um anschließend auf einen reservierten runden Tisch zuzugehen. Die Bar ist dunkel, klein und stinkt nach Qualm, Terpentin und Alkohol. An den Wänden reihen sich sinnlose Wappen neben gerahmten Fotografien von Leuten der Untergrundszene.

Beinahe alles besteht in dieser in den Sechzigern in Vergessenheit geratenen Bar aus palisanderfarbenem abgenutztem Holz. Vom Tresen über die vertäfelten Wände bis hin zu den ausgetretenen Holzdielen, alles Holz.

Ich wette, der Alte besucht die Bar, seit er von der Muttermilch auf Alkohol umgestiegen ist. Sein fahles krankes Gesicht fällt deutlich zwischen den anderen Gästen auf. Außerdem besitzt er diesen gläsernen Blick, der jeden analysiert. Mich hat er bisher noch nicht gesehen, da uns Dikars neue Flamme den Blick mit ihrem Körper verstellt. Sie beugt sich zwischen uns zur Bar.

»Noch einen Tequila, Bunny!«, bestellt sie bei der afroamerikanischen Barkeeperin. Ihr süßes, klebriges Parfüm schlägt mir ins Gesicht. Als sie ihren Tequila erhält, rutscht sie doch tatsächlich auf Dikars linkes Bein.

»Upsi. Ich dachte, es wäre der Hocker.«

Ja, sicher. Und ich dachte, wir befinden uns in einem Edelrestaurant.

»Wisst ihr was?«, unterbreche ich die Unterhaltung der beiden, wobei die kleine Wasserstoffblondine mit dem Piercing über der Oberlippe neunzig Prozent spricht und Dikar gerade mal fünf Prozent. Den restlichen Teil überbrücken sie mit peinlichen Pausen und lüsternen Blicken. »Ich geh mal rüber zu den anderen.«

Sofort versteift sich Dikar und schubst die Kleine ein Stück weg.

»Sie sind da?«

»Genau dort vorn«, lasse ich ihn wissen und nicke zum runden Tisch, an dem beide entspannt ihre Jacken ausziehen und bei einer älteren Kellnerin mit bunt tätowierten Armen und schräger Frisur aus einer Mischung aus Bob und kleinem Knoten auf dem Hinterkopf bestellen. Sie unterhalten sich länger, lachen und amüsieren sich. Wetten, der Alte bekommt gerade einen Ständer?

Nachdem die Kellnerin laut lachend den Tisch verlässt, gibt ihr Viltautis einen Klaps auf das mächtige Hinterteil mit. Mir kommt es gleich hoch. Es ist nicht das erste Mal, dass ich auf solche aufgedrehten Weiber Mitte fünfzig treffe, die immer noch auf ihren Traumstecher warten. Natürlich suchen sie diesen unter den kriminellsten Litauens in schäbigen Spelunken. Versteh einer diese Frauen. So ungehemmt wie beide miteinander umgehen, bin ich der Überzeugung, dass der alte Sack seinen Schwanz schon mal bei ihr wegstecken durfte. *Widerlicher Gedanke.*

Die Blondine dreht sich zu dem Tisch um. »Ah, ihr meint den Tisch, an dem Vilti und sein Sohn Rolandas sitzen? Soll ich euch vorstellen?«

»Nicht nötig!«, antworte ich ihr. »Sie haben mal für mich gearbeitet.« Wobei ich mit den beiden nicht sonderlich viel zu tun hatte. Es genügte, ihnen Anweisungen zu geben und danach zu prüfen, ob sie die Sache korrekt erledigt haben.

»Für dich … Äh? Verarsch mich nicht.« Die Blonde, deren Namen sie uns bisher nicht verraten hat, drängt sich meinem Gesicht auf. »Bist du ein Vanag?«

»Ich war einer.«

»Wir sollten gehen«, brummt Dikar und stellt sein Bier ab.

»Nein«, sage ich. »Warten wir, bis sie ihren ersten Drink haben.« Es wird mir eine Freude sein, beide zu Brei zu schlagen.

»Warst einer? Und dann ein höheres Tier als die beiden? Glaub ich jetzt nicht. Die beiden prahlen damit, weit oben in der Hierarchie zu stehen. Angeblich direkt unter den zwei engsten Verbündeten des Bosses.«

Die kleine Quasselstrippe nervt mich dezent, da sie mir förmlich im Gesicht klebt.

»Tja, dann weißt du ja, wer ich bin, wenn du so viel … Apropos, woher weißt du überhaupt so viel?«, hake ich nach und schaue zu ihr auf, da sie weiterhin zwischen uns steht.

»Ich weiß eine Menge. Ich bin fast jeden Abend hier. Und mir fallen neue Gesichter sofort auf.« Mit ihren Fingern spaziert sie über Dikars Brust höher zu seinem Hals. »Das ist ein Vanags-Schuppen, in dem viel über Geschäfte geplaudert wird. Euch hingegen habe ich bisher noch nie gesehen.«

Sie blinzelt mit ihren Fakewimpern. »Wenn du einer der engsten Verbündeten vom Vanags-Boss bist, wieso warst du nie hier?«

»War der Boss denn schon mal hier?« Was soll diese dumme Frage? Tjark würde den Schuppen nur betreten, wenn es sich um einen Notfall handelt.

»Über welche Geschäfte reden sie? Ist zufälligerweise erwähnt worden, was mit den Zwillingen passiert ist?« Sie kann mir viel erzählen, wenn der Tag lang ist. Ich will prüfen, ob sie wirklich über alles informiert ist.

Nun nimmt sie seufzend auf Dikars Bein Platz. Überrascht – und hey, bei ihm sieht überrascht aus, als hätte er gerade gerülpst – schaut er zu der Frau.

»Ja, ich weiß es genau. Arūnas hat ihn erledigt. Der Name fällt in letzter Zeit sehr oft. Kalmar liegt verletzt im Krankenhaus, und die beiden da tüfteln an einem Plan, um diesen Arūnas zu killen. Sie glauben, er würde was mit dem Serienmörder zu schaffen haben. Mit diesem Magnus.«

Plötzlich verschwindet Dikars überraschter Gesichtsausdruck. »Was haben sie vor?«

Sie schiebt ihren Kopf zwischen unsere und kichert anschließend. »Ich hab gar nicht nach euren Namen gefragt. Ich bin Kitty. Und wie heißt ihr?« Sie lacht angetrunken.

»Ach ja, wie unhöflich«, kontere ich ebenfalls gespielt amüsiert lachend und bekomme sie im Nacken zu fassen. »Das hier ist mein neuer Kumpel Dikar. Ich weiß selbst nicht, ob er so heißt. Und ich heiße Arūnas.«

Sofort schnaubt sie und verschluckt sich an ihrer Spucke. »Arūnas. Von dem … dem ich gerade gesprochen habe?«

»Ganz genau, mein Vögelchen. Und da du es dir schon auf dem Schoß meines Freundes bequem gemacht hast, der sicher gern weitere Stunden mit dir verbringen will, erzähl uns doch, auf welche Art sie mich killen wollen.«

In ihr Gesicht tritt die Furcht, ich könnte ihr hier und jetzt das Genick brechen. Doch dann kichert sie und schaut zu Dikar. »Hast du wirklich später Lust, mit mir Zeit zu verbringen? Ich wohne gleich um die Ecke.«

Wie kann man nur so unbedarft und leichtsinnig sein? Dikar sieht nicht gerade aus wie der nette Mann von nebenan.

Statt zu antworten, schaut er auf ihren Ausschnitt. »Ich bringe dich nach Hause. Damit dir nichts passiert.« Er ist ein echter Gentleman.

»Wirklich? Du bist der Erste, der mir das anbietet.« Sie gibt ihm einen Kuss auf die Wange und hinterlässt ihren Lippenstift auf seiner Haut. »Okay, ich bin vom Thema abgekommen. Ich sage es nur, wenn ich keinen Ärger bekomme. Ehrenwort?« Sie schaut schnell zwischen uns hin und her und hält ihren kleinen Finger in die Luft. Widerwillig hake ich meinen kleinen Finger bei ihr ein und komme mir gerade vor, als wäre ich auf einem Friedensfestival.

»Jepp. Erzähl schon.«

»Also … sie wollen zuerst den Serienkiller an die Bullen ausliefern. Sie wissen wohl, wer er ist, und haben eine Mordwaffe oder so von ihm und Leute bestochen, die Falschaussagen machen. Danach wollen sie Arūnas, also dich …« Sie lächelt, als wäre es urkomisch. Die muss ja sternhagelvoll sein. »Und die Verlobte des Killers ermorden. Wie, wann und wo, weiß ich nicht. Aber ich denke nicht, dass sie das durchziehen. Sie sehen nicht wie die hellsten Kerzen auf der Torte aus. Sie sind sehr wütend auf dich, Arūnas, sehr, und ich glaube, wenn du zu ihnen rübergehen würdest, killen die dich sofort.«

»Wer wen killt, werden wir gleich sehen. Dikar.«

Er nickt ergeben.

»Kassieren wir an Tisch sieben ab.«

»Kitty, geh zu deinem Tisch zurück. Das wird jetzt böse«, antwortet er der Blondine. Sie rutscht von seinem Schoß, kaut auf ihrem Daumennagel und schenkt ihm verlangende Blicke. »Böse mag ich. Viel Glück euch beiden.«

Sie trippelt auf ihren hohen Hacken zurück an den Tisch zu ihren Freundinnen.

Dikar erhebt sich von seinem Hocker. »Gehen wir.«

»Sekunde, ich habe meinen Drink noch nicht ...« Ich hebe das Viertelbier an die Lippen und exe es. Okay, nicht ganz, also lege ich eine Pause ein. »Noch nicht ausgetrunken. Aber gleich. Überstürze es mal nicht.«

Als ich den letzten Schluck getrunken habe, stelle ich die Flasche ab und hole tief Luft. Kitty-Katze schaut erwartungsvoll zu uns und tuschelt mit ihren drei Freundinnen und einer Frau, die auch ein Mann sein könnte. Sie tauschen untereinander Geldnoten aus.

Ja, das wird sicher spaßig werden.

Ich rutsche vom Hocker und fahre mir durch mein Haar.

Gemeinsam gehe ich mit Dikar zu dem Tisch Nummer sieben. Wir schauen absichtlich nicht in ihre Richtung, damit sie uns nicht sofort erkennen. Da die beiden auf einer u-förmigen Bank um den Tisch sitzen wie in einem Diner, bleibe ich vor dem einen Bankende stehen und Dikar beim anderen.

»Schönen guten Abend, die Herren!«, begrüße ich beide und stelle meinen rechten Fuß auf das Polster.

Mist, jetzt muss ich kurz aufstoßen.

»Arūnas«, bringt Viltautis hervor, öffnet seine Jacke und will nach seiner Waffe greifen. Ich hingegen schnappe mir seine halb leere Bierflasche, zerschlage sie auf dem Tisch und halte ihm die scharfe gezackte Glaskante an den Hals. Aus dem Grund wollte ich, dass sie ihr Gesöff austrinken, um mich nicht schmutzig zu machen. Viltautis rutscht tiefer in die Bank.

»Ja, so heiße ich«, verarsche ich ihn. »Wie mir zu Ohren gekommen ist, wollt ihr mich umbringen? Weiß Tjark davon?«

Sein Sohn wird von Dikar an der Kehle gepackt und quer über den Tisch gezerrt. Er geht ja wirklich zur Sache. Erschrocken schaut Viltautis zu seinem Sohn, der unter Dikar auf dem Boden begraben wird. Schnell weicht er der Bierflasche, die ich an seine Kehle halte, aus, und will zur freien Seite rutschen. Doch ich bin schneller. Ich werfe die Flasche weg, stelle mich vor den Tisch und trete auf die Platte. Der komplette Tisch kippt laut krachend in meine Richtung um. Die Gäste wirken auf einmal ziemlich nervös und still. Nur die Jazz-Musik ertönt weiterhin aus den Lautsprecherboxen und Rolandas Fluchen ist zu hören.

Mit beiden Händen schiebe ich den Tisch zur Seite. Als Viltautis begreift, mir nicht entkommen zu können, da ich meine Pistole auf ihn richte, reißt er die leicht vergilbten Augen auf und hebt die Hände.

»Schon gut. Steck die Pistole weg.«

»Vergiss es. Gehen wir nach draußen an die frische Luft.« Ich greife nach seiner babyweichen Lederjacke und zerre ihn von der Bank. »Wir haben einiges zu bereden, was nicht für fremde Ohren bestimmt ist, mein lieber Viltautis.«

»Wenn du mich erschießt, wird der Boss …«

»Ja, was wird er? Mich aus der Organisation werfen?«, verpöne ich ihn und stoße ihn zum Eingang der Bar. Mit einer Hand öffne ich die Tür, mit der anderen dränge ich ihn nach draußen.

Als er wie geplant seine Beine in die Hand nimmt und über die dunkle nebelige Gasse über die vereisten Pflastersteine rennt, beginne ich zu lachen. Er rutscht mit dem rechten Fuß weg, aber fängt den Sturz gerade so ab.

»Wo willst du hin, Viltautis? Wir wollten uns unterhalten.« Ich schieße, ohne zu zögern, auf sein rechtes Bein. Es bricht unter ihm weg, sodass er dieses Mal wirklich fällt. Zuerst kracht er mit dem Knie auf, um danach den Sturz mit seinem Unterkiefer abzubremsen. Muss schmerzhaft sein. Wütend und trotzig wie ein Kind brüllt er auf. Dikar befördert in der Zwischenzeit seinen Sohn aus der Bar, der auf mich losstürmt.

»Was hast du gemacht!«, blafft er mich an und streckt die Hände nach mir aus. Bevor er mich zu fassen bekommt, reißt ihn Dikar an seinem Haar zurück. Ich schenke ihm einen dankbaren Blick, bevor ich mich Viltautis zuwende, der kriechend wie eine Echse ohne Bein über das Pflaster robbt.

Direkt vor seinem Gesicht bleibe ich stehen.

»Weißt du, ich verstehe nicht, wieso dich Tjark übernommen hat. Du warst schon damals ein widerwärtiger Wurm. Eher eine Blindschleiche. Keine Schlange, dafür eine Echse ohne Beine. Genau das trifft es sehr gut. Denn du hast nicht nur mich verraten …« Vor ihm gehe ich locker in die Hocke und greife nach seinem Kragen. Er zückt sein Messer und fuchtelt damit herum, als würde ihm das helfen, mich loszuwerden. Kurzerhand nehme ich ihm das Messer ab, lege seine Hand flach auf die Pflastersteine und durchbohre ohne Reue seinen Handrücken mit seiner Klinge. Er schreit bestialisch auf. Tränen und Rotz verteilen sich in seinem Gesicht.

»Hör auf, bitte …«

»Wieso denn? Ich fange gerade erst an.« Am Kopf bekomme ich ihn zu fassen und schlage seine Nase in sein dämlich verlogenes Hirn.

Blut quillt aus seinen ehemaligen Nasenöffnungen, läuft über seine Lippen weiter in seine tiefen Falten. »Ich habe mir erzählen lassen, dass nicht Moira die Vanags vor sieben Jahren angegriffen hat, sondern dein feiger Sohn Emilis. In Begleitung von Danuta und Henriko hat er zuerst auf sie geschossen. Ihr habt einen Deal für den alten Vītols abgezogen, richtig?«

Zuerst schüttelt er den Kopf, um danach zu nicken. »Sie sollten … zu Rimpel gehen, die Kinder abkaufen. Sie hat jedoch gestört und alles gesehen. Hab … von Rimpel erfahren«, bringt er nuschelnd hervor.

»Tja, dann seid ihr selber schuld. Was für Informationen habt ihr an die Polizei über Magnus gegeben?«

Am Kragen reiße ich sein Gesicht hoch. Er wird beinahe von seiner eigenen Jacke erdrosselt. Im grellen Laternenlicht nimmt sein Gesicht ein Tiefrot an, während weiterhin Blut aus seiner Nase läuft.

»Eine Waffe … letzter Leichenfund, wir haben … Blut des … Opfers und die Klinge …« Auf einmal tritt er weg.

Klasse.

Ich gebe seinen Kragen frei, erhebe mich und richte die Pistole auf ihn. Unerwartet zieht er mit letzter Kraft die Klinge aus seinem Handrücken und stößt sie in meine Wade. *Verflucht, zur Hölle!* Schäbig lachend schaut er auf, als ich zurückspringe.

»Es ist zu spät … sie werden … ihn fassen mit der Schlampe … der Killer wird fallen …« Gurgelnd lacht er und schaut mir entgegen, als ich die Klinge mit einem gequälten Stöhnen aus meiner Wade ziehe.

»Wie hast du sie genannt!«

»Schlampe! Sie lässt sich von jedem ficken … sogar von dir.«

Obwohl der Schnitt in meiner Wade höllisch schmerzt, mich jedoch nicht zu Fall bringt, hole ich mit dem gesunden Fuß aus und trete in sein Gesicht.

Röchelnd, wimmernd und schniefend rollt er sich auf die Seite. Ich schlage ihm seinen Schädel ein, bevor ich ihn erschieße, sollte er noch einmal Moira als Schlampe bezeichnen. Weiter vorn sehe ich Dikar mit Rolandas nicht mehr. *Wo sind sie hin?* Dafür stehen vor der Bar versammelt mehrere Gäste. Sie stecken zwar alle irgendwie in kriminellen Organisationen, trotzdem muss ich Viltautis nicht vor ihren Augen töten.

Am Handgelenk bekomme ich ihn zu fassen und schleife ihn hinter mir her wie einen Sack Mehl. Mit jedem Schritt begleitet mich ein Ziehen in der Wade. Nach gefühlt fünfzig Metern erreiche ich ein Gebäude mit eingeworfenen Scheiben und Graffiti an den Wänden. Die modrige Holztür sieht nicht gerade stabil aus. Ich ramme meine Schulter dagegen, und die Tür fliegt auf, als wäre sie nicht abgeschlossen worden. Hoffentlich lande ich nicht in einem Unterschlupf von Drogenjunkies, die sich in diesem Gebäude einen Schuss setzen und vor der Kälte zurückgezogen haben. Doch das stinkende und verlassene Gebäude ist leer. Ich lasse Viltautis inmitten von Scherben, Unrat und Müll liegen.

Er keucht angestrengt. »Wie lauten die Namen der Zeugen, die eine Falschaussage machen sollen? Wen habt ihr gekauft?«, fordere ich ihn auf, weiterzusprechen. Schwerfällig schaut er zu mir auf. Er sieht überrascht aus, dass ich davon weiß.

»Viele …«, gurgelt er.

»Wen!«

Stur schließt er die Augen. »In Ordnung, schweige weiter. Ich bin mir sicher, dein Sohn wird gesprächiger sein. Ich könnte auch deine Schwiegertochter besuchen oder deinen Enkel kennenlernen.« Hinkend laufe ich vor ihm auf und ab und lache.

»Sie haben nichts … damit …«

»Das hättest du dir vorher überlegen sollen. Ich belüge dich nicht, du stirbst noch heute genauso wie dein Sohn. Aber wenn du wirklich für die Organisation gelebt hast, rückst du die Namen heraus und ich werde den Rest deiner Familie in Ruhe lassen.«

Unter seinen schweren Verletzungen, die ihm immer mehr zusetzen, schließt er die Augen. »Gib mir einen … Stift und Zettel …«

Mit dem Handy beleuchte ich den Raum, in dem neben Uringestank und Rattenkot alte Möbel herumstehen. Ich suche sie ab und finde schließlich einen Bleistift und eine alte Rechnung. Beides lege ich ihm vor die Nase und schiebe den Stift in seine unverletzte Hand. Zittrig krakelt er kaum lesbare Buchstaben auf das Papier. Es werden immer mehr Namen.

Aus drei Falschzeugen werden fünf, danach sechs. Wie viele Leute hat er gekauft, um Kęstas zu überführen? Was sollen sie für Lügen erzählen?

»Sechs …«, krächzt er. »Zwei gehen morgen … Polizei …«

»Sprich die Namen aus, deine Handschrift lässt echt zu wünschen übrig.« Ich hebe den Zettel vors Gesicht und schnappe den Bleistift. Er zählt jeden Namen auf, den ich auf dem Papier korrigiere. Es sind vollkommen fremde Leute dabei. Drei der Personen kenne ich, aber nicht alle. Wo wohnen sie? Wo finde ich sie?

Als ich ihn fragen will und zu Viltautis schaue, liegt er reglos am Boden.

»Hey.« Mit der Bootspitze stupse ich sein Gesicht an. Der Tritt gegen seinen Schädel scheint ihm heftiger zugesetzt zu haben als gedacht. Er wacht nicht mehr auf, auch nicht, als ich weitere Versuche unternehme, um ihn zu wecken.

»Verdammt.« Neben seinem Bein gehe ich seufzend in die Hocke. Eine Weile starre ich ihn an und forsche in mir nach einem Gefühl von Reue. Spüre ich sie wie früher? Aber da ist nichts. Es tut mir nicht leid, ihn getötet zu haben. Viltautis hat mehrere Menschen gekauft, Moira mit den anderen fast ermordet und Tjark getäuscht. Nein, ich bedauere seinen Tod kein bisschen.

Als ich die Tür hinter mir zuziehe und mich auf die Suche nach Dikar begeben will, steht er unerwartet in der leeren dunklen Gasse rechts von mir. Schnee wirbelt aus dem rabenschwarzen Himmel, der sich auf sein dunkles Haar und seine Schultern setzt. Ansonsten hätte ich seine Statur beinahe nicht gesehen.

»Bist du fertig?«, erkundige ich mich.

»Ja. Ich habe Kitty nach Hause gebracht.« Ernsthaft? Er hatte noch den Nerv, die Quasselstrippe heil zu Hause abzuliefern? Dikar überrascht mich immer wieder. Sein Blick wandert zu meinem blutenden Bein, wo die Hose aufgerissen ist.

»Du bist verletzt.«

Gelassen winke ich ab. »Nur ein Kratzer. Wir sollten …«, ich deute in das Haus, »ihn loswerden.«

Dikar dreht sich kurz zu einem Lieferwagen um. Hinter ihm parkt der Van, mit dem wir hergefahren sind. Ohne ein Wort zu sagen, geht er an mir vorüber, öffnet die Tür und geht zu Viltautis. Ich schaue um die Ecke ins stinkende Gebäude und verfolge, wie Dikar eine Klinge zieht, danach Viltautis' Hals, ohne zu zögern, durchtrennt.

»Er war nicht tot«, erklärt er knapp.

Verblüfft öffne ich den Mund. Als wäre er eine Maschine oder ein Mensch ohne Gefühle, wischt er die Klinge an Viltautis' Hose ab. »Er hat es nicht mehr gespürt«, versichert er mir, als ich ihn weiterhin anstarre.

Jemanden mit einem Messer zu töten, benötigt wesentlich mehr Überwindung als mit einer Pistole. Denn man ist seinem Opfer mit einer Klinge viel näher, spürt die Wärme seiner Haut, hört den Atem und berührt seinen Körper.

Dikar hebt Viltautis' Leiche auf seine Arme und zerrt ihn nicht ruppig hinter sich aus dem Gebäude, um sich nicht die Hände schmutzig zu machen. Ich öffne die hintere Tür des Vans und finde Rolandas vor, der ebenfalls mit aufgeschlitzter Kehle tot im Wagen liegt.

Dikar setzt die Leiche vorsichtig auf der Ladefläche ab, malt beiden ein Kreuz auf die Stirn und kommt dann zu mir.

»Bist du christlich?«, hake ich nach, greife in den Schnee und kühle damit die blutende Verletzung.

»Ja. Sie kommen in die Hölle wie wir. Trotzdem vergibt Gott alle Sünden. Nicht heute, aber irgendwann.«

»Hoffen wir es«, murmele ich und spüre, wie mir ein Schauder über den Rücken jagt. Dikar tötet auf ganz bizarre Art und

Weise. Mit einer gewissen Ehrfurcht vor dem Tod und Achtung vor dem Leben. Er müsste beide hassen, da sie Kęstas verraten haben, trotzdem behandelt er ihre Leichen respektvoll.

»Wenn ich einmal ermordet werden sollte, würde es mich erleichtern, wenn du das übernehmen könntest«, sage ich ehrlich.

Dikar reagiert nicht auf meine Worte, sondern schließt die Vantüren.

»Du wirst nicht ermordet«, sagt er irgendwann, als wir im Van sitzen und er die Gasse verlässt.

»Ah, das weißt du woher?«, hake ich interessiert nach. Nicht, dass er auch hellsehen kann und ein Medium ist.

»Keiner der Anhänger stirbt durch Feinde«, sagt er mit diesem baltischen Dialekt. »Kęstas würde es nicht zulassen. Ich auch nicht.«

Irgendwie beruhigt mich seine Antwort. Auch wenn sie natürlich Quatsch ist, weil Kęstas nicht überall sein kann. Gerade jetzt sollte er am meisten auf sich aufpassen. Denn er steckt tiefer in der sich zusammenbrauenden Katastrophe als gedacht. In diesem Moment wird er bei Moira sein.

Macht mich der Gedanke eifersüchtig? – frage ich mich selbst. Meine Augen wandern zum Armaturenbrett. Es ist 23.47 Uhr.

Nein. Ich bin sogar ganz froh darüber, dass er bei ihr ist und auf sie aufpasst, da jeden Moment eine Spezialeinheit der Polizei oder ein ARAS-Team an ihrer Tür klopfen könnte.

»Dikar, wir müssen heute Nacht ein paar kurze Abstecher machen, sobald wir unsere Fahrgäste losgeworden sind. Ich habe eine Liste der Personen, die bei der Polizei als Zeugen ausgesagt haben und Kęstas belasten.«

»Ich habe auch drei Namen.«

»Ich habe sechs.« Als ich ihm meinen zusammengefalteten Zettel überreiche, entfaltet er ihn an einer roten Ampel wartend. »Bist du sicher?«, hakt er nach.

»Absolut. Er hat es praktisch auf das Leben seiner Schwiegertochter und seines Enkels geschworen.«

»Dann sind es neun.«

Sein Ernst? Neun Personen, die einen Batzen Geld für eine Falschaussage kassiert haben.

»Das werden wir nicht schaffen«, antworte ich ihm. Nicht in einer Nacht.

»Wir fahren zurück zur Halle. Du musst zuerst behandelt werden.«

»Nein, es geht schon.«

»War Kęstas' Anweisung. Er wartet auf uns.«

Wenn Kęstas das meint. Auch wenn ich zuvor zuerst drei Zeugen mundtot gemacht hätte, statt zurückzufahren.

Aber Magnus' Wille geschehe. Eine Verschnaufpause kann nicht schaden, genauso wenig wie eine Dusche und frische Kleidung.

LIEBST DU SPONTANE ÜBERRASCHUNGEN WIE EINE REISE, EIN ESSEN ODER EINEN AUSFLUG?

JA, ICH MAG ICH SEHR.

NEIN, ICH MAG ES NICHT, UNVORBEREITET ZU SEIN.

KAPITEL 21
MOIRA

Unruhig hocke ich auf dem Klappsitz im Hörsaal und folge der Einführungsvorlesung. Der Saal ist halb voll. Denn nur die Studenten ab dem achten Semester dürfen sich für die Vorlesung einschreiben.

Als ich das Studium begonnen habe, waren die Säle brechend voll. Doch mit der Zeit warfen immer mehr das anstrengende Studium hin. Ich will es beenden, auf jeden Fall. Und wenn ich nicht mehr nachts jobben gehen muss, kann ich mich umso mehr auf das Studium konzentrieren. Meine Noten sind gut bis sehr gut, aber sie könnten noch besser werden.

Kaum ist die letzte Vorlesung vorbei, erwartet mich Dikar in einer Limousine auf dem Uniparkplatz. Ich steige zu ihm auf die Rückbank und stelle die Tasche ab.

»Los gehts, Dikar. Ich kann es kaum erwarten, zu sehen, wie Kęstas wohnt.« Mit einem freudigen Gefühl schnalle ich mich an.

Denn bevor ich meine Habseligkeiten in meiner Wohnung in Kartons verstaue, wollte ich zuvor einen Abstecher zu Kęstas' Stadtwohnung machen, um zu sehen, wie er wohnt. Arūnas dürfte mittlerweile wach sein, der gestern

Nacht mit Dikar ziemlich spät zurückgekommen ist. Kęstas schlief neben mir. Aber ich bin mir sicher, dass er mitten in der Nacht aufgestanden ist, als beide zurückgekehrt sind.

»Wie war die Uni?«

»Es lief ausgezeichnet. Du musst mich nicht jeden Tag zur Uni fahren.«

»Aktuell werde ich das tun«, antwortet er und schaut in den Rückspiegel. »Kęstas ist im Gerichtsgebäude. Arūnas sucht mit drei Anhängern nach Zeugen.«

Zeugen? Plötzlich klopft es an der Scheibe links von mir und rotes Haar flattert vor dem Fensterglas im eisigen Februarwind. Direkt danach sehe ich Kataras bildhübsches Gesicht. Dikar steigt aus, um ihr die Tür zu öffnen.

»Ich fahr mal eine Runde bei euch mit.«

»Spionierst du uns hinterher?«, frage ich sie.

»Nein, ich hab dich den Hörsaal verlassen sehen und mir gedacht, den Hintern kenne ich doch, dem laufe ich gleich mal hinterher. Fahren wir zur Industriehalle?« *Dem Hintern, was?*

»Nein«, antworten Dikar und ich gemeinsam.

»Wir fahren zu Kęstas' Stadtwohnung.«

»Fahren wir nicht«, erwidert Dikar, als er den Motor startet.

»Fahren wir doch. Das ist so abgesprochen.«

»Du darfst dich dort nicht aufhalten. Die Polizei durchsucht seine Wohnung in diesem Moment.«

Das kann nicht sein. Und wenn es so ist, warum bleibt Dikar so cool? Okay, die Frage kann ich mir selbst beantworten. Wann war er je uncool? Nie.

»Aber …« Ich umfasse die Rücklehne des Beifahrersitzes und beuge mich zu Dikar vor. »Du hast gesagt, Kęstas ist im Gerichtsgebäude.«

»Ist er auch. Sie werden ihn vermutlich nach dem Prozess verhören.«

»Äh, stoppt mal. Wieso spricht Dikar mehr als drei Worte mit dir?« Katara schaut mich skeptisch an, als würde sich meine Haut gerade in ein Aliengrün verwandeln.

»Weil ich Dikar sehr lange kenne«, gebe ich mit einem Schmunzeln zurück.

»Acht Jahre«, stimmt mir Dikar zu und fädelt sich in aller Seelenruhe im Stadtverkehr ein.

»Ganz genau. Ich erinnere mich noch daran, als wäre es erst gestern gewesen, als dich Kęstas verprügelt zu uns nach Hause gebracht hat.« Ich lege Dikar eine Hand auf die Schulter. »Wie gehen wir jetzt vor? Du hast von Zeugen gesprochen. Weder Kęstas noch Arūnas haben mir etwas davon erzählt.«

»Arūnas wurde verletzt und brauchte Ruhe. Er sollte dich nicht wecken. Kęstas habe ich vor dir zum Gerichtshof gefahren. Du hast noch geschlafen.«

Ja, das stimmt. Dennoch hätte mich einer der beiden wecken können. »Weiter? Was ist gestern Nacht passiert?«

»Arūnas und ich haben die Verräter beseitigt. Zuvor haben sie uns neun Namen gegeben. Personen, die für Geld oder mithilfe von Folter Falschaussagen machten. Es gibt eine Mordwaffe, die Kęstas zusätzlich belasten soll.«

»Sei nicht albern«, mischt sich Katara mit entsetzt hoher Stimme ein. »Jede Mordwaffe wird mitgenommen und beseitigt. Niemand kann uns eine Tat nachweisen.«

»Es ist auch nicht Kęstas' Waffe, sondern eine, die mit Blut vom letzten Opfer im Haus in Klaipéda zurückgelassen wurde. Jemand muss die Waffe vor dem Eintreffen der Polizei dort deponiert haben.« Wir wissen alle, wer der Jemand war. Algis, Alenas und Kalmar.

Das sieht echt übel aus. Die gekauften Zeugen könnten zu einem gewaltigen Problem werden, wenn ihre Aussagen wirklich überzeugend sind.

»Aber, aber …« stammelt Katara und dreht sich zu mir. »Das ist deine Schuld. Weil du die Vanags angeschleppt hast!«

Du hast doch keine Ahnung – denke ich. Da ich keine Lust habe, ihr zu erklären, dass die Auseinandersetzung zwischen den Vanags und mir sehr weit zurückliegt, lehne ich mich im Sitz zurück und denke nach.

»Moira ist nicht schuld. Sie wurde zuerst angegriffen.«

»Teilweise bin ich schuld, weil ich allein losgezogen bin«, korrigiere ich Dikars Antwort.

»Sehe ich nicht so.« Ich bringe ein dankbares Lächeln über die Lippen.

»Klärt mich mal jemand auf? Ich verstehe gerade bloß Bahnhof.«

»Moira ist Kęstas' Frau«, erklärt Dikar. »Sie hat ihr Gedächtnis verloren und jetzt ist sie wieder bei uns. Mehr musst du nicht wissen.«

Katara weitet die Augen, als wäre Dikar ein zweiter Kopf gewachsen. Danach dreht sie sich zu mir um. »Das … das bedeutet …« Sie zieht ihre dunklen Brauen zusammen. »Du bist wirklich die Frau, auf die Kęstas so lange gewartet hat? Und Malvine ist …«

»Meine Tochter, richtig.«

Ich kann mitverfolgen, wie sich die Puzzleteile in ihrem Kopf zusammensetzen.

»Was können wir jetzt tun?«, frage ich Dikar. »Die Zeugen aufsuchen?«

»Nein. Wenn alle verschwinden, fällt es auf.«

»Aber Kęstas wird festgenommen, verdammt.«

»Er hat sich darauf vorbereitet, Moira. Wir fahren zu deiner Wohnung und du packst deine Sachen in Kartons. Danach holen wir Malvine vom Kindergarten ab.«

So tun, als wäre nichts passiert.

»Und Arūnas sucht die ersten Zeugen?«

»Ja.«

»Allein?«

»Nein. Iltronas und Osiris sind bei ihm.«

»Nicht wahr. Warum wurde ich nicht informiert? Ich will auch helfen«, fällt Katara in unser Gespräch.

»Du hast Uni. Je unauffälliger wir uns verhalten, desto besser.« Er hat recht, auch wenn ich mir gerade nutzlos vorkomme so wie Katara. Ich soll Kartons packen, während Kęstas verhaftet wird. Klasse.

Eine Weile spricht keiner ein Wort. Katara scheint die Informationen zu verarbeiten, während Dikar uns durch halb Vilnius in mein Stadtviertel fährt. Vor den Wohnblocks parkt er den Wagen und steigt mit uns aus.

Keine Ahnung, wofür sich Katara entscheidet, ob sie nach Hause oder zur Halle fährt.

»Dort wohnst du?«

»Warst du nicht schon einmal hier und hast mich beschattet?«, frage ich sie, schnappe meine Tasche und hole die Hausschlüssel heraus.

»Nein, Fexor und Gareises waren hier, um dir etwas Angst einzujagen.« Gareises? Bisher habe ich den Typen noch nicht getroffen. Mir fehlen noch so viele Informationen. Eigentlich wollte ich bei der nächsten Versammlung, sobald ich mich erholt habe, dabei sein, um alle neuen Mitglieder kennenzulernen. Doch da Kęstas die Versammlung – wie es aussieht – nicht führen kann, fällt das wohl aus.

Ich laufe zu meinem Block, gefolgt von Katara und Dikar. Dikar stoppt vor meiner Wohnungstür. »Ich warte hier.«

»Quatsch, komm rein. Es ist nicht so schön wie das alte Appartement, aber mir hat es gereicht.« Am Ellenbogen ziehe ich Dikar in den beengten Flur. Wie immer ist es eiskalt in meiner kleinen Suite. Katara bleibt vor der Tür stehen.

»Darf ich auch reinkommen?«

Ich betrachte sie von oben bis unten. Sie trägt einen dunkelblauen Samtmantel mit goldenen Knöpfen, darunter eine schwarze Strumpfhose und Stiefel.

»Klar, aber nur, wenn du dich nützlich machst.«

Als beide eingetreten sind und ich meinen alten Ölradiator angeschaltet habe, mache ich uns einen Tee. Dikar trägt in der Zwischenzeit Umzugskartons aus dem Keller in meine Wohnung. Katara schaut sich überall um, bevor sie gezwungen lächelnd zu mir kommt.

»Ich wollte dir sagen, dass ich nicht wusste, wer du bist. Ich hätte dich sicher nicht schroff behandelt, wenn mir jemand der Idioten gesagt hätte, wer du bist.« Ihre eisblauen Augen wandern zu den drei Tassen, in die ich heißes Wasser gieße.

»Welche Teesorte magst du am liebsten?«

»Eistee«, scherzt sie. »Danach Pfirsich oder so. Irgendwas Exotisches.«

Ich suche einen süßen Tee für sie heraus und Dikar einen Earl Grey, mir bereite ich einen Kräutertee zu. Obwohl ich vorgebe, ruhig zu sein, tobe ich innerlich. Am liebsten würde ich ins Polizeirevier stürmen, die Aktenschränke durchwühlen und die Falschaussagen in Flammen aufgehen lassen.

»Schon vergessen. Du konntest es nicht wissen«, antworte ich ihr. »Und bevor es peinlich wird: Ich weiß alles.« Ich zwinkere ihr zu, bevor ich ihr die Tasse mit dem dampfenden Tee reiche.

»Alles? So richtig alles?«

»Alles alles.«

»Okay … Bist du sauer, eifersüchtig oder killst mich deswegen?«

Lachend schnappe ich meine Tasse. »Wieso? Nein. Wenn er es wollte und seinen Spaß hatte, nein.«

»Ihr seid ungewöhnlich.«

Ja, das sind wir. »Hilfst du mir oder willst du einen Film schauen?«

»Ich würde gern überlegen, was wir als Nächstes machen.«

»Du hast Dikar gehört, erst mal normal verhalten. Aber …« Im Wohnzimmer angekommen drehe ich mein Gesicht zu ihr. »Ich denke, die Versammlung muss am kommenden Wochenende stattfinden.«

Ein Funkeln tritt in ihre blauen Augen, bevor sie sich lässig auf die Couch fallen lässt und ihre Beine verschränkt. »Finde ich sehr gut. Du kannst mit meiner Unterstützung rechnen.«

Zwei Stunden lang packen wir Kartons. Zwei Stunden über texte ich mit Arūnas. Zwei Stunden erhalte ich kein Lebenszeichen von Kęstas. Arūnas ist immer noch unterwegs und spürt den zweiten Zeugen auf.

Kęstas hat mich für diesen Notfall auf alles vorbereitet. Ihn besuchen und anrufen, ist aktuell unmöglich. Außerdem würde ich mich ebenfalls verdächtig machen. Ein Besucherantrag kann mehrere Tage oder Wochen dauern, bis er bearbeitet wird. Nur sein Anwalt darf Kęstas besuchen. In dem Fall ist es unser Minister.

Man sitzt nur in U-Haft, wenn der Verdacht auf Flucht-, Verdunkelungs- oder Wiederholungsgefahr besteht. Fliehen wird Kęstas nicht, aber wir werden ihm helfen, die Tat zu verdunkeln und die verdammten Falschzeugen ausfindig zu machen. In Untersuchungshaft kann er kaum etwas unternehmen, fliehen wäre zu riskant. Er würde mit einer Flucht alles verlieren. Seinen Job und sein Ansehen. Wir wären immer Gesuchte. Der einzige Weg, aus der Haft zu kommen, ist der, seine Unschuld zu beweisen. Und das wird Tage oder Wochen dauern.

Ich zermarterte mir zwei Stunden lang das Hirn. Aber solange ich nicht alle belastenden Beweise kenne, kann ich nichts ausrichten. Es geht um eine Waffe und Falschaussagen. Haben sie schon ein Motiv? Wissen sie bereits, dass es weitere Anhänger gibt? Prüfen sie seine Alibis?

Bleib ruhig – ermahne ich mich und will nichts weiter, als ihn da rauszuholen. Doch er wusste, dass dies passieren würde. Er ist viel gefasster als ich. Sehr oft bewundere ich seine weitsichtige, gelassene Ader.

Katara zappt durch die Fernsehkanäle, bevor sie meine restlichen Bücher in einem Karton verstaut. In der Küche hebe ich das Geschirr aus den Schränken. Die abgenutzten Tassen und Teller werde ich sicher nicht in Kęstas' Appartement mitnehmen. Daher landen sie im Müll. Aber eine Tasse hebe ich auf. Die Tasse, in der ich Arūnas zum ersten Mal einen Tee gemacht habe, den er bis zur Hälfte getrunken hat – und das, obwohl er Tee nicht mag.

»Moira, Moira! Komm mal her!«, ruft Katara aus dem Wohnzimmer. Ich verlasse die Küche, da sich ihre Stimme angespannt anhört, als stände jemand Fremdes in meiner Wohnung. Allerdings finde ich im Wohnzimmer keine fremde Person vor, sondern sehe auf meinem kleinen Flachbildfernseher, wie Reporter, statt über den Gerichtsprozess zu berichten, über die Inhaftierung vom Staatsanwalt erzählen. Klasse! So eine Scheiße! Somit weiß es halb Litauen.

»... wie es aussieht, wird der Prozess vertagt. Bisher äußerte sich die Polizei noch nicht, weswegen Kęstas Aurin nach dem dritten Prozesstag verhaftet wurde.«

Die brünette Reporterin, die vor weiteren Presseheinis steht, wird kurz ausgeblendet. Dafür werden Videomitschnitte von Kęstas eingeblendet. Es sind neue Aufnahmen, die vermutlich die letzten Tage gemacht wurden. Ich sehe, wie er in seinem Anzug das Gerichtsgebäude betritt, sich zu einem Mann umdreht und sich mit ihm unterhaltend im Gebäude verschwindet.

Verflucht. Die Leute werden sicher reden. Irgendwann wird die Vermutung, dass Kęstas der Serienmörder ist, in sämtlichen Häusern Litauens bekannt sein.

Wütend balle ich die Finger zu Fäusten. Das darf nicht passieren. Wenn es einmal die Runde macht, ist sein Ruf ruiniert, ganz gleich, ob seine Unschuld bewiesen werden kann oder nicht.

Katara und ich tauschen knappe Blicke aus. Ich kann nicht länger ruhig bleiben. Aus dem Grund verlasse ich das Wohnzimmer, gehe in den Flur und hebe meine Tasche vom Boden, um die schweren Blöcke und Ordner herauszunehmen. Ich brauche nur mein Portemonnaie und den Haustürschlüssel. Danach schlüpfe ich in meine Stiefeletten und schnappe meinen Mantel vom Haken.

»Hey, was hast du vor?« Katara erscheint im Flur und kommt auf mich zu.

»Ich werde dem letzten Verräter im Krankenhaus einen Besuch abstatten.« Wenn stimmt, was Arūnas sagt, liegt dieser Scheißkerl mit gebrochener Nase und einer Schussverletzung im Krankenhaus von Vilnius. Ich will ihn in die Hölle schicken, bevor er noch mehr Schaden anrichtet!

»Oh, okay. Du meinst den, der im Poolhaus …«

»Ja.«

Auf einmal weicht die eisige Kälte in ihren blauen Iriden einem funkelnden Feuer.

»Ich bin dabei. Warte … Ich zieh mich schnell an.« Katara steigt in ihre mörderisch hohen Riemenstiefel, die sie über den Strumpfhosen verschließt, und hebt ihren Samtmantel vom Haken meiner Garderobe. Zu zweit verlassen wir meine Wohnung und begegnen Dikar, der vor der geöffneten Wohnungstür der älteren Dame unter mir in Beschlag genommen wird. Die Kartons, die er hochtragen wollte, lehnen an der Wand des Treppenhauses. Was ist hier los?

»… meinem Sohn konnte ich das auch nicht verbieten. Er hat Tattoos bis zur Nasenspitze. Mein Fall ist das nicht … soll jeder machen, was er will, nicht wahr, junger Mann?«, höre ich die betagte Dame sagen.

»Denke ich auch«, brummt er zustimmend in der Wohnung der Frau. Was hat er dort zu suchen?

»Vielen Dank. Das wäre nicht nötig gewesen. Stellen Sie es dort ab.«

Katara und ich schauen uns beide an. Vor der Wohnungstür, aus der ein Geruchsmix aus gekochtem Fleisch und gebratenen Zwiebeln strömt, sehe ich Dikar Beutel in den beengten Flur der Frau abstellen.

»Sag nicht, er hat ihr die Einkäufe in die Wohnung getragen.«

»Bitte, die Dame«, höre ich Dikar.

Als er uns sieht, verlässt er die Wohnung.

»Was habt ihr vor?«, fragt er.

Die Dame steht neugierig in der Tür.

»Ah, meine Nachbarin über mir. Sie habe ich eine Weile nicht mehr gesehen. Gehört der junge Mann zu Ihnen?«

»Ja, Frau Gerwina.«

»Er war so freundlich, mir die Einkäufe in die Wohnung zu tragen.«

»Das ist ja nett von ihm, leider müssen wir schon gehen. Dikar?«

Er nickt einverstanden. »Beim nächsten Mal mache ich Tee«, ruft meine Nachbarin hinter uns her. Fragend schaue ich zu Dikar im Gehen auf. Er starrt jedoch geradeaus weiter, ohne uns Fragen zu stellen.

»Du bist immer noch ein hilfsbereiter Gentleman wie eh und je.«

»Sie brauchte Hilfe.«

Ja, sicher.

Ohne uns davon abzuhalten, ins städtische Krankenhaus zu fahren, stoppt Dikar den Wagen nach einer halben Stunde Fahrt auf dem Parkplatz der Klinik. Mittlerweile ist es kurz nach 15.30 Uhr und es wird bereits draußen dunkel.

Zu dritt betreten wir das Krankenhaus. In den Gängen huschen Krankenschwestern an uns vorbei. Dikar führt uns direkt zu seinem Zimmer.

»Er ist in diesem Zimmer. Rolandas hat es mir verraten«, erklärt er. Ich blicke mich mit Katara verstohlen um. Keiner ist im Korridor zu sehen. Der Bereich wird auch nicht videoüberwacht. Somit öffne ich leise die Tür und trete zusammen mit Katara in das Patientenzimmer. Vor uns liegt

Kalmar mit einem Kopfverband und tiefblau angelaufenem Gesicht im Bett und döst. Sein komplettes linkes Auge ist zugeschwollen, somit kann er mich bloß mit dem rechten sehen. Neben dem Bett bleibe ich beim Infusionsständer stehen und betrachte ihn eine Weile. Ihm habe ich es zu verdanken, dass Kęstas in U-Haft sitzt, dass ich vor knapp einer Woche genauso lädiert und zugerichtet aussah wie er. Bloß seinetwegen schmerzt weiterhin mein Brustkorb bei jedem Atemzug, den ich mache.

Katara umrundet das Bett, dabei klacken ihre mörderisch hohen Stiefelabsätze über den Linoleumboden.

»Das ist der Wurm? Ich habe letztens bloß die Zwillinge gesehen.« Sie betrachtet ihn wie ein ekelhaftes Insekt.

»Ja, das ist der Letzte der Verräter.«

Ich schaue auf Kalmars Handrücken, in der eine Kanüle steckt. Am liebsten würde ich ihn mit bloßen Händen erwürgen, wenn ich die Kraft hätte. Aber ich entscheide mich dagegen.

Stattdessen ziehe ich das flache Kissen unter seinem Kopf weg. Katara hilft mir, indem sie seinen Kopf hochhebt. In dem Moment öffnet Kalmar das rechte Auge. Suchend schaut er zur Decke, bevor er mich entdeckt.

»Hallo, Kalmar«, begrüße ich ihn flüsternd. »Ich dachte, ich erkundige mich, wie es dir geht.«

Er reißt nun panisch den Mund auf und will sich aufrichten. Doch Katara drückt ihn an den Schultern auf die Matratze. »Mach schon, Moira, bevor das Krankenhauspersonal mitbekommt, dass wir hier sind.«

Mit beiden Händen umklammere ich das weiche Kissen, starre Kalmar direkt in sein vor Angst und Zorn geweitetes Auge, während das linke Auge von ihm feucht wird.

»Hört auf. Verschwindet, ihr Huren!«, blafft er uns an.

Mach es! – ermutige ich mich. *Wenn du es nicht tust, wird er dir weiterhin dein Leben versauen, wenn er wieder gesund ist. Wenn er erfährt, dass seine Verbündeten alle tot sind, wird er sich rächen.*

Flach hole ich Luft.

»Worauf wartest du?« Kalmar zappelt wie wild in Kataras Griffen, mit denen sie ihn nicht mehr lange ruhigstellen kann. Seine Finger suchen den roten Knopf, um die Schwester zu rufen. In Kataras Gesicht spiegelt sich plötzlich dieselbe Panik wider wie in Kalmars. Denn wenn ich weiterhin zögere, sind wir am Arsch. Schwestern werden kommen. Kalmar wird ihnen erzählen, dass wir ihn umbringen wollten. Sie werden nach uns suchen. Mein Name wird bei der Polizei erwähnt werden. Ich werde wieder auffällig, zwar nicht als Komplizin von Magnus, dafür als eine Frau, die jemanden umbringen wollte. Ich werde vernommen, darf Malvine nicht mehr sehen, werde weiterhin von Kęstas getrennt sein.

Wie ein Kurzfilm läuft in meinem Kopf in wenigen Sekunden ab, was geschieht, wenn ich diesen einen Fehler begehe. Wenn ich zögere und ihn am Leben lasse.

»Lass los! Ich rufe die Schwestern! Ihr seid geliefert!«, brüllt Kalmar mit angespannten Halssehnen und feuerrotem Gesicht.

»Ich will das nicht verlieren«, murmele ich zu mir selbst, umfasse das Kissen entschlossen und presse es, bevor Kalmar wie ein aufgewühltes Tier nach Kataras Hals greifen kann, auf sein Gesicht. Ein Schnaufen und erstickter Schrei sind zu hören. Hände suchen meine Arme, um mich wegzustoßen. Er krallt sich so fest an meine Handgelenke, dass ich keuche. Seine Nägel bohren sich tief in meine Haut, während er den Kopf unter dem Kissen hin und her bewegt. Mit den Füßen strampelt er die Decke bis zur Hälfte von seinem Körper. Katara legt ihre Hände auf das Kissen, um mir zu helfen.

Nach ein paar Sekunden stellt Kalmar endlich die Abwehr ein und seine Hände sinken von meinen Armen. Es wird ruhig. Sehr ruhig, sodass nur Kataras und mein Atem in dem Raum zu hören sind. Trotzdem breitet sich in mir die Angst aus, er könnte, sobald ich das Kissen von seinem Gesicht genommen habe, die Augen öffnen und mich anspringen. Aus dem Grund warte ich weiter und immer weiter. Nach gefühlt einer Minute nimmt Katara die Hände von dem Kissen.

Eine weitere Minute vergeht. Sie schnippt vor meinem Gesicht. »Es reicht. Er ist tot.«

Ich schüttele den Kopf. »Nein, ich will sichergehen.«

»Er ist ganz sicher tot. Wir sollten verschwinden.« Katara hebt ihre behandschuhten Hände in die Jackentaschen. Sie wirkt so kühl, so natürlich, als läge kein toter Mann zwischen uns. »Es ist vorbei.«

Keuchend hole ich flach Luft. Mein Puls rast, während ich auf meine Hände blicke, die das Kissen weiterhin auf Kalmars Gesicht pressen. Meine Hände … Es fühlt sich wie eine Ewigkeit an, als meine Hände zuletzt jemanden getötet haben. Sie Bewegungen ausgeführt haben, die Menschen ihr Leben nahmen.

Katara geht um das Bett herum und umfasst meine Schultern. »Es ist gut, Moira.«

Zittrig löse ich die Finger von dem Kissen. Katara schiebt mich zur Seite, um anschließend das Kissen wieder ordnungsgemäß unter Kalmars Kopf zu schieben. Seine Lippen sind schwach geöffnet, es geht kein Atemzug von ihnen aus. Sein Oberkörper hebt und senkt sich nicht mehr, seine Augen bleiben geschlossen. Nachdem Katara alles wieder korrekt hergerichtet hat, schnappt sie meine behandschuhte Hand und zieht mich zur Tür. Sie klopft leise dagegen. Dikar erwidert das Klopfen mit einer vereinbarten Abfolge. Die Luft ist rein.

Kaum dass die Tür des Patientenzimmers hinter mir zufällt, atme ich tief durch. Dikar schaut von Katara zu mir, bevor er meine Schulter umfasst und mich antreibt, den Gang zu verlassen. Immer noch ist niemand zu sehen. Erst als wir um die Ecke biegen, höre ich das Summen einer Putzfrau, die frische Handtücher aus einem Schrank holt. Langsam gehen wir an ihr vorbei. Sie trägt Kopfhörer und bemerkt uns nicht.

Nach nur wenigen Minuten haben wir das Krankenhaus verlassen und ich befinde mich auf der Rückbank der Limousine. Jetzt weiß ich, wie sich Arūnas an jenem Abend fühlte, als er mich leicht angetrunken in der Seelsorge angerufen hat und fragte, wie er damit klarkommen soll, Menschen getötet zu haben.

Es ist ein bizarres Gefühl. Irgendwie habe ich nicht verlernt, wie es geht, aber verlernt, es als etwas Notwendiges anzusehen. Schließlich war Kalmar ein Mensch.

»Sag nicht, du hast Mitleid mit dem Affen?«, erkundigt sich Katara, als wir zum Kindergarten fahren.

»Nein, das habe ich nicht. Aber nach einigen Jahren wieder jemanden zu töten ist …« Gedankenverloren streife ich die Handschuhe von meinen Fingern.

»Ist komisch?«

»Es gibt kein Wort, das es beschreiben könnte. Ohne dich wäre vorhin alles schiefgelaufen. Danke, Katara.«

»Kein Ding. Ich weiß noch genau, wie ich mich bei meinem ersten Mord verhalten habe. Ich war so nervös, zugleich war mir kotzübel. Kęstas bestand jedoch darauf, dass ich es zu Ende bringe. Zuvor würde er mich nicht gehen lassen, weil ich es irgendwann bereuen würde, den Mörder meiner Cousine laufen gelassen zu haben, bloß weil ich gezögert habe.«

Kęstas war dabei, als sie ihren ersten Mord beging?

»Der Mörder meiner Cousine war mein Vater«, wispert sie und schaut aus dem Seitenfenster. »Ich hatte damals gedacht, ich könnte alles auf mich nehmen und er würde sie in Ruhe lassen. Seine Finger von ihr lassen. Das tat er nicht. Maribel hat sich so sehr gewehrt, als er …« Sie bohrt ihre Fingerkuppen in ihr eigenes Knie, um den Schmerz in ihrer Seele mit dem auf ihrem Bein zu überschatten. »… Er brachte sie einfach um, weil sie nicht aufgegeben hat … weil sie ihn bis zum Ende weggestoßen, gebissen und gekratzt hat. Das konnte ich nicht.«

Traurig hebe ich meinen Blick zu ihr und umfasse ihre Hand, deren Finger sich schmerzhaft tief in ihre Strumpfhose bohren. Als ich meine Hand auf ihre lege, lockert sie ihren Griff.

»Wir sind angekommen. Benötigst du Begleitung?«, erkundigt sich Dikar, der uns im Rückspiegel verfolgt hat.

Katara atmet tief durch, wischt sich die Tränen unter den Augen weg und lächelt verbissen.

»Es ist vorbei. Der Wichser ist im Wichserhimmel bei den anderen Schweinen, wo er im Fegefeuer schmort.«

Kurz blinzele ich. Jetzt verstehe ich ihr rebellisches Auftreten. Sie will sich selbst beweisen, stark zu sein, während sie glaubt, in den Momenten, als ihr Vater sie vergewaltigt hat, es nicht gewesen zu sein. Sie will so sein wie ihre Cousine und bis zum Ende kämpfen. Ich will mir nicht ausmalen, wie es für sie gewesen sein muss, ihren eigenen Vater zu töten.

»Ich …«, richte ich meine Worte an Dikar. »Ich schaff das. Wenn ich mich verlaufe, frage ich einfach eine Kindergärtnerin. So verwirrend wie Kęstas' Halle wird der Kindergarten sicher nicht aufgebaut sein.«

Langsam löse ich die Finger von Kataras Hand. Sie springt noch vor mir hektisch aus dem Wagen, damit ich ihre Tränen und ihren Schmerz nicht sehe. Sie schämt sich dafür, obwohl sich ihr Vater schämen sollte, nicht sie.

»Sie hat viel ertragen müssen«, brummt Dikar, als Katara mit Schwung die Tür zuwirft, dass der gesamte Wagen wackelt.

»Glaube ich. Hört sich wirklich schrecklich an. Warte hier. Ich brauch nicht lange.« Sanft drücke ich Dikars Schulter, bevor ich aussteige und mit Katara auf das Tor des Kindergartens zuhalte.

Im Garten säumen Leuchten den Gehweg. Im Schein der Laternen stehend schaue ich zu dem gelben Gebäude auf, in dem in fast jedem Fenster Licht brennt. Ab und zu sehe ich Kinderköpfe oder eine erwachsene Person vorbeihuschen.

Es ist das erste Mal, dass ich Malvine abholen werde.

Ob Kęstas seine Zustimmung gegeben hat? Nicht, dass ich sie nicht mitnehmen darf?

Doch meine Sorge stellt sich als absolut unbegründet heraus, als ich eine Kindergärtnerin anspreche. »Ich sehe Sie zum ersten Mal, aber ja. Herr Aurin hat Sie ebenfalls als Kontaktperson angegeben.« *Dieser raffinierte Typ.*

Wahrscheinlich hat er es auch für sich getan, weil er die Hoffnung nicht aufgeben wollte, dass ich eines Tages mein Kind selbst abholen werde.

»Hier geht ja richtig die Post ab«, stellt Katara erstaunt fest.

Im Sprint rennen zwei Jungs mit Autos in den Händen an uns vorbei. Sie dreht sich zu ihnen um.

»Warst du noch nicht hier?«

»Gott, nein. Kęstas lässt Malvine nur von Narusha, Sanny oder eben dir abholen.«

Wir suchen, wie es uns die Erzieherin erklärt hat, nach der Kaninchengruppe und laufen dabei an zwei Türen vorbei, an denen Küken- und Katzenbilder zu sehen sind.

»Ist ja wie im Zoo hier. Ob es auch eine Schlangen- oder Haifisch-Gruppe für die unartigen gibt? In der wäre ich früher sicher gewesen.« Sie grinst bösartig.

Ich stoße sie im Gehen an, bevor ich die geöffnete Zimmertür mit einem Kaninchenbild entdecke. Mein Herz schlägt mit jeder Sekunde schneller. Ich bin viel nervöser als noch vor Minuten im Krankenhaus. Zwar hatte ich mir vorgestellt, dass Kęstas an meiner Seite sein würde, wenn ich unsere Tochter das erste Mal abhole, aber sie überhaupt abzuholen, macht mich unendlich glücklich. Ein Elternpaar geht hinter uns vorbei und grüßt uns.

In der Tür suche ich den Raum nach Malvine ab und entdecke sie unter sieben anderen Kindern im Raum an einem kleinen Tisch neben einem Jungen und einem blonden Mädchen sitzend. Sie hockt konzentriert über ein Puzzle gebeugt, während der Junge immer wieder mit dem Auto über die Teile fährt. Malvine nimmt sich ein Puzzlestück, bevor sie der Junge anstößt und zu uns deutet. Sofort schaut sie auf und entdeckt mich.

Ihre Augen werden größer, als sie mich sieht. Überstürzt springt sie auf und rennt auf uns zu.

»Jetzt, da ich weiß, dass du ihre Mutter bist, sieht man die Ähnlichkeiten«, sagt Katara und lehnt sich lässig an den Türrahmen. »Die Sommersprossen hat sie eindeutig von dir.«

Ja, das stimmt.

»Moira! Holst du mich ab?« Sie greift unbedarft nach meiner Hand.

»Ja, ich hole dich heute ab. Freust du dich?«

»Ja. Ich hol schnell meine Sachen.« Sie rennt an uns vorbei auf den Gang, auf dem sich die kleinen Sitzbänke und Garderobenhaken befinden. Auf einer Bank wechselt sie eifrig ihre Hausschuhe gegen Turnschuhe.

Ein Junge schaut von Malvine zu mir. »Ist das deine Mama?«, fragt er Malvine. Katara holt zischend Luft.

»Ich warte dann mal besser draußen bei Dikar auf euch.« Sie geht an Malvine vorüber und lächelt. So habe ich Katara nie zuvor lächeln sehen. Bisher, fällt mir auf, sah ich sie kein einziges Mal mit einem richtig fröhlichen Gesichtsausdruck.

Neben Malvine nehme ich auf der Bank Platz. Sie ignoriert die Frage des Jungen, verschließt die Klettverschlüsse ihrer Schuhe und steigt auf die Bank, um ihre Jacke herunterzuholen.

»Kannst du mir den Rucksack dort oben geben?« Sie deutet auf ein quadratisches Fach, in dem ein brombeerfarbener kleiner Rucksack liegt.

»Klar.« Am liebsten würde ich ihr jetzt sagen, dass der Junge recht hat. Dass ich ihre Mutter bin. Eigentlich wollten Kęstas und ich es ihr heute Abend erklären. Ohne

Kęstas mache ich das nicht, da er ihre Bezugsperson ist und sie ihm glaubt.

Als sich Malvine fertig angezogen hat, ich ihr bloß dabei geholfen habe, die Mütze richtig aufzusetzen, verlassen wir den Kindergarten.

»Du kannst mich auch morgen herbringen. Willst du?« Mit ihren großen braunen Augen schaut sie zu mir auf und greift wie selbstverständlich nach meiner Hand.

»Und wie ich will. Denn, Malvine … dein Papa, also Kęstas kommt heute nicht nach Hause.«

Sie bleibt abrupt stehen. »Wieso nicht?«

Ich umfasse ihre kleine Hand fester. »Er musste verreisen. Sanny und Narusha sind aber da.« Langsam laufen wir weiter zum Ausgang.

»Du auch. Wieso muss er verreisen? Warum hat er mir nicht gesagt, dass er in den Urlaub fährt?«

»Er … er macht keinen Urlaub. Er muss an einem anderen Ort arbeiten und kann deswegen nicht zu Hause sein.«

»Wie lange?«

Keine Ahnung …

»Ein paar Tage.« Sie bleibt mit mir vor dem Tor des Kindergartens stehen. »Warum hat er mich nicht mitgenommen? Er nimmt mich immer mit.«

Einen Moment kämpft sich die Traurigkeit in mir hoch und schnürt mir die Luft ab, als ich ihre fragenden und enttäuschten Blicke sehe.

»Er hätte dich auch gern mitgenommen, aber es ging nicht. Er kommt bald wieder, Malvine. So lange passe ich auf dich auf.« Vor ihr gehe ich in die Hocke und schließe den Reißverschluss ihrer Jacke ein kleines Stück.

Sie schlingt ihre Arme um meinen Hals. »Er soll schnell wiederkommen.«

»Das wird er. Er bringt dir sicher auch eine Überraschung mit.« Denn darin ist er wirklich gut.

Dikar erscheint am Tor. Bevor wir den Gehweg für andere Eltern und Kinder versperren, richte ich mich vor Malvine auf und gehe mit ihr zum Auto.

KAPITEL 22
MAGNUS

Seit mehr als drei Stunden werde ich befragt, während ich auf Ričardas warte, der für heute einen vollen Terminplan hat. Wahrscheinlich hat auch er erst in wenigen Tagen oder Wochen mit meiner Festnahme gerechnet. So wie ich auch.

Ich warte. Meinetwegen weitere drei Stunden. Zuvor äußere ich mich nicht zu den Anklagepunkten.

Mit gesenktem Blick überlege ich, welcher Haftrichter meine Festnahme bearbeitet hat und welche belastenden Beweise sie wirklich gegen mich in der Hand haben. Alles lässt sich schnell aufklären. Aber wenn ich ehrlich bin, sieht es realistisch betrachtet düster aus.

Ich säße lieber auf diesem Platz, wenn mir ein dummer Fehler unterlaufen wäre. Aber aufgrund der Vanags, die Beweise gefälscht haben, im Verhörraum zu sitzen, nagt an meinem Stolz.

Die beiden Ermittler versuchen immer und immer und immer wieder, mich mit Fragen zu löchern, auf die ich keine Antwort geben werde. Je länger ich auf Ričardas warte, desto aggressiver wird ihre Vorgehensweise. Ausgerechnet an mir ihre härtesten Bandagen anzuwenden, beweist mir, dass die Zeit nicht gegen mich spielt, sondern gegen sie. Sie sind weiterhin machtlos. Es sind alles Amateure, die von nichts, gar nichts einen blassen Schimmer haben.

Nachdem der ältere Ermittler, den ich vom Sehen kenne, von seiner Kaffeepause zurückgekehrt ist, tauscht er mit seiner Kollegin den Platz. Es gibt ein zehn- bis zwanzigköpfiges Ermittlerteam, das sich um die Magnus-Morde kümmert.

»Ich löse dich ab, Martyna.«

Meine Augen wandern von der Frau, die bei mir auf Granit gebissen hat, zu Kommissar Liutikas.

»Es wäre besser, wenn Sie sich zu der Sache äußern.«

»Wäre es nicht und das wissen Sie genau«, antworte ich ruhig, stelle den Ellenbogen auf dem schäbigen Tisch ab und reibe mir übers Kinn.

Pausenlos denke ich an Moira. Sie wird komplett durchdrehen, wenn sie heute nicht wie geplant zu meiner Stadtwohnung gefahren wird. Dafür erhält sie nun die Gelegenheit, Malvine vom Kindergarten abzuholen. Es wird ihr sicher gefallen.

Während ich über meine Frau und meine Tochter nachdenke, vergeht die Zeit wesentlich angenehmer.

»Gut, Sie wissen, was Sie tun. Ich brauche Ihnen die Spielregeln nicht zu erklären. Dennoch wäre es von Vorteil, wenn Sie kooperieren würden. Seit Tagen wird …« Er klappt seine mitgebrachte Aktentasche auf, aus der er ein Foto zieht.

Ah, er versucht, anhand meiner Reaktionen abzulesen, ob ich die Opfer kenne.

Er zeigt das letzte Opfer, das Schivokar im Keller gefangen hält und genau dann ermorden darf, wenn ich im Knast sitze.

»Die Krankenschwester der Säuglingsstation wird seit etwa einer Woche vermisst.« *Richtig, weil sie sich im Keller meiner Industriehalle befindet.*

»Es werden jeden Tag sehr viele Menschen vermisst gemeldet«, antworte ich ihm mit einem entspannten Tonfall. »Es ist meine Aufgabe, die Verantwortlichen dafür zu verklagen.«

»Richtig, Sie vertreten das Gesetz.« Ich bin das Gesetz. »Da könnte es doch gar nicht so abwegig sein, wenn Ihr ausgeprägter Gerechtigkeitssinn in Selbstjustiz übergreifen würde. Wir wissen von Ihrer Vorgeschichte. Sie haben Ihre Eltern verloren, weil Kriminelle in Ihr Elternhaus eingedrungen sind.«

Liutikas' stahlblaue Augen suchen meinen Blick. Ich starre ihn eiskalt an. »Richtig, das kann jeder auf Wikipedia lesen. Und? Was schlussfolgern Sie daraus? Dass jeder Mensch, dessen Eltern ermordet wurden, Selbstjustiz ergreift? Ich bin aus dem Grund Staatsanwalt geworden, um auf legalem Weg im Sinne des Staates Kriminelle zu verurteilen.«

Er blinzelt feindselig.

Dem Foto der Krankenschwester Cystin Berutila schenke ich keine Aufmerksamkeit. Ich kann sie ansehen, aber es würde in mir nichts wachrufen. Das erste und letzte Mal sah ich sie während Citrones Präsentation. Schivokar hat sich selbst darum gekümmert, sie zu schnappen. Daher habe ich keine Verbindung zu ihr.

Doch dann präsentiert mir der Ermittler nach und nach Bilder der Opfer, die in den vergangenen Jahren unter Brücken erhängt aufgefunden wurden. Zuvor wurde den Frauen der Unterleib zerschnitten und die Kehle aufgeschnitten.

»Das sind die Opfer des Magnus-Mörders.«

»Ich weiß«, antworte ich ihm und betrachte meine Kunstwerke. »Ich habe die Akte über den Mörder ebenfalls durchgelesen wie beinahe jeder Staatsanwalt. Das Interesse an den Fällen ist groß.«

»Ja, es ist wirklich sehr groß«, stimmt er mir zu. »So groß, dass es schon an ein Wunder grenzt, dass er bisher nicht gefasst wurde. Er scheint entweder sehr viel Glück zu haben oder ausreichend Kenntnisse über das Rechtswesen und die Vorgehensweise von Mordermittlungen zu besitzen.«

»Spekulationen. Wissen Sie, wann mein Anwalt eintrifft?«, wechsele ich das Thema. »Denn ich glaube, ich habe nicht mehr viel zu dem Thema zu sagen. Statt dass ihr Team mich festhält und Zeit vergeudet, sollten Sie den wahren Täter suchen.«

»Zeugen sind der Meinung, Sie an zwei Tatorten gesehen zu haben, Herr Aurin. Wir gehen fest davon aus, den Täter direkt vor uns sitzen zu haben.«

Ich atme geräuschvoll durch und lehne mich zu ihm vor. »Prüfen Sie meine Alibis. Die Zeugen haben sich geirrt oder machen Falschaussagen.«

»Warum sollten sie?«, fragt er mich, als ob er nicht im Mathematikunterricht der Grundschule aufgepasst hätte.

»Ich bin Staatsanwalt. Ich habe sehr viele Kriminelle angeklagt. Was, glauben Sie, werden die unternehmen, sobald Sie das Gefängnis verlassen haben? Ich habe viele Feinde, das ist kein Geheimnis.«

Anhand seiner Reaktion kann ich in seinem Gesicht ablesen, dass er meinen Worten zustimmt.

Langsam löse ich den Griff um mein Kinn und lehne mich in meinem Anzug zurück. Nach weiteren Versuchen, mich irgendwie aus der Reserve zu locken, erscheint Ričardas, der mir smart zulächelt.

»Da bin ich, Kęstas«, begrüßt er mich und reicht mir die Hand, als ich mich erhebe. Danach stellt er sich dem Ermittler vor, dem allmählich die Puste ausgeht. »Am besten, wir beenden die Befragung für heute. Mein Klient wird nichts mehr sagen.«

Und das war es auch schon. Dummerweise hat ein Richter, den ich als Einziges nicht ausstehen kann, die Anordnung zur Untersuchungshaft erlassen und eine Kaution aufgrund von Verdunkelungs- oder Wiederholungsgefahr gestrichen.

Puikiai! Großartig!

Es sieht ganz so aus, mein Darling, als würde ich eine Weile auf deine Küche verzichten müssen. Ich hoffe nur, dass sich Arūnas an sein Versprechen hält und auf dich aufpasst. Denn sie darf unter keinen Umständen einen Fehler begehen, der alles auffliegen lässt und der die Ermittler von einem Serienmörder auf einen Mörderring schließen lässt.

WÜRDEST DU GERN EIN PRIVATES SPORTTRAINUNG VON DEINEM CRUSH ERHALTEN?

DAS WÄRE MEIN TRAUM.

NEIN, SPORT IST MORD.

KAPITEL 23
MOIRA

Es sind sieben Tage vergangen …

Mitten in der Nacht strecke ich neben Arūnas, der gleichmäßig aus- und einatmet, die Finger der rechten Hand zur Decke.

»Wie geht es dir, mein Darling?«, wispere ich so leise, dass ich meine Worte selbst kaum verstehe. Es bricht mir mit jedem Tag mehr das Herz, ihn nicht sehen, nicht berühren und seine Stimme nicht hören zu dürfen.

Immer wieder stelle ich mir in Gedanken vor, dass er sich eine stinkende kleine Zelle mit einem weiteren Häftling teilt. In U-Haft, die grausamer sein soll als das normale Gefängnis, werden sie sicher schnell herausfinden, wer er ist. Ein Staatsanwalt wird im Knast wenig zu lachen haben. Im schlimmsten Fall trifft er auf Täter, die von ihm angeklagt wurden.

Seit den letzten Nächten bekomme ich kaum ein Auge zu. Auch wenn ich neben Arūnas schlafe, der immer seltener nachts wach wird, hilft es nicht, um diese innere Leere zu füllen. Die krankhafte Sorge um Kęstas ist immer präsent.

Kurz nach Kęstas' Verhör kam Ričardas Tamulis zu uns. Er hat uns über alles unterrichtet und auch die Mitglieder des Akis, die leicht in Unruhe gerieten, mit Informationen versorgt. Keiner der Anhänger muss sich Sorgen machen, dass Kęstas sie ans Messer liefert. Im schlimmsten Fall würde Kęstas alle Anschuldigungen auf sich nehmen, ohne auch nur ein Mitglied zu verraten.

Bisher hat Kęstas sich nicht zu den Anschuldigungen geäußert, sondern Beschwerde gegen die U-Haft eingelegt. Ihm geht es laut Ričardas' Aussagen gut. Ričardas besucht Kęstas beinahe jeden zweiten Tag, um ihm Informationen über uns zu geben. Der Akis befolgt jede Anweisung, die für den Notfall angeordnet wurde. Aktuell sieht Kęstas' Plan vor, uns unauffällig zu verhalten und Zeit verstreichen zu lassen.

Jeder, ich eingeschlossen, muss sich normal verhalten. Somit bin ich, wie ich es den Ermittlern auf der Gala gesagt habe, zu Arūnas gezogen. Malvine wohnt vorübergehend auch bei uns, da wir die Industriehalle unter keinen Umständen mehr aufsuchen dürfen. Die Gefahr ist viel zu groß, dass die anderen und ich verfolgt werden könnten und die Ermittler geradewegs zu den Tatorten führen. Würden sie die Kellerräume untersuchen, gäbe es nichts mehr, was uns retten könnte.

Aus dem Grund sind Narusha und Rimas zurück nach Klaipéda gereist und wohnt Sanny bei ihnen. Jedes andere Mitglied geht seinem gewohnten Alltag nach. Ich besuche die Uni, bringe jeden Morgen Malvine in den Kindergarten und hole sie nachmittags ab.

Kęstas' Stadtwohnung wurde mit einem Durchsuchungsbefehl vom Hängeschrank bis zum Toilettendeckel von Spurenermittlern und mit Spürhunden untersucht. Soweit uns Ričardas berichten konnte, haben sie nichts gefunden. Wie auch? Kęstas hielt Privatleben und den Akis strikt getrennt.

Ričardas habe ich zuletzt am Abend von Kęstas' Inhaftierung gesehen. Alle Mitglieder saßen zum letzten Mal versammelt in einer Runde. Wir sind jeden Schritt durchgegangen, um uns nicht erneut treffen zu müssen. Schivokar blieb mit Dikar als Einziger in der Industriehalle zurück.

Und somit heißt es geduldig sein.

Während ich die Hand zu den Stahlträgern strecke, die Arūnas' modernes Appartement durchbrechen, stelle ich mir vor, Kęstas würde über mir schweben und seine Finger nach mir ausstrecken. Er würde mir dieses nonchalante verdorbene Lächeln schenken und diesen Blick, mit dem er in die verborgensten Winkel meiner Seele eindringt. Langsam würde er seine Finger zwischen meine schieben und seine Hand mit meiner verschränken.

Wir sind eins.

Für immer.

Schwitzend stütze ich mich auf den Knien ab und beuge meinen Oberkörper nach vorn.

»Noch mal!«, fordert er mich auf. »Weiter, Moira.«

Allmählich geht mir die Puste aus. Aber ich gebe nicht auf. In meinen schwarzen Leggins und engem Bustier richte ich mich tief durchatmend auf. Haarsträhnen, die aus meinem Pferdeschwanz gerutscht sind, kleben an meinen Schläfen und in meinem Nacken. Kampfbereit hebe ich die bandagierten Hände, mit denen ich gnadenlos auf den Boxsack eindresche. Immer und immer wieder. Ich bringe sogar die Kette der Aufhängung zum Klirren, als ich gegen den schweren Sack trete.

Wieder schnappe ich erschöpft nach Luft. Kęstas steht in einer schwarzen Trainingshose und lockerem dunklem Muskelshirt am Rand des Rings. Die Arme vor der Brust verschränkt verfolgt er meine Angriffe.

»Leg mehr Feuer in deine Faustabfolge«, ruft er zu mir rüber. Im schwachen Licht wirkt seine Haut bronzefarben. Sein rechter Arm ist komplett von Tattoos überzogen, wie auch ein Teil seiner rechten Brust.

»Verarsch mich nicht. Mehr geht nicht. Nicht nach …«, japse ich angestrengt. »… nach einer Stunde. Ich brauche eine Pause.«

»Die bekommst du, wenn du es noch dreimal wiederholst. Unsere Gegner werden uns auch keine Pausen geben, Moira. Also los.«

Er kann solch ein Sadist sein, auch wenn er recht hat. Ich hebe das Gesicht, sauge die kühle Hallenluft tief in meine Lungen und führe anschließend die Übungen aus. Er drillt mich wie einen Mann. Dabei will er bloß, dass ich mich im Notfall selbst verteidigen kann.

Ich verpasse dem Boxsack drei Schläge, dann einen Fußkick. Meine Fingerknöchel pochen vor Schmerz. Trotz der Bandagen wird die Haut über den Knöcheln aufgerissen sein.

Obwohl ich mich langsam nicht mehr auf den Füßen halten kann, ziehe ich es durch. In die letzten Schläge lege ich meine gesamte Kraft und Schnelligkeit und schreie beim allerletzten Seitenkick, der mich aus der Balance bringt. Denn ich rutsche mit Schwung mit dem linken Fuß weg, während sich mein anderer Fuß noch in der Luft befindet.

Es legt mich mit voller Wucht auf die Matte, sodass ich eine Sekunde lang keine Luft bekomme. Scheiße, verdammt. Ich habe es versaut.

Schnell keuchend schließe ich die Augen und bleibe einen Moment reglos liegen. Mein Puls rast. Ich höre das Blut in meinen Ohren rauschen und fühle den Schweiß meine Schläfen und zwischen meinen Brüsten herabrinnen.

Als ich die Augen öffne, um wieder aufzustehen, ist Kęstas über mir. Verkehrt herum blicke ich in seine düsteren warmen Augen, bevor er grinst.

»Nicht perfekt. Aber zufriedenstellend.«

»Du Blödmann«, fauche ich lächelnd. »Ich habe alles gegeben.«

»Habe ich gesehen. Das wird belohnt, mein Darling.« Unvermittelt legen sich seine Lippen auf meine. Ich hebe meinen Kopf an, um den Kuss zu erwidern, und umfasse mit beiden Händen seine glatt rasierten Wangen. Sinnlich und stürmisch verschmelzen unsere Zungen zu einem Tanz. Aus den Augenwinkeln sehe ich seine angespannten muskulösen Oberarme. Mit einer Hand fährt er unter mein Bustier und umfasst meine linke Brust, während ich sein Muskelshirt zu seinem Kopf schiebe. Über mir erhebt er sich und streift das Shirt von seinem Oberkörper. Sein verlangender Blick ruht die gesamte Zeit auf meinem Körper. In der Sporthalle sind wir komplett allein. Es ist kurz vor Mitternacht, niemand kann uns beobachten oder hören. Lächelnd verfolge ich, wie er mich umrundet. Ich hebe mich auf die Hände und werde mein Bustier los. Anzüglich hebt er die linke Braue, als er meine Brüste sieht, nach denen er genauso verrückt ist wie nach meinem Arsch.

Wie ein herannahendes Tier geht er vor mir in die Hocke, umfasst den Gummibund meiner Leggings und zieht sie hinunter. Dabei beugt er sich vor, um meine Brüste zu küssen. Mit meinen Fingern fahre ich über sein kurzes Haar und keuche erregt.

Langsam schiebt er mich auf die Matte zurück, während ich meine Leggins über die Fußknöchel schiebe. Sein Becken rutscht zwischen meine Oberschenkel, als er seinen Arm um meinen Kopf legt und mich mit dem Kuss in den Bann zieht. Gleich darauf spüre ich seine Hand zwischen meinen Beinen. Als er merkt, wie feucht ich bin, lächelt er an meinem Mund. Gierig bedeckt er mit Küssen meinen Kiefer und meinen Hals. Sein Schwanz droht jeden Moment in mich einzudringen. Ich hebe mein Becken und nach bloß einem Wimpernschlag gleitet er vorsichtig in mich.

Der Sex ist unglaublich innig und intensiv, überhaupt nicht roh oder schnell. Nach einigen Stößen hebt er mich auf seine Oberschenkel. Ich schaue ihm tief in die Augen, als ich mich auf seiner Härte bewege und immer mehr dem Orgasmus entgegenreite. Immer schneller hebe ich mein Becken auf und ab, während er meine Brüste und meinen Hals küsst.

Mit jeder Sekunde sammelt sich die intensive Lust in meinem Becken. Meine Klit pocht und in mir baut sich eine gewaltige Lustwelle auf. Stöhnend und keuchend komme ich zum Höhepunkt, klammere mich in seinem kurzen mitternachtsschwarzen Haar fest und genieße seine Lippen auf meinem Unterkiefer. Als er mein Stöhnen hört, keucht er ebenfalls. Er dürfte den Druck um seinen Schwanz spüren. Ich verlangsame meine Bewegungen, umfasse sein Gesicht und küsse ihn dankbar.

»Ich liebe dich, Kęstas«, flüstere ich noch verhalten, da wir Liebesgeständnisse nicht täglich austauschen. Sie sind etwas Besonderes für uns. Beinahe etwas Heiliges. Wir sprechen die Worte nur dann aus, wenn die Momente unvergesslich werden sollen.

»Ich liebe dich viel mehr, Moira«, antwortet er und schiebt mich an den Schultern zurück auf die Matten, um den intensiven Sex fortzusetzen.

Es war vor über neun Jahren. Noch kommt es mir vor, als wäre es gestern gewesen. Eine Hand streichelt sanft über meine Brüste, weiter zu meinem Bauch bis zu meiner Hüfte. Er ist wach. Aus den Augenwinkeln sehe ich Arūnas, der mich, mit dem Gesicht zu mir gewandt, anblickt. Er hebt seine linke Hand, deren Finger er kitzelnd über meine Handfläche hochschiebt und mit meinen verschränkt.

Schwach lächelnd drehe ich mich zu ihm.

»Kannst du wieder nicht schlafen?«

Müde schüttele ich den Kopf. Er kann dafür umso besser schlafen, was mich unendlich freut. Er braucht keine Schlaftabletten mehr und auch keine Handschellen, die ich dennoch unheimlich sexy an ihm fand, wenn er sie beim Schlafen trug. Selbst auf den Gin verzichtet er vollständig.

Mit einer fließenden Bewegung ist er plötzlich über mir und schaut in meine Augen. »Wenn wir leise sind, wecken wir Malvine nicht.«

Malvine schläft auf der Couch vor dem Kamin. Manchmal kommt sie zu mir, wenn sie nachts wach wird. Sie vermisst Kęstas von uns allen am meisten. Jeden Tag fragt sie mich, wann sie ihn wiedersehen wird oder ob er sie vergessen hat. Manchmal kommt sie auch auf die Idee, er hätte sie weggegeben, weil er sie nicht mehr lieb hat. Es muss eine enorme Umstellung für sie sein. Sie trifft es am schlimmsten, daher sollte ich nicht herumjammern, sondern an sie denken.

»Wenn du leise sein kannst?«, flüstere ich.

»Ich denke eher, dass du es nicht sein kannst.« Neckend küsst er meinen Mundwinkel, bevor seine Lippen meinen Hals erkunden und Finger meinen Slip zur Seite schieben. Ich umfasse seinen festen Arsch und spüre mit jeder Minute mehr seinen praller werdenden Schwanz auf meinem Becken.

Zärtlich und gefühlvoll und ganz und gar nicht verwegen und animalisch schlafen wir miteinander. Leise stöhnend presse ich meine Lippen auf seine, um Malvine nicht zu wecken. Kurz danach kommt er in mir und zieht mich anschließend an seine warme Brust. Und es hilft. Von dem Sex werde ich schläfrig und mir fallen in immer kürzeren Abständen die Augen zu.

KAPITEL 24
ARŪNAS

Sieben Wochen sind vergangen. Ganz Litauen wirkt seit der öffentlichen Bekanntgabe der Polizei, den berüchtigten Serienmörder Magnus gefasst zu haben, wie ausgewechselt. Es herrscht keine Anspannung mehr. Frauen trauen sich nachts wieder ohne Begleitpersonen auf die Straßen. Kinder dürfen auf den Straßen spielen, in den Partyvierteln herrscht eine ausgelassene Stimmung.

Die Welt ist so verrückt. Es gibt noch keine Verurteilung, dennoch glauben sie, es wäre in Vilnius wieder sicher. *Haha.* Was ist mit den Vanags? Was mit dem Zármon-Clan? Was mit den anderen Gangs, die ebenso gefährlich sind und nachts Frauen belästigen? Ganz abgesehen davon, dass es neben Magnus weitere Serienmörder gibt.

Alle wiegen sich in einer friedlichen scheinheiligen Sicherheit. Sollen sie, bis wir ihnen wieder schlaflose Nächte verschaffen und für Albträume sorgen.

Neben mir nippt Moira an ihrem Thermobecher und rutscht auffällig oft auf dem Beifahrersitz hin und her.

»Alles okay, Kleines? Hast du dir selbst ein Toy reingeschoben oder bist du etwa nervös?«, necke ich sie. Mit einem süffisanten Grinsen beuge ich mich zu ihr rüber.

Sie verpasst mir einen Klaps auf die Wange, bevor sie mich am Kragen der Lederjacke zu fassen bekommt und zu sich zieht.

Verdammt, ich liebe es, wenn sie ihre Finger nicht von mir lassen kann.

In ihren schwarzen Röhrenjeans und sexy eng anliegender Lederjacke sieht sie unfassbar scharf aus. Das schwarze Top, das sie unter der Jacke trägt, verschafft mir einen einladenden Einblick auf ihre prallen hochgepushten Brüste. Brüste, in die ich gern beißen würde.

»Ja«, keucht sie gespielt. »Ich dachte, ich lockere die Situation auf und trage einen Plug. Er drückt so tief in mir, Arūnas. Langsam halte ich es nicht mehr aus. Ich bin so verdammt feucht und … willst du mich nicht erlösen?«, fleht sie vor meinen Lippen gekünstelt und küsst mich hungrig. Dabei beißt sie begierig in meine Unterlippe und streichelt über meine schwarze Jeans, genau über die Region, wo mein Schwanz pulsiert.

Die kleine Viper verarscht mich bloß, trotzdem macht mich die Vorstellung, dass sie einen Plug tragen würde, unendlich scharf.

»Klar erlöse ich dich. Aber erst im Anschluss. Dann bist du so was von fällig. Wehe, wenn du keinen Plug trägst und mich veräppelst«, lasse ich sie mit kehligem Unterton wissen, schlinge ihren Pferdeschwanz um mein Handgelenk und ziehe ihren Kopf in den Nacken. Sie schenkt mir einen leicht erschrockenen Blick. *Wusste ich es doch. Madame trägt keinen Plug.*

Ich ziehe ihren Kopf noch ein Stück zurück, um ihre Kehle freizulegen, die ich hungrig küsse. Ihre Hände öffnen meine Jacke und gleiten ungefragt unter mein Shirt.

Als ich an ihrem Ohrläppchen angekommen bin, stöhnt sie leise. Aus den Augenwinkeln sehe ich weiter vorn das Opfer die Tiefgarage betreten. Hinter den Säulen versteckt warten weitere Anhänger des Akis. Anhand ihrer hellen Masken stechen sie aus der Dunkelheit hervor.

Das Opfer ist eine Frau Ende dreißig. Sie hat blondiertes Haar, trägt glänzende Pumps und ein dunkelblaues figurbetontes Kostüm. Mit einer arroganten selbstverliebten Ausstrahlung marschiert sie geradewegs wie die Maus vor dem geöffneten Maul eines Löwen an unserer Motorhaube vorbei. Kurz wirft sie einen Blick durch unsere Frontscheibe und hebt die rechte Braue. Sie lächelt verwegen, als ich Moiras Hals begierig küsse.

»Sie ist hier«, informiere ich Moira, die in der Haltung verharrt und blinzelnd zu der Bestie rüberschaut.

Amareta Chystrova, so heißt sie, stöckelt unbedarft ihr Handy in der Hand haltend, auf ihren kanariengelben Lamborghini Urus zu. Ja, die Braut hat eine Menge Kohle gescheffelt, nachdem sie ihren Mann, der einer der größten Unternehmer Litauens war, getötet hat. Vor knapp zwei Jahren konnte sie sich aus der Affäre ziehen und Beamte mussten sie freilassen. Aber wie es aussieht, ist ihr letzter Mann nicht der erste Mann gewesen, den sie mal eben über die Klinge springen ließ. Sie ist eine Heiratsschwindlerin und Schwarze Witwe.

»Mein lieber Scholli. Was ein scharfes Gerät«, stoße ich hervor, als ich ihr auf den Arsch glotze. Sie hat verdammt lange Beine. In dem engen Rock sehe ich klar und deutlich ihre Pobacken.

Moira räuspert sich aufgesetzt, bevor sie mich ihre Krallen auf der Brust spüren lässt.

»Findest du?«, fragt sie frech und drückt ihre Nägel schmerzhaft tief in meine Haut.

»Babe, du bist tausendmal schöner als die Alte. Ich liebe deine Eifersucht«, antworte ich ihr, als ich ihrem feurigen Blick begegne. Das Grün in ihren Iriden funkelt heller und giftiger als sonst.

Ich umfasse ihre Kehle, bevor ich sie an mich ziehe und ihr in die Augen blicke. »Sie ist scharf, aber nicht schärfer als du in diesem engen Killer-Outfit. Lass uns aussteigen.«

Sie schmunzelt mit diesem bedrohlichen niedlichen Augenaufschlag. Ihre schwarz umrahmten Augen und der dunkle Lidstrich machen sie unwiderstehlich. Sobald wir bei Sanny und Malvine zu Hause sind, greife ich sie mir und vögele sie an meiner Schlafzimmerwand. Oder ich mache mit ihr zuvor einen Abstecher in ein Hotel, um ihr eine Analkette mit Metallkugeln in ihren perfekten Arsch zu schieben und ihr vielleicht ein paar hübsche Klemmen anzulegen. Ich will sie heute so richtig scharfmachen. So sehr, bis sie mich anfleht, sie zu ficken.

Als unvermittelt das Licht in der Tiefgarage erlischt, stoppt die blonde Frau auf ihren Absätzen, starrt von ihrem beleuchteten Handydisplay verwundert zur Decke des Parkhauses auf. Leise höre ich sie ein Wort wie »Scheiße« fluchen. Dennoch lässt sie sich von dem Stromausfall nicht beirren und greift in ihre Handtasche, um die Autoschlüssel hervorzuholen. Mittlerweile haben sich meine Augen an die Dunkelheit gewöhnt. Es leuchten weiterhin die giftgrünen Exit-Schilder.

Noch bevor ich zu Moira blicken kann, hat sie den Audi verlassen. Mit der Maske auf dem Gesicht verschmilzt sie kurzzeitig wie ein Geist mit der Dunkelheit.

Wow. Aber so war das nicht abgemacht. Sie scheint fest entschlossen, die Nummer ohne unsere Hilfe durchzuziehen.

Um zur Not einzugreifen, steige ich ebenfalls aus und kann wie die anderen Mitglieder mitverfolgen, wie Moira plötzlich hinter die Frau tritt und ihr eine Klinge an die Kehle hält.

Die Blondine wirkt kurzzeitig eingeschüchtert, bevor sie sich unter Moiras Arm hindurch duckt und ihr Handy ans Ohr heben will. Moira greift sie an und tritt ihr mit einem so unfassbar geübten Kick das Handy aus der Hand. Grob bekommt sie Amaretas Schultern zu fassen, spricht zu ihr und drückt sie aggressiv gegen die nächste Betonsäule.

Die Frau schreit panisch um Hilfe. Mittlerweile treten alle Anhänger aus ihren Verstecken. Keiner wird der Frau helfen. Sie hebt ihre Hände zu Moiras Maske, will sie ihr vom Gesicht zerren und sie wegstoßen. Doch Moira verpasst ihr einen üblen Schlag ins Gesicht.

Doch dann wendet die Frau ungeahnt irgendwelche Griffe an, umfasst Moiras Unterarm und verdreht ihn ihr schmerzhaft, sodass Moira taumelnd zurückweicht und im nächsten Moment einen harten Tritt von der Viper in die Bauchgegend kassiert. *Shit!*

»Halt dich von mir fern, Miststück!«, blafft sie Moira an, die am Boden liegend auf die Füße kommt und schwer durchatmet. Jeder Muskelstrang von mir ist bis zum Zerreißen angespannt. Wie auch die der anderen.

»Wartet!«, ruft Moira zu uns, woraufhin die Frau sich umsieht und glaubt, dass diese Anweisung ihr galt.

»Werde ich sicher nicht.« Bevor sie mit dem Fuß ausholt, um Moira erneut zu treten, bekommt Moira ihr Bein zu fassen, hebt die Klinge und rammt sie ihr in den Oberschenkel.

Mit einem Ruck, als die Blondine noch nicht realisiert hat, dass ein Messer in ihrem Bein steckt, zieht Moira es mit einem Schrei aus ihr. Anschließend verdreht sie ihr das Bein und die Blondine kippt panisch vor Schmerz schreiend zu Boden. Sie kracht übel mit dem Gesicht auf dem Beton auf. Sofort ist Moira über ihr. Sie dreht das Opfer auf den Rücken und fixiert sie auf ihr kniend auf dem kalten Fußboden.

»Hätte mir mal jemand sagen können, dass sie ebenfalls kickboxt?«, fragt sie in die Runde. Wütend kämpft die Blondine gegen Moiras Griffe an und schreit wie am Spieß um Hilfe. Alle Aus- und Eingänge der Tiefgarage sind von uns versperrt worden, nachdem sie die Garage betreten hat. Selbst wenn sie jemand hört, wird ihr niemand helfen können.

»Hier kommt keiner, Schwarze Witwe. Du stirbst. Denn du bist Magnus' nächstes Opfer.« Mit einem durchtriebenen mordlustigen Gesichtsausdruck hält Moira eine Spritze mit Betäubungsmittel in der Hand und verabreicht es ihr. Sie zögert keine Sekunde. Ihre Bewegungen sind nur aufs Beute-Jagen und Zur-Strecke-Bringen fokussiert.

Nachdem die blonde Frau ihre Abwehr einstellt und schlaff unter Moira zusammensinkt, trete ich an sie heran und biete ihr meine Hand an.

Moira legt ihre Hand in meine, umfasst sie fest und schaut zu mir mit diesem Glitzern in den Augen auf. Ihre helle Maske mit der Rune zwischen den Brauen strahlt heller in der Dunkelheit als die der anderen. Mit einem gequälten Schnaufen lässt sie sich von mir aufhelfen und taumelt auf ihren hohen Keilabsatz-Stiefeletten gegen meine Brust.

»Könnte sein, dass ich Yoga mit Kickboxen verwechselt habe«, scherzt Schivokar. »Sie ging in ein Sportstudio. Kickboxen ist doch eher was für Männer.«

»Sie hat auch wie ein Kerl gekämpft«, versichert Moira ihm.

»O ja, du auch«, lobe ich sie. »Es sah unglaublich sexy aus«, raune ich ihr ins Ohr. Du hast ihr mächtig zugesetzt. Wie geht es dir?«

»Alles bestens. Schaffen wir sie fort. Schivokar«, ruft sie ihn zu sich.

»Ja?« Er tritt an Moira heran.

»Du schaffst sie mit Iltronas und Vikotar weg. Katara, du fährst unser Auto zurück. Und wir beide nehmen den Urus, den wir verschwinden lassen sollten.« Moira blinzelt zu mir auf. Schon nach zehn Minuten sind sämtliche Spuren des Überfalls in der Tiefgarage beseitigt und ich sitze neben Moira auf dem Beifahrersitz des sauteuren Wagens, den das Opfer sich heimtückisch erschlichen hat.

»Lief ja reibungslos«, lobe ich Moira und fahre mit der Hand über ihren rechten Oberschenkel.

»Ja«, antwortet sie lächelnd und gibt mehr Gas. Wir rauschen mit einem über 600 PS starken Auto mitten in der Nacht durch Vilnius. Während ich meine Löwin während der Attacke auf das Opfer beobachtet habe, war ich unfassbar stolz auf sie. Wie sie sich bewegt hat, war unglaublich.

»Halte hier an«, sage ich zu ihr nach einigen Minuten und deute auf ein Fünf-Sterne-Hotel.

»Aber …« Sie blinzelt verwirrt, bremst ab und schaut zu mir.

»Ich kann dich heute Nacht nicht leise vögeln. Nicht, wenn Sanny und Malvine da sind.« Auf dem Parkplatz angekommen, stoppt Moira den Wagen.

»Du willst es wirklich wissen, oder, Arūnas?« Sie lacht, schnappt sich meine Jacke und zieht mich zu sich. Wir nehmen die Masken ab, um kurz darauf im Hotel einzuchecken, das ich mit meiner Kreditkarte bezahle.

Bereits im Aufzug kann ich meine Hände kaum von ihr lassen, öffne den Reißverschluss ihrer Jacke und massiere ihre Brüste. Wie meine Beute fixiere ich sie an der Wand. Sie erwidert meine Küsse stürmisch und greift nach meiner Hand, als wir die zehnte Etage erreichen. Mit einem Lachen auf den Lippen rennt sie voraus und zieht mich hinter sich her.

Im Hotelzimmer werde ich meine Jacke los, sie streift ihre von den Schultern und zieht das Shirt aus. Es fühlt sich alles so intensiv an. Wir haben die nächste Etappe von Kęstas' Plan erreicht, sind in einem gestohlenen Wagen unterwegs, befinden uns in einem Nobelhotel und werden für eine Stunde den geilsten Sex der Welt haben. An mir hebe ich sie in ihren engen Hosen und schwarzem BH hoch und trage sie zum Bett. Die Nachttischleuchten sind angeschaltet, und sie bleiben auch an, da ich sie sehen will, wenn ich sie vögele.

Sie weiterhin begierig küssend lege ich sie auf den Rücken im Bett ab und entdecke rote Male auf ihrem Bauch. Sie stammen von den Absätzen der Blondine, die Moira übel erwischt hat.

»Hey«, wispert sie und zieht mich an sich hinab. »Es ist halb so wild.«

»Sieht nicht so aus. Kęstas bringt mich um, wenn dir etwas passiert.«

»Ich bin erwachsen. Kęstas wird dich nicht töten, sondern eher auspeitschen.« Sie lacht und öffnet den Knopf ihrer Hose. Sie schiebt sie hinunter, als ich mein T-Shirt loswerde. Anschließend rollt sie sich auf den Bauch und streckt ihren verdammt geilen Arsch in die Höhe. Sie trägt einen schwarzen Spitzenstring, der ihre Pobacken noch runder wirken lässt. Jetzt ist der Moment eingetreten, an dem ich mich nicht mehr zügeln kann. Ich ziehe den Slip zur Seite und …

»Scheiße, Babe. Du hast wirklich …«

»Nein, ich habe nicht gelogen«, keucht sie, als sie mir ihren prallen Po, in dem sich ein schwarz funkelnder Stein mit einem gravierten Auge befindet, entgegenhält. *Sie hat während der gesamten Zeit über diesen scharfen Plug getragen? Für mich?*

Mit den Fingern streiche ich durch ihre feuchte Spalte. Fuck, sie läuft fast aus. Ich schlage auf ihre Pobacke und beiße anschließend in ihren rechten Oberschenkel. Sofort stöhnt sie auf. Als ich den BH öffne und ihre Brüste ertaste, spüre ich zwei schmale Klemmen. Solch ein Miststück. Seit knapp drei Tagen hat sie mich abends auf Abstand gehalten, um mich jetzt um den Verstand zu bringen.

»Bedien dich, Killerboy.«

»Darauf kannst du dich verlassen.«

Sie wird ihren BH los, bleibt, das Gesicht zu mir gedreht, mit erhobenem Arsch vor mir liegen und stöhnt lustvoll. Bevor ich in ihre feuchte Pussy eindringe, kassiert sie einen weiteren festen Hieb mit der flachen Hand von mir, was sie aufseufzen lässt. *So schön.*

Ich keuche, als ich Stück für Stück immer tiefer in ihre enge Pussy eindringe. »Du bist … so … verdammt … perfekt!« Nach jedem Eindringen stoße ich mit meinem prallen Schwanz in sie. Ich ficke sie ohne Zurückhaltung und nehme mir alles von ihr. Zuerst nehme ich ihre Pussy, bis sie laut stöhnend in die Decke beißt. Ihr Körper bebt, als ich es ihr hart besorge. Danach kümmere ich mich um ihren Arsch und ziehe den großen Plug, den sie ohne mein Wissen trägt, aus ihrem vorgedehnten Anus. Mit beiden Händen massiere ich ihre Pobacken, befeuchte meine Finger und dringe mit ihnen in ihren runden Anus. *Herrlich.* Sie ist perfekt für meinen Schwanz gedehnt. Langsam gleite ich in ihren Po und höre sie willenlos komplett der Ekstase verfallen wimmern und stöhnen. Ich übe mit zwei Fingern Druck auf ihrerKlit aus, bevor ich sie animalisch ficke. Ich kann mich nicht ausbremsen, nicht nach dem, was ich sehe. Ihr Körper schmilzt in meinen Fingern. Ich könnte alles mit ihr machen, sie die ganze Nacht hier gefangen halten. Sie gehört mir. Nie zuvor habe ich dieses unbezähmbare Machtgefühl gespürt. Gerade jetzt kann ich mir vorstellen, wie sich Kęstas gefühlt hat, wenn er nach einem Kidnapping oder Mord mit Moira geschlafen hat.

Laut stöhnend zieht sich ihr Muskel zusammen. Ihre Knie geben nach, ihre Finger krallen sich in die Überdecke des Bettes, als sie ein Hohlkreuz macht. Weiterhin lässt sie mich komplett in ihren Arsch stoßen. Als sie zum Orgasmus kommt, beschleunige ich das Tempo und fixiere ihren Po, damit sie nicht wegrutschen kann. Tief stöhnend komme ich nach Tagen des Softsexes verdammt hart in ihr.

Vollkommen erledigt atmen wir gemeinsam laut aus und wieder ein. Aus und wieder ein. Wie im einstudierten Rhythmus. Vorsichtig ziehe ich mich aus ihrem kleinen Arsch zurück und hebe sie anschließend vor mir auf die Füße.

Noch komplett schwach und zittrig geben kurzzeitig ihre Knie nach. Ich halte sie aufrecht, damit sie nicht stürzt, und drehe sie zu mir. Mit beiden Händen hebe ich sie über die Schulter.

»Was … was hast du vor?«, fragt sie mich überrascht und noch vollkommen vom Sex berauscht.

»Wir nehmen ein Bad und setzen dir danach den Plug wieder ein. Du wirst ihn auch morgen tragen.«

»Du kannst echt nicht genug bekommen, was?«

»Von dir …? Niemals.«

Im noblen Badezimmer angekommen, setze ich sie behutsam in der Wanne ab und streife ihr die Hosen über die Füße. Sie starrt auf meine geöffnete Jeans und schreit auf, als ich das Wasser anstelle.

»Kalt, kalt, kalt!« Wie ein Blitz will sie aus der Wanne klettern, doch ich halte sie davon ab.

»Nicht so schnell, mein Häschen. Gleich wird es wärmer. Später vielleicht sogar richtig heiß«, verspreche ich Moira, umfasse ihre Wange und küsse sie zärtlich. Sie seufzt in dem Moment, als das Wasser wärmer wird, und zieht mich mit meiner Jeans in die Wanne. Ich klettere auf ihren Körper und küsse sie bedrängend weiter. Ich würde sie am liebsten die gesamte Nacht vögeln. *Denn, Gott, ich liebe diese Wildkatze so abgöttisch.*

WIE GEHST DU MIT TRAUER UM?

ICH SPRECHE MIT NIEMANDEN DARÜBER. ICH BRAUCHE JEMANDEN ZUM REDEN.

KAPITEL 25
MOIRA

Werte Ermittler der Mordkomission,

wie ich vor wenigen Tagen in der Presse mitverfolgen konnte, haben Sie den vermeintlichen Serienmörder Magnus gefasst. Somit mich. Ich muss Sie leider enttäuschen. Es liegt ein fataler Irrtum vor. All Ihre Bemühungen und Ermittlungen waren umsonst. Während Sie sich in Ihrem Erfolg baden, habe ich weitere Schritte eingeleitet.

Sie hätten die Augen weiterhin wachsam offen halten sollen, statt sich Ihrer Sache sicher zu sein. Sehr bedauerlich, wie ich finde. Denn aufgrund Ihrer Überheblichkeit und Arroganz werden weitere Opfer durch meine Hände sterben. Vielleicht ist es Ihnen in den letzten Tagen entgangen, aber ich habe mir das Recht herausgenommen, sieben Frauen zu entführen. Gerade suhle ich mich im Blut dieser sieben Frauen. Ich lausche ihren Angstschreien, füge ihnen unzählige Schmerzen zu und genieße ihre Hilferufe. Niemand wird sie hören. Sie sind meine Geschöpfe. Ein wenig stimmt es mich traurig, dass Sie nachlässig handeln und diesen sieben Frauen weniger Beachtung schenken als meinen früheren Opfern. Aber sei's drum. Ich beklage mich nicht.

Somit haben Sie mir die Tore weit geöffnet, um meinen Trieben ungestört und ohne Komplikationen nachzugehen und mit Blut zu stillen. Vielen Dank dafür, werte Ermittler. Schon in wenigen Stunden werden Sie mein Meisterwerk bewundern dürfen, das ich mit viel Hingabe und Schweiß präsentieren werde. So lange wünsche ich Ihnen eine friedliche Nachtruhe, während ich verborgen in der Dunkelheit durch die Gassen streife und nach meinen nächsten Opfern Ausschau halte. Es wartet eine Menge Arbeit auf Sie und viel Vergnügen auf mich.

Damit es zu keinem Ermittlungsfehler kommt, führe ich die Namen der Todgeweihten auf, die so jämmerlich nach Hilfe rufen und nicht gehört werden.

Diese sieben Frauen gehen auf Ihr Konto und sind Ihr Verschulden:

Birutė Kalėdienė
Angelė Rupšienė
Lina Kačinsytė
Vilhelmina Bardauskienė
Diana Žiliūtė
Amareta Krupeckaitė
Rūta Meilutytė

Ich verbleibe mit den besten Grüßen,

gezeichnet MAGNUS

Immer wieder lese ich Kęstas' vor Wochen verfassten Brief durch. Es ist alles erledigt. Die sieben Frauen befinden sich im Keller. Sie werden von vierzehn Anhängern des Akis überwacht und heute Nacht getötet. Wir haben alles erfüllt, so wie es sich Kęstas vorgestellt hat. Sobald der Brief im Polizeipräsidium eintrifft und morgen früh Menschen auf die sieben aufgehängten Leichen stoßen werden, wird die Botschaft, dass Magnus noch frei herumläuft, ganz Litauen erschüttern.

Das Spiel, das Kęstas für die Ermittler eröffnet hat, konnten sie nicht gewinnen. Gegen Kęstas verliert jeder. Das Einzige, was es zu beklagen gibt, ist sein Ruf, der als Staatsanwalt in Mitleidenschaft gezogen wurde. Da die Polizei in der Presse bekannt gegeben hat, dass Kęstas der Serienmörder Magnus ist, wird diese Tatsache nie vollständig aus den Köpfen der Bewohner Litauens verschwinden.

Immerhin werden sie morgen ihren fatalen Fehler erkennen. Ihnen werden endlich die Augen geöffnet! Sie dürften schon vor wenigen Wochen bemerkt haben, dass ihre angeblich glaubhaften Zeugen nach und nach ihre Aussagen zurückgezogen haben. Einige verschwanden und sind zu keinen weiteren Befragungen mehr erschienen, andere haben zugegeben, bestochen worden zu sein, um die Falschaussagen zu machen.

Das Ermittlungsteam wird verstehen, dass Kęstas aufgrund falscher Beweise überführt wurde und die Zeugen von kriminellen Organisationen bestochen worden sind, um Kęstas einen Dolch in den Rücken zu jagen. Denn mittlerweile konnte mir Ričardas glaubhaft versichern, dass die angebliche Mordwaffe eingehend im Labor untersucht wurde. Das Blut an der Klinge war keinem Opfer von Magnus zuzuordnen. Bloß Kęstas' Fingerabdrücke befanden sich auf dem Messergriff neben weiteren fremden Fingerabdrücken, da dieses Messer sich im Hausstand seiner Villa befand. Außerdem konnte durch die Obduktion von

Magnus' Opfern ausgeschlossen werden, dass diese Waffe eine von Magnus' Mordwaffen ist. Denn deren Klinge ist viel zu breit. Außerdem verwendet Magnus immer zweischneidige Klingen und kein einfaches Fleischermesser.

Kęstas, mein Darling. Bald bist du frei.

Es sind mehr als zwölf Wochen vergangen, in denen wir getrennt sind und uns nicht sehen durften. Er verbat mir ausdrücklich, einen Besucherantrag zu stellen. Es schmerzte sehr, als mir Ričardas seine Worte übermittelte, und es schmerzte noch mehr, in Ričardas' Gesicht ablesen zu können, wie dreckig es Kęstas in der U-Haft geht. Zwar erwähnte er mit keinem Wort, wie es um Kęstas' Verfassung steht, aber ich konnte an seiner Mimik ablesen, wie schrecklich er von anderen Inhaftierten behandelt wird. Denn jedes Mal, wenn ich Ričardas fragte, wie es Kęstas geht, wich er meinem Blick aus und bildeten sich zwei Furchen zwischen seinen Brauen. Seine Augen wurden trüb und seine Lippen verhärteten sich.

Auf der Parkbank sitzend lege ich den Kopf in den Nacken. Über mir entdecke ich die blassrosa kelchgroßen Blüten eines Magnolienbaumes. Es ist Ende Mai. Die Tage werden länger, die Nächte kürzer. Eine milde Brise weht über mein Gesicht, als ich den zarten süßen Blütenduft einatme. Ich falte die Kopie des Zettels zusammen, um ihn später zu verbrennen. Das Original wurde von Dikar an einen neunjährigen Jungen übergeben, der ihn in wenigen Stunden im Polizeipräsidium für 100 Euro abgeben soll. Das Schriftstück wird ab morgen sicher von oben bis unten auf Fingerabdrücke und DNS-Material untersucht. Dikar hat dem Jungen natürlich nicht sein Gesicht gezeigt, sondern sprach ihn maskiert an. Er wird ihn so lange im Auge behalten, bis er seinen Job erledigt hat. Es dürfte nichts schiefgehen.

Die Dämmerung bricht an, als ich einen Blick in mein Buch werfe und mich für die morgige Prüfung vorbereite. Es kommt mir sehr oft so vor, als befände sich Kęstas bei mir. Als würde er jetzt neben mir sitzen, mir über die Schulter streicheln und das Buch auf meinem Schoß zuklappen, damit ich meine Aufmerksamkeit auf ihn lenke.

Keine Ahnung, wie lange die Beamten brauchen, um Kęstas zweifelsfrei gehen zu lassen. Der letzte Schritt ist getan. Sollte nach einem Monat keine richterliche Anordnung auf seine Freilassung festgesetzt worden sein, geht das Morden weiter. Es gibt noch zwei Briefe, die er vorbereitet hat. Allerdings sollen sie nur im Notfall verschickt werden.

Mein Blick wandert in Gedanken versunken zum Spielplatz. Immer mehr Eltern verlassen den Park mit ihren Kindern. Malvine turnt mit ihrer besten Freundin Alisa auf dem Gerüst herum. Beide unterhalten sich angeregt. Hin und wieder winkt sie mir zu.

»Schau mal, Moira, was ich kann.« Sie führt eine Rückwärtsrolle auf einer Stange aus und löst zittrig und für mich ziemlich gewagt die Hände von der Stange. Bloß ihre Beine halten sie an der Stange fest, als sie wie eine Fledermaus kopfüber hin und her baumelt.

Sie lacht, während ich von der Bank aufspringe.

»Malvine … das sieht …«

»Es ist ganz einfach. Mach es auch mal.« Kopfüber kichert sie mir entgegen. Ihre Freundin macht neben ihr dieselbe Übung. Beide umfassen ihre Hände und schwingen sich lachend vor und zurück.

Plötzlich steht Sanny bei mir und reicht mir mit einem Strahlen in den Augen einen Kaffeebecher.

»Bitte schön! Für dich, Moira.« Auf dem Becher steht das Logo des Stores, in dem sie sich für einen Teilzeitjob beworben hat.

»Und?«, frage ich sie, obwohl ich weiterhin ein Auge auf Malvine habe.

»Sie nehmen mich. Sie nehmen mich, sie nehmen mich!«, trällert sie aufgeregt. »Den habe ich für dich gekauft. Mit extra Karamell und Sahne.« Sie deutet auf meinen Becher. »Und die anderen Becher sind für Malvine und Alisa.« Sie stellt den Pappbecherhalter auf einer Bank ab. Beide Mädchen schwingen sich wieder hoch und klettern von der Stange, um sich ihre Kakaos zu schnappen.

»Und sie haben nichts dagegen, dass du vormittags die Tagesklinik besuchst?«, hake ich nach. »Denn wenn sie was dagegen haben, stürme ich den Store und mach sie zur Schnecke.«

Sanny schüttelt den Kopf. »Nein, das geht für sie in Ordnung. Ich soll vorerst nur abends arbeiten. Somit kann ich vormittags zur Klinik gehen.«

»Ich bin wirklich stolz auf dich. Kęstas wäre das auch«, flüstere ich ihr ins Ohr und ziehe sie an meine Seite. Denn Sanny hat vor Wochen beschlossen, sich keine Drogen mehr zu spritzen und eine Therapie zu beginnen. Sie war über sechs Wochen in einer Klinik, um von dem Zeug loszukommen, und ist jetzt zu einer Tagesklinik gewechselt, die sie weiterhin medizinisch und therapeutisch betreut. Ich würde es ja selbst machen, aber mir fehlt das Wissen. Dafür habe ich mir mit ihr sieben Psychotherapeuten angeschaut und war bei den Erstgesprächen dabei, da Sanny auf eine Therapie verzichten wollte und sie als unnötig ansah. Ihre Ausreden waren die üblichen: Ich brauche keine Therapie.

Alles, was mir passiert ist, ist ja längst Geschichte. Ich gehöre nicht zu den gestörten Freaks.

Dabei ist eine Therapie wichtig. Leider sind in vielen Köpfen der Menschen immer noch Vorurteile gegenüber Psychotherapeuten abgespeichert. Doch seit sie eine geeignete Therapeutin gefunden hat, blüht sie jeden Tag mehr auf. Kurzzeitig fällt sie in ein Tief, da die Gespräche auch anstrengend sind, aber trotzdem spüre ich, wie sie in ihrer Vergangenheit aufräumt und sie heilt.

»Wo ist eigentlich dein Prinz? Arūnas ist doch sonst immer und überall bei dir.«

»Onkel Arūnas hat ein geheimes Treffen«, sagt Malvine, als sie mir den Kakaobecher gibt, nachdem ihre Freundin zusammen mit ihrem Vater den Spielplatz verlässt. Über uns ziehen immer dunklere Wolken auf. Es sieht nach Regen aus.

»Ja, er hat ein geheimes Treffen mit seinen Freunden.« Ich betone absichtlich das Wort Freunde. Er ist zum Anwesen der Vanags gefahren, was er wochenlang vor sich hergeschoben hat. In den letzten Wochen habe ich einfach gemerkt, wie sehr er seine Leute vermisst, auch wenn er es immer abstritt. Er sollte sich endlich aussprechen und die Dinge klären. Wovor ich wirklich Angst habe, ist, dass er sich möglicherweise dazu entschließen könnte, den Akis zu verlassen. Tjark, Rysand, Nojus, Jones, Zydrunas und viele mehr sind nun mal seine Freunde, die er sein halbes Leben lang kennt. Den Kontakt komplett zu ihnen abzubrechen, würde ihn früher oder später unglücklich machen.

Anfänglich fühlte es sich für ihn befreiend an, was Neues zu beginnen, aber mittlerweile vermisst er seine Kumpels. Also musste ich etwas nachhelfen, ihm in den Hintern treten und habe heimlich von seinem Handy aus ein Gespräch mit Tjark geführt. Hinterher durfte ich zwar Arūnas' Konsequenzen spüren, indem er mich eine Woche lange gevögelt hat, ohne mich kommen zu lassen, aber immerhin hat sich meine Aktion als richtig herausgestellt.

Während wir den Spielplatz verlassen und ich beide zu Arūnas' Wohnung fahre, wird der Regen immer stärker. Ein heftiger Windsturm peitscht durch die Bäume. Blätter und kleine Äste werden aus den Kronen gerissen und wirbeln über die Straße.

»Ich mag keine Gewitter«, höre ich Malvine auf der Rückbank jammern. Plötzlich zuckt ein greller Blitz über den Himmel, dem erst nach ein paar Sekunden ein lauter Donnerhall folgt.

Ich gebe Gas und fahre zum Industriegebiet. Mehrmals prüfe ich die Rückspiegel, um auszuschließen, dass wir verfolgt werden. Sanny streichelt über Malvines Schulter.

»Moira bringt uns heil nach Hause.«

In Arūnas' Appartement angekommen wartet kein zweiter Wagen vor seiner Außentreppe. Er ist noch nicht zurück. Während Sanny und Malvine in die Wohnung gehen, verfolge ich aus der Entfernung, wie sich das Tor wieder schließt.

Babe, wo bleibst du? Lass das Treffen kein Reinfall sein.

Ich brauche dich heute Nacht. Heute ist *die* Nacht. Doch als wäre es abgesprochen gewesen, glühen helle Scheinwerfer vor dem Tor auf und ich erkenne die Konturen eines Mercedes GLS. Langsam fährt das Tor auf und mit einem zügigen Tempo rollt der Wagen auf mich zu.

Arūnas steigt, die Jacke über den Kopf gezogen, aus, da ein heftiger Platzregen niedergeht. Als er mich auf der Treppe entdeckt, schaut er mich fragend an.

»Alles okay? Warum hockst du hier?«

»Weil ich auf dich gewartet habe. Ich dachte echt … du würdest …«

»Was? Nicht wiederkommen und mit Natascha durchbrennen?«

Langsam erhebe ich mich auf der Treppe und wische den Regen aus meinem Gesicht. »Du Blödmann. Das nicht. Aber … Sie sind deine besten Freunde.«

»Erst fädelst du die Sache ein, jetzt bereust du es? Keine Sorge, es lief alles gut. Komm rein, bevor du dich erkältest.« Er sucht meine Hand, um mich mit sich ins Appartement zu ziehen.

Vor Malvines Augen haben wir uns bisher nie geküsst, denn sie weiß, dass ich Kęstas' Freundin bin, aber immer noch nicht, dass ich ihre Mutter bin. Aus dem Grund zieht mich Arūnas an der Hand zu sich und hebt seine Jacke auch über meinen Kopf, um mich unter dem Türrahmen haltlos zu küssen. Wasser rinnt über meine Lippen und tropft von meinem Kinn, als ich sinnlich mit seiner Zunge verschmelze. Ich streiche ihm dunkelblonde Haarsträhnen aus dem Gesicht und lächele ihm entgegen.

»Freut mich, dass es gut lief. Bleibst du dennoch beim Akis?«

»Ich bleibe bei dir«, raunt er mir ins Ohr. »Ich bin nur so lange beim Akis, solange du dort bist. Hin und wieder werde ich auch bei Tjark und Rys vorbeischauen, aber nicht mehr für die Vanags arbeiten. Oder wenn, dann als Nebenjob oder so.«

»Das beruhigt mich.«

Seine Hand legt sich auf mein weißes T-Shirt auf die Stelle, unter der mein Herz aufgeregt schlägt. »Du wirst mich nicht so schnell los, kleine Löwin.« Seine graublauen Augen werden von einem hellen Lichtstreifen in der Dämmerung durchbrochen, als ein greller Blitz über den Abendhimmel zuckt. Ein ohrenbetäubend lauter Donnerhall lässt mich kurz erzittern. Ich hasse Gewitter, genau wie Malvine.

»Ich verlasse dich auch nicht, Arūnas. Ich liebe dich«, hauche ich vor seinen geschwungenen Lippen. Zugleich spüre ich diese kribbelnde Elektrizität, die zwischen uns in der Luft schwebt.

WENN DU EINE GROSSE MENGE BLUT SIEHST UND RIECHST:

WIRD MIR SPEIÜBEL.

STÖRT MICH DAS NICHT.

KAPITEL 26
MOIRA

Selbst mitten in der Nacht hört der Regen nicht auf. Es peitscht und gießt wie aus Eimern. Wir stehen vor dem ernst zu nehmenden Problem, dass sich das Erkennungszeichen im strömenden Regen auflösen wird. Es muss mit Blut geschrieben sein so wie all die Male zuvor. Wir dürfen nicht vom Plan abweichen. Wenn wir es mit Graffiti hinterlassen, werden Ermittler einen Trittbrettfahrer hinter der Aktion vermuten. Das darf nicht passieren.

Es ist kurz vor vier Uhr nachts. Nicht mehr lange und der Tag bricht an. Je länger wir uns unter der Brücke im Norden Vilnius aufhalten, desto mehr laufen wir Gefahr, entdeckt zu werden.

Nachdem die letzte Leiche aufgehängt wurde, betrachte ich Magnus' Kunstwerk. Ich bin nicht stolz auf das, was ich tue. Das war ich nie. Aber wer Leben nimmt, dem sollte auch das Leben genommen werden. Warum dürfen diese Frauen Menschen töten und davonkommen?

Während ich zu den nackten Frauenkörpern aufsehe, deren blasse Haut von einer glänzenden Regenschicht überzogen werden, packen die anderen alles zusammen, sorgen dafür, dass keine Schuhabdrücke oder Reifenspuren zurückbleiben. Wieimmer wechseln sie im Wagen die Kleidung, werden alles los, was mit den Leichen in Berührung kam, und vernichten alles.

Citrones, Iltronas und Dikar treten hinter mich. »Wir sollten gehen. Es reicht trotzdem.«

»Findet ihr?« Fragend drehe ich mich zu den drei ältesten und erfahrensten Mitgliedern um. »Wenn das Akis-Zeichen fehlt, könnte alles umsonst gewesen sein.«

Iltronas zieht seine Kapuze tiefer übers Gesicht, um den Regen abzuschirmen. Dabei sticht sein grauer Vollbart hervor, was irgendwie bizarr aussieht, als er spricht. Er sieht aus wie ein böser Dämonen-Weihnachtsmann.

»Mach dir keine Sorgen, Kindchen. Die Polizei ist zwar langsam im Denken, aber so dumm sind sie auch nicht. Sie wissen, dass es diese Nacht wie aus Eimern geregnet hat und das Zeichen fortgespült wird.«

Osiris nickt, als er an uns herangetreten ist, und schaut von mir zu den Leichen, bevor er mir den Eimer mit dem Blut und einen Pinsel reicht. »Mal das Auge. Die Spurensicherung wird die Rückstände auf dem Asphalt finden.«

Ich nehme ihm den Eimer ab, ziehe die Kapuze des Umhanges, der ein wasserfestes Material besitzt, ebenfalls tiefer ins Gesicht und beende Kęstas' Werk. Unter der Brücke warten die anderen zehn Mitglieder auf mich, halten Ausschau oder beobachten, wie ich das blutrote Auge auf dem Asphalt hinterlasse. Arūnas steht als Einziger ohne Umhang unter der Brücke und lehnt lässig an dem kühlen Betonträger der über dreißig Meter hohen Brücke. Wir konnten die Leichen innerhalb von zwei Stunden in dieser absolut verlassenen Gegend anbringen. Es war eine höllische Anstrengung, die Seilzüge und Drahtseile am Geländer zu befestigen, danach die Körper langsam herunterzulassen.

Nachdem ich fertig bin, richte ich mich auf und werfe den Umhang zurück. Hinter den dichten Fichtenspitzen wird es allmählich heller. Die Dämmerung bricht an, während der Regen mein Werk zur Hälfte fortspült.

Osiris nimmt mir den Eimer ab. Arūnas greift nach meiner Hand, während die anderen ein letztes Mal den Leichenort auf zurückgelassene Spuren überprüfen.

Tropfnass ziehe ich den Umhang aus, den mir Schivokar abnimmt. Er sammelt alle Umhänge und Masken in einem Sack. Als ich auf dem Beifahrersitz hocke, werde ich meine Schuhe los, die in der zweiten Runde Katara von allen einsammelt.

»Brav das Schühchen ausziehen und morgen ist dein Prinz wieder frei«, singt sie vollkommen berauscht von der Aktion. Ich werfe meine billigen Sneakers in ihren Müllsack, was mir Arūnas nachmacht. Im Auto schlüpfe ich in meine Stiefeletten. Statt weiterzugehen bleibt Katara bei uns stehen.

»Schmeißen wir eine Party, wenn Magnus wieder frei ist?« Sie schaut mir mit einem erwartungsvollen Blick in die Augen und nimmt mir auch die Maske vom Gesicht.

»Ich glaube, er ist sicher nicht scharf darauf. Aber ich wäre dabei«, antworte ich ihr. Da ich finde, dass diese Aktion, sollte sie wirklich aufgehen, eine fette Feier wert ist. Jedoch will ich mich nicht zu früh freuen. Hinterher dauert es Tage, Wochen oder vielleicht einen Monat, bis Kęstas freigelassen wird. Auch wenn ich keinen einzigen Tag mehr ohne ihn aushalte.

»Machen wir. Das wird der Hammer!«, stößt sie hervor und hält mir ihre flache Hand entgegen, in die ich einschlage.

»Mädels, steht ihr unter Drogen oder so? Statt hier Sause zu planen, solltet ihr zusehen, von hier zu verschwinden. Sonst startet die nächste Feier im Knast«, erklärt Schivokar, der an Katara vorübergeht.

Katara nickt pflichtbewusst. »Du hast recht. Wir sehen uns am Montag in der Uni.« Katara geht zu den anderen Wagen, um auch dort die Schuhe einzusammeln.

Erschöpft und müde lehne ich mich auf dem Beifahrersitz zurück und schließe die Tür. Arūnas schiebt seine Hand um meinen Hinterkopf.

»Ruh dich etwas aus. Die letzten Tage waren sicher anstrengend für dich.«

Etwas schon, wobei ich viel Unterstützung hatte. Jeder hat seinen Beitrag für die Inszenierung geleistet. Es gibt einen Zusammenhalt im Akis, wie ich ihn nie erwartet hätte. Eigentlich bin ich davon ausgegangen, dass die Mitglieder ihrer Wege gehen würden, sobald sie erfahren, dass der Gründer verhaftet wurde.

Vor Tagen überließ ich jedem die Entscheidung, zu bleiben oder zu gehen. Ich wäre ihnen nicht einmal böse gewesen, wenn sie gegangen wären, da diese Inszenierung sehr gewagt war. Aber wir haben sie gemeistert. Endlich.

Während der Rückfahrt zum Appartement nicke ich immer wieder ein, da ich weiterhin selten eine Nacht am Stück durchschlafe. Die Uni hält mich aktuell sehr auf Trab. Neben dem Studium habe ich mich für ein Praktikum in der Abteilung für Psychosomatik im Krankenhaus beworben und sorge mich um Malvine. Ich bin ehrlich, gäbe es Arūnas und Sanny nicht, würde ich nicht alles unter einen Hut bekommen. Ich bewundere Kęstas, wie er es all die Jahre geschafft hat, Job, Kind und seine Mörderkarriere miteinander zu vereinbaren.

In Arūnas' Wohnung eingetroffen schleiche ich auf Zehenspitzen gefolgt von Arūnas zum Badezimmer. Sanny schläft neben Malvine auf der ausgeklappten Couch vor dem Kamin.

Im Bad angekommen öffnet Arūnas einen Beutel. Er tritt an mich mit diesem smarten Grinsen heran. »Lächele mal, Moira. Es lief alles hervorragend. Ich dachte, du würdest etwas glücklicher aussehen.«

»Ich bin zufrieden. Es lief wirklich hervorragend.« Neben mir stellt er den Beutel ab, geht vor mir auf die Knie und öffnet meine Hose. Mit beiden Händen streiche ich über seinen schwarzen Hoodie.

Nachdem ich komplett nackt vor ihm stehe und er meine Kleidung in den Müllsack gesteckt hat, fährt er mit seinen Fingern meine Beine empor. In seinen graublauen Iriden bricht sich der goldene Schein der Lampe.

»Moira, ich habe eine Frage.«

»Okay, welche?« Erwartungsvoll schaue ich zu ihm hinab, als er meinen Spitzenslip an der Hüfte hinunterzieht.

»Wirst du Kęstas heiraten, wenn er aus dem Gefängnis kommt?« Darüber habe ich bisher nicht wirklich nachgedacht. Außerdem habe ich immer darauf gewartet, dass Kęstas mich irgendwann darauf ansprechen würde. In Arūnas' Gesicht sehe ich zum ersten Mal Zweifel.

»Würde es dich stören?«, frage ich ihn und gehe vor ihm ebenfalls auf die Knie, um den Reißverschluss seines Hoodies langsam aufzuziehen.

»Nein.« In seinem Gesicht kann ich ablesen, dass er mich nicht belügt. »Es würde mich nicht stören. Was ich jedoch mittlerweile zu hundert Prozent weiß, ist …« Er legt seine schlanken Finger um meine Oberarme und beugt sein

Gesicht zu meinem herab. Mein Herz schlägt augenblicklich schneller, als er mich so ernst und tiefgründig zugleich ansieht wie kein einziges Mal zuvor. »Dass ich ein Kind mit dir zusammen möchte.«

Von seinen Worten leicht überrascht, aber nicht überrumpelt kneife ich schmunzelnd die Augen zusammen und schlinge anschließend meine Handgelenke locker um seinen Nacken.

»Natürlich nur, wenn sich alles beruhigt hat und du dein Studium beendet hast.«

»Bist du dir wirklich sicher?«, hake ich vorsichtig nach. Ich habe mir öfter ausgemalt, wie es wäre, mit Arūnas ein gemeinsames Kind zu haben, da er mit Malvine wirklich sehr gut umgeht. Beinahe wie ein großer Bruder. Er sprang in letzter Zeit öfter ein und hat sich mit ihr beschäftigt, während ich lernen musste. Allerdings hätte ich nicht gedacht, dass Arūnas so schnell für sich entschieden hat, Kinder haben zu wollen.

»Absolut sicher.« Mit einem weichen, beinahe verträumten Blick öffnet er meinen Pferdeschwanz und durchkämmt mit seinen Fingern mein Haar. Dabei wandern hin und wieder seine Augen zu meinen Brüsten, tiefer zu meinem Bauch. »Vor ein paar Jahren, das hatte ich dir bisher nicht erzählt, hatten Tjark, Rysand und ich eine Frau kennengelernt. Es war in Berlin. Wir waren alle vier ungebunden und hatten unseren Spaß. Sie entwickelte immer mehr Gefühle für Rysand.«

»Du sprichst von seiner Frau. Oriana, richtig?«

Seine Augenbrauen zucken, als er ihren Namen hört. »Genau. Oriana wurde schwanger und Rysand war nicht bei ihr, als sie den Test gemacht hat, sondern ich. Für einen

Moment hatte ich gehofft, ich würde der Vater sein. Ich hatte es mir wirklich gewünscht, auch wenn ich Rys das niemals antun wollte. Es ging mir nicht darum, mit ihr ein Kind zu bekommen, eher um das Gefühl, irgendwann selbst einmal Vater zu werden. Dabei zu sein, wenn man seine eigene Tochter oder den Sohn aufwachsen sieht. Eine echte Familie gründet.«

Weil er nie eine Mutter hatte, die bei ihm war. Es gab nur seinen strengen Vater. So viel weiß ich über ihn. Von seiner Kindheit sprach er bisher selten.

»Ich verstehe dich. Ich weiß, was du damals gefühlt hast. Und …« Ich umfasse seine Wangen und komme seinem Gesicht näher. »Ja, Arūnas. Ich will auch ein Kind mit dir.«

Plötzlich schaut er zu mir auf und ein übermächtiges Funkeln tritt in seine Augen. »Wir gehen es in Ruhe an.«

»Und sollten es zuvor mit Kęstas besprechen.«

»Ah, wo du es erwähnst, er meinte, Malvine wünscht sich ein Geschwisterchen. Er war auch nicht ganz abgeneigt, ein weiteres Kind zu bekommen. Damit aber eines klar ist: Ich werde nicht zur Brutmaschine.«

»Nein, keine Sorge. Wobei ich finde …« Er reibt seine Lippen über meine. »… dass ich Vorrang habe. Kęstas hat bereits ein Kind mit dir. Die Kleine ist der Wahnsinn. Die Vorstellung, mit dir …«

Ohne ihn aussprechen zu lassen, treten Tränen in meine Augen, und ich küsse ihn verlangend. Als ich mich von seinen Lippen löse, hebt er mein Kinn an. »Alles okay?«

»Ja, alles … okay. Ich weiß auch nicht, woher das jetzt kommt. Ich heule sonst nicht. Das weißt du.«

Lächelnd küsst er meinen Mundwinkel. »Dich macht die Vorstellung genauso glücklich, nicht wahr?«

Ich nicke, da ich einmal von Anfang an dabei sein möchte, wenn mein Kind aufwächst, und nicht wieder Jahre verpassen will.

»Gott, ich liebe dich so sehr, Arūnas.« Ich falle ihm um den Hals, atme seinen männlichen Duft ein, der mich schlagartig an unsere erste Begegnung an der Bushaltestelle erinnert, und schließe die Augen. Zwei Tränen rollen über meine Wangen und tropfen auf seine Schulter, als er mich fest an sich presst.

»Und du bist alles für mich, mein Leben, Moira. Wenn du nur halb so traurig bist, wenn ich nicht bei dir sein kann, wie du es bei Kęstas bist, bin ich zufrieden.«

»Machst du Scherze? Ich wäre genauso traurig und würde kaum schlafen können, wenn du nicht bei mir wärst«, versichere ich ihm und streichele über seine muskulösen Oberarme.

»O Mann, wir bringen dich sicher vorzeitig unter die Erde.« Er lacht in mein Ohr. »Du sollst zwei Kinder produzieren, die dir nachts den Schlaf rauben werden. Und falls du etwas Schlaf findest, halten dich die Sorgen um uns wach.«

»Ganz genau so ist es«, stimme ich ihm leise lachend zu. »Trotzdem ist es mir das wert.« Ich würde alles für sie tun, weil sie alles für mich tun, damit ich glücklich bin.

Zusammen erheben wir uns vom Fliesenboden, da meine Knie mittlerweile pochen und Arūnas sicher in seiner nassen Kleidung friert. Er wird seine Kleidung los, dreht die Mischbatterie auf und zieht mich unter das wohlig warme Wasser.

Je länger ich unter dem Wasser vor ihm stehe, ihn überall berühre, küsse, seine Haut schmecke und seine Stärke unter den Fingerkuppen ertaste, desto glücklicher bin ich. Der Abend lief hervorragend. Gerade frage ich mich, wie sich die anderen Mitglieder in ihrem Zuhause fühlen?

Katara wird sich in ihr Wohnheim zurückgeschlichen haben, sich eine Netflixfolge reinziehen. Ričardas wird sich frisch geduscht zu seiner Frau legen, um morgen Vormittag Kęstas zu besuchen.

Der alte Iltronas wird ganz sicher auf seiner Veranda sitzend den Regen beobachten und genüsslich eine Zigarre rauchen. Philippa wird sich mit ihrem neuen Lover vergnügen, zu dem sie gefahren ist. Denn ja, sie hat mir erzählt, einen Mann in einem Club kennengelernt zu haben.

Schivokar wird zu seinem Elternhaus fahren, und das sicherlich mit einem aufgeregten Gefühl, da er nur darauf wartet, seine schwarze Maske gegen eine weiße eintauschen zu dürfen. Kęstas wird das übernehmen, obwohl er in meinen Augen seine Prüfung meisterhaft erledigt hat, und das schon vor Wochen. Zwar wurde sein Opfer nicht unter einer Brücke aufgehängt, dennoch hat er jede Etappe seiner Prüfung erfolgreich erledigt.

Vikotar, der Mitte vierzigjährige Schuhverkäufer, wird sicher einen Moment in seiner Garage hocken und sich einen Drink genehmigen. Jeder der Mitglieder geht wieder seinem geregelten Leben nach, als würden wir uns nicht kennen. Als würde uns nichts verbinden, nur eine Sache: das Ermorden von kriminellen Psychopathen.

Nach der Dusche trägt mich Arūnas in sein Bett. Über seine Schulter hinweg kann ich einen Blick auf Sanny und Malvine erhaschen. Sanny liegt unter der Decke zusammengerollt auf der Seite, während Malvine fast die komplette Couchfläche einnehmend auf dem Rücken liegt. Wie meistens hat sie die Decke von sich gestrampelt. Sie sieht so unschuldig aus, wenn sie schläft. *Bald schon ist Kęstas wieder bei uns, bald musst du nicht mehr traurig oder böse auf ihn sein, weil er dich niemals im Stich lassen würde, mein kleiner Schatz. Nie.*

KAPITEL 27
MAGNUS

Mit knurrendem Magen starre ich zur Decke. Geschwungene Risse bilden über mir den Buchstaben E, den ich permanent anstarre. Im Bett unter mir schnarcht ein schlaksiger Typ mit pädophiler Neigung. Er schwört zwar bei seinem Leben, dass er Kindern nichts angetan hat, aber sein Blick verrät mir immer wieder, wenn er davon erzählt, dass es doch so war.

Dabei kann ich von Glück reden, nicht mit einem Bandenmitglied des Zármon-Clans die Zelle teilen zu müssen. Es genügt, dass sie mich während des Essens ständig provozieren und bedrohen müssen. Wenn sich einer dieser widerwärtigen Affen eine Zelle mit mir teilen würde, würde ich überhaupt keinen Schlaf finden.

Schlafen … Wann habe ich das letzte Mal ungestört durchgeschlafen? Das war, als Moira neben mir lag. Ich vermisse meine Frau und mein Kind wie nichts Vergleichbares auf dieser Welt. Ich würde einen Monat lang auf Essen verzichten, bloß um sie zu sehen. Ich würde zwischen den aufgereihten Gangmitgliedern entlanggehen, die mich mit Messern attackieren, nur um sie in meine Arme schließen zu können. Ich würde weitere unzählige Morde begehen, bis ich komplett den Verstand verliere und knöcheltief im Blut der Opfer stehe, bloß um ihren Duft einzuatmen.

Es sind über vier Monate vergangen. Mein Plan scheint aufzugehen. Heute ist die besagte Nacht, die ich vor langer Zeit geplant habe. Wenn alles reibungslos funktioniert hat, hängen jetzt, in diesem Moment, sieben Frauenleichen unter der Brücke, die über dem Fluss Neris führt. Hoffentlich ließen sie sich nicht während der anstrengenden und wohl umfangreichsten Tat erwischen.

Ich werde in wenigen Tagen erfahren, ob mein Brief an die Ermittler und Morde Beweise genug sind, um mich endlich aus diesen stinkenden Gemäuern zu entlassen. Dem Haftrichter dürfen schon jetzt die Knie schlackern, wenn er morgen früh die Tageszeitung aufschlägt und von den grausamsten Morden, die wir je inszeniert haben, lesen wird. Denn mit einem Mal wird alles, woran er geglaubt hat, verpuffen. Er wird seinen Fehler erkennen. Wie auch die Ermittler. Sie werden es bereuen, sich nur auf mich fokussiert zu haben, statt weiterhin nach dem wahren Täter zu suchen. Sie werden hoffentlich Schuldgefühle haben, da sie mich überstürzt aufgrund von Flucht- und Wiederholungsgefahr in U-Haft gesteckt haben. Denn während sie sich ihrer Sache absolut sicher waren, zerbröckelt ihre Vorstellung, den Mörder gefasst zu haben. Sie werden sich hassen. Sich schuldig fühlen. Sie werden Enttäuschung und Demütigung verspüren, weil der Mörder über sie lacht. Das gesamte Revier auslacht.

Wieder gelang es dem berüchtigten Mörder Magnus, ihnen mehr als vier Schritte voraus zu sein.

Aus dem Grund nehme ich die Prügel der elenden Gangmitglieder, deren Kumpels ich in den Knast wandern ließ, in Kauf. Sollen sie sich rächen. Etwas anderes habe ich nicht erwartet.

Selbst durch die dicken Mauern des alten Gefängnisses höre ich das Donnern. Heute Nacht muss ein gewaltiges Gewitter wüten, das ich nicht in meine Pläne einkalkuliert habe. Meinen Leuten wird es nicht leicht gemacht, aber ich verlasse mich auf sie. Wasser ist immerhin nützlich. Es verwischt alle Spuren.

Langsam schließe ich die Augen, als ein Wärter an der Zellentür vorübergeht. Es ist fünf Uhr morgens. Der übliche Routinekontrollgang. In einer halben Stunde werden alle Inhaftierten geweckt. So lange schließe ich die Augen und träume von meiner Frau und meiner kleinen Malvine.

Ich muss tatsächlich eingenickt sein, als die schrillen Wecktöne in jeder Zelle ertönen. Unter mir regt sich Baltasa, der mit seinen dünnen Fingern nach seiner Brille auf dem Fußboden tastet.

Und schon beginnt der Lärm und Tumult der hungrigen Tiere, die nicht schnell genug an den Futtertrog kommen können. Essen ist neben Kippen und Schnaps das Einzige, was die Kerle hier am Leben erhält. Dabei kann man den Fraß nicht als Essen bezeichnen. Es ist nicht mal ansatzweise mit dem von Moiras Speisen zu vergleichen. Selbst Sannys verbrannte Pizza oder die verkochten Nudeln wären eine Delikatesse im Gegensatz zu der schal schmeckenden Pampe.

Nachdem ich aufgestanden bin, wasche ich im verkeimten Metallwaschbecken mein Gesicht und streiche mein länger gewordenes Haar aus der Stirn. Als ich die Zähne putze, knallt es an der Tür.

»Aufstehen, Mister Staatsanwalt! Das Essen ist angerichtet.« Hirni lacht hinter der Tür, obwohl er Herik-Roy heißt.

Gelassen spucke ich die Zahnpasta aus.

Mein Insasse putzt die Brillengläser sauber, ist wieder auffällig still und weicht jedem meiner Blicke aus.

»Kann es kaum erwarten, bis … seine Verhandlung ansteht«, murmelt er wie an jedem Morgen, da ihm Hirni ebenfalls mächtig zusetzt. Kinderschänder befinden sich am Ende der Nahrungskette. Sie werden öfter belästigt, verprügelt und missbraucht. Bisher hat ein Typ versucht, mir an den Arsch zu gehen, dem ich beinahe das Genick gebrochen hätte. Daraufhin hielten sie Abstand, jedoch planen sie etwas. Irgendwas heckt Herik wieder mit seiner Bande aus. Entweder schärfen sie das Plastikbesteck zu scharfen Spitzen oder sind in Besitz eines Stiftes gekommen. Sie warten geradezu darauf, mich zu attackieren. Mir wird es eine Freude sein, sie im Gerichtssaal wiederzusehen und ihnen ihr erbärmliches Leben zur Hölle zu machen, damit sie ihre Weiber nie sehen werden und ihre Schwänze abfallen.

Zwar gibt es einige Männer, die Ehrfurcht vor mir haben, schließlich bin ich der lang gesuchte, legendäre Magnus, aber es gibt leider auch die Gruppierung drogenzerfressenes Dummvolk. Beim Frühstück starrt mich Herik mit seiner tätowierten Visage auffällig lang an wie ein Pitbull, der jeden Moment die Lefzen hebt und die Zähne bleckt.

Spöttisch grinsend beiße ich von dem wabbeligen Toast ab und schenke ihm keine Beachtung. Jedoch entgeht mir aus den Augenwinkeln nicht, dass Herik zu seinen vier engsten Verbündeten Blickkontakt aufnimmt. Wie es aussieht, erwartet mich noch heute eine Überraschung.

Unbekümmert schlucke ich den nach Asche schmeckenden Toast hinunter und nehme einen Schluck von meinem Wasser. Wärter behalten den Speiseraum im Blick, aber schauen gerne gegen Geld weg, sobald sie von Männern wie Herik bedroht werden. Es ist wie eh und je dasselbe Spiel: »Meine Leute da draußen könnten deiner Familie einen Besuch abstatten. Am besten, du siehst weg und mischst dich nicht ein, Wärter. Besser für dich und deine Braut.«

Aber keine Sorge, ich werde mit diesen Egoaffen fertig, auch wenn sie zu viert sind und ich keine Verbündeten auf meiner Seite stehen habe. Die Mühe wollte ich mir nicht machen, da ich ein Viertel oder halbes Jahr auch ohne scheinheilige Verbündete zurechtkommen würde. Trotzdem schließen sich mir unfreiwillig Männer an, die sonst nichts zu sagen haben. Wie Diebe, Schläger oder Vergewaltiger.

Nachdem ich das restliche Essen in den Müll befördert habe, richtet mir ein Wärter aus, dass mein Anwalt da ist. So früh? Entweder bedeutet es, dass alles gut lief oder die Sache gewaltig danebenging.

Doch bevor ich zu meinem Verteidiger gebracht werde, stürmt Herik an mir vorbei und rempelt mich an der Schulter an. Ihm folgen seine drei Speichellecker, die um die nächste Ecke abbiegen. Sie laufen genau in die Richtung, in die ich muss, um zu dem Besuchsraum zu gelangen. Das räudige Pack wird sicher nicht zu viert Besuch empfangen. Der Wärter bleibt stehen und deutet an, mich weiterzubewegen.

»Na mach schon, beweg dich!«

Scheißtyp – denke ich und gehe weiter. Bringen wir es einfach hinter uns, auch wenn ich für heute andere Pläne hatte.

Denn wie zu erwarten, lauern mir die vier Gangmitglieder im Gang auf und versperren mir den Weg.

»Du darfst auffällig oft deinen Verteidiger treffen. Sonderbehandlung oder so?«, erkundigt sich Herik, der seinen Kopf neigt, sodass sich das Licht der Neonröhre auf seiner Glatze spiegelt.

»Geht beiseite«, antworte ich gelassen, ohne die Miene zu verziehen.

»Was hast du denn? Ist doch genügend Platz zwischen uns. Oder reicht das dem großen Magnus nicht aus und er braucht einen ausgerollten Teppich?«

Mit einer einladenden Geste deutet er mir an, zwischen den vieren hindurchzugehen. Dass es ein Hinterhalt ist, wissen alle in diesem Gang. Ich will zu Ričardas, und die vier wissen, dass kein anderer Weg zum Besuchsraum führt. Wächter sind nirgends zu sehen.

Ohne mich von seinem Gerede beeindrucken zu lassen, gehe ich auf die vier zu und hebe die rechte Braue. Dennoch balle ich die Finger zu Fäusten, da Cedric in seinen Hosenbund greift und Paolo etwas hinter dem Rücken versteckt. Bevor ich auch nur an einem Mann vorbeigelaufen bin, versperrt mir Herik den Weg und holt mit seiner Faust, um die er einen Schlagring trägt, aus.

Da ich diesen Angriff kommen sah, ducke ich mich unter dem Faustschlag hinweg und bekomme seine Mitte zu fassen. Mit Schwung ramme ich ihn gegen die Wand. Er will erneut zuschlagen, als ich sein Handgelenk umfasse und ihm den Arm schmerzhaft verdrehe. »Ich breche dir jeden Finger einzeln, damit du sie nie wieder in eine Fotze stecken kannst!«, blafft er mich Speichel versprühend an. Noch bevor ich ausholen kann, um in seine wutverzerrte Visage zu schlagen, wird mein Arm zurückgerissen und trifft mich ein Fausthieb am Unterkiefer.

Instinktiv lasse ich von Herik ab, um mich mit den beiden Angreifern zu beschäftigen und ihnen meinetwegen ihr Hirn aus den Augenhöhlen zu schlagen. Während ich den ersten übel zurichte, ihm die Nase und den Ringfinger breche, attackiert mich Herik von hinten. Ehe ich von dem Schwächling vor mir ablassen und Herik die Beine unter dem Rest seines erbärmlich stinkenden Körpers wegtreten kann, sticht er mit etwas auf meinen Hals ein.

In mir sammelt sich in dem Moment so viel Hass und Wut auf diesen Abschaum wie nie in meinem Leben. Gerade fühle ich mich wie damals, als ich meine Eltern tot auffand und nach Jahren dem Mann gegenüberstand, der sie erschossen hat.

Mit einem kehligen Knurren drehe ich mich zu Herik um, verpasse ihm einen harten Kinnhaken, verdrehe ihm den Arm so schmerzhaft, dass er winselt wie ein Baby. Zwar schlagen die anderen weiter auf mich ein, doch das interessiert mich nicht. Mit voller Wucht katapultiere ich Heriks Kopf auf den Boden. Er stößt hart auf und will sich aufrichten, als ich über ihm bin und ihm sein schiefes Gesicht zu Brei schlage. Immer und immer wieder prügele ich auf ihn ein, während die anderen meinen Rücken attackieren und mit spitzen Gegenständen auf mich einstechen. Blut spritzt an die Wände. Knochen knacken. Flüche und tierische Laute erfüllen den Gang.

Röchelnd und Blut würgend gibt Herik unter mir keinen deutlichen Ton mehr von sich.

»Wer will als Nächstes …«, stoße ich wütend hervor und spüre, wie mein Sichtfeld kippt. Noch bevor ich mich über Herik erhoben habe, trifft ein Schlag meinen Wangenknochen und befördert mich von Heriks Körper. Ein Fuß tritt in meine Magengegend, sodass mir das widerwärtige Frühstück wieder hochkommt. An den Schultern werde ich von Cedric und Paolo auf die Füße gezerrt und vom dritten Typen verprügelt, bis ich ihn laut brüllend abwehre. Allerdings spüre ich Blut meinen Rücken hinablaufen. Meine Lippe ist aufgeplatzt, mein Schädel pocht. Wie aus weiter Entfernung, als wäre ich ein außenstehender Zuschauer, beobachte ich, wie Wächter um die Ecke biegen und uns ruppig voneinander trennen. Mit einem harten Griff wird mein rechter Oberarm auf den Rücken gedreht und hart nach oben geschoben. Brutal werde ich gegen die Wand gedrückt.

»Wer hat zuerst angefangen?«, erkundigt sich der Aufseher. Noch bevor ich antworten kann, übernimmt Leonas das Wort.

»Er hat Herik attackiert! Herik brauchte unsere Unterstützung, um das Schwein aufzuhalten!«

Wers glaubt! Augen verdrehend schaue ich an die Wand gepresst zur Decke auf.

»Ich war auf dem Weg zum Besuchsraum. Fragt doch die vier, was sie dort zu suchen hatten«, presse ich hervor.

»Ist mir scheißegal, wer hier wo was zu suchen hatte«, blafft mich der Wächter an. »Geh in deine Zelle und wechsele die Kleidung. Danach such den Scheißarzt auf.«

Mit einem Ruck hebt er mich von der Wand und stößt mich in die andere Richtung des Ganges.

Das wirst du übel bereuen, Wärter. Ich werde das nicht auf mir sitzen lassen. Genau die Drohung kann er in meinem Gesicht ablesen, als ich zu ihm zurückblicke und Blut und Rotz auf den Boden spucke.

Mich immer wieder an der versifften Wand abstützend bewege ich mich zu dem Zellentrakt und suche zuvor die

Station der Wechselkleidung auf, um mir einen frischen orangefarbenen Overall abzuholen. Damit begebe ich mich in meine Zelle und tausche meine Kleidung. Vor dem Metallspiegel an der Wand starre ich meinem demolierten Gesicht entgegen und taste es ab. Wie es aussieht, ist mein Jochbein gebrochen. Viel schmerzhafter sind die unzähligen Stiche auf meinem Rücken und meinem Nacken. Trotzdem will ich Ričardas sehen.

Ich reiße mich zusammen, wechsele die Kleidung und bewege mich wieder zurück zum Besuchsraum. Dort angekommen werden mir Handschellen angelegt und ich werde routinemäßig untersucht. Anschließend betrete ich den Raum und finde an einem Tisch Ričardas stolz lächelnd vor. Jedoch verblasst sein freudiger Gesichtszug, als er mich näher betrachtet.

»Gott! Was ist passiert?«

»Nicht der Rede wert«, antworte ich ihm und nehme auf dem am Boden festgeschraubten Hocker Platz. Meine gefesselten Handgelenke lege ich auf dem Tisch ab. Weiterhin schmecke ich Blut vermischt mit Magensäure auf der Zunge, obwohl ich mein Gesicht zuvor gewaschen und den Mund ausgespült habe. Etwas schief sitzend kneife ich die Augen zusammen, aber versuche, die Fassade aufrechtzuerhalten.

»Wie lief es?«, erkundige ich mich. Erwartungsvoll schaue ich in seine grauen Augen. Seine Mundwinkel zucken, bevor er den Blick senkt und seine Aktentasche öffnet.

»Hervorragend. Die Medien haben noch nicht über den Vorfall berichtet, aber glaub mir, noch heute wird die Bombe platzen. Deine Frau hat sich wirklich alle Mühe gegeben.« *Moira …* »Sie fragt mich weiterhin, ob sie dich besuchen darf oder dich anrufen kann.« *Ich weiß. Aber es geht nicht. Es würde bloß den Plan gefährden.*

»Wie geht es ihr?«

»Sehr gut. Sie wirkte gestern ziemlich erschöpft und kurz panisch, weil es in Strömen geregnet hat und das Symbol weggespült werden könnte. Sie wollte deinen Plan bis zur Perfektion umsetzen. Aber allgemein geht es ihr gut, besser als dir.« Ričardas schenkt mir einen vorwurfsvollen Blick. »Sie machen dir hier das Leben zur Hölle, nicht wahr?«

»Nicht so dramatisch. Ich werde es nicht mehr lange aushalten müssen.« Knapp lächelnd schmerzt jede Gesichtsregion.

»Erzähl mir mehr über Moira und über gestern Nacht. Konntest du Malvine sehen?«

»Malvine habe ich nicht gesehen, nein. Moira wohnt weiterhin bei Arūnas. Sie hat gerade Prüfungsstress und ich soll dir wieder einen Brief von ihr geben.« Er holt einen weißen Umschlag aus der Tasche, den er mir zuschiebt. »Gestern Nacht war sie unglaublich. Du wärst wirklich stolz auf sie, wenn du dabei gewesen wärst. Sie glaubt, dass du heute oder morgen die Anstalt verlassen darfst, ich konnte ihr die Illusion nicht nehmen.« Ja, für sie kann es nicht schnell genug gehen. Für mich auch nicht. Ich will sie endlich wieder in den Händen halten. »Deine Schwester ist vorübergehend bei ihnen eingezogen und besucht jetzt eine Tagesklinik.«

Was? Sanny hat die Therapie nicht abgebrochen und geht in eine Tagesklinik? Scheint, als hätte Moira wie früher einen guten Einfluss auf sie.

Er berichtet mir jedes Detail der letzten Woche, lässt nichts aus und betrachtet mich hin und wieder mit einem sorgenvollen Blick. Allmählich glaube ich, die Spitzen sind tiefer in meinen Rücken eingedrungen als gedacht, denn mit jeder Minute, die vergeht, wird meine Sehkraft schwächer.

»... plant sogar eine Feier ... zuvor sollten wir alles durchgehen, wenn der Haftrichter deine ... Kęstas?«

»Geht schon.« Angestrengt halte ich die Augen offen. »Sag Moira nichts. Nicht beunruh...«

Unvermittelt kippe ich zur Seite, bevor ich den Sturz verhindern kann.

Der letzte Gedanke, der durch mein schläfriges Hirn zieht, ist der, dass es ihnen gelungen ist, mein Werk zu vollenden.

Das ist alles, was zählt.

WÜRDEST DU MIT EINEM MANN DURCHBRENNEN, WENN ER DIE LIEBE DEINES LEBENS IST?

NEIN, ICH BRAUCHE MEIN ZUHAUSE.
JA, DAS WÄRE EIN TRAUM VON MIR.

KAPITEL 28
MOIRA

Jetzt sind scheißverdammte zwei Wochen vergangen, in der ganz Vilnius weiß, dass Magnus nicht in U-Haft sitzt und weiterhin mordet, und trotzdem ist Kęstas nicht frei.

Warum dauert das so lange! Was verflucht ist das Problem!

Es macht mich rasend und wütend, dass wir alles unternommen haben und nichts passiert ist. Okay, es ist schon etwas passiert. Es gab eine öffentliche Pressemitteilung. Die Angehörigen der Toten gaben Interviews und das komplette Ermittlerteam wurde vom Fall abgezogen.

Aber trotzdem … Ričardas terrorisiere ich täglich mit Anrufen. Zu neunzig Prozent spreche ich mit seiner Assistentin, weil er immer in irgendwelchen Meetings steckt. Ich weiß, dass ich langsam verrückt werde, aber ich kann nicht anders.

Während ich mich auf den Prüfungsbogen konzentrieren sollte, denke ich bloß an meinen Verlobten. Der Stift zwischen meinen Fingern zittert. Er zittert so heftig, dass ich kaum einen vernünftigen Buchstaben schreiben kann.

Schaff die Prüfung! Du musst! Ich kann nicht.

Meine Blicke wandern zur Uhr, die neben dem Podest an der Wand hängt. In einer Reihe sitzen zwei Dozenten und drei weitere Prüfungsaufseher, die hin und wieder die Stufen zu den Rängen hochsteigen und nach Spickzetteln oder anderen Hilfsmitteln Ausschau halten.

Jeder Spickzettel würde nichts bringen, da ich mich null konzentrieren kann. In diesem Moment würde ich sogar die Notizen fehlerhaft abschreiben, obwohl ich nie gespickt habe.

Nach nur einer Stunde, in der ich eine von zehn Aufgaben gelöst habe, mein Hirn komplett blockiert ist, erhebe ich mich als Erste aus den Rängen und trage meine Prüfung zum Professor vor. Ich lege den Bogen in der Ablage ab und drehe mich mit Tränen in den Augen um.

Scheiße! Ich habe es dermaßen vermasselt und bin durchgefallen. Durchgefallen! Das ist mir bisher nie passiert. Aber ich kann mich einfach nicht konzentrieren. Ich brauche frische Luft.

Vor dem Hörsaalgebäude krame ich in meiner Umhängetasche aufgelöst nach meinen Zigaretten. Ob es Arūnas hasst oder nicht, aber ich brauche einfach eine Zigarette. Rechts von mir entdecke ich eine schwarze Limousine, an die Dikar angelehnt steht. Mit zittrigen Fingern zünde ich die Zigarette an und nehme einen tiefen Zug. Es schmeckt nach Tagen einfach nur widerlich, trotzdem muss ich meine Nerven beruhigen. Dikar hat mich noch nicht gesehen. Zwar war abgesprochen, dass er mich heute abholt, weil Arūnas zu seinen Vanag-Kumpels gefahren ist, trotzdem ist er sehr zeitig hier.

Wie sage ich es jetzt bloß den anderen, dass ich nur eine Aufgabe beantwortet habe? Ich habe drei Wochen für die Prüfung gelernt. Drei Wochen, in denen so viel passiert ist, was wichtiger war als mein Studium. Wenn Kęstas davon erfährt, wird er mich köpfen und meinen abgetrennten

Kopf Arūnas zurollen. Sie werden mich beide fertigmachen, wenn sie erfahren, dass ich es vergeigt habe.

Aber … aktuell ist mein Leben ein Ausnahmezustand. Das ist Begründung genug, oder nicht? Ich nehme weitere Züge von meiner Zigarette, als Dikar mich allein vor dem Gebäude stehend sieht.

Plötzlich huscht ein Schatten an meinem rechten Sichtfeld vorbei und eine tätowierte Hand greift meine Zigarette. Wie erstarrt schaue ich auf die vertrauten Tattoos, die Runen und kryptischen Zahlen, die ich in- und auswendig kenne. Obwohl meine Finger die Zigarette nicht freigegeben haben, hebt er die Zigarette zu seinem Mund. Ungläubig lege ich den Kopf in den Nacken. Im selben Moment schmiegt sich seine andere Hand um meine Brust und er nimmt einen tiefen Zug von der Zigarette.

Er raucht doch gar nicht. Langsam stößt er den Qualm aus und presst mich enger an sich.

»Hallo, mein Darling. Sag nicht, du hast die Prüfung vorzeitig beendet? Ich hatte erst in einer halben Stunde mit dir gerechnet. Du hast als Erste den Hörsaal verlassen. Ich habe es genau gesehen.«

Er war die gesamte Zeit da?

»Ich …« Tränen bilden sich in meinen Augen, während ich glaube, dass der Schlafentzug allmählich Halluzinationen verursacht. Vorsichtig, als würde ich mir alles bloß einbilden, drehe ich mich zu ihm um. Er hält meine Mitte umfasst und nimmt mir die Zigarette aus der Hand, die er die Stufen vor dem Hörsaal hinunter schnippt.

»Du bist hier … Wie? Wann? Warum hat mir Ričardas …«

Nonchalant grinsend legt er seinen Zeigefinger auf meine Lippen. »Wo bliebe der Spaß, wenn du vorher informiert worden wärst? Heute Morgen hat mich der Ermittlungsrichter freigesprochen und ich durfte das Lukiškės-Gefängnis verlassen. Dikar hat mich abgeholt, der mich direkt zu dir fuhr. Wie lief die Prüfung?« *Sein Ernst?*

»Egal, du bist hier.« Vor Freude springe ich an ihm hoch und umarme ihn fest. Ich vergrabe mein Gesicht an seinem Hals und kann meine Tränen kaum zurückdrängen. Leise schluchzend klammere ich mich an ihm fest. Er schlingt seine Arme um meine Hotpants und mein T-Shirt, während ich seinen Duft einatme. Seinen ganz natürlichen, der von einem Hauch von Desinfektionsmittel geschwängert ist. »Gott, ich hab dich so vermisst …«, wispere ich an seinem Ohr. »Jede Nacht, jeden Tag, jede Stunde. Ich wollte so sehr zu dir.«

»Ich weiß. Es tut mir leid, dass ich es nicht zugelassen habe. Es tut mir wirklich leid, mein Darling. Aber nur so konnte der Plan aufgehen. Ich habe jede freie Minute an dich gedacht und an Malvine.«

Langsam hebe ich mein tränenverschmiertes Gesicht von seiner Halsbeuge. Wetten, dass Arūnas nur aus dem Grund nicht hier ist? Weil er vor mir wusste, dass Kęstas heute das scheußliche Lukiškės-Gefängnis verlassen darf?

Eingehend prüfe ich sein Gesicht mit meinen Blicken. Ich entdecke verblasste Blutergüsse, einen leicht geschwollenen Wangenknochen und noch eine rosafarbene Narbe unterhalb seines wesentlich länger gewordenen schwarzen Haares. Trotzdem sieht er unwiderstehlich aus, auch wenn ich mir nicht ausmalen will, was er alles durchmachen musste. Mich weiterhin festhaltend, beugt er sich zu mir herab und lächelt verboten.

»Los, küss mich schon. Worauf wartest du?«, neckt er mich. Ich funkele ihn schmunzelnd an, bevor ich mit beiden

Händen besitzergreifend seine Wangen umfasse und ihn haltlos küsse. Ich öffne die Lippen, um mit meiner Zunge nach seiner zu suchen. Hungrig erwidert er den Kuss, bremst meine Zunge aus, die seine Zahnreihen entlanggleitet, um anschließend den Kuss zu dominieren. Und fuck, so wie er küsst, ist einmalig. Ich reibe mit meinen Lippen über seine. Er beißt zart in meine Unterlippe, danach in mein Kinn und legt seine Hand um meinen Unterkiefer. Mit dem Daumen streicht er über meinen Mund, betrachtet mich und beißt erneut in meine Unterlippe. Dabei kratzen seine längeren Bartstoppeln über mein Kinn, was herrlich prickelt.

Erneut presse ich mein Gesicht an seine Halsbeuge, als er mich langsam Richtung Parkplatz trägt.

»Eigentlich sollte ich dich in den Hörsaal zurückschicken, Fräulein.«

»Nein, besser nicht. Ich konnte nur eine Aufgabe lösen, weil …«

»Weil was? Du nur an mich denken musstest?«

»Zählt das als Begründung?« Ich hebe das Gesicht aus seiner Halsbeuge, als er vor Dikar stoppt, und forsche in seinen düsteren unheilvollen Augen, die ich so sehr vermisst habe.

»Nicht mal ansatzweise. Ich glaube, dir fehlt meine Führung und Anleitung.«

»Haha. Ich habe mich sehr wohl auf die Prüfung vorbereitet.«

»Nicht genug«, ärgert er mich und zupft an meiner Haarsträhne. »Ich helfe dir ab sofort, damit sich das nicht wiederholt. Denn ich bin für einige Zeit beurlaubt, bis sich alles beruhigt hat.« Langsam zieht er mich an meiner Haarsträhne zu sich.

Ich mache große Augen. Vorsichtig stellt er mich auf den Füßen ab. »Das bedeutet, du bist die nächsten Tage zu Hause? Das wird Malvine freuen. Sie hat am meisten gelitten und dich sehr vermisst.«

»Ja, wir haben einen Umzug zu erledigen, schon vergessen?« Er hebt seine linke Braue, bevor er wieder mein Gesicht umfasst und mich bedrängend gegen den Wagen gedrückt küsst. Über uns rascheln die Blätter der Baumkronen, durch die ein warmer Sommerwind fährt. Ich kann bis in die Fingerspitzen spüren, wie tief sein Verlangen nach mir ist. Wie sehr er sich wünscht, diesen Ort zu verlassen.

Keine fünfzehn Minuten später stoppt Dikar vor einem modernen Reihenhaus mitten im Zentrum Vilnius. Es gehört zu den teuersten Immobilien mit den größten Wohnungen.

Erstaunt, da ich seine Wohnung weder ein einziges Mal aufsuchen noch betreten durfte, lasse ich mich von ihm an der Hand in das Gebäude ziehen. Mit dem Aufzug fahren wir in die dreizehnte Etage. Die Zahl dreizehn ist seine Lieblingszahl. Der Aufzug stoppt direkt in einem Appartement, das mir die Sprache verschlägt. Es ist gigantisch groß, wird von mehreren weißen Betonsäulen durchbrochen, hat einen riesigen Eingangsbereich mit hellen Möbeln und cremefarbenem Marmorboden.

Bevor ich mich umsehen kann, wird er seine Schuhe los, nimmt sein schwarzes Jackett von den Schultern und hängt es an der Garderobe auf. Hilfsbereit nimmt er meine Tasche, die er abstellt.

Und als ich einige Schritte tiefer in den Wohnbereich gehe, der rechts in eine schwarze Kochnische führt und links zu einer in den Boden eingelassenen riesigen Couchlandschaft werde ich von Kęstas überholt und ausgebremst. Ohne zu fragen, hebt er mich an sich hoch und trägt mich durch den Wohnbereich mit der langen Fensterfront, hinter der ich teilweise einen Blick über ganz Vilnius erhaschen kann, direkt in sein Schlafzimmer. Auf dem Bett legt er mich ab und hält mich unter sich gefangen.

»Jetzt gehörst du mir. Darauf habe ich Wochen gewartet.« Um weiterhin seinen Jagdtrieb anzustacheln, rutsche ich auf den Ellenbogen unter ihm weg und schenke ihm einen diabolischen Blick. »Eigentlich solltest du sehr lieb mit mir umgehen, da ich alles so umgesetzt habe, wie du es dir vorgestellt hast. Apropos«, stoppe ich. »Können wir … abgehört werden?«

Er greift nach meinen Fußgelenken, um mich mit einem Ruck zu sich zu ziehen. »Damit die Ermittler deine Schreie nicht hören? Keine Sorge, Dikar hat alles überprüft. Dich wird niemand hören, während ich mich mit dir beschäftige. Keiner wird dir helfen.« Vor mir richtet er sich auf, um gemächlich sein Hemd aufzuknöpfen. Mein Herz schlägt rasend schnell.

»Du hast vor, mich zum Schreien zu bringen?«, provoziere ich ihn, hebe den rechten nackten Fuß und fahre mit den Zehen über seine Anzughose, direkt zu seinem Schwanz.

»Wollen wir es testen? Wir haben sechs Stunden Zeit, bis wir Malvine abholen.«

LaszIv blinzelnd beiße ich auf meine Unterlippe, als ich seinen muskulösen Oberkörper sehe. Er muss weiterhin Sport getrieben haben, allerdings entgehen mir einige frische Schnitte und Blessuren nicht.

»Sechs Stunden, die du nur noch nackt für mich herumlaufen wirst, mein Darling.« Ich lache und springe vom Bett auf, nachdem ich mit der Fußsohle eine Weile über seine Härte gerieben habe. Er ist so aufgeladen und wird mich sicher die gesamten sechs Stunden im Bett fesseln und vögeln. Genau so, wie ich es mir vorgestellt habe.

Locker springe ich vom Bett und fliehe aus dem Schlafzimmer. »Etwa so hier?« Ich streife mein T-Shirt über meinen Kopf, sodass er mich in meinem BH und dunkelblauen Hotpants sieht. Lässig werfe ich ihm mein Shirt zu. Er fegt es aus der Luft und folgt mir gelassen. Dabei verschränkt er die Arme und hebt die rechte Hand zu seinem Kinn. »Brich dir nicht das Genick, während du vor mir fliehst.«

»Für wen hältst du mich? Eine Anfängerin?«

Kichernd umrunde ich die Couch, gehe hinter ihr in die Hocke und ziehe meine Hotpants aus. Als ich mich aufrichte, steht er vor dem Polster und beobachtet mich eingehend wie etwas, was er glaubte, für immer verloren zu haben. Bloß noch Unterwäsche tragend warte ich auf seine Reaktion.

»Hast du mit Arūnas ständig diese Kinderspiele abgezogen?«

»Könnte sein, dass ich vergessen habe, wie es mit dir war«, reize ich ihn weiter bis aufs Blut. Er steigt gespielt genervt auf die Couch, klettert über die Lehne und schnappt mein Handgelenk, bevor ich weglaufen kann.

»Niedlich, mein Darling. Ja, wirklich, aber ich denke, ich sollte dir wieder ein paar Lektionen erteilen.« An der Schulter bekommt er mich zu fassen und drückt mich auf den Teppich hinter der Couch auf die Knie. Auffordernd hebt er die linke Braue und weiß genau, was er will.

Ich hebe die Finger, um den Reißverschluss seiner Hose zu öffnen. Dabei schaue ich unentwegt zu ihm auf. Er greift noch sanft in mein Haar, während ich seine Härte unter meinen Fingern pulsieren spüre. Langsam hole ich seinen Schwanz aus seinen Shorts und beginne ihn mit der Zungenspitze zu befeuchten, an seiner prallen Eichel zu lecken und mit der Hand seinen Schaft quälend langsam zu massieren. Seine Männlichkeit auf der Zunge zu schmecken und ihn wieder vor mir stehen zu sehen wie meinen König kommt mir immer noch wie eine Illusion vor.

»So ist es gut. Machst du wundervoll, mein Darling. Hast du ihn vermisst?«

Ich funkele ihm entgegen. »Ich hatte einen sehr guten Ersatz«, ärgere ich ihn, woraufhin er das Kinn nach vorn reckt, in mein Haar greift und danach seinen Schwanz in meinen Mund schiebt.

»Einen vergleichbaren Ersatz? Ich kann mir vorstellen, wie sehr dich Arūnas verhätschelt hat. Allerdings werde ich mich die nächste Woche wieder um dich kümmern, mein Darling. Dir fehlt einfach die gewisse Strenge, nicht wahr?«

Mit seinem Schwanz in meinem Mund, den ich langsam tiefer und tiefer in mir aufnehme, schaue ich zu ihm auf.

»Keine Sorge, ich zeig dir, wie es funktioniert. Nimm ihn tiefer auf. Genau so.« Als er angespannt keucht, während ich seine Härte tiefer und schneller blase, spüre ich das verlangende Pochen in meinem Becken. Vor meinen Augen spielt sich bereits ab, wie er mich wie seine Beute und Königin zugleich vögelt. Genau so, wie es ihm zusteht.

Ich kralle meine Finger in seine Arschbacken und blase ihn fester, so fest, dass ich befürchte, er würde gleich kommen. Noch bevor das geschieht, hilft er mir auf, greift unter meine Arme und hebt mich auf die Couchlehne. Zwischen meinen Beinen stehend öffnet er meinen BH, zieht ihn mir aus und betrachtet mit einem hungrigen Blick meine

Brüste. Langsam lege ich mich auf die Lehne der Couch zurück, als er mit den Händen über meinen Körper streicht, meine Brüste grob massiert und meine Brustwarze zwirbelt. Er steht direkt zwischen meinem rechten Bein, dessen Fuß gerade so den Fußboden berührt, und der Couchlehne. Langsam beugt er sich vor. Er schiebt eine Hand zu meiner Kehle und beginnt damit, meine Brustwarzen zu küssen und an ihnen fest zu saugen.

Ich schließe flatternd die Augen, weil es sich so verdammt gut anfühlt, und lege den Kopf in den Nacken. Er drückt meine Kehle fester zu, als seine Finger den Slip zur Seite schieben.

»Verdammt feucht. Du läufst fast aus. Das scheinst du nicht verlernt zu haben.«

»Verarsch mich nicht«, antworte ich ihm und spüre danach, wie seine Zunge durch meine Pussy leckt. Er massiert meine Klit so fest, dass ich wimmere und mich in seinem Griff um meinen Hals kaum bewegen kann. Ich umfasse seinen angespannten starken Unterarm, als er mich leckt und seine Finger rhythmisch in mich stoßen. »Ich hab deine kleine Pussy so vermisst«, raunt er und reibt fester über meine Perle, sodass meine Beine zittern.

»Fuck, wenn du so weitermachst …«, keuche ich.

»Was dann?«, fragt er süffisant und leckt meine Klit noch schneller. Dabei zieht er meine Schamlippen auseinander, so wie ich es liebe. Die Lust staut sich von Sekunde zu Sekunde mehr in meinem Becken an. Mein Körper bebt. Mein Keuchen geht in ein ekstatisches Stöhnen über, als ich immer mehr auf den Orgasmus zurase.

Mit der rechten Hand halte ich meine linke Brust umfasst, mache ein Hohlkreuz und bewege mein Becken vor seinem Mund rhythmisch auf und ab. Seine Bartstoppeln kratzen rau über meine Beine, die Hitze in meinem Körper ist kaum mehr zu ertragen. Je fester er meine Atmung reguliert, desto feuchter und willenloser werde ich.

»Jetzt darfst du kommen«, befiehlt er mir mit rauer Stimme, weil er mich die gesamte Zeit kurz vor dem Höhepunkt hielt. Jedes Mal schwächte er den Druck auf meine Klit oder leckte seine Zunge nicht haargenau die Region, die mich blindlings über die Klippe gestoßen hätte.

Aber jetzt. Jetzt … Ich bohre meine Nägel in seinen Unterarm, spanne mein Becken an und spüre, wie die reine Gier und das unersättliche Verlangen nach ihm durch meinen Körper fließt. Meine Scheidenwände kontrahieren und ziehen sich eng um seine schlanken Finger zusammen. Laut stöhnend biege ich meinen Rücken durch. Er lockert seine Finger um meinen Hals, leckt mich weiter und schaut zu mir auf. Ich begegne seinem genüsslichen tödlichen Blick.

»Ich … Gott!«, stöhne ich losgelöst, als er mich ein zweites Mal kommen lässt. Doch kaum dass der Orgasmus abgeebbt ist, dringt er in mich ein und hebt mein linkes Bein über seine Schulter. Mein Körper wird, als sein Schwanz bis zur Hälfte in mich stößt, von diesem irrsinnigen befreienden Kitzeln durchflutet. Ich stehe wie unter Strom. Sein Blick wandert zu seinem großen Schwanz, den er wieder aus mir zurückzieht, um ihn anschließend komplett in mich zu stoßen. Flach atmend sind seine Lippen einen Spaltbreit geöffnet, als er weiterhin mitverfolgt, wie er in meine Pussy eindringt. Immer und immer wieder.

»Genau das … hat mir gefehlt. Deine verdammt geile Pussy, dieser Körper, diese Stimme, dieser Geschmack.« Er umfasst meinen Oberschenkel, der auf seiner Schulter liegt, um ihn an meinen Oberkörper zu drücken und mich noch tiefer zu nehmen.

»Und mir dein großer Schwanz, diese Tattoos, deine Küsse, dein fucking verdorbener Blick.«

Ein Lächeln bildet sich auf meinen Lippen, bevor ich beide Hände hebe, in die er seine legt und mit denen er sich auf mir abstützt. Danach nimmt er mich immer schneller. »Sorry, wenn ich keine zwanzig Minuten durchhalte.«

»Liebe mich, fick mich und komm für mich, Kęstas«, fordere ich ihn auf, um ihn mit dem letzten Befehl aufzustacheln. Ich ziehe ihn zu mir herab, als er nach weiteren tiefen Stößen stöhnt, über meinen Hals leckt und sich in mir ergießt.

Angestrengt keuchend bleibt er einen Moment so auf mir liegen. Ich löse die Finger der linken Hand aus seiner und gleite mit ihr über seinen Rücken. Nach und nach spüre ich Erhebungen, Schorf von tiefen Stichen oder Kratzern. Ich gleite mit den Fingerkuppen seine Wirbelsäule herab und umfasse seinen festen Hintern, um ihn enger an mich zu pressen. Am liebsten würde ich mich nicht mehr von ihm trennen.

»Kannst du nicht so für immer in mir sein?«, flüstere ich in sein Ohr und lasse ihn meine Zähne spüren.

»Dann würde es halb so viel Spaß machen, dich jedes Mal einzufangen, gefügig zu machen und dich unter mir zappeln zu sehen, bis du dir deine hübschen Krallen abgebrochen hast. Denkst du nicht?«

Schmunzelnd blase ich meinen Atem in sein Ohr, was er hasst. »Du könntest recht haben.«

Um ihn intensiver zu spüren, schließe ich die Augen. Denn ich liebe ihn auf mir. Liebe es, wenn er mich festhält und mich seinen starken muskulösen Körper spüren lässt, mir seinen Schutz schenkt und seine Liebe.

Sein weißes Hemd tragend spaziere ich in die Küche, nehme auf dem kalten Tresen Platz, stelle eine große Tasse unter die Kaffeemaschine und schaue in Kęstas' Richtung. Mit einem provozierenden Blick beiße ich in meine Unterlippe und nähere meinen Zeigefinger immer weiter der Lattemacchiato-Taste.

»Drück sie. Worauf wartest du?«, fordert er mich auf.

»Ich weiß genau, was du gerade denkst.«

»Wirklich? Dann sag es mir.« Im nächsten Moment kommt er mit einem Handtuch um die Hüfte geschlungen in die schwarze Hochglanzküche.

»Dass ich gerade deinen Tresen schmutzig mache und einen Stuhl verwenden soll.«

Er neigt das Gesicht, während seine dunklen markanten Brauen zucken. *Ich habe recht. Jackpot.*

»Nein, das habe ich nicht gedacht. Ich dachte: Lass sie doch, wenn sie schon mit ihrer Pussy Spuren auf der sauberen Ablage hinterlässt, den Tresen mit der Zunge ablecken.«

»Okay.« Ich drücke die Taste. »Das mache ich sicher nicht.«

»Du hast nicht …«

»Doch.« Noch bevor er um den Tresen gebogen ist, um mich einzufangen, sprinte ich davon, überwinde das Sofa und stürme ins Schlafzimmer. Mit nur einem Griff in meinen Nacken bringt mich Kęstas auf der Matratze zu Fall.

»Hey, ich komm ja schon und leck es weg.«

»Nein, ich denke nicht.« Sofort drehe ich den Kopf über die Schulter, als er sein Handtuch von der Hüfte reißt.

»Wir hatten fünfmal Sex, du wolltest dich … Gott!«, stöhne ich, als er in mich dringt.

»Jetzt wird dein Kaffee sicher kalt werden, mein Liebling.«

»Dann mache ich mir einen … neuen!«, schreie ich das letzte Wort, als er sich aus mir zurückzieht und danach mit blanker Hand meiner rechten Pobacke einen Hieb verpasst. Wieder dringt er in mich ein und nimmt mich wie ein wildes Tier. Morgen werde ich sicher keinen Schritt mehr laufen können, weil er mich wund gevögelt hat. Stöhnend beiße ich in die grau bezogenen Kopfkissen. Meine Klit fühlt sich heiß und geschwollen an, mein Hintern dürfte glühend rot sein, trotzdem kann ich nicht genug bekommen. Ein Wort von mir und er würde aufhören. Doch ich will es. Die letzten vier Stunden haben wir etwas beim Chinesen bestellt und auf dem Tresen, unter der Dusche und im Bett gevögelt.

Es sieht aus, als wäre seine Lust kaum zu stillen. Als er sich aus mir zurückzieht, rolle ich mich keuchend auf den Rücken und ziehe ihn im Nacken zu mir herunter. »Softer, nur kurz …«, bitte ich ihn, da ich ansonsten nicht mehr durchhalte.

Ein weiches Lächeln umspielt seine Lippen. »Wenn du es brauchst, gerne.« Sein Becken schiebt sich zwischen meine Beine, bevor er langsam in mich eindringt, meinen Kopf hält und mir tief in die Augen sieht.

»So ists perfekt.«

Hungrig küsse ich ihn. Denn ich liebe es, wenn wir uns küssen, während er in mir ist. Er macht es für mich, drängt nur für mich seine Dämonen zurück, um mich auf diese

Art seine Liebe spüren zu lassen. Mit langsamen, dafür intensiven Stößen nimmt er mich. Ich verschränke die Fußknöchel um sein Becken und keuche in seinen Mund. Wie eine Gottheit befindet er sich über mir und lässt mich mit jedem Stoß seine Stärke und Gefühle spüren. Sanft durchkämme ich sein feuchtes mitternachtsschwarzes Haar, bevor ich sprechen will, er aber meinen Mund mit einem Kuss versiegelt.

Eine ganze Weile nimmt er mich verdammt zärtlich und leidenschaftlich, hinterlässt feuchte Spuren auf meinem Hals und hält meinen Kopf, als wäre ich etwas Kostbares. Plötzlich stoppt er in mir.

»Moira, ich …«, keucht er, als er seine Lippen von meinen löst. Ich schaue tief in seine Augen, während ich über seinen Rücken streichele. »Heirate mich.«

Kaum dass die Worte in meinen Verstand und mein Herz vorgedrungen sind, beginnt ein Schmetterlingsschwarm sich in meinem Brustkorb auszubreiten.

Gänsehaut wandert über meine Unterarme. Bevor ich antworten kann, küsst er mich stürmisch, nimmt mich weiter, bis seine Härte pulsiert und er in mir kommt.

Eine Weile liegt er auf mir und ich lausche seinem schweren ruhigen Atem. Er braucht keine Antwort von mir, da er sie bereits kennt. Denn ja, ich will ihn heiraten. Nur ihn, meinen Seelengefährten.

Malvine turnt auf dem Klettergerüst und macht ihre halsbrecherische Rückwärtsrolle, als ich mit Kęstas das Gelände des Kindergartens betrete.

»Noch hat sie uns nicht gesehen«, sage ich zu Kęstas und sehe, dass er mir seine rechte Hand hinhält. Lächelnd schaue ich zu ihm auf und lege meine Hand in seine.

»Sie wird mich hassen.«

»Wird sie nicht. Oder … na ja, sauer ist sie schon auf dich.« Malvine glaubte in letzter Zeit, dass Kęstas nicht mehr wiederkommen wird und sie nicht mehr mag.

»Glaube ich. Zu Recht.« Sein Unterkiefer ist angespannt, während sein Blick weich wird, als er sie beobachtet.

Malvine baumelt kopfüber hin und her. Dabei schaukeln ihre kastanienbraunen Zöpfe, die ich ihr heute Morgen geflochten habe, in der Luft. Als sie vom Gerüst klettert, wird sie von anderen Kindern darauf aufmerksam gemacht, abgeholt zu werden. Eine Erzieherin hat uns auch schon entdeckt und bringt uns Malvines Rucksack.

Ich nehme ihn ihr ab. »Sie sind wieder da, Herr Aurin?« In ihrem Blick kann ich ablesen, dass sie genau weiß, dass er als Magnus verdächtigt wurde. So wie der halbe Kindergarten davon weiß.

»Ja, ich bin wieder zurück.« Er schenkt ihr ein knappes Lächeln, ohne Malvine aus den Augen zu lassen. Seine Hand schließt sich fester um meine.

Malvine starrt in unsere Richtung und wirkt wie versteinert, als sie uns zusammen sieht. Sie schaut zu Kęstas, als würde er sie jeden Moment kidnappen. Plötzlich rennt sie węg.

Kęstas verzieht das Gesicht. »Ich hab es gewusst.«

»Ich regele das. Sie wird es verstehen.«

Nachdem ich Malvine, die hinter eine Hecke gerannt ist, eingeholt habe, finde ich sie weinend in der Hocke vor.

»Hey.« Ich hocke mich neben sie, was sicherlich komisch aussieht. »Bist du wirklich traurig und freust dich nicht, ihn zu sehen?«

»Nein. Er soll gehen. Er hat mich … mich alleingelassen.«

Ich streichele ihr vorsichtig über den Rücken. Einen Moment dreht sie sich von mir weg.

»Du warst nie allein. Ich war bei dir, deine Tante Sanny war da und der lustige Arūnas.«

»Aber Kęstas ist mein Papa. Er hat … hat mich zurückgelassen. Das macht kein Papa, der sein Kind mag.« Neben uns erscheint Kęstas, der Malvine einfach auf die Arme hebt. Zuerst macht sie einen riesigen Aufstand, zappelt, schimpft und schlägt auf ihn ein, was einige Eltern und Kinder in unsere Richtung blicken lässt.

»Ist schon gut, Malvine. Ich bin wieder bei dir«, beruhigt er sie und presst sie enger an sich. Und irgendwann, als hätte sie diesen kurzen Trotzanfall gebraucht, um all ihren Frust und ihre Trauer loszuwerden, schlingt sie ihre Arme schluchzend um seinen Hals und weint bitterlich.

»Wo warst du? Warum hast du mich nicht mitgenommen? Du bist einfach …«, wimmert sie. »Gegangen, ohne es mir zu sagen. Du warst einfach weg.«

Ich fahre mir mit den Fingern über die Nase und Lippen und muss wegsehen, weil es mir das Herz bricht, wie sehr sie ihn vermisst hat. Der Gedanke, dass er sie verlassen würde, macht mich am meisten traurig. Behutsam streichelt er über ihren Kopf, flüstert ihr etwas ins Ohr und schaut zu mir.

In seinem Blick steht: »Gehen wir am besten nach Hause.«

Ich nicke, nehme seine rechte Hand, die er mir anbietet, und verlasse mit beiden den Kindergarten. Kęstas trägt Malvine bis zum Auto und setzt sie auf der Rückbank ab, um sich direkt neben sie zu setzen. Ich rutsche auf Malvines andere Seite, bevor Dikar, der irgendwie feuchte Augen hat, zur Industriehalle fährt. Malvine liegt mit ihrem Kopf auf Kęstas' Schoß, während er über ihre Arme streichelt.

Würde ich nicht Kęstas' Frau sein, würde ich auf die Beziehung, die beide führen, unendlich eifersüchtig sein. Wie er mit Malvine umgeht, ist … ist kaum mit Worten zu beschreiben.

Als wir die Industriehalle erreichen und uns im Wohnzimmer zu dritt aufhalten, holt er Malvine ein Eis aus dem Kühlfach.

»Alles wieder gut?«, fragt er sie. Sie presst die Lippen zusammen und nickt. »Okay, denn …« Er schnappt sie und trägt sie, als wöge sie nichts, auf die Couch. »Wir müssen dir noch etwas sagen.«

Jetzt? Ich schenke ihm einen geschockten Blick. Meinen erwidert er mit einem smarten Lächeln.

»Komm schon, Moira. Wann willst du es ihr endlich sagen?«

»Was sagen?«, hakt Malvine nach, packt ihr Eis aus und beißt in den Schokoladenüberzug. Kęstas setzt sich neben sie und deutet auf den Sessel, der ihnen gegenübersteht. Ich nehme auf ihm Platz.

»Ich habe dich nicht umsonst bei Moira wohnen lassen, Malvine. Du hättest auch bei Narusha wohnen können.«

»Sanny war auch bei Moira«, erklärt Malvine und kuschelt sich an Kęstas' Seite.

»Richtig«, ergänze ich lächelnd, stütze mich auf den Knien mit den Ellenbogen ab und falte die Hände nervös ineinander.

»Sanny und Moira sind schon sehr lange befreundet und Moira ist nicht nur meine Freundin.«

»Ich weiß. Du liebst sie.« Das so direkt von ihr zu hören, überrascht mich. Sie weiß mehr, als sie mir erzählt hat.

»O ja, so sehr wie dich, denn … Moira ist deine Mutter.«

Als der Satz fällt, verknotet sich mein Magen. Malvine stellt das Schaukeln ihrer Beine ein, schaut in Kęstas' Augen und schüttelt plötzlich den Kopf.

»Nein. Meine Mama ist da.« Sie dreht sich zu den unzähligen Bildern um und deutet auf das, auf dem nur ein Teilausschnitt von mir zu sehen ist. Ich wusste, sie würde es nicht glauben. Schließlich kann jede neue Frau von Kęstas als ihre Mutter vorgestellt werden.

»Ja, richtig. Soll ich dir das ganze Bild zeigen?« Er besitzt es noch? Kęstas holt sein Handy hervor und öffnet die Fotogalerie. Neugierig beugen Malvine und ich mich über sein Handy und ich sehe mir mit Anfang zwanzig entgegen. Malvine zuckt kurz zurück, schaut auf das Foto, dann zu mir.

»Moira ist wirklich meine Mama?«

»Rate, woher du die schönen Sommersprossen hast?«, fragt Kęstas sie, streichelt über ihre Nase und überlässt ihr sein Handy. »Und die braunen Haare und dieses Temperament und diesen Mund.« Während er die Dinge aufzählt, schaut er zu mir.

»Dann war ich die letzten Wochen bei meiner Mama … Warum hast du es nicht gesagt?« Nun schaut sie zu mir.

»Weil ich es dir zusammen mit deinem Vater sagen wollte. Und wir sollten uns erst mal kennenlernen, oder?« Ich strecke meine Fingern nach ihr aus und schiebe eine Haarsträhne aus ihrer Stirn.

»Ich war lange krank und konnte deswegen nicht bei euch sein.«

Kęstas zeigt Malvine weitere Bilder auf seinem Handy, die er all die Jahre gespeichert hat. Auf einigen sind wir als Paar zu sehen, auf anderen ist mein runder Bauch zu erkennen und auch, wie wir beide nach der Geburt mit Malvine auf dem Arm im Krankenhaus sind.

»Das bist du, Malvine«, erklärt Kęstas. Gott, er hat all die Jahre die Bilder von uns auf seinem Handy abgespeichert und bei sich gehabt? Die Erkenntnis lässt mich kurz sprachlos werden.

»Da bin ich aber sehr klein.«

»Ja, warst du«, antwortet Kęstas und deutet mir mit einem Blick an, mich neben Malvine zu setzen.

Es ist ein wirklich komischer Moment, für mich und sicher auch für Malvine. Ihr Eis tropft mittlerweile auf ihr weißes Blümchenkleid. Ich nehme es ihr ab und lege es zurück in die Verpackung. »Ich hab meine Mama vor dir bei den Badekugeln entdeckt.« Schließlich kichert sie.

Irgendwie liegt sie gar nicht so verkehrt. Noch jetzt kann ich mich an den Moment erinnern, als ich ihr in der Drogerie zum ersten Mal ins Gesicht geschaut habe. Diese großen karamellbraunen Augen haben mich sofort in den Bann gezogen.

Sie ist mein kleines Wunder.

Mein Leben.

Mein Universum.

KANNST DU LANGE AUF
EINE PERSON BÖSE SEIN?

**NEIN, ICH VERZEIHE
SEHR SCHNELL.
JA, ICH REDE TAGELANG
NICHT MIT DER PERSON.**

KAPITEL 29
MOIRA

Am Abend findet eine große Versammlung statt, an der jeder, wirklich jeder Anhänger der Vereinigung erscheint, um Magnus zu begrüßen und ihn zu seinem grandiosen Meisterplan zu beglückwünschen.

In meinem knappen und engen silbern funkelnden Kleid, deren durchscheinender Spitzenstoff mit Perlen und Pailletten verziert ist, schlendere ich mit einem Champagnerglas durch den Saal. Ausnahmslos jeder trägt eine festliche Garderobe.

Auf der rehbraunen Chesterfieldcouch nehme ich gegenüber vom großen Kamin Platz und bewundere die knisternden Feuerzungen, die über das Holz lecken.

Nach zehn Minuten legt sich eine warme Hand auf meine Schulter. Arūnas' Gesicht beugt sich an meiner Wange vorbei.

»Sag nicht, du langweilst dich. Wie lief der Tag?«

»Du hohle Nuss hättest mir sagen können, dass Kęstas heute freigelassen wird«, antworte ich ihm mit einem gespielt verärgerten Gesichtsausdruck und lehne mich von ihm weg.

»Na, wer wird denn da beleidigt sein? Wo wäre die Überraschung geblieben, wenn ich es dir erzählt hätte?« Mit einem lockeren Satz überwindet er die Lehne und setzt sich an meine rechte Seite. Seine Hand streichelt besitzergreifend über meinen rechten Oberschenkel. Ich presse die Beine absichtlich fester zusammen und verschränke sie, bevor seine Finger dort landen, wo sie nicht hingehören. Genau das merkt er und schnappt sich mein Kinn, um mein Gesicht zu seinem zu drehen. Ich blicke in seine graublauen Augen, die im Kaminfeuer wunderschön silbern schimmern. Seine geschwungenen Lippen verziehen sich zu einem durchtriebenen Lächeln.

»Oh, du redest nicht mehr mit mir?« *Gott, wie lange kann ich das Spiel aufrechterhalten?*

Ich beiße mir auf die Unterlippe und hebe die rechte Braue in die Stirn. »Sag nicht, du gibst heute kein Kontra und hockst hier, weil du nicht mehr gehen kannst und er dich mehrere Male gevögelt hat.«

So abwegig ist seine Annahme nicht. »Möglich«, antworte ich lächelnd. »Und dafür danke ich dir.«

Vor uns erscheinen Katara und Philippa, die sich auf eine weitere Couch setzen und sich angeregt unterhalten. Der alte Iltronas pafft seine teure Zigarre am runden Spieltisch. Vikotar, Citrones, Iltronas, Gareises und Schivokar hocken an einem runden Tisch und spielen Poker, während die anderen in Gespräche vertieft sind und sich Drinks genehmigen. Im Hintergrund läuft auf einem Flachbildfernseher ein Dauernachrichtensender, der über den Siebenfach-Mord berichtet wie bei einem Terroranschlag.

Unsere Taten mögen verwerflich sein, gar keine Frage. Aber was ist mit denen da draußen, denen so viel Unrecht widerfährt? Die keine Chance auf Gerechtigkeit haben und die geprägt und zerstört werden mit dem, was ihnen skrupellose Menschen angetan haben?

»Uh, dann sollte ich dich heute schonen, oder?«

»Das wäre wirklich sehr aufmerksam«, antworte ich frech, woraufhin sich seine Gesichtszüge verdüstern.

»Träum weiter, kleine Löwin. Du bist heute noch fällig. Kęstas und ich haben uns auch schon etwas Nettes überlegt, um den Abend in einem krönenden Abschluss enden zu lassen. Sei dir gewiss, dein sexy Arsch gehört heute mir.« Sinnlich küsst er meinen Hals und leckt über meinen Kiefer. Ich schließe genüsslich die Augen. Darauf habe ich nur gewartet.

»Einen Moment! Richtet ihr einen Moment eure Aufmerksamkeit an mich!«, ertönen Kęstas' Worte, der im Anzug mitten im Saal steht. Die Pokerspieler legen ihre Karten kurz beiseite, Katara und Philippa erheben sich wie auch Arūnas und ich.

»Danke. Es ist in letzter Zeit viel passiert. Wir haben viel erlebt. An dieser Stelle danke ich euch für eure Unterstützung und euer Vertrauen in mich und den Akis. Jeder, der Mitglied dieser Vereinigung ist, kann sich sicher sein, dass nichts, rein gar nichts nach außen getragen wird. Ich würde für jeden Einzelnen von euch durchs Fegefeuer gehen und euch niemals verraten. Vor wenigen Wochen habt ihr alle etwas Unvergessliches bewerkstelligt. Etwas, was in die Geschichte eingehen wird und mir klar und deutlich bewiesen hat, dass ich mich auf jeden verlassen kann.«

Nicht nur Schivokar erhält heute seine lang ersehnte weiße Maske, sondern auch ein weiteres Mitglied, das jeder kennen dürfte.« Nun wandern Kęstas' Augen zu Arūnas. »Er ist ab sofort ein Mitglied des Akis, weil er sich mehrfach bewiesen hat.«

»Meint er jetzt, weil ich Malvine gerettet oder dich in den vergangenen Monaten betreut habe?«

»Pst«, zische ich ihm zu, halte ihm den Mund zu und schüttele lachend den Kopf. »Du musst jetzt zu ihm gehen und artig deine Maske abholen.« Genau das machen Arūnas und Schivokar. Mit einem Applaus und Pfiffen von Katara werden ihnen die Masken übergeben, die beide ab sofort als echte Mitglieder des Akis auszeichnen. Als sich Schivokar und Arūnas wieder gesetzt haben, richtet Kęstas seinen Blick auf mich.

»Bisher konnte ich es noch nicht offiziell machen, obwohl jeder bereits weiß, dass …« Kęstas leckt sich über die Lippen und schaut mich unentwegt an. »… meine Verlobte wieder zurück ist. Nach einer langen Amnesie ist die Mitgründerin des Akis zurück.«

Tief hole ich Luft, bevor ich die Couch umrunde, das kurze Kleid an den Beinen zurechtrücke und auf ihn zugehe.

Wer hätte jemals gedacht, dass eine flüchtige Idee, ein rachsüchtiger Gedanke jemals solche Größe annehmen würde? Dass drei Morde uns so sehr zusammenschweißen und auf diese Reise schicken würden?

Neben Kęstas bleibe ich stehen, greife nach seiner Hand und küsse seine Wange. »Das sind wir«, hauche ich in sein Ohr.

Während wir alle Blicke der anderen auf uns ziehen, lächele ich sanft.

Ich würde fast behaupten, wir werden berühmter als Bonnie und Clyde. Auf ihre Beerdigung sind über zehntausend Menschen gekommen. Sie wurden gehasst, gefeiert, gefürchtet. Wer wird auf unsere Beerdigung kommen, wenn wir jemals erwischt werden? Was, wenn wir nie gefasst werden wie der Zodiac-Killer oder unsere Vereinigung ein Mythos bleibt wie die amerikanischen Smiley-Face-Killer? Wer weiß das schon.

Keine Ahnung, wohin alles führen wird, wie ich sterbe und wann ich sterben werde. Ich weiß, dass viele unsere Taten verabscheuen. Aber mir ist wichtig, was diese Menschen, die sich in diesem Raum befinden, über uns denken. Denn jeder Einzelne hat Ungerechtigkeit erfahren und konnte nicht vergessen, was ihnen angetan wurde. Einige Menschen haben die Größe, den Tätern zu vergeben. Andere verfallen in Depressionen und erholen sich nie wieder. Wieder andere beginnen ein neues Leben. Jeder geht auf seine Weise mit Schmerz um. Und das ist gut so. Trotzdem hat Kęstas und mich die Idee nicht losgelassen, uns zu rächen und nicht alles hinzunehmen. Uns nicht von Beamten hinhalten und mit schlechter Polizeiarbeit abspeisen zu lassen. Meine Mutter und Kęstas' Eltern hatten das Recht auf ein langes Leben. Sie haben sich weder selbst getötet noch wurden sie von einem überraschten Dieb erschossen. Das sind alles Lügen.

Wer weiß, was geschehen wäre, hätten die Ermittler damals den Täter geschnappt. Ich bin fast der Meinung, Kęstas und ich hätten diesen riskanten und mörderischen Plan, die Initiative selbst zu ergreifen, nie geschmiedet.

»Du siehst wunderschön aus, mein Darling«, raunt er mir ins Ohr, nachdem er seine Ansprache beendet hat und seine Hand um meine Hüfte legt.

»Danke, ich habe einen Mann mit einem hervorragenden Geschmack.« Blinzelnd schaue ich zu ihm auf, bevor ich mich auf den Peeptoes an ihm hochhebe und ihn sinnlich küsse.

Er umfasst während des Kusses meine rechte Hand, hebt sie hoch und beginnt einen langsamen Tanz, obwohl die Musik nur leise im Hintergrund zu hören ist.

»Werden wir jemals genug in diesem Leben voneinander haben?«, frage ich ihn mit der Wange an seine Brust gepresst.

»Nicht in diesem Leben, mein Darling. Ich bin dankbar dafür, neben dir gewohnt zu haben. Ansonsten hätte ich dich nie kennengelernt, meine Nachbarin«, neckt er mich, sodass ich schmunzeln muss. Geschmeidig bewegen wir uns vor der Bar zum leisen Takt der Musik.

Als das Lied endet, tritt Arūnas in die Hände klatschend an uns heran. »Von dir kann man wirklich noch etwas lernen, Kęstas«, gratuliert er ihm.

»Eine Menge, mein Freund. Zuvor, denke ich, sollten wir uns eine Auszeit nehmen, findest du nicht auch?«

Fragend schaue ich zwischen beiden hin und her. »Auszeit?«

»Ja, etwas Bewegung kann nicht schaden, besonders nicht in so hübscher Begleitung.«

Kęstas und Arūnas umfassen je einen Arm von mir und bewegen mich zum Ausgang des Saals. Narusha und Rimas schauen amüsiert lachend in unsere Richtung, als ich an ihnen vorbeidirigiert werde.

»Hilf mir, Rusha.«

»Besser nicht. Ich will noch nicht austreten. Ihr macht das schon.«

»Viel Vergnügen«, wünscht uns Rimas. Ich weite die Augen und werde von beiden Männern vorwärts geschoben, sodass meine Peeptoes über den Teppich stottern.

»Hey, ihr könnt es ja kaum erwarten.«

»Da hast du allerdings recht«, antwortet Arūnas. »Da du die heutige Nacht bei Kęstas verbringen wirst wie die kompletten kommenden Nächte, sollte ich zusehen, noch etwas vom Kuchen abzubekommen.«

»Hast du einen an der Waffel? Du hast seit Wochen vom Kuchen genascht, während der arme Kęstas … Sag mal«, perplex schaue ich zu Kęstas, »haben sie dich im Knast bedrängt und sind dir …«

Arūnas wirkt plötzlich ziemlich ernst. »Ach du Scheiße. Du hast gesagt, du hast dir eine Zelle mit einem Pädophilen geteilt.«

»Ich zeig dir gleich, wie pädophil er wirklich war, Degutis. Und nein, denkst du wirklich, ich lasse mich bedrängen? Ich?«

»Ich habe deine Verletzungen gesehen«, will ich beide ablenken, damit sie mich nicht länger in einen Saal am Ende des Korridors treiben. Neben der Saaltür steht Dikar und begrüßt uns mit den Worten: »Alles vorbereitet.«

»Meine Ermordung?«, hake ich nach.

Kęstas lacht. »Hilf mir mal, ich glaube, sie wirkt etwas wackelig auf den Beinen.« Kęstas greift unter meine Arme, bevor sich Arūnas vor mir herabbeugt und meine Beine zu fassen bekommt.

»O nein!«, protestiere ich und schnappe Dikars Revers, als beide mich an ihm vorbeitragen. »Dikar …«

»Zu spät, Moira«, antwortet er gelassen, begleitet von einem kleinen Lächeln.

Hinter uns schließt er seelenruhig die Flügeltür. Schlagartig befinde ich mich mit beiden Männern komplett in der Dunkelheit.

SEI GEWARNT

Die Geschichte ist beendet, jedoch hält sie auf den nächsten Seiten ein offenes Ende bereit. Somit überlasse ich dir die Entscheidung: Entweder du liest weiter und erfährst, wie es mit Moira, Arūnas & Kęstas weitergeht oder du belässt es bei dem Happyend. Solltest du weiterlesen, sage nicht, ich hätte dich nicht gewarnt. Denn für die drei geht die Reise weiter und sie hatten nur ein paar Monate Zeit, um sich auszuruhen. Ob mit oder ohne uns, ihre Geschichte ist nicht beendet. Bist du bereit?

XOXO

♥

Eure D.C. Odesza

BRAUCHST DU
EIN HAPPYEND FÜR EINE
GESCHICHTE?

JA, DAS LIEBE ICH.
NEIN, ICH MAG
OFFENE ENDEN. ☺

KAPITEL 30
MOIRA

ANDERTHALB JAHRE SPÄTER

Die Kälte lässt mich zittern. Es ist so unmenschlich kalt und zugleich atemberaubend schön inmitten der Abgeschiedenheit der Berglandschaft. Bisher war ich noch nie in den Bergen. Ich kenne nur Litauen, die Nachbarländer oder Sandstrände.

Auf dem Balkon unserer gemieteten Berghütte schlinge ich die Decke enger um meinen nackten Körper, während ich zu den glitzernden Sternen aufblicke. Es ist mitten in der Nacht, genau genommen halb drei Uhr morgens. Aus weiter Entfernung höre ich die unheimlichen Rufe eines Kauzes oder Uhus. Die Schneedecke um die Holzhütte wird vom Vollmond in ein zartes Purpur getaucht. Über mir funkeln die Sterne so rein und hell, wie ich sie lange nicht mehr gesehen habe.

Ich werfe einen Blick über die Schulter ins Schlafzimmer, in dem Kęstas und Arūnas liegen. Nie hätte ich es für möglich gehalten, dass beide sich so lange ertragen, ohne sich umzubringen. Aber sie sind wie beste Freunde geworden. Zwar stehen beide absolut im Kontrast zueinander, dennoch ergänzen sie sich. Ich bin mir ziemlich sicher, dass einer der beiden bemerken wird, dass ich das Bett verlassen habe. Allerdings konnte ich nur so in Ruhe meine Mission durchziehen. Ganz für mich allein, um sicherzugehen, mir nichts eingebildet zu haben. Wenn ich ehrlich bin, wäre jetzt der richtige Zeitpunkt, da ich in wenigen Wochen meinen Abschluss in Psychologie in der Tasche hätte.

Nervös kaue ich auf meiner Unterlippe, bevor ich den Test unter der Decke hervorhebe. An meiner rechten Hand funkelt ein schwarzer Diamant. Denn Kęstas und ich haben vor einem Jahr geheiratet. In einer kleinen Runde, bei der bloß unsere Anhänger anwesend waren. Ich bin Kęstas' Frau, seine Seelengefährtin und Arūnas' Lebenspartnerin. Schon verrückt, wie sich alles entwickelt hat. Und wie es aussieht, bin ich möglicherweise von einem der beiden schwanger.

Ich warte ungeduldig auf das Ergebnis. So ziemlich sicher war ich mir, als meine Periode zum zweiten Mal ausblieb. Absolut sicher war ich, als ich während einer Zeremonie hinter den Büschen verschwinden musste, um mir die Seele aus dem Leib zu kotzen. Mittlerweile rauche ich keine einzige Zigarette mehr und führe eine gesunde Lebensweise. Das Hormonpräparat ließ ich vor einem halben Jahr entfernen, was ich mit beiden abgesprochen habe. Jeder von ihnen wünscht sich ein Kind, ganz egal, von wem es ist. Der Gedanke schmeichelt mir immer wieder. Somit bin ich der absoluten Überzeugung, schwanger zu sein, und – als ich auf das Testergebnis blicke – das schon in der zwölften Woche. *Halleluja*.

Meine Augen werden größer, als ich zweimal hinsehen muss. Ich hätte auf acht Wochen getippt, aber zwölf … Mit beiden Händen umfasse ich den Test, als mir im selben Moment die Decke von den Schultern rutscht.

»Ah, shit«, fluche ich leise und hebe sie aus dem Schnee. In dem Moment richtet sich Kęstas im Bett auf. Arūnas' leises Schnarchen stoppt ebenfalls.

»Was hast du dort draußen zu suchen? Rauchst du heimlich oder willst du dir deinen Hintern abfrieren?«, fragt Kęstas verschlafen. Doch dann bemerkt er den Test in meinen Fingern und wirkt schlagartig hellwach. »Was machst du?«

»Wonach sieht es aus? Ich wollte den Test in Ruhe machen.« Kęstas stößt sofort Arūnas mit dem Fuß an, der schnaufend die Augen öffnet. »Schneits? Was soll das!«, beschwert er sich.

»Und? Sag schon, Moira.«

Er schaut mir erwartungsvoll entgegen, während ich mein Pokerface aufsetze. »Ihr würdet euch wirklich nicht umbringen, wenn einer von euch nicht der Vater ist?«, hake ich nach.

»Du bist schwanger?«, stößt Arūnas hervor und richtet sich im Bett auf.

Ich nicke mit einem zittrigen Lächeln auf den Lippen. »Ja, bin ich.« Damit sich beide das Ergebnis ansehen können, überreiche ich Kęstas den Test zuerst. Er studiert ihn wie ein Lehrbuch, runzelt die Stirn und weitet dann etwas die Augen.

»In der zwölften Woche plus.«

»Zeig mal.« Kęstas übergibt ihm den Test. »Wahnsinn. Es ist sicher von mir.«

»Wirklich?«, hakt Kęstas nach. »Du liebst doch ihren Hintern viel mehr als ihre Pussy. Von Analsex kann man nicht schwanger werden.«

»Wie witzig du heute bist. Du bist ebenso in ihren Hintern vernarrt. Mir ist egal, von wem es ist. Danach entscheidet sich, wer nach der Geburt einen Gummi benutzen darf, damit der andere ein Kind mit ihr zeugen kann«, erklärt Arūnas amüsiert. Diese unreifen Worte können nur von ihm stammen.

»Träum weiter, Arūnas. Ich vögele meine Frau sicher nicht mit einem Gummi.«

»Seid ihr fertig?«, erkundige ich mich. »Ich hab da auch ein Wörtchen mitzureden, findet ihr nicht?«

»Das hast du.« Kęstas erhebt sich aus dem Bett, um seine Hände unter meine Decke zu schieben und mich an sich zu ziehen. Dabei rutscht das Laken wieder von meinen Schultern. »Ich freu mich auf das Kind, ob es nun von mir ist oder dem Sonnyboy dort hinten.«

Ich muss über seine Worte lachen, bevor ich in sein Gesicht blicke und prüfe, ob es wirklich für ihn okay ist. Aber es wäre nur fair, schließlich hatte Arūnas nichts gegen die Heirat einzuwenden und behandelt Malvine wie seine Nichte.

»Was denkst du, von wem es ist?«, fragt Arūnas neugierig und verlässt in Shorts das Bett.

»Wollt ihr es überhaupt wissen?«

»Wenn es blonde Haare hat, ist es von dir und dunkle von mir, ist doch ganz einfach«, erklärt Kęstas.

Nein, so einfach ist das nicht, schließlich bekommen dunkelhaarige Elternpaare auch blonde Kinder.

»Mir ist es egal«, antwortet Arūnas. »Hauptsache, es ist gesund und ich darf dabei sein, wenn es auf die Welt kommt und aufwächst.«

Kęstas nickt, bevor er meine Stirn küsst. »Sehe ich genauso. Warten wir ab und überstürzen nichts. Noch nicht.« Aus den Augenwinkeln schaut er provokant in Arūnas'

Richtung. Die zwei können manchmal wie Grundschuljungs sein, die sich über ein gefundenes Kätzchen streiten.

»Mach mal kurz Platz, ich will ihr auch gratulieren.« Arūnas drängt sich zwischen Kęstas und mich und schaut tief in meine Augen. Danach schiebt er seine Hand auf mein Becken. Hinter mir legt Kęstas meine Decke über meine Schulter.

»Egal, was kommt, ich behandele es wie mein eigenes Kind«, versichert er mir. »Und bringe ihm genauso viele Flausen bei.«

»Solange es keine Flügel bekommt und zu den Vanags flattert, habe ich nichts dagegen«, lässt uns Kęstas lachend wissen. Ich schnappe beide Männer und steige wieder mit ihnen zurück ins Bett.

»Ich liebe euch beide.« Und ich liebe bereits das ungeborene Kind, das in mir wächst. In der nächsten Zeit werde ich etwas kürzertreten müssen, auch wenn der Dark-Face-Killer uns gewaltig zusetzt. Ein Killer, der unsere Vorgehensweise sehr genau studiert hat und im Gegensatz zu uns unschuldige Frauen und junge Mädchen tötet.

Vielleicht gerade in diesem Moment, in dem ich mich am sichersten fühle. Auf den Ellenbogen stütze ich mich zwischen beiden Männern nackt auf. Arūnas' Finger drehen mein Gesicht zu ihm, damit ich ihn küsse, zugleich umfasst Kęstas meinen Po. Aus den Augenwinkeln entdecke ich die Akte des neuen Killers, der in Litauen wütet. Mich lässt der Gedanke nicht los, dass er uns sehr nah ist. Zwar unternimmt der Akis Nachforschungen und Kęstas studiert jede Akte über die aufgefundenen drei Opfer, dennoch ist er wie ein Gespenst.

»Am besten, du wirst vorerst nicht mehr auf der Jagd dabei sein, Moira«, beschließt Kęstas und beißt zärtlich in mein Ohr. Ich löse mich von Arūnas' Lippen, um zu Kęstas zu schauen. »Mit einem Kind von uns lasse ich nicht mehr zu, dass du dich an der nächtlichen Suche beteiligst. Siehst du genauso, Arūnas, oder etwa nicht?«

»Sehe ich absolut so. Er ist sehr clever und gefährlich und er kennt unsere Symbolik.« Arūnas hebt seinen Unterarm, auf dem das neue Tattoo in Form des Akis zu sehen ist. »Wenn er seine Drohung wahr macht, wird er eine unserer Anhängerinnen schnappen. Philippa, Katara, Lenya oder dich.«

Mein Herz beschleunigt sich, als ich Arūnas' rachsüchtigen Blick sehe. Rasch senke ich das Gesicht, greife nach der Decke und rolle mich auf den Rücken. »Ich …«, durchbreche ich die Stille und beuge mich danach über Kęstas, um aus meiner Hose, die auf dem Boden liegt, eine schwarze Karte zu holen und sie anschließend vor mein Gesicht zu halten.

»Ich habe eine solche Nachricht bereits bekommen.« Es zuvor jedoch als Scherz abgetan.

Blitzschnell schnappt sich Kęstas die Karte, auf der bloß ein trauriger Smiley mit der Lachträne abgebildet es. Es ist dasselbe Smiley, das er mit Blut an den Tatorten zurücklässt.

»Das sagst du erst jetzt?«

»Ich wollte den Kurztrip nicht versauen. Ich habe sie erst gestern in meiner Handtasche gefunden. Sie könnte …«

»Schon wochenlang in deiner Tasche liegen, so unordentlich wie du manchmal bist«, fügt Arūnas hinzu.

»Stimmt doch gar nicht. Ich bin ordentlich.«

Beide strafen mich mit Blicken, um meine Lüge zu entlarven. »Manchmal«, füge ich unschuldig lächelnd hinzu.

Kęstas studiert die Karte länger, um sie auf ihre Echtheit zu prüfen.

»Wir stehen vor einem gewaltigen Problem«, raunt er nachdenklich.

Arūnas tauscht Blicke über meinen Kopf hinweg mit ihm aus. Mir wird auf einmal noch kälter als vor Minuten auf dem Balkon. *Was ist, wenn er sich ganz in unserer Nähe aufhält? Was, wenn er seine Drohung, mich als Nächste zu schnappen, in die Tat umsetzt?*

Mir gefriert bei der Vorstellung das Herz.

EPILOG
SMILEYFACE KILLER

Leise vor sich hinpfeifend hebt er den blutgetränkten Pinsel aus dem Eimer und malt in aller Seelenruhe zuerst die zwei Augen in den Schnee, danach den Mund. Mit langsamen Schritten zieht er einen Kreis um sein Gebilde und vollendet es mit einer Träne unter dem linken Auge.

Fertig.

Mit einem platschenden Geräusch wirft er den Pinsel zurück in den Eimer und tritt zurück, um sein Kunstwerk zu betrachten. Danach hebt er den Blick zum Balkon der Waldhütte. Sie schlafen, während er sich ganz in ihrer Nähe befindet.

Moira ist die Nächste auf seiner Todesliste. Die vierte Frau und der Grund, weswegen er überhaupt mit der Mordserie begonnen hat. An den drei vorherigen Frauen hat er sich nur ausprobiert, um seine Vorgehensweise zu perfektionieren. Jetzt kennt er seinen Ablauf. Er wird skrupelloser und grausamer denn je.

Inmitten der klirrend kalten Januarnacht hebt er die rechte behandschuhte Hand und streckt sie zum Balkon aus. Schon jetzt kann er ihre zarte, warme Haut unter seinen Fingern spüren. Fühlen, wie sich ihr Puls beschleunigt, während er sich an ihr vergeht, und ihre Ängste schmecken.

Morgen bist du mein.

Morgen gehörst du mir, Moira Kudirka.

NACHWORT

D.C. ODESZA

Ich hoffe sehr, dass dich der finale Band der „NEVER“ Reihe gut unterhalten hat? An dieser Stelle danke ich jejedem Leser, den die Geschichte ebenso faszinierend hat wie mich beim Schreiben. Für mich ist diese Geschichte etwas Einmaliges. Es hat mir unglaublich viel Freude bereitet, ihr Leben einzuhauchen.

Seid wachsam und haltet die Augen stets offen. Man weiß schließlich nie, wer einen heimlich beobachtet. Wir lesen uns schon sehr bald wieder. Versprochen!

XOXO

♥

Eure D.C. Odesza